Du même auteur chez Nocturnal:

Le sang de nos pères
Embrasements
Effondrements
Le sachet de bonbons
Lucie Acamas et les spectres des songes
Lucie Acamas et les compagnons de l'ordre vert
Lucie Acamas et l'armée de Gaïus
Lucie Acamas et la Source des Rêves

Limitations

LIMITATIONS

Guy Morant

Nocturnal

Relecture par Rebecca Greenberg
Couverture réalisée par Betelgeuse
Portrait par Caroline Lemoine - www.images-de-soi.fr

Première édition publiée en 2021
ISBN : 979-10-96302-07-9
Imprimé par Kindle Direct Publishing
Dépôt légal : novembre 2021

www.guymorant.com

Aux patrouilleurs des autoroutes

I

Lundi 11 mai

Lamine ressassait une colère froide et obstinée. Il venait de remonter entièrement sa Kalachnikov, et sa jambe droite tapotait nerveusement le tapis feutré de la Cayenne volée. Au volant, le gros Rachid, concentré sur la route, n'avait rien remarqué. Assis à l'arrière avec son frère Mohmed, Nassim se jucha entre les deux sièges avant.

— Ça va, cousin ?

Lamine ne se retourna pas.

— Il refait ça une fois, je le fume.

Contrairement à ce que le nom suggérait, un *go fast*[1] se déplaçait toujours en respectant les limitations de vitesse. Les 220 km/heure, c'était pour échapper aux douaniers ou aux policiers quand ils vous poursuivaient. Mais Moussa, le conducteur de la porteuse[2], venait d'accélérer pour la deuxième fois, poussant à fond les 306 chevaux de sa Mercedes ML pour slalomer entre les voitures et les camions.

— Tu crois qu'il veut nous la faire à l'envers ? demanda Nassim.

---

1. Convoi de voitures rapides acheminant des cargaisons de drogue vers les lieux de trafic.

2. Voiture qui transporte la drogue. Synonyme de mulet.

Lamine n'en avait aucune idée. C'était lui qui avait choisi le jeune revendeur pour conduire le mulet. À bord, il transportait 50 kg de coke et 500 kg d'herbe et de résine, rien que du meilleur, de la *frappe*. De quoi alimenter les quatre points de vente de Lamine, mais aussi les réseaux tenus par des frères des cités voisines. Avec le confinement, la filière marocaine ne travaillait plus, et la seule source d'approvisionnement disponible était Amsterdam. Sinon, ils n'auraient jamais fait appel à Moussa, le seul membre du réseau à connaître les autoroutes du nord de la France.

— Le fils de pute, dit Lamine. Déjà, il a perdu son charbon[3]. C'est fini pour lui. Même comme chouf[4], j'en veux plus.

Il empoigna son téléphone jetable et composa le numéro de Moussa. Le conducteur de la porteuse lui répondit au bout de huit sonneries.

— C'est quoi ton délire ? dit Lamine.

— Y'a une explication, frère. C'est la faute à cette caisse. Elle bombe[5] toute seule.

Lamine se fit violence pour ne pas hurler dans le téléphone.

— C'est la dernière fois, Moussa. Si tu veux continuer à jober[6] chez nous, tu fais comme on a dit, tu la joues pas solo.

— Wallah, sur la tête de ma mère, je le ferai plus.

— T'as intérêt.

— Te casse.

Lamine raccrocha. Il détestait qu'on jure sur la famille. La mère de Moussa, elle n'avait rien à voir avec ça.

---

3. Point de vente.
4. Guetteur.
5. Elle fonce toute seule.
6. Travailler.

— Il va pas me péter les couilles longtemps, ce dégun[7]. Nassim, tu prends sa caisse à la station.

— Tranquille.

— Et toi, Mohmed, prépare ton calibre. On sait jamais.

C'était la bonne décision. Déjà, la tension diminuait. Lamine coinça la Kalachnikov entre son siège et la portière, invisible et prête à servir. Il n'aurait jamais dû faire appel à ce *payo*, ce bourgeois qui se baladait partout en vêtements Armani. Bientôt, l'erreur serait réparée.

---

7. Ce rien du tout.

2

Elle s'était opposée à ce qu'ils déjeunent ensemble. Comme les restaurants n'avaient pas encore rouvert, elle aurait dû faire la cuisine, ce qui restait pour elle une pénible corvée. À la place, elle avait proposé une balade dans la forêt de Saint-Germain, à partir d'une allée à cent mètres de son immeuble. Plus que tout autre lieu dont le confinement l'avait privée, elle tenait à retrouver sa forêt enfin rendue aux promeneurs.

Depuis qu'il fréquentait Cynthia, Alaric avait appris à deviner ce que cachaient ses silences. Il connaissait les chemins tortueux qui la conduisaient de l'idée à l'acte. Après le traumatisme crânien provoqué par son accident de voiture, elle avait dû se battre pour regagner le contrôle de son esprit. Toute sortie, soirée entre amis ou réunion professionnelle lui demandait des efforts d'ajustement constants, seulement pour se maintenir dans l'apparence de la normalité. Elle s'efforçait de le cacher, mais en bon enquêteur de la criminelle, Alaric n'avait aucun mal à extraire la vérité d'un ensemble d'indices.

Il l'aperçut de loin, silhouette sombre au pied d'un arbre du mail. Le fait qu'elle attende à cet endroit plutôt que sur le chemin n'annonçait rien de bon. Autres signes, elle portait des vêtements noirs et se tenait un peu voûtée. Elle le regarda fixement pendant qu'il la rejoignait, ne lui offrant qu'un sourire contraint. Elle ne quitta l'abri des arbres qu'au moment où il fut à sa portée, lui sautant dans les bras comme on s'accroche à une bouée. Entre eux, le lien des corps et des émotions se réveilla. Au moins, l'alerte ne semblait pas concerner leur couple. Ils restèrent enlacés tandis qu'ils entraient dans la forêt par l'allée des Carrières.

— Ton week-end s'est bien passé ? demanda-t-elle.

Elle savait bien que non. Une formation sur le déconfinement et ses dangers samedi, une montagne de paperasse à terminer dimanche : il s'était plaint devant elle de perdre au bureau les deux dernières journées tranquilles avant le lâcher des fauves. Seule consolation, il avait obtenu de les récupérer immédiatement, ce qui lui permettait de passer ce temps avec elle.

— Comme deux jours de confinement avec ma cheffe de service.

Il s'efforça de ne pas la regarder trop fixement. Elle détestait qu'on l'observe. Elle vivait cela comme une accusation de monstruosité. D'un geste léger, il l'entraîna sous le couvert des arbres.

— Au moins, elle ne te séduit pas.

Cynthia ne connaissait pas la jalousie, mais son sentiment d'insécurité l'amenait parfois à imaginer les scénarios de ses défaites.

— Aucun risque. Elle chercherait plutôt à m'utiliser. On est comme un chat et une souris, sauf qu'on échange parfois les rôles.

Ils quittèrent l'allée et son bitume pour emprunter un chemin de terre battue. Dans cette forêt civilisée, leurs itinéraires évitaient les routes et les chemins rectilignes. Devant eux, un oiseau s'envola précipitamment entre les feuilles vert tendre. Le spectacle leur permit pour un temps de suspendre leur conversation. Alaric savait pourtant que le moment des confidences finirait par arriver. Il allait reprendre la parole quand les premières mesures de *I Will Survive* s'échappèrent du sac à main de sa compagne. Il reconnut la sonnerie de son téléphone privé, celui dont elle réservait le numéro à la famille et aux amis. Il s'arrêta pour lui donner le temps de chercher son smartphone.

Mais elle ne le fit pas.

Gênée, elle évita son regard et continua de marcher. Elle n'avait pourtant pas l'habitude d'ignorer les appels de ses proches. Ses parents malades sollicitaient souvent son aide pour des courses ou des problèmes administratifs. Elle ne voulait pour rien au monde leur faire défaut.

Il la rejoignit sur le sentier. Elle devait savoir qu'il ne laisserait pas passer l'incident sans poser de question. Elle inventerait probablement une explication vraisemblable, le haut-parleur du téléphone en panne ou une arnaque au numéro surtaxé. Elle lui lança un regard fugace. Elle n'allait pas tarder à parler.

Et le téléphone se remit à sonner.

Cette fois, elle réagit par la peur. Elle se figea sur place, écarquilla les yeux, et la cicatrice de sa joue droite prit une teinte violacée. Alaric tendit la main. D'une main tremblante, elle extirpa le téléphone de son sac et le lui tendit. Juste avant de prendre l'appel, il eut le temps de lire le nom du correspondant : Éric G. Il écouta sans rien dire. Une voix d'homme faible et voilée sortit de l'appareil :

— Tu vois, t'auras pas attendu longtemps. Ça y est, c'est prêt, tu vas savoir à quelle sauce on va te manger. On a bien travaillé, tu verras.

Un harceleur. C'était donc cela qui la bouleversait. Ce type ne savait pas à qui il s'adressait. Alaric s'empressa de le lui faire savoir :

— Code pénal, article 222-16. Appels téléphoniques malveillants. Un an d'emprisonnement et 15 000 euros d'amende.

À l'autre bout de la ligne, un grognement confirma que l'information avait été entendue. La réponse ne tarda pas :

— Ouais, ben c'est pas ça qui va m'intimider. C'est trop tard, de toute façon.

Et l'appel s'interrompit. Alaric sortit son propre téléphone pour y noter les détails utiles : propos échangés, date, heure et lieu. Cynthia n'avait pas bougé. L'intervention de son compagnon ne l'avait pas sortie de son angoisse. Elle, dont le métier consistait à assister des personnes ou des groupes victimes de dysfonctionnements judiciaires, n'arrivait pas à utiliser ses compétences pour des affaires qui la concernaient.

— Ça dure depuis combien de temps ? lui demanda Alaric.

— La semaine dernière. D'abord, c'étaient des bruits de voiture et de respiration. Après, il y a eu des insultes et des accusations.

— Et tu n'as rien fait ?

Elle parut gênée. Elle n'avait pas tout dit. Alaric se souvint que l'appelant était enregistré dans son carnet d'adresses.

— C'est qui, Éric G. ? insista-t-il.

Elle baissa la tête et gratta le sol du bout d'un pied.

— Le père de l'autre victime.

Il comprit immédiatement qu'elle parlait de son accident. Il s'efforça de se remémorer ce qu'il en savait : deux ans plus tôt, alors qu'elle roulait sur l'autoroute pour conduire son fils chez un thérapeute, sa voiture avait heurté de front un véhicule roulant à contresens. Cynthia ne lui avait jamais parlé d'une « autre victime ». L'idée même qu'on puisse appeler ainsi un homme ayant provoqué la mort d'un adolescent et l'hospitalisation prolongée de sa mère lui semblait totalement aberrante.

— Le chauffard qui s'est engagé sur l'autoroute en sens inverse ?

— C'est pas aussi simple que ça.

— J'ai beau chercher, je comprends pas.

— Je n'ai aucun souvenir de l'accident. La famille de ce type a sa propre version. D'après eux, j'aurais délibérément foncé sur lui.

— C'est du pipeau complet.

— Peut-être. Je n'aurais jamais fait une chose pareille. L'ennui, c'est qu'ils le croient.

— De toute façon, le parquet a classé l'affaire. Après deux ans, ça m'étonnerait qu'ils puissent faire rouvrir le dossier. Et ça ne justifie pas le harcèlement. Tu aurais dû m'en parler tout de suite.

— Le fils de ce monsieur est hémiplégique, Alaric. Mets-toi à sa place.

— Et le tien ? À ce jeu, tu as de quoi lui répondre.

Elle soupira. Elle n'était pas convaincue. Pour une raison obscure, elle tenait à ne pas se défendre des attaques de cet homme.

La balade s'acheva précocement. Le coup de fil et la discussion avaient gâché les retrouvailles avec la forêt. Le retour à l'immeuble de Cynthia s'accomplit sans qu'un mot soit échangé. L'évocation de l'accident avait ravivé des cicatrices intérieures, contre lesquelles la chirurgie ne pouvait rien. Tout au long du chemin, Alaric se demanda s'il devait intervenir ou laisser son amie décider par elle-même. Il craignait surtout que le père du chauffard ne trouve un moyen de lui extorquer de l'argent ou de la punir d'une autre façon.

Dans son hall d'entrée, Cynthia ramassa le courrier avant d'emprunter l'escalier. Alaric ignorait si elle souhaitait sa présence ou ne faisait que la tolérer. Sans la contrainte de la vie commune, de telles questions ne disparaissaient jamais. Il s'immobilisa au milieu du hall, attendant qu'elle remarque son attitude, mais elle entreprit de monter sans tenir compte de lui. Une enveloppe particulière retenait son attention. Elle s'arrêta sur une marche pour l'ouvrir. Ce qu'elle apprit parut la troubler. Elle se retourna, découvrant qu'Alaric ne l'avait pas suivie. Son visage avait brutalement pâli.

— Viens voir, dit-elle.

Elle lui tendit une feuille à l'en-tête d'Axa. Il dut la relire plusieurs fois avant de parvenir à la déchiffrer. On y parlait de déchéance d'assurance et de plainte au civil, dans le jargon nébuleux de cette corporation. Invoquant ses connaissances en droit, il traduisit le tout en langage intelligible : suite à d'obscures transactions d'experts, l'assureur de Cynthia avait pris la décision de lui attribuer la responsabilité d'un sinistre désigné par une référence interne. Par conséquent, il lui retirait le bénéfice de son assurance et se joignait à la famille de la victime et à la sécurité sociale dans une procédure au civil.

Éric G. avait dit qu'il était trop tard. Il savait certainement que Cynthia recevrait cette lettre dans la journée. Depuis le début, le harcèlement n'était pour lui qu'un à-côté, un divertissement sadique en marge de sa vraie vengeance : manipuler les experts afin d'attribuer à Cynthia la responsabilité de l'accident, la déchoir de son assurance et permettre un procès au civil, afin d'obtenir une réparation financière.

— Manifestement, ce type croit qu'il se sentira mieux quand il t'aura mise sur la paille.

Cynthia lui répondit d'une voix blanche :

— Mais qu'est-ce que je vais faire ?

Alaric l'entraîna dans l'escalier. Il valait mieux parler de tout cela loin des oreilles indiscrètes.

— Comme dirait le président, c'est la guerre. On va essayer de trouver quelques armes. Cet enfoiré ne sait pas à qui il a affaire.

Depuis qu'ils se connaissaient, Cynthia s'était efforcée de décorer son appartement. Elle avait commencé par suspendre aux murs de méchantes reproductions de tableaux impressionnistes, dont Alaric s'était tant moqué qu'elle avait fini par les retirer. Le vide était revenu, après qu'il eut refusé de choisir à sa place. Un jour, ils se promenaient à Versailles quand elle avait trouvé dans un magasin de bricolage un papier peint aux couleurs vives, représentant une jungle stylisée. Enthousiaste, elle en avait couvert un mur. Après ce premier choix de décor, d'autres étaient venus, pour compléter le thème choisi. Abat-jour en paille tressée, perroquet de bois peint et plantes d'intérieur exotiques composaient désormais un intérieur au goût très personnel, un goût que Cynthia ignorait posséder jusque-là.

Alaric et Cynthia étaient assis sur un tapis de coco à motifs de palmiers. Non pour faire l'amour, mais pour examiner les photos et les documents de l'accident qui avait coûté la vie à Cédric et gravement blessé sa mère. La plupart des clichés avaient été pris de nuit avec un téléphone de mauvaise qualité. Quelques-uns montraient l'épave de la voiture au milieu de carcasses similaires. Quant aux papiers, ils mentionnaient l'hypothèse d'abord retenue par les experts : une défaillance du régulateur de vitesse, qui avait empêché Cynthia de réagir à temps. Sans cela, comment expliquer que deux voitures roulant en sens inverse à des vitesses raisonnables entrent en collision par temps clair et en ligne droite ?

— Cette histoire de régulateur de vitesse ne vient pas de nulle part, dit Alaric. Ils ont dû le faire expertiser.

— Ils n'ont pas touché à la voiture. Ils ne savaient même pas où elle se trouvait. L'adresse indiquée est fausse.

Alaric consulta le document qu'elle désignait, un compte-rendu de l'assurance, contenant diverses informations sur le sinistre. En face de l'intitulé « Emplacement de l'épave » figurait un numéro rue Saint-Lazare à Paris.

— L'hypothèse du régulateur défaillant vient peut-être de l'enquête de police. En tout cas, ils ont changé d'avis sans élément matériel. Je vais essayer de retrouver le régulateur et le faire expertiser par le constructeur. Si on arrive à prouver qu'il avait un défaut, on a gagné.

Le visage de Cynthia se détendit.

— On y va aujourd'hui ?

La journée était fichue de toute façon. Un peu plus, un peu moins…

— *J'y* vais. On doit faire les choses dans les règles. Je suis flic, pas toi. Je ne sais pas ce que je vais trouver.

Il voulait aussi lui éviter la remontée de souvenirs traumatisants et les réactions émotionnelles. Il avait rencontré assez de victimes pour se méfier du choc de la réalité.

3

Lamine maintenait un contact téléphonique régulier avec la première voiture, conduite par Sofiane. L'ouvreuse précédait les deux autres de 25 km environ. Quand elle s'arrêtait pour faire le plein, il existait toujours une sortie entre la porteuse et la station, échappatoire en cas d'opération de douane ou de police. Sofiane n'avait pas son pareil dans le réseau pour repérer les véhicules banalisés et les policiers en planque. Quand il n'était encore que guetteur, il criait « arah[8] ! » bien avant tout le monde, avant même que la descente commence.

Ils avaient dépassé Paris, et traversaient l'Essonne en s'attardant parfois derrière les camions. La Cayenne talonnait le ML 350. Malgré son obésité, Rachid conduisait avec une efficacité surprenante. Un jour, Lamine l'avait accompagné dans une balade sur la corniche à bord d'une Ferrari volée. Les condés[9] qui les filaient avaient fini dans la garrigue, alors que le compteur affichait des pointes à 200 km/h. Si Moussa tentait de les semer, Rachid avait les moyens de l'en empêcher.

— Tu vas lui niquer sa race ? demanda Nassim.

8. Attention, en arabe.

9. Policiers.

Lamine réfléchit. Dès que Mohmed prendrait le volant de la porteuse, Moussa monterait dans la Porsche sous la garde de Nassim. On serait obligé de le surveiller sur 700 km, avec des armes à bord. Si ça chauffait, il était capable de s'échapper. D'un autre côté, on pouvait difficilement envisager de l'abattre sur une aire d'autoroute, et encore moins de se débarrasser du corps.

— Plus tard. D'abord, on le carre dans le coffre. Comme ça, il va pas nous casser les couilles.

— Tranquille, cousin.

Encore fallait-il que Moussa se laisse faire. Même à supposer qu'il n'ait pas encore compris les intentions de son chef de réseau, il risquait d'attirer l'attention sur le groupe et de compromettre le *go fast*. Anticipant les complications possibles, Lamine décida qu'en cas de problème, la porteuse et la suiveuse quitteraient l'autoroute à la sortie suivante, quelques kilomètres avant Achères.

Dans la Cayenne, la tension monta progressivement tandis qu'on approchait de la station. Les calibres étaient prêts, chacun conservait dans sa poche un couteau pour plus de discrétion, et les Kalachs restaient à portée de main. Sofiane appela brièvement afin de signaler qu'il s'arrêterait bientôt à l'aire d'Achères La Forêt Ouest. Il avait ordre de ne repartir qu'après l'arrivée des autres véhicules. Comme il était au courant de la situation, il savait qu'un changement de conducteur était prévu.

Quatre paires d'yeux étaient rivées sur la Mercedes. Le soleil avait depuis longtemps entamé sa descente vers l'horizon. Le trafic s'était étoffé depuis Paris, et les camions ralentissaient souvent la circulation en doublant dans les côtes. On venait de dépasser Évry, dernière grande agglomération de la région parisienne. L'autoroute descendait vers le sud en ligne droite, au milieu des arbres et des zones industrielles.

— Il remet ça, l'enculé, dit Rachid.

Lamine constata qu'il avait raison : l'écart entre les deux voitures se creusait à vue d'œil, tandis que la porteuse fonçait vers le camion qu'elle suivait depuis plusieurs kilomètres. Sans mettre le clignotant, Moussa déboîta brusquement devant une moto lancée à grande vitesse sur la voie du milieu. Il ne parvint à éviter l'accident qu'en accélérant plus encore, et dut passer sur la voie de gauche pour doubler un groupe de voitures plus lentes.

— Suis-le, dit Lamine, on va le guinter[10].

Il savait que ce serait difficile. Si Rachid arrivait à le dépasser ou à se maintenir derrière lui, le chef et ses « soldats » pouvaient le refroidir ou tirer sur ses pneus. Mais l'accident qui en résulterait risquait de détruire la cargaison ou de la rendre impossible à récupérer, tout en lançant à leur poursuite toutes les unités de police et de gendarmerie de la région.

— C'est quoi le plan ? demanda Nassim. Le fumer sur la route, c'est ça ?

— T'as une meilleure idée, cousin ? Le laisser taxer le réseau ?

— Il ira pas comme ça jusqu'à la cité, il devra faire de l'essence.

Lamine comprit l'idée : si la Cayenne conservait plus de carburant, il suffisait de continuer à suivre Moussa jusqu'à ce qu'il tombe en panne ou qu'il soit obligé de s'arrêter sur la bande d'arrêt d'urgence.

— T'as quoi au réservoir, Rachid ?

— Deux barres.

C'était jouable. Rachid ne lâchait pas le ML 350 d'une semelle. En cas de besoin, Sofiane pouvait prendre le relais après être passé à la station.

— On fait comme ça.

La poursuite continua. Rachid dut freiner pour ne pas s'encastrer dans un gros semi-remorque égaré sur la voie de gauche.

---

10. L'attraper, en parler marseillais.

À tout moment, les deux voitures pouvaient être prises en chasse par une patrouille, mais Lamine choisit de ne pas s'en inquiéter pour l'instant.

Il y eut une descente de plusieurs kilomètres, dans la lumière du couchant. La porteuse et la suiveuse ne quittaient pas la voie rapide, et la plupart des autres conducteurs se rabattaient prudemment à leur passage. Au bout de la ligne droite apparut un grand pont dans un paysage dégagé. Le trafic était toujours dense, mais aucun obstacle ne les empêchait d'avancer.

Lamine observait la Mercedes avec une attention presque douloureuse. Posté entre les deux sièges avant, Nassim faisait de même. Les deux voitures s'engagèrent sous le pont. La Porsche n'en était pas encore sortie quand ses quatre occupants assistèrent à une manœuvre ahurissante.

À l'entrée du pont, un fourgon de la société d'autoroute roulait lentement sur la bande d'arrêt d'urgence. Alors que plusieurs véhicules approchaient, il partit en diagonale vers la gauche, coupant tour à tour la voie de droite et celle du milieu. Des freins hurlèrent à la mort.

Moussa ne pouvait pas ralentir assez vite.

Pendant quelques secondes interminables, il klaxonna, fit des appels de phares, mais le fourgon acheva sa course devant lui.

Le choc fut violent.

Le ML 350 heurta le véhicule de service sur le flanc dans un épouvantable fracas de tôle. Le fourgon entama une série de tonneaux, bousculant un pick-up qui se mit à tourner comme une toupie. La Cayenne tamponna la Mercedes. Elle la propulsa vers le terre-plein, où elle finit à demi juchée sur la glissière de béton.

Rachid perdit totalement le contrôle. Il tenta de redresser la voiture, mais un choc arrière la précipita contre le pick-up renversé, provoquant l'éclatement du pare-brise. Lamine tourna de l'œil au sein d'un tumulte assourdissant, tandis que d'autres véhicules s'additionnaient au désastre. La dernière image qui traversa son esprit fut celle d'un camion-citerne glissant sur le flanc à l'entrée du pont et perdant son contenu parmi les voitures prisonnières de l'accident.

4

C'était dans la périphérie de Maulette, un gigantesque terrain vague visible depuis la nationale 12. Un rectangle découpé dans les champs s'étendait de part et d'autre d'une route secondaire, saturé de voitures en fin d'existence. À droite, le hangar, les bureaux et les véhicules d'occasion. À gauche, les épaves et un monticule couleur de rouille. En se garant sur le parking des visiteurs, Alaric se dit que l'état de sa vieille Xsara aurait justifié une mise à la casse immédiate. À Saint-Germain-en-Laye, elle attirait l'attention des riverains, plus habitués aux Porsche Cayenne et aux Ferrari. Il se promit d'envisager un changement à la prochaine panne.

Il venait de passer plusieurs heures à localiser l'épave où Cynthia avait failli laisser la vie en même temps que son fils. En un simple coup de fil, il avait obtenu d'un collègue les coordonnées du dépanneur chargé d'évacuer les restes de la Mercedes. Il s'était rendu en personne au garage où la voiture accidentée avait séjourné pendant l'enquête de police. Ravie de revoir du monde après deux mois de travail à distance, une secrétaire s'était empressée de fouiller dans le registre, pour lui indiquer la destination finale du tas de ferraille : la casse Pièces Auto 12 à Maulette, dans le nord des Yvelines.

Il était 17 h 25. L'accueil allait bientôt fermer, et Florian Pélouin, le technicien de l'Identité judiciaire discrètement envoyé par Stéphane Hoddon, avait dix minutes de retard. Alaric n'avait aucune envie de démonter lui-même la carcasse – à condition que la pièce concernée n'ait pas été retirée. Heureusement, la fourgonnette de l'IJ apparut au loin, tache blanche à l'extrémité de la route rectiligne. Sans l'attendre, il poussa la porte du hangar, en espérant que le personnel ne ferait pas obstruction à sa demande qu'aucune procédure ne justifiait.

La première chose qu'il aperçut fut un interminable comptoir à la piste de zinc patinée par le temps, au bout de quatre allées d'étagères. Derrière ce meuble, juchée sur un tabouret de bar, une fausse blonde à la peau grise s'ennuyait ostensiblement sous l'aile déployée d'un grand aigle de bois. Elle lui offrit un sourire sincère et non masqué, comme une naufragée sourit à son sauveur. Les choses se présentaient bien.

— Bonjour *mademoiselle*, j'ai appelé tout à l'heure.

Il en faisait peut-être trop en l'appelant ainsi. Elle ne releva pas.

— Le flic ?

Événement rare, elle avait prononcé ces deux mots sans perdre son sourire.

— Capitaine Alaric Autier, de la brigade criminelle de Versailles.

— Oh, mais c'est encore mieux que ce que je croyais. T'as entendu ça, Nath ? Un capitaine de la crim'.

Une petite femme aux grands yeux rieurs apparut entre deux allées.

— Nath adore les polars, dit la fausse blonde.

Nath grimpa sur un tabouret, augmentant sa taille de vingt bons centimètres.

— Bonjour inspecteur, dit-elle. Qu'est-ce qu'on peut faire pour vous ?

Alaric renonça à lui expliquer qu'il n'y avait pas d'« inspecteurs » en France. Avec les plaques minéralogiques étasuniennes et les affiches de publicité automobiles en anglais sur les murs, ce lieu semblait voué au culte des routes américaines.

— Vous avez une épave qui pourrait nous intéresser. Un accident sur l'autoroute.

— Et si vous êtes ici, ça veut dire qu'il y avait un cadavre dedans, non ? dit Nath.

Généralement, Alaric n'aimait pas encourager les passions morbides des particuliers, mais il avait besoin de détourner l'attention du caractère confidentiel de sa démarche.

— Tout juste. Quelqu'un est mort il y a deux ans et demi dans cette voiture.

— C'est un *cold case* ?

— Vous vous y connaissez, à ce que je vois.

Elle rougit de plaisir. Il en profita pour lui montrer un document de l'assurance décrivant la Mercedes de Cynthia, et le lui retirer aussitôt qu'elle en eut pris connaissance. Elle consulta son ordinateur et trouva rapidement le véhicule.

— D'accord.

Elle appela sa collègue, qui sauta de son perchoir pour regarder l'écran. Pendant qu'elles échangeaient à voix basse, Florian poussa la porte du hangar, muni d'un gros sac à dos. Alaric le salua de la tête. Il avait rencontré cet homme au cours d'une ou deux affaires impliquant des véhicules. Comme tous les techniciens dépendant de Hoddon, il s'était montré discret, professionnel et plein d'humour.

— Il y a un problème ? dit Alaric.

— Non, non, dit la femme aux cheveux décolorés. C'est juste que votre voiture…

— Elle se trouve dans un tas, dit Nath. Mais on va vous la descendre. Venez, je vais vous montrer.

Elle redescendit sur terre, disparaissant presque entièrement derrière l'imposant comptoir pour réapparaître à son extrémité, près d'une pompe de station-service ornée d'une photo de cowboy.

Les deux hommes la suivirent à l'extérieur du hangar. Elle recruta au passage un employé aux bras couverts de tatouages et traversa la route pour entrer dans l'autre moitié du rectangle occupé par l'entreprise.

Ici, les voitures garées en rangs d'oignons se trouvaient dans un état de décrépitude plus ou moins avancé. Chez la plupart, des pièces manquaient, morceaux de carrosserie, rétroviseurs ou pare-brise. Toutes avaient perdu leurs roues, et reposaient sur des blocs de bois. Suivant une large allée centrale, ils arrivèrent au bout du terrain, où croupissaient les restes de véhicules difficiles à identifier, rangés par tas de deux à quatre étages pour gagner de la place.

Le tatoué, qui les avait abandonnés à l'entrée du second terrain, arriva au volant d'un camion équipé d'une benne et d'une petite grue. Nath lui indiqua un amoncellement de quatre voitures, devant lequel il arrêta son camion. Il monta sur le siège de la grue, qu'il mit en route dans un grondement assourdissant. Il commença par soulever sans ménagement la voiture du haut, manquant de lui arracher le toit, pour la déposer sur une pile voisine. Puis il s'attaqua à la suivante, qu'Alaric reconnut immédiatement. Il dut s'y reprendre à deux fois avant d'obtenir une prise à la fois solide et la moins destructrice possible. Il déposa les restes de la Mercedes blanche devant le camion et arrêta la grue.

— Vous avez de la chance, dit Nath. Normalement, on garde les sinistres une année et on les détruit en avril de l'année suivante. Là, avec le confinement, tout est resté en place.

Florian posa son sac à dos par terre. Il en sortit d'abord une tenue de protection et des gants, qu'il enfila sans trop de rigueur. Ainsi accoutré, il prit en photo l'épave sous tous les angles possibles, n'hésitant pas à ouvrir les portières et le capot. Fascinée, Nath ne perdait pas un seul de ses gestes.

— Alors c'est comme ça qu'ils travaillent, les experts ?

Alaric n'aimait pas répondre à ce genre de questions. Il lui parla dans l'oreille :

— Attention. Si vous parlez, le technicien retrouvera votre ADN dans ses prélèvements.

Cela suffit à lui imposer le silence. Prenant ce gros mensonge au sérieux, elle hocha gravement la tête. Après deux ans et demi dans une casse entre les mains des mécaniciens, des prélèvements n'auraient fourni aucune information exploitable.

Après le reportage photo, Florian s'attaqua à la mécanique. Alaric ignorait totalement où se trouvait le régulateur de vitesse. Fallait-il tout démonter ? Installer la voiture sur un pont ? Déposer le moteur ? Comme il ne pouvait aider son collègue, il lui emprunta des gants pour inspecter l'habitacle.

Dans cette voiture, sa compagne avait failli mourir. Elle avait perdu conscience en recevant un coup à la tête, dont l'origine n'avait jamais été précisée. D'après le procès-verbal qu'Alaric avait pu lire, la voiture avait pris feu par l'arrière, et le fils de Cynthia n'avait pu se libérer de sa ceinture de sécurité. Une personne non identifiée, sans doute un automobiliste témoin de l'accident, avait réussi à tirer Cynthia des flammes et à l'éloigner de l'incendie. Cette personne était partie avant l'arrivée des pompiers, profitant de la confusion qui régnait sur les lieux.

Des sièges, il ne restait que les squelettes noircis. Les vitres et le pare-brise avaient presque entièrement disparu. Malgré tout, Alaric prit le temps d'examiner l'intérieur dans les moindres détails. Il ne trouva rien, à l'exception d'une paire de lunettes solaires étonnamment intacte dans un vide-poche côté conducteur. Il faillit l'empocher sans autre précaution pour la ramener à Cynthia, mais il se ravisa et la glissa dans une pochette de scellés trouvée dans le sac de Florian.

Il posa la main sur la portière pour la refermer, mais n'acheva pas son geste. À travers le trou béant laissé par le pare-brise, il venait d'apercevoir une petite tache noire sur le capot relevé. Il se glissa prudemment dans la cabine carbonisée pour atteindre l'endroit en se salissant le moins possible. Ce n'était pas une tache, mais un morceau de tissu accroché à un repli de tôle, à droite du capot. Il le prit en photo, mais ne le détacha pas. Le fragment pouvait provenir de n'importe quel vêtement ou étoffe, appartenant aux victimes, au sauveteur anonyme, au remorqueur ou au personnel de la casse. Il préférait laisser Florian s'en occuper, et l'envoyer au labo pour analyse.

Il sortit de la voiture et tomba nez à nez avec le technicien de l'IJ, qui exhiba fièrement un petit boîtier d'où sortait un fil électrique.

— C'est l'actionneur du régulateur de vitesse.

— Mission accomplie, alors. Il a l'air en bon état.

— Ça, c'était la partie facile. Il me reste encore les commandes, dans l'habitacle.

Il lui fallut encore une vingtaine de minutes pour terminer son travail. Nath observa toute la procédure en restant aussi muette qu'un poisson. Après avoir extrait tous les éléments du régulateur, dont beaucoup avaient souffert de l'incendie, il voulut les enfermer dans un sac de scellés, mais Alaric l'en empêcha :

— Je m'en charge. Occupe-toi plutôt du morceau de tissu.

Quand Florian referma les portières, le soleil avait entamé depuis longtemps sa descente vers l'horizon. Contrairement à lui, Alaric venait de dépenser une journée de repos, mais au moins, il ne rentrait pas bredouille. Avec un peu de chance, l'affaire serait réglée avant la fin de la journée suivante.

Nath suivit les deux hommes jusqu'au parking. Les bureaux avaient fermé depuis une heure au moins.

— Revenez quand vous voulez, dit-elle.

Alaric n'en avait guère envie, mais il voulait s'en réserver la possibilité.

— La voiture doit rester sur place.

— Vous n'avez pas mis les bandes « Scène de crime – ne pas traverser ».

— Je vous en apporterai un rouleau la prochaine fois. Vous pourrez le faire vous-même.

Cette promesse renouvela son sourire. Au moins, elle aurait quelque chose à raconter quand elle rentrerait chez elle.

5

La douleur le réveilla. Il avait l'impression que son épaule était passée sous une presse. Des élancements irradiaient dans tout son crâne et il identifia aisément le liquide couvrant son visage comme du sang. Il ne sentait plus son bras gauche, qui pendait lourdement et refusait de revenir à la vie. Quelque chose s'enfonçait dans ses genoux.

Il passa sur ses yeux la manche droite de son survêtement. Pourquoi faisait-il aussi noir ? Pourquoi faisait-il aussi chaud ? D'où venait cette odeur de fumée qui l'étouffait ? Il essaya de se rappeler, mais ses souvenirs ne lui restituaient que la Mercedes heurtant le fourgon. Tout ça, c'était la faute à cet enculé de Moussa. Au prix d'une décharge de douleur dans le cou, il se retourna pour en parler à Nassim, mais sa place était vide. À côté, Mohmed semblait endormi.

L'ouïe lui revint en un éclair, ou plutôt il prit soudain conscience qu'il entendait quelque chose. Un mélange de hurlements à peine humains et d'explosions. Une alarme, ou peut-être une sirène. Une sirène. Les condés, les pompiers, les ennemis. Il fallait bouger tout de suite. Pour la première fois, il regarda son voisin. Tu vas nous tirer de là, pas vrai, Rachid ? Mais Rachid bougeait à peine. Il avait les yeux fermés et respirait bruyamment par la bouche. L'airbag, le volant et une partie du tableau de bord écrasaient sa poitrine.

Le temps se remit en mouvement. Il fallait fuir, et vite. Lamine essaya d'abord de détacher sa ceinture, mais il fut obligé de la découper avec son couteau. Il utilisa aussi sa lame pour crever l'airbag. À tâtons, il chercha son pistolet, et le trouva au milieu d'un enchevêtrement de câbles qui n'auraient pas dû se trouver là.

Il tenta d'ouvrir sa portière, mais elle refusa de bouger. Heureusement, la vitre latérale était ouverte au moment de l'accident. Il s'accrocha au toit et s'extirpa de la voiture. Quand il atteignit le sol, il se rappela qu'il avait caché la Kalachnikov entre son siège et la carrosserie. S'aidant de son bras gauche à peine ranimé, il tira sur le canon. L'arme sortit lentement de son logement. Au moins, il aurait de quoi se défendre.

Il s'aperçut qu'il se trouvait sous le pont. Le pick-up renversé gisait à quelques mètres, la tête de son conducteur dépassant du pare-brise. Dehors, près de l'entrée du pont, des voitures flambaient, de même que le camion-citerne vidé de son chargement. Une fumée épaisse et suffocante se répandait partout. Çà et là, le bitume brûlait comme un tas de broussailles. Des gens blessés marchaient sans but. L'un d'entre eux tentait en vain d'éteindre le feu qui consumait ses vêtements. Au loin, traversant le nuage obscur, les éclairs bleus des gyrophares annonçaient l'arrivée des secours. Il était temps de partir.

Après quelques efforts, Lamine parvint à ouvrir la portière de Mohmed. Il coupa sa ceinture de sécurité et lui administra deux gifles pour le réveiller. Mohmed fut pris de panique. Tremblant de tout son corps, il cria :

— Il est où, Nassim ?

— Viens cousin, on reste pas là. On va le chercher.

Il l'aida à s'extirper de la voiture. Mohmed faillit tomber. Il ne tenait pas sur ses jambes, et manifestait les signes d'une confusion extrême.

— T'as ton calibre ? demanda Lamine.

— Quoi ?

— Ton calibre, cousin. Tu l'as sur toi ?

Mohmed désigna une boursouflure à son flanc gauche. Son holster, qui contenait aussi un couteau.

— C'est bon, dit Lamine, on s'arrache de là.

Soudain, il se rappela que la porteuse avait été accidentée, elle aussi. Avec un peu de chance, Moussa n'avait pas encore eu le temps de rafler la cargaison. S'il n'était pas question de transporter à pied les 500 kg de cannabis, on pouvait au moins récupérer une partie de la coke.

— On va où ?

— On va d'abord fumer Moussa, ce fils de pute.

— Mais il est où, Nassim ?

— Je sais pas. Par là, peut-être.

Il se dirigea vers l'extrémité du pont. Quelques véhicules seulement le séparaient de la lumière. À une vingtaine de mètres, il aperçut la Mercedes ML, toujours perchée sur les cubes de béton. Il s'assura que Mohmed le suivait et accéléra le pas. Dans une voiture, une femme eut un mouvement de terreur en remarquant les deux hommes, et surtout leurs armes. Lamine dissimula son AK-47 sous le gilet de son survêtement. Il valait mieux éviter d'attirer l'attention.

En contournant une moto renversée, il buta sur un corps. Survêtement noir à bande fluo, un symbole Nike tondu dans les cheveux. Nassim. Il avait le sommet du crâne enfoncé et du sang partout. Par chance, Mohmed se trouvait encore à deux mètres. Lamine revint sur ses pas et prit un autre chemin.

Quand ils sortirent du pont, une autre surprise les attendait : trois camions de pompiers venaient d'arriver, se préparant à combattre l'incendie et à porter assistance aux victimes. Une dizaine d'hommes s'activaient déjà autour de leurs véhicules. Dans l'autre sens sur l'autoroute, un bouchon colossal s'était formé derrière un barrage de CRS, et de nombreux automobilistes étaient sortis de leur voiture pour observer les opérations de secours. Il fallait agir vite et discrètement.

Ils accédèrent enfin à la porteuse. À travers la vitre arrière, ils distinguèrent la silhouette inanimée du conducteur. La main sur son pistolet, Lamine grimpa jusqu'à la portière gauche pour s'assurer que Moussa ne simulait pas l'inconscience. Il eut un mouvement de recul en découvrant le visage sans couleur du jeune charbonneur. Devant lui, l'airbag avait pourtant bien fonctionné.

Lamine désigna l'arrière de la voiture à Mohmed. Le choc arrière avait tordu le hayon, révélant en partie le contenu du coffre : quatre cubes en bois, contenant chacun 125 kg de résine et d'herbe, et un gros carton pour la cocaïne. Conjuguant leurs forces, ils parvinrent à soulever le hayon. Mais comment transporter la drogue ? Même s'ils arrivaient à dénicher deux sacs, une charge supplémentaire de 25 kg par personne les aurait retardés dans leur fuite. Ce fut Mohmed qui trouva la solution :

— Y'a une caisse vide là-bas sur le côté.

Lamine regarda dans la direction qu'il indiquait. Une voiture était garée sur la voie de gauche dans le sens du trafic, ce qui montrait qu'elle n'était pas arrivée avec les secours. Il supposa qu'elle avait échappé de peu au carambolage, et que l'automobiliste s'était arrêté pour aller s'occuper des rescapés.

— Aide-moi.

Chacun s'empara d'une des deux sangles du carton. La prise était instable et douloureuse. Lamine savait que leur entreprise risquait de déclencher des réactions. Les pompiers les prendraient probablement pour des pillards, et tenteraient peut-être de s'opposer à eux. Il tâta le pistolet dans sa poche. Au besoin, il n'hésiterait pas à s'en servir.

Au signal de Lamine, les deux trafiquants s'élancèrent en direction de la voiture immobilisée. Sur la droite, quelqu'un cria, mais ils n'en tinrent aucun compte. Ils parcoururent l'espace qui les séparait de leur moyen de transport presque en courant, manquant plusieurs fois de lâcher le carton.

Pendant que Mohmed installait la drogue dans le coffre, Lamine se chargea de faire démarrer la voiture en trafiquant le contact. Au moment où le moteur se mit à tourner, un coup de feu retentit à proximité. Mohmed se jeta dans le véhicule.

— Les keufs. Ils sont de l'autre côté.

Les pompiers avaient dû alerter les CRS qui tenaient le barrage un peu plus haut. Connaissant Mohmed, il le soupçonna d'avoir tiré le premier. La voiture quitta les lieux dans un crissement de pneus, pendant que la première balle des policiers touchait la carrosserie.

6

André n'avait vu ni les anges ni le doigt de Dieu, mais il savait qu'il aurait dû mourir. Assis près d'un VSAV[11] dans la lumière déclinante du jour, il repassait sans arrêt dans son esprit l'improbable séquence d'événements qui l'avait conduit jusque-là, ainsi que la vision qu'il avait reçue. Tout s'était passé si vite ! Il avait beau être intervenu souvent sur des accidents routiers, rien ne l'avait préparé à ce qu'il venait de vivre.

Il sortait tout juste du pont quand le carambolage avait commencé. Derrière lui, des freins avaient hurlé, suivis de plusieurs chocs d'une extrême violence. Dans son rétroviseur, il avait assisté à l'approche rapide d'un fourgon blanc à bandes rouges exécutant une série de tonneaux. Médusé, il n'avait pu réagir. En une seconde, le fourgon l'avait atteint, menaçant de le broyer sous plusieurs tonnes d'acier.

Mais cela n'était pas arrivé.

Obéissant à une loi mystérieuse, le missile avait rebondi sur l'autoroute, pour passer au-dessus de sa voiture sans même la frôler. Ses tonneaux s'étaient poursuivis sur la bretelle de sortie, de l'autre côté du garde-corps, jusqu'à ce qu'il s'encastre dans un arbre.

---

11. Véhicule de secours et d'assistance aux victimes.

André s'était arrêté sur le côté gauche, à quelques mètres d'un 4x4 accidenté, incapable de rouler davantage tant il tremblait. Il avait senti passer les symptômes du malaise vagal : vertige, palpitations, sueurs froides, étourdissement. Lui qui s'était toujours considéré comme un professionnel solide, un médecin légiste que la mort ou les blessures n'impressionnaient pas, il se découvrait émotif et paralysé par les émotions violentes.

Il était resté là jusqu'à l'arrivée des secours. Derrière lui, l'incendie faisait rage et les sirènes commençaient à converger vers le lieu du sinistre, mais il se sentait toujours incapable d'agir. Un secouriste avait frappé à sa vitre et lui avait demandé s'il était blessé. Il avait secoué la tête, mais son apparence devait tenir un autre langage, car le pompier avait fini par l'aider à sortir après avoir arrêté le moteur.

Les secours s'organisaient rapidement. À l'aval du pont, un fourgon pompe-tonne était en cours de déploiement, et deux VSAV recueillaient les automobilistes rescapés. Un hélicoptère s'était posé dans un champ, et trois pompiers tronçonnaient les glissières afin de créer un passage. De l'autre côté, plusieurs lances projetaient de la mousse sur le feu d'hydrocarbures, au milieu d'un énorme nuage de fumée sombre. Dans la direction de Paris, les CRS avaient établi un barrage, devant un bouchon qui s'étendait à perte de vue.

André connaissait bien les conséquences de ce genre d'incendie. Quand les derniers foyers seraient éteints, on retrouverait des restes humains dans les voitures carbonisées. Le nombre de morts dépasserait peut-être la dizaine, corps calcinés dont seule une autopsie pourrait déterminer s'ils avaient succombé aux brûlures ou à l'étouffement.

Il observait le déplacement du pompe-tonne quand deux hommes sortirent du pont. Ils étaient habillés de vêtements de sport et le visage de l'un d'eux semblait couvert de sang. Ils faisaient sans doute partie des victimes du carambolage. Deux sapeurs allèrent à leur rencontre, mais les deux hommes poursuivirent leur progression vers le 4x4 reposant en équilibre instable sur le terre-plein central.

Ils en ouvrirent le coffre, puis dérobèrent l'une des caisses qu'il contenait. Un des pompiers leur cria d'arrêter, mais ils repartirent avec la caisse en pressant le pas. André comprit tout de suite qu'ils avaient l'intention de voler sa voiture, pourtant cette perspective le laissa totalement indifférent. Après avoir échappé par miracle à l'écrasement, la perte de son véhicule lui paraissait sans importance.

Près de lui, un pompier gradé appela les services de police avec sa radio. Il signala l'incident et fournit la description des voleurs. Fasciné par ce qui était en train de se produire, André continua d'observer la scène. Les pompiers qui avaient voulu porter assistance aux pillards revinrent en courant à leur VSAV. Les hommes en survêtement noir ouvrirent sans peine le coffre de la voiture qu'André avait négligé de verrouiller, et y déposèrent la caisse.

— Ne restez pas là, docteur, ils sont armés, dit le gradé.

D'une main ferme, il entraîna André derrière le camion rouge. Aussitôt, des coups de feu retentirent, suivis du démarrage précipité d'un moteur que le médecin ne connaissait que trop bien.

Une gradée des CRS conduisit André de l'autre côté de l'autoroute, afin d'emprunter le sentier d'accès d'une antenne de téléphonie. Rabattue par le vent d'ouest, la fumée de l'incendie s'accrochait aux arbres comme une brume de suie, plongeant le chemin dans la pénombre. Elle disparut à proximité de leur destination, leur dévoilant un massif d'arbres et de plantes aux formes pointues, entouré de véhicules divers. André chassa de son esprit la vision du fourgon fonçant vers lui. Il était temps qu'il abandonne sa défroque de rescapé pour revêtir la blouse blanche qui lui était plus familière.

Les pompiers avaient installé leur poste de commandement sur un rond-point surplombant le pont. De cette position dominante, on apercevait à la fois les dernières opérations de lutte contre l'incendie, le ballet des hélicoptères et des ambulances et les efforts des CRS pour évacuer les véhicules prisonniers du bouchon dans le sens Province-Paris. D'autres véhicules avaient rejoint le camion de PC sur le cercle de pelouse : un véhicule de commandement et un car de CRS, une voiture d'Aliser[12], plusieurs grosses berlines françaises aux vitres teintées qui signalaient la présence de personnalités haut placées dans la hiérarchie de l'État, et un monospace de France Télévision.

Parmi le groupe d'uniformes et de costumes qui entourait le poste de commandement, il reconnut la haute silhouette d'un homme aux cheveux gris coupés très court. Avant que le CRS ait eu le temps de le lui présenter, André lui tendit la main, que l'autre saisit avec chaleur sans se préoccuper des recommandations sanitaires en vigueur.

— Monsieur Cazenave ! dit-il. C'est une bonne surprise de vous rencontrer ici.

Le substitut du procureur sourit. André l'avait rencontré trois fois sur des scènes de crimes, et il avait toujours été impressionné par le mélange de professionnalisme, de finesse psychologique et d'humanité qui le caractérisait.

— Alors, docteur Panossian, on m'a dit que vous avez failli faire partie de nos victimes.

— Personne ne sait si la lumière brûlera jusqu'à demain, comme on dit chez moi. On croit se rendre chez un ami, et on se retrouve dans un carambolage.

— C'est bien la première fois que le légiste arrive sur les lieux avant les cadavres. C'est ce qu'on appelle avoir du nez.

Juste après le vol de sa voiture, André avait appelé le parquet pour offrir son aide. Au bout du fil, la décision n'avait pas tardé :

---

12. Autoroutes de liaison Seine-Rhône.

dans un contexte de pénurie chronique de légistes, on ne pouvait se permettre de refuser son offre.

— L'inconscient nous joue des tours, monsieur Cazenave. Après deux mois sans travail, je suppose que j'avais envie de chair fraîche.

Le substitut éclata de rire. À ses côtés, un monsieur lisse aux cheveux précocement blanchis fit la grimace.

— Fraîche n'est peut-être pas le bon mot, dit Cazenave. Torréfiée serait mieux.

Le monsieur lisse rougit du haut du front à la pomme d'Adam. Il ne put s'empêcher de remettre le magistrat sur le droit chemin :

— Monsieur, vous parlez de personnes décédées dans d'horribles souffrances...

Le magistrat se renfrogna. Contrairement à beaucoup de ses pairs, il n'hésitait pas à se frotter à la réalité. André l'avait vu se pencher sur des cadavres sans tourner de l'œil. Son rire était celui d'un médecin, qui sait que l'humour tient la mort à distance.

— Oui, vous avez raison. De nos jours, les gens sont devenus tatillons. Il ne faudrait pas prêter le flanc à la critique. Panossian, je vous présente Jean-Claude Rappeneau, le directeur de cabinet du préfet.

André salua sobrement le technocrate, remerciant le virus de lui éviter une poignée de main. Il n'avait jamais apprécié l'engeance technocratique.

— J'ai appris que des trafiquants ont volé votre véhicule, poursuivit le parquetier. D'après les témoignages qui m'ont été rapportés, le carambolage aurait été provoqué par deux 4x4 qui se poursuivaient. À ce stade, nous ignorons encore l'identité de ces malfaiteurs, mais nous savons que la première voiture transportait de la drogue en provenance des Pays-Bas. Tiens, voici justement le capitaine Castel, de la brigade des stups. Il vous expliquera tout ça mieux que moi.

Cazenave appela d'un grand geste un homme aux yeux d'un bleu azur, habillé d'un blouson clair et d'un jean. En guise de salutation, le policier secoua la main comme s'il retrouvait de vieux copains.

— C'est vous, le légiste ? demanda-t-il.

— Légiste et témoin. On manquait de personnel, alors on a regroupé les deux.

Castel sourit. André sentit que cet homme ne lui causerait aucune difficulté.

— Vous lui expliquez l'affaire ? dit Cazenave.

Castel hocha la tête.

— On a deux bolides volés, immatriculés à Marseille. Dans le premier, 500 kg de cannabis, plus un autre chargement dont on ignore la nature. Dans le deuxième, quatre hommes armés. On pense à une attaque de bande rivale pour récupérer la drogue, mais on est sûrs de rien.

Une fois de plus, André revit le tas de ferraille dont la trajectoire aurait dû passer par sa voiture. Un véhicule d'entretien de l'autoroute, transformé en projectile.

— Et le fourgon, on sait ce qu'il faisait là ?

Cazenave afficha son incompréhension, mais Castel s'était déjà renseigné.

— Un pauvre gars qui se trouvait là au mauvais moment. Il y en a qui ont pas de chance dans la vie.

André était déjà intervenu sur des accidents impliquant des fourgons d'autoroute. La nature même du travail des « hommes en jaune », des patrouilleurs, les exposait particulièrement à ce risque. Mais celui-ci roulait sur la voie de gauche quand il s'était fait percuter.

— Nous ne pouvons répondre à toutes les questions, dit Cazenave. Nous avons des priorités. L'autoroute doit être rouverte le plus rapidement possible. Nous allons nous concentrer sur les individus qui ont provoqué l'accident. Docteur, nous avons d'abord besoin de vous pour les corps des trafiquants décédés. Ensuite, il faudra se pencher sur les victimes des incendies. Si on arrive à identifier tout le monde, on aura de la chance.

André réagit. Il ne voulait pas le laisser dire.

— Toutes les victimes sont importantes, monsieur le substitut du procureur.

Cazenave ne pouvait donner d'ordre direct à un légiste, et il le savait.

— Docteur Panossian, nous avons deux criminels dans la nature, au volant de votre véhicule, plus une dizaine de cadavres calcinés et autant de familles qui attendent des nouvelles de leurs proches. L'autoroute la plus fréquentée de France est à l'arrêt, et les déviations plongent le sud de la région parisienne dans le chaos. J'entends bien que vous voulez faire votre travail, mais j'espère que vous prendrez les circonstances en considération.

— Je ferai au mieux, bien sûr. Je commencerai par les trafiquants. Après, je ne pourrai pas aller plus vite que l'Identité judiciaire et que les policiers de la PJ.

— Il n'y aura d'enquête de PJ que pour les trafiquants. Pour les autres, vous serez en relation avec les OPJ[13] des CRS. Je ne crois pas qu'ils vous ralentiront.

André faillit émettre une objection. Les CRS n'avaient aucune compétence particulière pour mener des enquêtes judiciaires. Si Cazenave avait choisi de leur confier les accidentés ordinaires, cela signifiait qu'il n'accordait pas une grande importance aux circonstances de leur décès. André se promit de ne rien laisser passer, et de superviser personnellement les autopsies dès le lendemain. Il savait qu'il avait devant lui de longues heures de travail, mais il n'avait pas le droit de baisser les bras.

---

13. Officiers de police judiciaire.

Le soleil s'était couché depuis une heure quand les pompes funèbres procédèrent à la levée de l'avant-dernier corps, enfermé dans une housse avec les effets personnels trouvés dans la voiture. Une galaxie de taches noires souillait la combinaison de protection d'André. Le contact du cadavre calciné qu'il venait d'examiner lui avait laissé l'empreinte d'un dégoût durable. Le sandwich offert par un technicien avait failli repartir en sens inverse, jusqu'à ce qu'une gorgée d'eau s'y oppose. Comme il l'avait anticipé, André se sentait sale et fatigué. Il ne se rappelait pas avoir subi un tel stress depuis ses années d'internat. Il ne rêvait que de rentrer chez lui et de goûter aux délices d'une nuit sans rêve.

— Je vous ramène, docteur ? dit un technicien de l'IJ.

Il s'appelait Antoine, et il venait de passer une demi-heure à démonter le moteur de la Mercedes. André eut du mal à résister à la tentation.

— J'aurais bien voulu, Antoine, mais nous avons encore une victime.

Le technicien le regarda sans comprendre. André lui montra la silhouette d'un véhicule, qu'on devinait à peine dans la faible lumière. Des photographes avaient déjà réalisé l'album du fourgon, mais personne n'avait cru bon d'installer des projecteurs à cet endroit.

— Je peux pas rester, désolé.

— Je ne vous demande rien, Antoine. Retournez chez vous.

Il ne put s'empêcher de laisser passer dans ces mots un peu de l'amertume qu'il ressentait. Il s'imaginait déjà seul avec un cadavre sur le bord de l'autoroute, sans moyen de quitter cet enfer.

— Je vais demander à Cassandra si elle peut rester avec vous. Elle est célibataire.

En d'autres circonstances, André aurait plaisanté sur les sous-entendus de cette phrase, mais la fatigue avait congédié son humour.

— Merci, Antoine. Reposez-vous bien.

Le technicien lui tendit une tenue protectrice neuve.

— Vous en aurez besoin.

André s'assit sur la glissière la plus proche, sous un ciel où la lune allait bientôt apparaître. Antoine s'éloigna, pour revenir quelques secondes après, accompagné d'une collègue dont la charlotte n'arrivait pas à contenir entièrement les cheveux roux bouclés.

— On y va ? dit-elle.

— On aura besoin de lumière. Et j'espère qu'il reste des employés des pompes funèbres.

Cassandra lui fit signe de la suivre. Elle dénicha et débrancha deux projecteurs, remit en route un groupe électrogène et tira une longue rallonge en direction du fourgon. Avant qu'il vienne à l'esprit du légiste de lui proposer son aide, deux puissants faisceaux de lumière éclairaient déjà le véhicule accidenté, qui s'était miraculeusement remis sur ses quatre roues au terme de son tournoiement. André découvrit enfin l'occupant du véhicule de service, un homme jeune aux cheveux blonds, maintenu à son siège par sa ceinture de sécurité. Dans l'habitacle, aucun airbag ne s'était déclenché.

Sans qu'André le demande, Cassandra se mit à photographier l'intérieur du fourgon, pendant que le médecin changeait de tenue pour la dernière fois. Profitant de l'éclairage, il commença par observer le véhicule d'assez loin pour en obtenir une vision complète. Il s'en approcha ensuite selon un trajet en spirale, pratique d'enquêteur qu'une procédurière lui avait expliquée quelques années avant. Il essaya d'imaginer les traumatismes subis par cet homme tandis que son fourgon tournoyait sur la route.

Compte tenu de l'angle de l'accident, un œdème sous-dural était peu probable, mais les vertèbres cervicales avaient probablement subi des contraintes mécaniques importantes. Les sangles de la ceinture de sécurité avaient peut-être provoqué des dommages squelettiques, comme une rupture de la clavicule ou de plusieurs côtes. Mais l'état du corps et celui de la cabine ne permettaient pas d'expliquer la mort de cet homme jeune d'aspect athlétique.

— Vous savez si les pompiers ont essayé de le ranimer ? demanda-t-il à Cassandra.

— J'en ai aucune idée.

André ouvrit la portière de gauche, après avoir constaté qu'on l'avait laissée entrouverte. Elle portait également les traces d'une ouverture à la barre à mine.

— Ils sont au moins entrés pour le secourir.

Pourquoi l'avaient-ils laissé en place sans lui administrer les premiers secours ? André se rappela qu'au moment où il était sorti de sa voiture, il avait aperçu une équipe de deux sapeurs en chemin vers le fourgon. Si ceux-là n'avaient même pas pris la peine de détacher la ceinture de sécurité d'une victime quelques minutes après l'accident, quelque chose avait dû les convaincre de l'inutilité d'une réanimation.

Il monta sur le marchepied, se demandant comment il allait déplacer le cadavre avec la seule aide d'une jeune femme fluette. Il avait passé la soirée à s'occuper de victimes sans surprise, et maintenant qu'il pouvait enfin examiner celle par qui le carambolage avait commencé, il ne disposait plus des moyens de travailler correctement. Même l'éclairage était insuffisant ; il fut obligé d'utiliser la fonction lampe de poche de son téléphone pour inspecter le corps et son environnement.

Dès que le premier rayon lumineux toucha la tête du patrouilleur, André eut la confirmation de ce qui s'était passé.

Sur la droite, son crâne avait subi un tel impact qu'une dépression de plus d'un centimètre était apparue sur l'os frontal. La blessure n'avait presque pas saigné, indiquant que la mort avait été immédiate.

André ne dut pas chercher longtemps pour trouver l'origine du choc. Sur le sol de la cabine, entre un balai et un gros morceau de plastique noir, gisait une masse volumineuse de forme cubique, qu'il ne reconnut pas immédiatement. Un de ses coins, renforcé par une pièce métallique, portait des traces de sang.

André appela la technicienne de l'IJ pour lui montrer sa trouvaille. Cassandra ramassa l'objet. Pendant qu'elle le glissait dans un sac de scellés, le légiste l'identifia comme une enceinte Bluetooth très endommagée. Avec les tonneaux, le cube avait été projeté sur le conducteur, provoquant instantanément sa mort.

Il s'aperçut soudain de la présence de deux hommes dans l'espace éclairé par les projecteurs. Leurs costumes noirs valaient tous les uniformes ; ils faisaient partie de l'entreprise de pompes funèbres chargée de transporter les corps à la morgue. André savait ce que signifiait leur présence. Antoine avait dû les informer que leur travail n'était pas tout à fait terminé. Ils venaient voir si leur « client » était prêt à entamer son voyage. Le légiste aurait voulu disposer de plus de temps, mais il ne voulait pas abuser de celui de ces gens. En l'absence de l'OPJ, l'examen du cadavre attendrait bien le lendemain.

— Vous pouvez l'emmener, dit-il.

Les hommes en noir se mirent à l'ouvrage. Ils détachèrent la ceinture de sécurité et parvinrent presque sans difficulté à déposer la victime à plat dans la housse posée sur leur civière. La rigidité cadavérique n'était pas encore installée, ce qui confirmait que le décès ne remontait pas à plus de quelques heures. André regretta de ne pas avoir effectué les examens habituels, mais les conditions étaient bien trop défavorables. Il décida de réaliser personnellement l'autopsie du patrouilleur malchanceux dès le lendemain.

7

Par la suite, on se souvient des plus petits détails. La tache de café sur la table basse. Le goût du brownie dans ma bouche, celui que j'ai craché sans même m'en apercevoir. L'odeur de lait diffusée par Fabien dans la pièce. La scène entière est gravée dans ma mémoire pour toujours. Au petit matin, quand j'ai enfin fini par m'endormir, elle s'est mise à tourner en boucle dans ma tête comme une vidéo sur Instagram.

Je l'ai su tout de suite. Tu vas me dire qu'à force de concevoir des idées crades, il y en a une ou deux qui se réalisent de temps en temps. Mais avoue que tu n'avais pas pensé à celle-là : mon Julien, esquinté par un accident d'autoroute. Pourquoi je regardais la télé ? Je n'en sais rien, et je ne veux surtout pas croire que c'était une intuition. J'étais plantée devant l'écran, et j'ai vu ton fourgon sur le bord de l'A6. La caméra n'a fait que glisser dessus, mais je l'ai reconnu. Il avait cette pub à l'arrière, avec le slogan « Respectez sa vie », et la photo d'une nana dont j'avais déchiré un coin.

J'ai pensé « ça y est, c'est arrivé. » J'ai senti couler dans mon corps une terreur glacée que je n'ai connue qu'une ou deux fois dans ma vie. J'avais l'impression de tomber, sans jamais atteindre le fond. Si je ferme les yeux, la sensation est toujours là. Quelque chose en moi tombe et tombe encore. La nausée est venue plus tard, avec le manque d'air et les frissons. J'avais l'esprit vide, mais mon corps hurlait. Je suis restée ainsi jusqu'à la fin du journal télévisé, incapable de bouger, statue figée dans la peur.

C'est Fabien qui m'a sortie de cet état. Il s'est mis à beugler comme un animal blessé. Est-ce qu'il avait compris que quelque chose venait de se passer ? En tout cas, je peux te dire que je ne l'ai jamais entendu brailler de cette manière. Je me suis levée pour le consoler, manquant de m'étaler dans le séjour parce que mes jambes refusaient de me porter. Je l'ai pris dans mes bras, mais ça l'a fait crier encore plus fort. On a fini dans le fauteuil, à se consoler l'un l'autre. On a passé au moins une heure comme ça, pendant que la télé débitait ses émissions de la soirée.

Je me rappelle exactement ce qui m'a fait bouger. J'ai vu passer une pensée : « il est peut-être vivant. » Je m'y suis accrochée comme à une bouée : oui, c'est ça, tout n'est peut-être pas perdu, mon Julien est en vie, on l'a sorti de son fourgon, on l'a conduit dans un hôpital, il va s'en sortir, il a besoin de moi. Tu peux te moquer si tu veux. Oui, celle que tu appelais ta négative s'est convertie à l'espoir. L'idée que tu pouvais être vivant m'a rendu toute mon énergie. J'ai doucement posé Fabien dans son berceau et je me suis mise à réfléchir à toute vitesse à ce que je pouvais faire pour te rejoindre.

D'abord, il fallait que quelqu'un garde mon bébé. J'ai tout de suite refusé d'appeler ma mère, tu t'en doutes. Elle, ou tout autre membre de ma famille. J'ai aussi exclu les voisins, les collègues et les amis avec enfants. J'ai rapidement fait le compte : il ne restait plus que Louise. Je sais ce que tu vas me dire : avec son mari cinglé, elle était la dernière personne à pouvoir s'absenter au milieu de la soirée pour s'occuper de Fabien. Pourtant, c'est bien elle que j'ai appelée, en utilisant comme d'habitude son numéro de portable.

À ma grande surprise, une voix masculine a répondu :

— Marion, c'est ça ? Il est un peu tard pour appeler.

Ce salaud avait accès au téléphone de sa femme.

— J'ai une urgence.

— Ah oui ? Quoi ? Ton mioche a bobo ?

Je n'avais pas le choix, je devais lâcher le morceau.

— Mon mari a eu un accident. Je dois le rejoindre. J'ai besoin de quelqu'un pour garder mon bébé.

— T'as une famille, non ? Une maman, une sœur.

À ce moment, ma haine envers lui a atteint un point culminant. J'avais envie de lui défoncer la face à la batte de baseball. À l'autre bout de la ligne, j'ai entendu les bruits d'une dispute. Louise avait enfin décidé de ne pas se laisser faire. Après un échange animé, elle a fini par reprendre le téléphone.

— Marion, qu'est-ce qui se passe ?

Je lui ai décrit la situation. Elle m'a promis de venir. Quand elle a raccroché, je n'étais pas très rassurée pour elle. Son mec fout vraiment les jetons. Il suffit qu'il entre dans une pièce pour que la température descende de plusieurs degrés. Mais étant donné la situation, je n'avais pas les moyens de me sentir coupable. Pour une fois, j'avais tellement besoin d'elle que je ne pouvais me permettre de la protéger.

Elle est arrivée un quart d'heure plus tard, alors qu'elle habite à quelques pâtés de maison d'ici. Je faisais les cent pas dans le séjour. J'ai remarqué qu'elle s'était hâtivement maquillée. Je la connais assez pour savoir qu'elle cherchait à cacher quelque chose, un bleu ou une cicatrice.

— Tu m'appelles quand tu as du neuf ?

— Je te tiens au courant de tout. J'ai couché Fabien. Normalement, tu n'as besoin de rien.

— Fais gaffe à toi.

Je l'ai prise dans mes bras, autant pour me donner du courage que pour la remercier d'être là. Je n'ai pas réussi à retenir mes larmes.

— C'est horrible, Loulou. Je ne pensais pas que je vivrais ça un jour.

Là, j'ai entendu une petite voix dans ma tête – la tienne, sans doute. Bien sûr que je mentais. J'ai passé des années à imaginer des scénarios plus horribles encore. Mais en même temps, je disais la vérité : j'ai compris à cet instant que mes visions d'horreur n'étaient qu'un moyen de me protéger de ma peur. Elles n'étaient pas supposées se réaliser.

J'ai filé sans lui dire au revoir, comme si le temps s'était soudainement remis à défiler. J'en avais trop gaspillé, il fallait maintenant que je le rattrape. J'ai sauté dans ma petite Fiat et j'ai mis le contact. Plusieurs voitures étaient garées dans la rue du Stade. Je n'ai pas eu le temps de me demander pourquoi, mais je me souviens que ce détail m'a étonnée. Nous vivons à l'écart, dans une petite voie qui ne compte que trois pavillons. Il n'y a rien par ici pour attirer autant de monde. Tant pis s'ils sont là pour me cambrioler, je leur laisse tout. Je sais, cette idée t'aurait fait bondir, mais tu n'es plus là. Voilà ce qui se passe quand le chat est parti.

Je connaissais bien le lieu du carambolage. La télévision avait montré le rond-point du Coudray-Montceaux, celui par où j'entre sur l'autoroute quand je vais vers le sud. Le paysagiste lui a donné une apparence de boussole, avec les lettres des points cardinaux autour d'un massif en forme d'étoile. Il se trouve à trois ou quatre kilomètres de chez nous. Je me suis donc dirigée vers la nationale 7, avec l'intention de m'arrêter aussi près que possible de l'accident. Je me sentais comme une serviette dans un lave-linge : secouée, désorientée, trempée de sueur.

Je venais de dépasser l'Essonne quand j'ai compris que j'avais été naïve. À partir de la voie ferrée, la rue du Chêne était bloquée par un bouchon compact. Les voitures ne bougeaient pas, et quelques conducteurs étaient même sortis de leur véhicule pour se dégourdir les jambes. La nationale était probablement à l'arrêt, comme toutes les routes entourant le carambolage. Inutile d'attendre ; je savais que la circulation mettrait des heures à se rétablir.

J'ai réussi à faire demi-tour et à me garer dans la première rue où j'ai trouvé une place. Je me sentais pourtant incapable de renoncer. Depuis que je m'étais mise en mouvement, j'étais prise d'une agitation que je peinais à maîtriser. Mes mains tremblaient sur le volant, et j'avais envie de gueuler ma peur et ma colère. Je suis sortie d'un bond, et je me suis mise à marcher sur le trottoir, accélérant peu à peu jusqu'à courir.

Je n'avais pas repris le jogging depuis mon accouchement, mais je suis partie comme un missile, slalomant entre les voitures quand aucun autre espace n'était disponible. Mon corps me renvoyait des messages de douleur, dont je ne tenais pas compte. Au bout de quelques minutes, ils avaient disparu. Je savais que je paierais cet effort plus tard. Ça n'avait aucune importance.

Sur la N7, les larges trottoirs permettaient une foulée plus régulière. J'ai poursuivi mon effort aussi longtemps que je l'ai pu, dépassant des centaines de véhicules immobilisés, mais je perdais de la vitesse. Deux kilomètres plus loin, près de la gare du Plessis-Chenet, je me suis arrêtée. J'avais mal partout, les poumons en feu et le corps en nage. Je me suis assise dans l'herbe pour reprendre mon souffle. Tout tournait autour de moi. C'est à ce moment que je t'ai vu. Tes yeux bleus flottaient juste devant moi, et ton visage exprimait le regret. L'hallucination a duré deux secondes à peine, mais elle m'a fait l'effet d'un électrochoc. Boitant un peu, soufflant comme un chien, je suis repartie.

J'ai quitté la nationale au niveau du restaurant népalais et j'ai entamé la dernière ligne droite. À l'horizon, un épais nuage noir obscurcissait le ciel. En approchant, j'ai compris qu'il provenait du lieu de l'accident. Je me suis rappelé l'incendie montré par les caméras de télévision. Un camion-citerne s'était renversé, répandant sur l'autoroute son contenu de carburant. Un instant, je t'ai imaginé dévoré par le feu, mais j'ai revu l'image de ton fourgon sur le bas-côté. Tu n'étais pas mort dans les flammes, et je me suis efforcée de te visualiser à l'hôpital, parmi d'autres rescapés. J'ai maudit mon pessimisme ; il restait de l'espoir. Bientôt, j'allais apprendre où ils t'avaient emmené.

Juste après la plaque indiquant la sortie du Coudray-Montceaux, la police avait installé un barrage, trois barrières métalliques entre des cars de CRS. J'ai essayé de parler aux agents qui le gardaient, mais ils m'ont répondu que personne n'était autorisé à entrer dans le périmètre. Je suis revenue en arrière pour emprunter la rue des Arrigaux, qui passe derrière l'Ehpad. À bout de souffle, j'ai poursuivi jusqu'à un sentier qui partait vers la droite. J'ai traversé une large haie d'arbres et d'arbustes pour émerger en hauteur, au-dessus d'un chemin reliant une antenne-relais au rond-point en forme de boussole.

De là, je dominais le lieu de la catastrophe, ainsi que le gigantesque bouchon qui s'était formé dans l'autre sens. Je me sentais totalement épuisée, faible et tremblante comme si j'avais attrapé le virus. J'étais aveuglée par ma sueur et je n'arrivais pas à respirer normalement. J'ai cru que mon cœur allait s'arrêter. Je suis restée longtemps appuyée contre un arbre, incapable de bouger. Dès que je me suis sentie un peu mieux, j'ai observé avec effroi le tableau du carambolage : un amas de voitures, motos et camions accidentés, dans des états et des positions divers, sur fond d'incendie. La fumée montait depuis l'autre côté du pont, pendant que les grands jets des lances combattaient le feu.

J'ai mis du temps à repérer ton fourgon, tache blanche barrée de rouge appuyée contre un arbre, derrière une glissière. Mon cœur s'est remis à battre très fort. J'ai été prise d'une envie irrésistible de me faufiler entre les voitures du bouchon et les carcasses accidentées pour m'assurer qu'ils t'avaient bien emmené. Quand j'y repense, jusqu'au bout j'ai refusé de voir la vérité. Pendant quelques instants, j'ai été partagée entre la tentation de passer à l'acte et la terreur d'affronter la réalité.

Deux hommes, ressemblant de loin à des pompiers, marchaient vers le fourgon. J'ai pensé qu'ils voulaient s'assurer que tous les blessés avaient bien été évacués. Mais au lieu d'ouvrir la portière du conducteur, ils se sont acharnés sur les portes arrière. Ils ont fini par les ouvrir, et l'un des deux est entré dans la cabine, pour en ressortir aussitôt. Bizarrement, j'ai trouvé ça rassurant. Je me suis dit qu'ils avaient oublié de vérifier la présence de victimes dans cette partie du véhicule.

J'ai été prise de nausée. J'en avais assez vu. Je n'étais pas préparée à affronter une telle situation. On se rêve puissante, mais les désastres nous rappellent que nous ne sommes que des enfants. Toi, je suis sûre que tu te serais précipité vers le fourgon, mais j'en étais incapable. Je me suis retirée, reculant piteusement sur le sentier, te laissant aux mains des secouristes. Je suis retournée au rond-point pour mendier aux policiers quelques miettes d'information.

— Bonjour, monsieur, mon mari a été pris dans l'accident. Je voudrais avoir de ses nouvelles.

Visez-moi cette citoyenne modèle, qui parle poliment à ces ordures de CRS ! Ce gros type aux vêtements coqués nous a peut-être nassés l'an dernier, dans une manifestation de Gilets jaunes, et je me présente à lui toute soumise.

— Vos papiers d'identité, s'il vous plaît.

Je lui ai tendu ma carte d'identité, que j'avais emportée par miracle, et il m'a laissée entrer dans le périmètre. Il m'a emmenée tout près du terre-plein central, devant l'un de ces camions que j'avais appris à redouter. Je voyais bien qu'il se méfiait. Il ne voulait pas me laisser seule, mais il n'avait pas le choix.

— Vous restez là, hein, dit-il.

J'ai hoché la tête. Qu'est-ce que je pouvais faire d'autre ? À demi rassuré, il a filé vers un camion situé à quelques dizaines de mètres de là. J'ai profité de son absence pour observer ce qui se déroulait autour de moi. Sur le rond-point étaient rassemblés divers véhicules : de grosses voitures noires, des cars de CRS, des camions de pompiers et une voiture d'Aliser. Une réunion était en cours, entre des gens en costume, des policiers, des pompiers et des personnes d'allure plus ordinaire. Parmi eux, j'ai reconnu monsieur Lagroue, le chef de district de la société d'autoroute. Je n'ai pas eu le temps de prêter l'oreille à ce qui se disait, car une autre CRS est arrivée, habillée d'un uniforme plus léger que le premier, mais garni de galons argentés.

— Vous êtes l'épouse d'une victime ?

Mon cœur s'est serré.

— Mon mari conduisait un fourgon d'Aliser.

Elle a eu l'air gênée. Malgré sa haute taille et son corps athlétique, elle manquait visiblement de confiance en elle. Elle m'a montré une chaise, mais j'ai secoué la tête.

— On vous appellera. Donnez-moi vos coordonnées.

Raide et concentrée sur son carnet de notes, elle a inscrit l'adresse et le numéro de téléphone que je lui dictais.

— Vous ne pourriez pas au moins me dire s'il est... vivant ou mort ? Il a peut-être été envoyé dans un hôpital. J'ai le droit de savoir !

Elle s'est totalement fermée. Si je comptais obtenir davantage d'une femme, je me trompais.

— On vous appellera. Vous ne devez pas rester ici. Il y a d'autres victimes, madame.

Du bras, elle m'indiquait la sortie. Je connaissais assez les flics pour savoir que je ne gagnerais rien à m'opposer à elle. Je suis partie sans un mot ni regard.

Une fois ressortie du rond-point, j'ai pensé à Louise. Je lui avais promis de l'appeler. Je savais que je mettrais bien plus de temps à rentrer que j'en avais mis à courir jusqu'au lieu de l'accident. Je me suis mise à l'écart pour lui passer un coup de fil. Elle a répondu au bout d'une sonnerie seulement.

— Alors ? Tu vas bien ?

Je ne pouvais répondre à cette question. Physiquement, j'étais en morceaux, avec un genou très douloureux et les batteries à plat. Moralement, je me sentais anesthésiée.

— En fait, je n'ai rien pu apprendre. J'ai vu le carambolage, c'est tout.

— Tu vas rentrer ?

Cette question m'a déplu. J'ai pensé qu'elle voulait se débarrasser de la corvée de garde.

— Oui, évidemment. Ils m'ont dit qu'ils allaient m'appeler.

— Ils doivent être débordés, j'imagine.

Elle ne pouvait pas me comprendre. Avec le mari qu'elle avait, elle aurait vécu ma situation comme un soulagement. En même temps, je me rappelais tout le mal que je lui avais dit de toi. Je ne pouvais pas lui jeter la pierre.

— Je suis morte. Je rentre à pied. Je ne sais pas combien de temps je mettrai.

— Fais attention à toi.

Je me suis dit que rien de pire ne pouvait m'arriver.

— Ouais.

Après avoir raccroché, j'ai aperçu deux hommes qui m'observaient depuis l'autre côté de la route. Dans la pénombre, j'ai mis du temps à reconnaître Nicolas et Erwan, adossés à un fourgon. Je n'avais pas envie de leur parler, mais je me suis dit qu'ils n'étaient peut-être pas au courant de ce qui t'était arrivé. Finalement, je les ai rejoints.

— On a appris pour Julien, a dit Nicolas.

Il paraissait sincèrement affligé. Je n'ai pas compris pourquoi.

— Ils n'ont rien voulu me dire.

Les deux se sont regardés, et c'est Erwan qui a lâché le morceau :

— Mon cousin est pompier. Il m'a dit que Julien était mort.

Il a étouffé le dernier mot dans un sanglot. Je n'ai pas réagi.

— On est désolés, a dit Nicolas. C'était notre pote.

C'est à ce moment que les mots d'Erwan ont atteint ma conscience. Je me suis mise à trembler des pieds à la tête et les larmes sont sorties toutes seules.

— C'est pas vrai. C'est pas vrai.

J'ai regardé ailleurs. Je ne voulais pas me montrer à eux dans cet état. Maintenant je peux te l'avouer : ces deux-là, je ne les ai jamais aimés. Chaque fois qu'ils venaient chez nous, c'était une torture.

— Mon cousin l'a vu, dit Erwan. Ils l'ont laissé dans son fourgon.

J'ai tenté de nier, d'imaginer des scénarios alternatifs. Ils ne pouvaient pas avoir raison. Tu étais plus fort que ça. Tu n'oubliais jamais ta ceinture de sécurité. Tu étais protégé par l'habitacle. J'avais l'impression de nager à contre-courant, comme si j'avais pu te sauver en refusant l'évidence.

— C'est pas vrai. C'est pas vrai.

Nicolas s'est avancé pour me prendre dans ses bras, mais je l'ai repoussé.

— Il était sur un coup, a dit Erwan.

Je ne comprenais pas. Nicolas s'y est mis, lui aussi :

— On savait qu'il préparait quelque chose de pas clair.

— Qu'est-ce que vous racontez ?

— Il traînait avec des gens extérieurs. Il disparaissait parfois pendant des heures.

C'était immonde. Attendre que tu sois parti pour te cracher dessus... Des gens qui se prétendaient tes amis.

— Bande de salauds.

Nicolas a secoué les mains comme un cinglé.

— C'est pas ce que tu crois, Marion. J'ai essayé de lui parler, mais il nous a rembarrés. Il disait : « Je sais ce que j'ai à faire. » Je te mens pas ; c'était la semaine passée, devant le garage.

— N'importe quoi.

Je ne voulais pas entendre un mot de plus. Je suis partie d'un coup. Je ne supportais pas ces accusations répugnantes.

— Tout ce qu'on voulait, c'était l'aider ! a crié Erwan.

Deux noms à rayer de mon carnet d'adresses. Bon débarras. Et je sais qu'il y en aura d'autres.

8

Mardi 12 mai

Tandis qu'il sortait de la chambre en s'efforçant de ne faire aucun bruit, Alaric s'imagina en explorateur quittant la partie la plus sacrée d'un temple. Dans cette pièce, il n'avait été admis qu'après avoir fréquenté Cynthia pendant plusieurs mois. Il comprenait aisément pourquoi : ici, parmi les objets qui lui étaient les plus chers, elle affichait son paysage intérieur de façon si indécente qu'un mauvais partenaire aurait pu l'utiliser contre elle. Les défenses qu'elle conservait à l'extérieur disparaissaient dès qu'elle passait cette porte. Alaric en éprouvait toujours un respect troublant, comme celui qu'inspirent les dessins d'enfants. En le laissant entrer, elle l'avait nommé gardien de cette fragilité.

Il renonça aux œufs, dont la cuisson aurait pu la réveiller, pour se rabattre sur du pain rassis et de la confiture. En ce second jour de repos, il ne pouvait s'autoriser à prendre son petit déjeuner à une terrasse de bistrot enfin ouverte. Il avait décidé de régler le plus vite possible cette histoire d'assurance, avant que l'anxiété commence à compromettre l'équilibre intérieur que Cynthia avait si difficilement atteint.

C'était une fatalité, un paradoxe qu'il fallait accepter, le prix d'un lien vraiment intime. Même quand rien ne contraignait la relation – ni enfants, ni maison achetée ensemble, ni lieu de vie commun –, sa force même la rendait si précieuse qu'on se mettait à souffrir des souffrances de l'autre. Plus que jamais, Alaric se sentait responsable du bien-être et du bonheur de sa compagne. Ce qui, dans le cas de Cynthia, revenait à s'orienter dans le labyrinthe d'un esprit qu'un accident de la route avait profondément bouleversé.

La veille, il avait contacté le concessionnaire Mercedes, qui l'avait dirigé vers Antara Technologies, le fabricant du régulateur de vitesse équipant la voiture de Cynthia. Le siège social français de la société se trouvait à Trappes, dans une zone industrielle comptant également des sites de Thalès, Safran et Airbus. Alaric ignorait si cette implantation pourrait le renseigner, mais il préférait s'y rendre sans s'annoncer, afin d'éviter d'attirer l'attention sur une enquête officieuse.

Il se présenta donc à la barrière automatique de l'entreprise en simple visiteur, bien décidé à n'annoncer son statut de policier que lorsqu'il n'aurait plus le choix. Il fut très étonné de voir cette barrière se lever toute seule, sans qu'aucune demande ne lui soit faite. Il gara sa vieille Xsara au milieu d'un parking aux trois quarts vide, près d'un bâtiment de verre et de brique portant le nom de la société en lettres géantes.

Quand il sortit de sa voiture, il découvrit qu'un robot rond équipé d'un panneau solaire tondait sans bruit la pelouse lépreuse entourant le parking. D'autres éléments témoignaient d'une inspiration techno-écologique : une énorme fleur en panneaux photovoltaïques, un circuit de canaux rythmés par des massifs de plantes aquatiques et une éolienne que le vent peinait à actionner.

Alors qu'il se dirigeait vers l'entrée, une équipe de trois ouvriers transportant des tasseaux et des panneaux de plexiglas le dépassa d'un pas vif. Apparemment, des travaux étaient en cours dans les locaux. Cela expliquait peut-être pourquoi on l'avait laissé entrer aussi facilement. Il choisit de considérer cela comme un atout : dans un bâtiment en travaux, la sécurité serait forcément moins rigoureuse, ce qui lui permettrait d'accéder plus rapidement aux personnes compétentes.

La porte automatique s'ouvrit à son passage. Derrière trois murs de baies vitrées, un petit comptoir d'accueil en bois clair inoccupé constituait le seul mobilier du hall. Aucun employé ne semblait présent. Alaric comprit enfin la nature des transformations que subissait le site. Autour du comptoir, un charpentier construisait une cage aux montants de bois et cloisons de plastique. Comme les ouvriers que le policier avait aperçus, il installait des dispositifs sanitaires destinés à lutter contre le virus. Le bâtiment attendait probablement la fin des travaux pour accueillir du personnel.

Il ne servait à rien de s'attarder dans ces bureaux vides. Avant de quitter les lieux, Alaric réfléchit aux moyens à sa disposition pour obtenir des informations sur le régulateur de vitesse qu'il conservait dans le coffre de sa voiture. Il ne comptait pas trop sur les fichiers de police. Les archives de presse contenaient peut-être des articles sur d'autres accidents dus à de tels dispositifs. Il pouvait aussi consulter un commandant de compagnie de CRS intervenant sur les autoroutes du nord de Paris.

Pendant qu'il se tenait devant cet accueil qu'on transformait en chambre stérile pour hôtesse-bulle, le glissement de la porte annonça l'arrivée d'un nouveau visiteur. Un homme habillé d'un costume bon marché, portant une lourde sacoche en matière synthétique, traversa la pièce et se dirigea vers les ascenseurs. Un accessoire trahissait sa profession : une pince à cravate portant le pingouin symbolisant le système d'exploitation Linux. Un informaticien. Alaric tenta sa chance.

— Excusez-moi.

L'individu se retourna, en même temps que le charpentier.

— Je travaille à la brigade criminelle de Versailles, continua le policier. Vous pourriez peut-être m'aider.

La mention de la brigade criminelle suffisait souvent à impressionner le plus coriace des interlocuteurs. L'informaticien se figea, comme s'il cherchait dans sa mémoire un crime récent qui aurait pu attirer la police à cet endroit.

— Oui ?

— C'est au sujet d'un régulateur de vitesse qui aurait provoqué un accident. Je cherche quelqu'un pour me renseigner.

L'homme se relâcha.

— Il faudrait revenir la semaine prochaine. Les cadres sont en télétravail. Moi, je suis là pour faire tourner les bécanes.

Les ordinateurs… Le télétravail… Toute une entreprise à portée d'écran, des cadres prisonniers de leur ordinateur, disponibles à tout moment du jour et de la nuit.

— Je ne peux pas attendre. Je suppose que vous savez comment contacter tout le monde ?

Le technicien hésita. On ne lui avait pas donné de consignes pour une telle éventualité.

— Il y a deux secrétaires qui gèrent la communication. Si elles sont d'accord, moi je vous aiderai.

Les portes de l'ascenseur s'ouvrirent. L'homme invita le policier à y entrer, puis introduisit une clé dans une serrure du tableau de manœuvre avant d'appuyer sur le bouton du haut. Pendant qu'ils montaient, un enregistrement chantait les louanges d'Antara Technologies. Même sans véritable public, la publicité poursuivait son œuvre. Après une ascension rapide et feutrée, ils accédèrent au quatrième étage, séjour de la plus haute hiérarchie locale.

Ici, les travaux de sécurité sanitaire n'avaient pas défiguré les lieux. Le luxe froid suffisait-il à dissuader le virus ? Les dirigeants, en tout cas, ne paraissaient pas vouloir s'en assurer, car les bureaux ouverts ne révélaient aucune trace d'activité. L'informaticien conduisit Alaric vers le fond du couloir, d'où provenait l'écho d'une musique. Sans aucune cérémonie, ils pénétrèrent dans une pièce plus petite et moins somptueuse que les autres. Deux femmes entre deux âges y dégustaient des chouquettes et du café, en regardant des vidéos sur l'écran d'un téléphone. Surprises, elles esquissèrent un geste pour escamoter les éléments qui n'étaient pas censés se trouver là.

— C'est bon, les filles, ce monsieur est juste un policier de la crim', dit l'homme.

Autrement dit, la police était pour elles moins effrayante que leur hiérarchie. À tout hasard, Alaric présenta sa carte professionnelle.

— Capitaine Autier, du SRPJ de Versailles.

Les secrétaires l'observèrent avec intérêt. Comme tant d'employés de base – et comme Alaric lui-même –, elles n'avaient probablement jamais subi le confinement, et travaillaient ici depuis deux mois sans rencontrer personne.

— Il veut parler à quelqu'un au sujet d'un régulateur de vitesse, dit l'informaticien. Vous pensez qu'on peut l'aider ?

Elles se regardèrent, comme pour évaluer le risque qu'elles couraient en l'assistant. Alaric n'avait pas envie de les mettre en difficulté.

— L'une de vous deux pourrait contacter un haut gradé pour transmettre ma demande. Vous n'avez qu'à dire qu'un policier attend au rez-de-chaussée et qu'il demande de l'aide pour résoudre une affaire.

La plus âgée, une fausse brune aux cheveux tirés, sortit de son mutisme :

— Ils ne vous répondront pas.

Sa collègue hocha la tête.

— Pourquoi ? demanda Alaric.

— Vous croyez que vous êtes le premier ? Il y en a eu d'autres avant vous. Des policiers, des experts, même un détective privé. Ils sont tous repartis sans obtenir ce qu'ils voulaient.

— Mais là, vos patrons sont absents, et c'est vous qui me recevez.

— Nous, on sait rien, dit la deuxième secrétaire. On compte pas. Ils sont tous chez eux, dans leurs grosses baraques, et nous, on est ici.

— Moi, je l'ai eu, le virus, dit l'informaticien. Une semaine avec de la fièvre et les jambes en coton. Ils ont appelé sur mon téléphone perso pour me commander de revenir. Ils avaient une panne de serveur et personne était capable de s'en occuper.

La conversation tournait au déballage de doléances. C'était le moment de changer de tactique. Alaric choisit le bluff :

— Quelqu'un est peut-être mort à cause d'un régulateur de vitesse fabriqué par Antara. S'il le faut, je pourrais revenir la semaine prochaine et perquisitionner tout le bâtiment, mais j'aimerais gagner du temps.

Le petit sourire de l'aînée montra qu'elle n'était pas dupe. Ce fut pourtant elle qui lui répondit :

— Je pars à la retraite à la fin de l'année, je n'ai plus rien à perdre. Si vous voulez, je vous montre les dossiers de contentieux. Vous pouvez faire des photos, mais n'emportez rien.

— Vous êtes géniale. Promis, je remettrai tout dans l'état où je l'aurai trouvé.

Elle sortit de sa poche un paquet de Marlboro presque vide et alluma une cigarette d'un geste démonstratif. Le regard ébahi des deux autres employés montra que cela ne lui était pas habituel.

— Depuis le temps que je voulais faire ça, dit-elle. Ils m'emmerdent avec leurs lois à la con.

C'est donc la clope aux lèvres, suivie par un panache de fumée, que la secrétaire, nommée Carole, emmena le policier dans le local des archives. Alaric découvrit une salle plus spacieuse et confortable que le meilleur bureau du SRPJ de Versailles, comportant deux rangées de rayonnages mobiles de part et d'autre d'une large allée centrale. En un geste d'une désinvolture calculée, Carole tourna une poignée, et quatre rayons s'écartèrent, créant un passage à l'intérieur de celui qu'elle visait. Elle alluma ensuite un iMac récent, placé sur un meuble ergonomique, où elle tapa ses identifiants.

— Les contentieux sont sur les étagères rouges, dit-elle. Vous cherchez d'abord un dossier dans la base de données, vous prenez sa référence et vous cherchez les archives physiques correspondantes.

— Si seulement on pouvait avoir ce matériel à la police.

— Qu'est-ce que vous croyez ? Ce système ne sert pas à trouver les informations, mais à les cacher. Sans mon mot de passe, vous n'auriez pas la moindre chance de trouver quelque chose.

Elle poursuivit ses explications sans s'assurer qu'il avait bien compris. Le classement des documents semblait effectivement conçu pour rendre les recherches difficiles. Elle quitta la salle pendant qu'il essayait péniblement de repérer les codes fournis par l'ordinateur.

Il passa près de deux heures dans cette salle aux relents de moquette neuve. Plusieurs fois, il faillit appeler Patrick, le *geek* de son groupe, pour ne pas être obligé de solliciter Carole. Il finit par mettre la main sur une dizaine de dossiers, dont les documents avaient été volontairement éparpillés dans plusieurs emplacements. Non seulement Antara Technologies avait accumulé diverses affaires impliquant des régulateurs de vitesse défectueux, mais les scénarios des accidents qu'ils avaient provoqués se ressemblaient tous.

Cela commençait généralement par de petits dysfonctionnements qui passaient inaperçus, des accélérations brutales ou des baisses de régime injustifiées. Au bout de plusieurs semaines de ces petites pannes, les vrais problèmes apparaissaient, toujours sur des autoroutes. Apparemment, le dispositif n'arrivait plus à mesurer les grandes vitesses. Essayant de faire face à un ralentissement qui n'existait pas, il augmentait régulièrement la vitesse du véhicule, sans que le conducteur en soit toujours conscient. Ce phénomène se reproduisait de plus en plus fréquemment, et il arrivait même qu'il devienne impossible de désactiver le système.

Chaque dossier concernait un accident dans lequel Antara avait réussi à rejeter sa responsabilité, tout en obtenant les preuves, par le biais d'une enquête interne, que les régulateurs avaient contribué au sinistre. Les constructeurs et les modèles de voitures étaient étonnamment variés, mais cette diversité apparente cachait des composants électroniques similaires. Cinq ans après le premier accident, ce régulateur de vitesse continuait d'équiper de nombreux véhicules, sans qu'un rappel soit en vue.

La mauvaise nouvelle, c'était qu'aucun de ces documents ne pouvait lui servir de preuve. Comme Antara n'avait jamais reconnu les dysfonctionnements de ses équipements, seule une enquête pouvait en apporter la preuve. Au bas mot, cela prendrait plusieurs jours, avec de faibles chances de réussite. À condition qu'il arrive à convaincre le parquet de le laisser enquêter sur l'accident de Cynthia.

Il était plus de midi quand il quitta les archives. Il voulut remercier Carole, mais il ne la trouva pas dans son bureau, où flottait encore une âcre odeur de fumée.

9

Flottant dans son peignoir de soie rose, Émilie sortit de la chambre au moment où André s'apprêtait à partir à l'Institut médico-légal. Il lui devait une explication sur sa longue absence, mais il n'avait pas de temps à lui consacrer. S'il n'arrivait pas avant le début des autopsies, ses collègues prendraient les décisions à sa place.

— Tu t'en vas déjà ?

Il l'embrassa sans la serrer dans ses bras. Elle savait ce que cela signifiait : le travail ne lui laissait même pas de temps pour un câlin.

— Un tas de cadavres à identifier.

— J'ai vu les infos sur internet. Tu sais qu'ils ont retrouvé ta voiture ?

Il hocha la tête sans comprendre. Comment pouvait-elle être au courant de cela, alors qu'elle venait de se réveiller ?

— En fin de soirée, ajouta-t-elle. J'ai oublié de t'en parler quand tu es rentré.

Évidemment : il était 2 h, et elle dormait profondément. Émergeant du sommeil comme un poisson saute hors de l'eau, elle n'avait eu le temps que de lui sourire avant d'y retourner.

— Intacte, la voiture ?

— L'article ne le disait pas. Les dealers l'ont laissée sur l'autoroute un peu avant le barrage. Apparemment, ils sont partis à pied et ils ont braqué un camion du côté d'Achères-la-Forêt. Les hélicoptères de la gendarmerie ont dû arrêter les recherches après 21 h.

— Ils auraient pu m'informer. J'ai l'impression d'être le dernier au courant.

— Ils courent après ce qui intéresse les médias. Et les médias ont faim. Tu te rends compte : deux mois à ne parler que du virus. Au fait, tu as mangé ?

Bien essayé. Même si c'était faux, il était obligé d'acquiescer.

— Oui.

Elle secoua la tête, satisfaite de l'avoir fait mentir.

— Fais bien attention à toi.

C'était devenu la formule universelle des adieux. Dehors, le mal sévissait, emportant ceux qui *ne faisaient pas attention*. André avait beau être médecin, il n'avait pas rencontré personnellement le moindre cas de cette maladie, mort ou vivant.

— Après ce qui m'est arrivé hier, je n'ai plus peur de rien.

Deuxième mensonge. L'effet du miracle était en train de se dissiper, laissant revenir les angoisses et les doutes. On ne sort pas si facilement de ses propres ornières.

— Je crois que j'entends ton taxi.

— Je t'aime. Passe une bonne journée.

Elle sourit, mais ne répondit pas. C'était sa façon de se venger de son absence.

Il croyait pouvoir compter sur quelques minutes avant que l'agitation gagne son service. Il se trompait. Dès qu'il poussa la porte, il constata que l'arrivée des victimes avait plongé cette partie de l'hôpital dans l'anarchie. Ses collègues médecins, d'ordinaire si calmes, couraient dans tous les sens, poursuivis par des assistants mortuaires et divers personnels non médicaux. Arrigoni, le chef de service, était en grande discussion avec deux policiers en civil. Ils encombraient le couloir, obligeant tout le monde à raser les murs.

Trois photographes de l'Identité judiciaire, dont deux qu'André avait aperçus après l'accident, tentaient d'attirer l'attention d'une secrétaire, qui pour sa part cherchait à se dépêtrer d'un individu aux cheveux gris portant les stigmates de l'univers judiciaire. Et parmi tous ces gens, personne ne cherchait à respecter les fameux gestes barrières censés prévenir le retour du virus. Pour une fois, s'occuper des morts semblait plus important que protéger les vivants.

Pour s'approcher d'Arrigoni, André dut affronter un courant humain contraire. Quand il fut enfin à sa portée, il attendit que son chef remarque sa présence, mais ce fut l'un des policiers qui le reconnut en premier :

— Docteur Panossian !

Fichue mémoire. André se souvint qu'il enquêtait sur les trafiquants de drogue, mais ne put se rappeler son nom. Il se contenta donc de le saluer de la tête. Comme toujours, Arrigoni ne se soucia pas de l'accueillir, poursuivant une conversation dans laquelle André était à peine toléré.

— Nous ne vous retiendrons pas, dit-il au policier. Les deux corps des trafiquants seront traités en premier.

André sentit les battements de son cœur s'accélérer. La veille, il avait pourtant pris soin d'appeler son chef pour négocier l'ordre des autopsies. Les dealers n'avaient rien de prioritaire. La cause de leur décès était manifeste, et ils ne montraient aucun signe de pathologies secondaires ou de consommation de stupéfiants.

— Ce n'était pas ce dont nous avions convenu, dit-il.

Il avait osé formuler une objection. Il n'en revenait pas de son audace. Avec sa rondeur et sa tranquille assurance, Arrigoni l'avait toujours impressionné. Devant lui, il perdait toute contenance, et n'arrivait pas à trouver le moindre argument solide.

Arrigoni tritura sa barbe grise et fronça les sourcils. Le bonhomme avait un registre d'expressions très limité, mais tout le monde dans le service en connaissait le lexique. André se raidit, anticipant une répartie cinglante.

— Vraiment ? Eh bien, jeune homme, nous allons changer ça.

Jamais il ne l'avait appelé « jeune homme » auparavant. Cette humiliation, devant des personnes extérieures, le surprit et le choqua. Quelle faute avait-il commise pour mériter ce traitement ? La mémoire de l'accident et du temps consacré à s'occuper des morts lui revint en un flot d'images douloureuses. Il décida qu'il ne pouvait se laisser ravaler au rang d'interne ou de garçon d'amphithéâtre. Pas cette fois. Pas après ce qu'il avait enduré.

— J'ai passé des heures sur ces cadavres, Antoine. Je les ai tous examinés, et j'ai signé leurs certificats de décès. Prenez les décisions que vous voulez, mais je pense que vous commettez une erreur.

Il avait parlé un peu plus fort qu'il ne l'aurait voulu. Dans le couloir, toutes les conversations s'interrompirent. Il ne parvint pas à s'empêcher de rougir. Il prit conscience qu'Arrigoni détenait le pouvoir de le ridiculiser aux yeux de toutes les personnes présentes. À son grand étonnement, ce fut le policier (Castel était son nom) qui parla en premier.

— Nous, on peut attendre. J'étais avec le docteur Panossian quand il s'est occupé de nos deux clients. Je sais déjà l'essentiel. Donnez-nous seulement un horaire, et j'enverrai quelqu'un pour assister à l'autopsie.

André lui adressa un regard de reconnaissance. Castel avait agi ainsi pour le tirer d'affaire. Une main sur son crâne lisse, Arrigoni exprimait un embarras qui ne lui était pas habituel. L'intervention du policier l'avait désarçonné.

— Je voulais juste faciliter votre enquête, dit-il. Il faut que vous sachiez que vous risquez d'attendre jusqu'à demain.

— Ça nous convient tout à fait. Pour l'instant, notre urgence est de retrouver deux mecs armés qui se baladent avec 50 kg de coke et des flingues. Les macchabées peuvent attendre.

Arrigoni détestait ce mot, mais il ne le fit pas savoir. Il avait besoin de temps pour digérer l'affront qu'il venait de subir.

— Comme vous voudrez. Panossian, je vous laisse la responsabilité des opérations. Mais je vous préviens : le procureur nous rendra visite dans la matinée, et c'est vous qui lui répondrez.

André s'abstint de réagir. Il avait gagné. Le reste l'indifférait.

Les quatre tables d'autopsie étaient prises. À l'Institut médico-légal de Garches, cela n'arrivait que rarement. Le virus avait occasionné récemment quelques poussées jusqu'à trois autopsies simultanées, mais l'année n'avait pas connu de saturation totale jusqu'à ce jour. Trois des quatre rectangles d'acier inoxydable étaient occupés par des victimes carbonisées, masses sombres peu reconnaissables, qui diffusaient des odeurs de chair brûlée et d'hydrocarbures. André avait choisi les personnes dont l'identité restait la plus douteuse. L'une avait été trouvée sur le sol, sans qu'on sache de quel véhicule elle était tombée. Une autre conduisait un véhicule volé. La dernière était une femme inconnue voyageant à côté d'un homme que son épouse soupçonnait d'avoir une liaison. Quant à la quatrième table, qu'André s'était réservée, elle accueillait la dépouille de Julien Delicourt, patrouilleur d'Aliser, mort d'une rencontre violente avec une enceinte Bluetooth.

André n'avait pas besoin de diriger ses collègues, ni les assistants mortuaires, ni les techniciens et photographes de l'Identité judiciaire. Chacun se mit au travail sous les scialytiques, dans une ambiance évoquant davantage un garage qu'une salle d'opération. Envoyée pour assister à toutes les autopsies de la matinée, une seule OPJ des CRS, jeune femme sportive engoncée dans une combinaison protectrice trop courte pour elle, se tenait près de l'armoire en verre contenant le corps momifié d'un singe, et le plus loin possible des cadavres humains.

Assisté d'un agent de grande taille nommé Patrick, André commença par enlever les enveloppes de kraft qui protégeaient les mains de la victime, afin d'effectuer des prélèvements sous les ongles. Il découpa ensuite les vêtements par le milieu, en laissant le technicien de l'IJ photographier chacune des couches. Les parties ainsi révélées affichaient une collection de tatouages, dont une toile d'araignée à quatre cercles concentriques entourant le coude gauche et un moteur couvrant les pectoraux. L'individu possédait une musculature fine et sèche, et la peau de son torse et de ses bras était couverte de nombreuses cicatrices anciennes. En revanche, à l'exception de l'enfoncement de la boîte crânienne, le légiste ne trouva aucune blessure ni ecchymose apparentes. Le bras droit comptait quelques petits œdèmes récents, dont la position était compatible avec des chocs dus aux objets circulant dans l'habitacle.

L'agent mortuaire retourna sans grande difficulté le corps que la rigidité cadavérique n'avait pas encore abandonné. L'observation du dos et de l'arrière du crâne ne mit en évidence aucune lésion suspecte. Des lividités cadavériques de couleur bleue s'étaient fixées sur les fesses, l'arrière des cuisses, le bas du dos et la plante des pieds. Un superbe tatouage de serpent courait le long de la colonne vertébrale, de la région lombaire à la nuque. Après une autre série de photos, André ouvrit la peau de la nuque au sacrum, coupant le serpent en deux, puis la décolla dans tout le dos. Du coin de l'œil, il remarqua que la CRS tournait désormais le dos à sa table d'autopsie. Revenant à son travail, il n'aperçut aucune ecchymose qui lui aurait échappé pendant l'examen externe.

Le garçon d'amphithéâtre remit la peau en place et reposa la victime sur le dos. André procéda à deux nouvelles incisions, allant du poignet de chaque bras à l'aisselle. Il détacha la peau couverte de tatouages, et reprit l'examen de la musculature. Il put ainsi confirmer que les bras ne comportaient aucune lésion. Il passa ensuite à l'incision principale, qui mit à nu le cou, le torse et les abdominaux, jusqu'au pubis. Les muscles, qui brillaient sous la lumière vive, n'avaient subi aucun traumatisme. Il nota cependant la cicatrice profonde d'une blessure à l'arme blanche près du nombril.

Il ouvrit l'abdomen, et fit subir à chaque organe un traitement similaire : pesée, dissection, prélèvement en vue de l'« anapath » – l'analyse des pathologies éventuelles ayant pu influencer les événements. À aucun moment, l'OPJ ne s'intéressa à ce qui se déroulait. André se dit qu'il aurait dû enregistrer des notes sur le déroulement de l'autopsie, plutôt que de se fier à sa mémoire. Heureusement, le photographe n'oubliait pas une seule étape, et le flash, bien qu'inutile, ponctuait chacun des actes médicaux.

Le thorax fut traité de la même manière. Les poumons étaient intacts, et le cœur ne souffrait d'aucune anomalie qui aurait pu mener à l'infarctus.

Puis vint le tour du crâne.

Son aspect extérieur ne laissait aucun doute quant à l'état de l'os frontal. La peau meurtrie avait tenu bon, mais elle suivait une dépression d'un centimètre de profondeur, correspondant à une fracture potentiellement mortelle. Les ruptures de vaisseaux avaient entraîné un début d'écoulement sanguin, couvrant une partie du front et imprégnant les cheveux.

André s'arrêta. Comment avait-il pu négliger ce détail ? L'inclinaison du siège et la présence d'une ceinture de sécurité ne permettaient pas à la tête de la victime de basculer en arrière. Le sang n'aurait pas dû s'écouler vers le haut du crâne, mais plutôt vers le bas du visage. Les tonneaux non plus ne pouvaient expliquer cette contradiction. Ils auraient projeté le sang dans toutes les directions, maculant les surfaces de gouttelettes minuscules. Or, l'écoulement était net.

L'homme ne pouvait avoir reçu le coup à la tête qu'en position horizontale. Peu de temps après son décès, on avait dû le placer à la verticale, sur le siège conducteur du fourgon, ce qui expliquait l'emplacement des lividités.

André revit la masse métallique progressant vers lui comme un rouleau compresseur. Si le patrouilleur était mort *avant* l'accident, comment son fourgon avait-il pu rouler jusqu'à la voie de gauche ? Il connaissait déjà la réponse à cette question. En plus du cube Bluetooth, l'habitacle contenait deux autres objets. Un balai pour appuyer sur la pédale de gaz, une pièce en plastique pour bloquer le volant.

Étrangement, il fut envahi, non par l'exaltation, mais par la peur. Cette information sortait totalement de ses attributions. D'habitude, quand des enquêteurs assistaient à l'autopsie, il leur glissait discrètement quelques suggestions à l'oreille. Ici, la seule OPJ présente n'approchait pas les tables à moins de deux mètres. André n'avait d'autre choix que de convaincre Cazenave, au risque de passer pour un fou si ses suggestions étaient rejetées.

Il s'efforça de ralentir sa respiration. Le calme et le professionnalisme avant tout. Sans parler, il indiqua au photographe les taches de sang, et s'assura que ce dernier ne manquait aucun indice. Ensuite, il s'attaqua à la boîte crânienne. En un grand bruit de papier qu'on déchire, il incisa le cuir chevelu d'une oreille à l'autre en passant par le sommet de la tête, et tira sur la peau pour révéler la fracture, qui avait fragmenté une bonne partie de l'os frontal. Quelques photos plus tard, il ouvrit le crâne à la scie circulaire oscillante, et découvrit ce qu'il soupçonnait depuis le début : une hémorragie intracrânienne massive, qui avait noyé le cerveau dans le sang. La cause de la mort ne faisait aucun doute.

Le substitut du procureur arriva une heure plus tard, au moment où André prenait un café debout derrière le comptoir du service. Le légiste soupira. Même s'il avait préparé ce qu'il devait lui dire, il savait que la tâche serait ardue.

— Le professeur Arrigoni est là ? demanda Cazenave.

Évidemment, il préférait parler à Dieu qu'à ses saints.

— Il n'a pas participé aux premières autopsies. Il m'a chargé de vous transmettre les informations en ma possession.

— Je suppose alors que vous êtes la personne la plus qualifiée. Vous vous êtes occupé de nos trafiquants ?

— Non.

Cazenave ouvrit la bouche. Il ne comprenait pas.

— Vous voulez dire : pas encore ?

— Je veux dire que ce n'est pas notre priorité.

André s'étonna de sa fermeté. La plupart du temps, il doutait trop de tout pour affirmer quoi que ce soit avec force.

— Mais le professeur m'avait assuré que ce serait fait ce matin.

— Je comprends vos préoccupations, monsieur Cazenave, mais le docteur Arrigoni m'a laissé définir l'ordre des autopsies. J'ai décidé de concentrer les ressources du service sur les cas les plus équivoques.

— Je vous rappelle que nous avons une enquête judiciaire en cours.

— J'ai examiné ces deux corps. Les autopsies n'apporteront aux enquêteurs aucun élément nouveau. Par contre, nous avons déjà identifié trois victimes.

Le substitut se gratta la tête.

— C'est une bonne nouvelle, bien sûr. Les familles apprécieront. Mais…

Il était temps de se lancer.

— J'ai aussi trouvé une mort suspecte. Celle du patrouilleur qui a provoqué le carambolage.

— Je ne peux pas vous laisser dire cela, docteur Panossian. Les CRS sont formels : c'est bien l'une des voitures du *go fast* qui est responsable du premier accident.

— Je ne suis pas policier, monsieur Cazenave. Je ne connais pas exactement l'enchaînement des faits. Tout ce que je sais, c'est que le patrouilleur était mort *avant* cet accident.

Tout en parlant, le légiste fut pris d'un doute. Après tout, il ne pouvait rien affirmer quant au moment précis du décès de cet homme.

— Avant ?

Il fallait trouver des arguments solides. André sentit une sueur glacée inonder sa colonne vertébrale.

— C'est une histoire de pesanteur, monsieur Cazenave. Le sang s'écoule vers le bas, pas vers le haut. Quand vous trouvez une victime attachée à un siège, dont les cheveux sont imprégnés de sang provenant du front, vous vous dites qu'elle n'est pas morte dans cette position.

— C'est tout ce que vous avez ? Du sang dans les cheveux ?

André pensa à l'enceinte Bluetooth. Là aussi, les choses ne matchaient pas.

— Du sang, et les lois de la physique.

— Expliquez-vous.

— La mort est due à un choc frontal, alors que le fourgon a reçu un choc latéral. Pendant les tonneaux, on peut penser que les objets tournaient à l'intérieur du véhicule comme du linge dans un tambour de machine à laver. Ils n'auraient donc pas pu provoquer ce genre de blessure.

Cazenave grogna, prononça quelques mots inintelligibles. Cette nouvelle ne lui plaisait pas. André s'étonna d'assumer sans peine le fait d'avoir mis un parquetier de mauvaise humeur.

— Autrement dit, on a une affaire dans l'affaire. Vous ne me facilitez pas la vie, d'autant que tout cela me paraît très étonnant. Je ne peux rien vous répondre pour l'instant. Rédigez votre rapport d'autopsie, et on verra. D'ici là, tâchez quand même d'examiner nos trafiquants.

— Dès que possible, monsieur le substitut du procureur.

— Ne m'appelez pas ainsi, bon sang ! Monsieur suffit.

— Comme vous voudrez, monsieur. Je m'en voudrais de vous contrarier davantage.

Cazenave sourit.

10

Le greffier se croyait obligé de demander à tout le monde où se trouvait le magistrat. Alaric en avait honte pour lui. Ce petit homme au crâne presque dépourvu de cheveux tentait de se faire entendre à travers les mailles serrées d'un masque en tissu. Le mépris de ses pairs à son égard était si manifeste qu'il ressemblait à une sorte de jeu malsain. En outre, le policier n'avait besoin d'aucune aide pour deviner où se trouvait le parquetier à cet instant. Il profita donc d'une seconde d'inattention du greffier pour filer lâchement et sortir du tribunal de grande instance.

Après son passage dans les archives d'Antara Technologies, il avait renoncé à déjeuner avec Cynthia. Comme il se trouvait à Trappes, il s'était contenté de rentrer chez lui. Il avait rejoint Versailles dans l'après-midi pour rendre visite à son substitut préféré, Roland Cazenave, dans l'espoir de le convaincre de rouvrir le dossier de l'accident subi par son amie. Mais Cazenave ne se trouvait pas dans son bureau, et les sous-entendus de ses proches collaborateurs avaient amplement renseigné le policier sur l'endroit où il pourrait le dénicher.

Le Loft se trouvait sur la place Charost, à deux pas du tribunal. En temps normal, le magistrat choisissait une table discrète à l'intérieur de l'établissement, mais les cafés et restaurants n'étaient pas encore autorisés à rouvrir leurs salles. Il était donc attablé en terrasse, à distance des rares clients, tournant le dos à l'entrée du tribunal, dissimulé derrière d'épaisses lunettes de soleil. Sa consommation se trouvait devant lui : un verre rond contenant invariablement un des rhums arrangés dont le Loft s'était fait une spécialité. Comme ils avaient déjà pris un verre ensemble à cet endroit, Alaric ne s'encombra pas de fausses excuses. Il se posta devant Cazenave et se contenta de baisser la voix.

— Fleur d'hibiscus ?

Le substitut leva la tête et sourit.

— Cranberry.

— Je peux vous embêter un peu ?

— Tant que vous ne m'obligez pas à porter un masque, vous ne pouvez pas m'embêter.

Alaric s'assit. Il n'avait pas prémédité cette démarche, se fiant à son instinct pour atteindre son objectif.

— Je viens vous voir pour une affaire d'accident, un dossier classé sans suite il y a deux ans.

— Les accidents sont à la mode, apparemment.

Alaric décida de considérer cette remarque comme un encouragement.

— C'est une histoire de régulateur de vitesse sur une Mercedes.

Cazenave ricana.

— Vous m'en direz tant.

Alaric eut beau se creuser la tête, il ne put deviner le sens de la réaction du magistrat.

— J'ai dit quelque chose de stupide ?

— Vous ne regardez pas les informations.

— Vous voulez dire qu'on a parlé d'autre chose que de virus et de malades ?

— Carambolage sur l'A6, provoqué par un *go fast*. Une dizaine de morts, de gros dégâts matériels, l'autoroute bloquée pendant une douzaine d'heures. Votre collègue Castel ne vous a pas raconté ?

— Je suis en repos.

— La voiture de tête était une Mercedes. Je viens d'avoir au téléphone un spécialiste du quai de l'Horloge, qui m'a parlé de régulateur de vitesse.

— Le monde de l'automobile est petit.

— Racontez-moi votre affaire.

Alaric ne se fit pas prier. En quelques phrases, il évoqua les faits, les manœuvres des experts d'assurance et les recherches qu'il avait entamées depuis la veille. Cazenave en profita pour vider son verre, avec une satisfaction manifeste.

— Si je vous lis bien entre les lignes, la personne qui a vécu cet accident ne vous est pas totalement inconnue.

— Je mentirais en disant le contraire, monsieur.

— Voyez-vous, votre petite enquête privée m'intéresse. J'ai un légiste qui essaie de me convaincre que l'un des conducteurs impliqués dans le carambolage était mort avant l'accident de son fourgon. Puisque vous travaillez déjà sur les régulateurs de vitesse, vous pourriez peut-être vous pencher sur les causes de ce sinistre. Je vous préviens : à mon avis, ce sera plutôt technique. Si vous aimez les histoires de balistique et de trajectographie, vous y trouverez votre bonheur.

Donnant-donnant : une enquête ennuyeuse contre une affaire personnelle ; l'échange était équitable.

— C'est ma passion secrète, monsieur Cazenave. Je passe justement mes loisirs à étudier ce genre de sujets.

Le magistrat lui tendit la main, autant pour conclure l'accord que pour lui donner congé.

— Dans ce cas, vous pouvez commencer tout de suite. Je m'occuperai de la saisine d'ici demain. Deux enquêtes préliminaires.

Alaric saisit la main qui lui était offerte.

— Pas du flagrant délit pour le carambolage ?

— Les deux conducteurs sont morts, alors à quoi bon ? Et si je puis me permettre un conseil, n'écoutez pas trop le docteur Panossian. Son patron ne le tient pas en haute estime. Il est rescapé du carambolage, et je crois qu'il en a conservé une sorte de traumatisme.

Alaric avait appris à se méfier de toute recommandation visant à limiter sa curiosité. Un docteur qui parvenait à s'attirer la désapprobation de son chef de service et d'un haut magistrat en devenait forcément intéressant.

— Vous me connaissez, monsieur Cazenave : je résiste à toutes les tentatives d'influence.

Cazenave hocha gravement la tête. Il n'avait pas compris que le policier parlait de lui.

Il aurait pu rentrer, retrouver Cynthia pour lui annoncer les bonnes nouvelles de la journée, réclamer la récompense d'un sourire ou d'un échange de caresses. Le scénario était écrit, les rôles étaient distribués, il ne restait plus qu'à jouer la scène. Pourtant, il ne se dirigeait pas vers sa voiture, mais vers le 19 avenue de Paris, décor de sa vie de flic. Pourquoi préférait-il rendre visite à ses collègues, qu'il avait quittés le samedi précédent, plutôt que de consacrer ses dernières heures de liberté à des occupations plus récréatives ? Les précédents n'incitaient pas à l'optimisme ; chaque fois qu'il avait trouvé refuge dans le travail, son couple s'était dissous dans les mois suivants.

Le planton faillit ne pas le reconnaître. Alaric y vit un signe supplémentaire qu'il n'aurait pas dû se trouver là. Trop tard pour changer d'avis. Il possédait au moins une excuse : le besoin d'annoncer au groupe qu'une nouvelle affaire était tombée dans son escarcelle. Cette information susciterait évidemment quelques interrogations, mais il n'en était pas à son coup d'essai dans l'art de récupérer des dossiers qui n'auraient pas dû lui revenir.

Il parvint à traverser son étage sans rencontrer personne. Le local de Camille Gouirand, la patronne de la crim', était ouvert, mais son occupante l'avait provisoirement déserté. Il arriva dans son propre bureau comme un voleur, sans pour autant étonner son adjointe Clémentine.

— C'est ce qu'on appelle une visite surprise.

— Je passais par là. J'ai eu envie de narguer les travailleurs.

— Tu te balades à Versailles un jour de récup', maintenant ? Je croyais que tu ne quittais plus Saint-Germain.

Voilà, il était déjà démasqué. Travailler avec les meilleurs enquêteurs du SRPJ n'avait pas que des avantages. Il s'assit sur le « siège des mis en cause », pesant article de ferronnerie qui avait accueilli quelques-uns des plus grands criminels de la région. Il n'avait pas le choix, il devait se mettre à table.

— Ma copine a des problèmes. Une histoire d'assurance. Je suis allé voir Cazenave pour rouvrir le dossier de son accident, et il en a profité pour me filer une affaire de carambolage.

Clémentine le dévisagea.

— Tu veux dire *le* carambolage ?

— Je sais pas. Y'en a plusieurs ?

— Celui de l'A6, enfin. Il faudrait vraiment que tu suives l'actualité.

— Pas besoin, tu vois : l'actualité vient à moi. Enquête préliminaire sur l'accident qui a déclenché le carambolage.

Elle fronça les sourcils.

— Préliminaire ?

Comme lui, elle avait flairé l'arnaque.

— L'affaire aurait pas existé sans un certain docteur Panossian, qui a regardé un cadavre d'un peu trop près au goût de Cazenave.

— Je le connais. Il travaille à l'IML depuis deux ans. Il a autopsié la femme égorgée en automne. Un type pas sûr de lui, mais un bon pro.

— Il dit que le conducteur du fourgon était mort avant l'accident. Cazenave le prend pour un cinglé.

— Je vais le voir, si tu veux.

— Fais ce que tu veux. Moi, je retourne en récup'.

— Et Cynthia, elle va bien ?

Alaric lui lança un regard soupçonneux. Clémentine n'avait rencontré son amie qu'une seule fois, mais les deux s'étaient *très* bien entendues.

— Ça va, elle tient le coup.

Il prit conscience qu'en réalité, il n'en savait rien.

— Embrasse-la de ma part.

— Je n'y manquerai pas.

Il n'en avait pas la moindre intention.

Il arriva chez elle en fin d'après-midi, après avoir épuisé toutes les raisons de ne pas le faire. Il faillit sonner, oubliant qu'il possédait les clés. Il ne se sentait pas dans son état normal, et ce constat le rendait irritable. Il déverrouilla la porte sans savoir ce qu'il allait trouver au-delà. Peut-être était-ce pour cela qu'il avait tant tardé : pour se préparer à accepter ce qui viendrait, jusqu'aux ultimes conséquences.

La porte s'ouvrit plus brutalement qu'il l'aurait voulu. Au sein de la pénombre, il aperçut Cynthia, toute vêtue de noir, le dos voûté et les épaules rentrées, au seuil de son salon. Aussitôt, il ressentit une vague de tendresse envers elle. Il la connaissait si bien maintenant, il savait ce qu'elle éprouvait, il arrivait à suivre les chemins tortueux de ses émotions juste en regardant ses yeux ou sa posture. Il lui tendit les bras. Lentement, elle vint se blottir contre lui. Et c'est en la serrant qu'il comprit pourquoi il avait tant hésité à la retrouver : contrairement à ce qu'il espérait, il avait échoué à régler rapidement cette affaire, exposant son amie à plusieurs jours de doute et d'angoisse.

11

Je viens de me réveiller pour la troisième fois, et je sais que je ne me rendormirai plus. Ma nuit est fichue, mais ça n'a aucune importance. Plus rien n'en a désormais. Tu veux savoir pourquoi je n'arrivais pas à dormir ? Si tu étais encore là, tu l'aurais deviné : parce que je n'arrêtais pas de penser à la meilleure façon de m'enlever la vie. J'ai laissé tomber les médocs, je n'ai rien d'assez fort. Je ne serais pas contre une overdose d'antalgiques, mais mon médecin a toujours refusé de m'en prescrire. Je n'aime pas les flingues, d'ailleurs je ne sais pas m'en servir. Pour l'instant, je pencherais plutôt pour une injection d'air dans une grosse veine. Qu'est-ce que tu en penses ? Fin de cette putain de vie. *The end.* Parce que tu sais, maintenant que tu n'es plus là, je ne vois pas trop ce qui me retiendrait ici. Fabien ? Il serait mieux sans moi. La famille ? Là, c'est moi qui serais mieux sans elle.

Tu vas rire, mais il y a une chose qui m'empêche de passer à l'acte : l'idée que je te retrouverais peut-être là-haut. Je préférerais que tout s'éteigne en une fois, comme une ampoule qui grille. Je m'imagine te regardant dans les yeux, s'il y a encore des yeux dans le ciel. Je serais morte de honte. Et là, pas moyen de me défiler. À moins que je me retrouve au purgatoire ou en enfer, dans une de ces arrière-boutiques des religions. Toi, tu serais chez les gens bien, moi tout en bas. Tu me rendrais visite de temps en temps, tu aurais pitié de moi, mais je n'aurais que ce que je mérite.

Tu vois, je n'ai pas changé. Désolée : tu m'as rendue heureuse un bon moment, mais contre la dépression, tu ne pouvais rien faire. Je n'ai jamais perdu ce goût amer au fond de ma gorge, ce sentiment de vivre dans un monde pourri, et d'être pourrie moi-même. Au fond, l'enfer, c'est ici, et le paradis c'est le néant. Je sais, je suis sinistre, mais tu n'es plus là pour m'en empêcher. Même si je me remettais à fumer, tu ne pourrais rien y faire.

Hier, à mon retour, j'ai préféré ne pas affronter l'abîme. Après une douche, j'ai pris un cachet et j'ai sombré dans le sommeil. Tu sais, le somnifère que tu m'interdisais de prendre, celui que j'ai reçu de Loulou. Pas de rêve, pas de vision, comme un avant-goût du vide. C'est Fabien qui m'a réveillée. Il devait babiller depuis un bon bout de temps. S'il n'avait pas été là, je serais restée sous la couette. Je me suis levée avec la ferme intention d'y retourner au plus vite. J'ai préparé le biberon et je me suis installée dans le fauteuil rouge avec lui pendant qu'il le buvait.

Son odeur et le contact de sa peau m'ont fait revenir sur terre. J'ai revu le lieu de l'accident, avec ton fourgon loin de moi, et cette image était comme une blessure ouverte. Un peu comme si j'avais perdu un bras, et que je regardais sans comprendre l'endroit où il était censé se trouver. Tu peux te moquer de moi si tu veux, mais il faut croire qu'il restait encore quelque chose de notre relation. Malgré tous ces mois sans se toucher, le lien n'était pas tranché. Crois-moi : j'aurais tellement préféré le comprendre autrement.

J'ai passé la matinée dans cet état d'hébétude et de douleur, marchant sans but dans la maison et refusant de répondre au téléphone. Quelqu'un a sonné à la porte, mais je n'ai pas réagi. Bientôt, Marion n'habitera plus à cette adresse. Je ne pensais à rien, pas même à toi, et le temps s'écoulait hors de mon contrôle. J'étais absente à moi-même ; c'est peut-être ainsi que commence la folie.

Les flics sont arrivés après midi. Je venais de redonner le biberon à Fabien. Regarde-moi : pyjama, peignoir rose et cheveux défaits. Elle n'est pas belle, ta femme ? Tu devras t'habituer, maintenant. Pourquoi je leur ai ouvert cette fois ? J'attendais peut-être ces sonneries insistantes, ce rendez-vous avec les mauvaises nouvelles. Tu dois y aller, ma fille, c'est ton heure. Une voix de femme a prononcé mon nom à travers la porte. Je ne pouvais pas m'échapper. Je leur ai ouvert sans chercher à me rendre présentable. Tu m'aurais engueulée, toi qui tenais toujours à présenter à nos ennemis une apparence irréprochable.

Le battant s'est ouvert d'un coup, et je me suis retrouvée devant la fliquette d'hier, celle qui m'avait renvoyée à la maison. Elle ne m'avait pas appelée, finalement. Je savais pourquoi. Vas-y, salope, achève-moi, je me laisserai faire. Derrière elle, un type à l'allure de taureau faisait tout son possible pour passer inaperçu.

— Madame Delicourt, nous pouvons entrer ?

Voix étranglée, regard fuyant. Elle aussi aurait préféré être ailleurs. Je l'ai regardée fixement, sans savoir ce que mes yeux exprimaient, et je me suis écartée pour les laisser passer. La femme était blonde sous son calot, et ses paupières conservaient des petites traces de fard. J'ai supposé qu'elle était sortie la veille. Petite soirée de déconfinement entre amis, pendant que je croupissais à la maison. L'homme sentait la cigarette et la sueur. Je les ai laissés souiller mon canapé. Je me suis assise sur une chaise.

— Votre mari… a commencé la femme.

Elle a regardé son collègue. Je me suis demandé si elle s'était déjà trouvée dans cette situation. Comme le taureau ne disait rien, elle a poursuivi :

— Votre mari a subi un grave accident hier après-midi.

Comme si notre conversation d'hier n'avait jamais eu lieu. Je me suis tue.

— Il… Son véhicule a effectué plusieurs tonneaux avant de heurter un arbre. Nous… nous sommes au regret de vous annoncer qu'il est décédé.

Voilà, c'est dit. Tu te sens mieux, poulette ? La corvée est passée, tu peux retourner dans ta niche. Et moi, j'étais officiellement veuve. Je me suis sentie vieillir de dix ans. Je n'ai rien trouvé à dire, sauf une question :

— Il était encore dans son fourgon ?

La fliquette a froncé les sourcils. J'ai précisé :

— Quand je suis venue vous voir, il y était encore ?

Quelle importance, au fond ? Je n'ai pas compris tout de suite pourquoi je demandais cela. C'est le taureau qui a répondu, d'une voix étonnamment douce :

— Oui, il s'y trouvait encore. Le légiste n'était pas passé.

Une fois de plus, je me suis vue traversant le cimetière de voitures accidentées pour te retrouver. J'aurais voulu… je ne sais pas, te parler, te dire adieu, exprimer ce que je gardais pour moi depuis des semaines, te demander pardon. Tu n'aurais pas répondu, mais je crois que ça m'aurait fait du bien. C'est à ce moment que je me suis mise à pleurer. C'est à ce moment que j'ai vraiment compris que je t'avais perdu. Une autre question m'est venue :

— Je pourrais le voir ?

— Il a été autopsié à l'hôpital de Garches, a dit la femme. Il se trouve encore là-bas. Je ne sais pas s'ils vous y autoriseront. Les familles sont convoquées demain à 14 h.

Cette nouvelle m'a achevée. L'idée qu'ils t'aient ouvert comme un animal, sans rien demander à personne, je ne l'ai pas supportée. J'ai eu envie de vomir. Je me suis rappelé les samedis de manif à Paris, les types qui nous nassaient, qui nous intoxiquaient avec leur gaz, puis qui nous tiraient dessus au LBD. Je n'y peux rien, je hais les flics. Vous êtes tous des pourris. Vous avez tiré contre le peuple. Je ne vous ferai jamais confiance. Jamais.

— Sortez.

Les deux CRS se sont regardés. Ils n'avaient pas l'habitude qu'on leur parle comme ça. Mais on ne résiste pas à une veuve. Ils se sont levés.

— Nous vous adressons nos sincères condoléances, a dit la blonde.

Une formule toute faite. Elle a dû apprendre qu'on disait cela aux femmes de victimes. Je me suis levée à mon tour. Je tenais à peine debout. Enfin, ils ont compris et ils se sont dirigés vers la sortie. Je les ai laissés s'en aller sans les quitter des yeux.

Après leur départ, j'ai encore pleuré, j'ai jeté des objets, j'ai même cassé la table basse. Après tout, ce n'est pas ce qu'on attend d'une femme qui perd son mari ? Fabien s'est mis à pleurer lui aussi. Chiale, mon fils, tu n'as plus de père. Qu'est-ce que tu croyais ? Quand on a pour papa un ancien taulard et pour maman une fille qui a tout raté dans la vie, il faut s'attendre à ce que les choses tournent mal. Les illusions s'évaporent, et la famille modèle explose en plein vol.

Je ne sais pas combien de temps je suis restée dans cet état. Fabien s'est calmé, j'ai ramassé les morceaux du plateau de verre que j'avais brisé. Non, la vie ne reprenait pas ses droits. Non, je ne commençais pas à accepter la situation. J'avais seulement besoin de bouger, de me décrasser les membres. J'ai pris un bain avec Fabien, et j'ai attendu qu'il se rendorme. J'ai enfilé un survêtement et je suis sortie pour ramasser le courrier. Prémonition ? J'ai beau y penser, je ne sais toujours pas pourquoi j'ai eu cette idée. Il y avait de la pub, des factures, une offre d'abonnement et une enveloppe avec le logo d'Air France. J'ai ouvert la dernière et j'ai laissé tout le reste.

Tu sais ce qu'elle contenait, cette lettre ? Elle t'était adressée. Elle était accompagnée de deux billets d'avion en classe affaires.

Pour Punta Cana, République dominicaine. Le pays dont tu rêvais. 4 215 € aller-retour. Tu l'as trouvé où ce fric, mon Julien ? Tu penses bien que je me suis mise à cogiter. Je me suis rappelé l'accusation d'Erwan et de Nicolas. D'après eux, tu étais sur un coup. Ça te parle ? Tu comptais m'en dire un mot ? Parce que, tu vois, j'aurais trouvé les arguments pour t'en empêcher. Et qui sait, tu serais peut-être encore là.

Il est cinq heures maintenant. Avachie dans le canapé, les pieds sur ce qui reste de la table basse, je fume ma première cigarette depuis un an. J'entends parfois une voiture passer dans la rue, mais les maisons voisines sont endormies. Je n'arrive pas à m'enlever une idée de la tête : et si tu n'étais pas mort d'un accident ? Et si on t'avait abattu après ton coup ? C'est peut-être une idée folle, une idée complotiste, comme on dit, mais elle me plaît. Elle expliquerait au moins pourquoi ma vie est en morceaux pour la deuxième fois, pourquoi je me retrouve dans ce merdier.

12

Mercredi 13 mai

Alaric avait envisagé toutes les hypothèses, mais il ne comprenait toujours pas ce qui se déroulait devant ses yeux. Bien sûr, il y avait des journalistes télé, des caméras, des techniciens en tout genre. Au cours de sa carrière, il avait souvent assisté à ce cirque, dont il comprenait à peu près les règles. Au SRPJ, deux ans plus tôt, la télévision avait interviewé l'ancien patron de la crim', et posé des questions stupides à un chef de groupe. Quelques prises de vue avaient été réalisées dans la salle d'état-major, la plus belle salle de l'étage.

Toutefois, le tournage qui avait lieu dans les couloirs de la brigade criminelle en ce début de matinée ne mettait pas en scène des membres du service, mais des personnes étrangères présentées comme des fonctionnaires de police. Le matériel vidéo portait pourtant les logos d'une chaîne d'info continue, peu réputée pour la production de fictions. Apparemment, cette chaîne avait décidé de se passer des vrais acteurs de terrain, pour les remplacer par des figurants. Le personnel du service, quant à lui, était relégué derrière une barrière de sangles suspendues à des poteaux métalliques.

Parmi l'équipe technique, un seul homme donnait les ordres. Il était intégralement habillé de noir, et s'exprimait de façon maniérée. Il cria :

— Ça va pas du tout, on refait la prise.

Sur cette injonction, tout le monde se remit en place, et la scène reprit exactement là où Alaric l'avait vu commencer. Un acteur barbu, au visage couvert d'un masque, entra dans le bureau de la patronne. Après la reprise du tournage, un cameraman posté en face filma sa sortie, puis un autre, muni d'un matériel léger, le suivit dans le couloir. Cette fois, l'homme en noir semblait satisfait.

— J'aime bien, c'est plus naturel. Jules, fais-nous un plan sur le panneau, dit-il.

Délaissant le faux flic, le deuxième cadreur approcha sa caméra d'une affiche colorée qu'Alaric ne se rappelait pas avoir vue la veille. Tel était donc le sujet de ce reportage : les mesures sanitaires dans la police. Des mesures qui n'existaient pas avant l'irruption de la télévision dans les locaux de la crim'.

Il fallut encore plusieurs minutes avant que le producteur permette enfin au véritable personnel d'accéder aux locaux. Alaric retrouva le sien presque inchangé, à part un détail qu'il remarqua tout de suite : sur son bureau et sur celui de Clémentine trônaient désormais des panneaux de plexiglas possédant approximativement les dimensions et l'apparence de téléviseurs transparents. Il en déduisit que la médecine du travail avait fini par obtenir gain de cause, et se réjouit que les transformations apportées à son antre se limitent à ces deux articles insignifiants.

Il les contemplait encore quand Clémentine se manifesta derrière lui, sans que le moindre bruit ait annoncé sa venue.

— Avec ça, on se sent tout de suite protégés, dit-elle.

— De toute façon, on était déjà immunisés.

Il regretta immédiatement ce qu'il venait de dire. Il avait oublié que Cassandre, la compagne de Clémentine, venait à peine de guérir du virus.

— Oui, mais ça fait plaisir. Un super-bouclier pour le super-virus.

Par chance, Clémentine faisait partie de ceux qui, dans le groupe, n'avaient pas peur de la maladie. La peur faisait d'ailleurs peu partie de sa vie en général.

— Du coup, on a eu droit à un reportage télé.

— Ils ont réussi à te coincer ?

— Pas besoin : ils ont apporté leurs propres flics de cinoche. Faut croire qu'on n'est pas assez photogéniques.

— Tant mieux pour toi : finie la corvée d'écran. La prochaine fois qu'un journaleux voudra t'auditionner, tu n'auras qu'à appeler ta doublure.

Cette remarque le laissa songeur. Un jour, peut-être, il en serait ainsi : la réalité du terrain remplacée par une copie plus docile et plus présentable. Renonçant à son envie de reléguer l'écran de plastique dans un coin de la pièce, il accrocha son blouson à un crochet derrière la porte et s'assit à son bureau.

— Ouais, ben avant l'interview, on a du boulot.

Clémentine accrocha elle aussi son manteau et s'accroupit derrière son écran de plexiglas, imitant une présentatrice de télévision.

— Dans l'édition de ce soir, Alaric Autier, de la brigade criminelle de Versailles, vous explique comment il compte enquêter sur le carambolage de l'A6.

— Je te préviens : j'ai rien fait de la soirée. Je découvre le dossier.

— Normal, tu étais de récup'. T'en fais pas : j'ai commencé à bosser sur l'affaire. J'ai même parlé au légiste. Il accepte de nous rencontrer dans l'après-midi, vers 14 h.

— C'est un bon début. Il t'a envoyé son rapport d'autopsie ?

— Non. Il a dit qu'il préférait nous le donner en mains propres avec ses commentaires.

— Il se méfie. Il sait qu'on le prend pour un fêlé. On devra le mettre en confiance.

— Il est peut-être *vraiment* fêlé.

— On verra. On exclut rien, comme d'hab'.

Victoria et Joseph passèrent dans le couloir en les saluant d'un geste de la main. La première portait le masque FFP2 qui dissimulait en permanence le bas de son visage. Venant à leur suite, Patrick, sixième de groupe et maître incontesté des univers électroniques, entra résolument dans le bureau.

— Bonjour à vous deux. Je voulais juste vous dire que j'ai commencé à collectionner les vidéos du carambolage diffusées par les télés. C'est passionnant. Je vous montrerai, si vous voulez.

— On attend un peu, si tu veux bien, dit Alaric. On en est encore à se demander si on a une affaire, ou un cas psy.

— Des théories du complot circulent déjà sur les réseaux sociaux. J'ai lu quelques tweets qui mettent vraiment le doute sur ce qui s'est passé.

— Les faits d'abord, Patrick. Quand on connaît les faits, on n'a pas besoin de douter ou d'avoir des convictions.

Osmane, le troisième de groupe, passa la tête dans le local. Pour la première fois depuis qu'Alaric le connaissait, il avait demandé à sa coiffeuse une coupe très courte, qui lui donnait une apparence d'adolescent.

— Salut chef. On a de la visite. Un type qui se dit médecin légiste. Marlotte m'a demandé de te le dire.

— Panossian ? demanda Clémentine.

— C'est bien possible, dit Osmane. Oui, un Arménien.

— Apparemment, il était trop impatient pour attendre 14 h, dit Alaric.

À sa connaissance, aucun légiste n'était jamais venu jusqu'au SRPJ pour présenter une autopsie. Cette démarche l'incitait à la méfiance.

— Je ne comprends pas, dit Clémentine. Au départ, je lui avais proposé un rendez-vous à 10 h, mais il a refusé.

Alaric secoua la tête. Si ce médecin était réellement tombé sur une affaire qui tenait la route, il n'avait pas besoin de se déplacer pour la défendre devant les enquêteurs.

— Finalement, tu avais peut-être raison, Clémentine. Aucun légiste sain d'esprit ferait ça. Les vendeurs de tapis, j'ai jamais aimé ça.

Osmane sourit. Il anticipait déjà l'accueil réservé à l'intrus.

— On lui laisse au moins sa chance ? dit Clémentine.

— Un quart d'heure maxi. Pour l'instant, ni Cazenave ni le patron de l'IML parieraient un kopeck dessus. Soit il arrive à nous convaincre, soit on le conduit gentiment vers la sortie.

— C'est le nouveau nom des coups de pied au cul ? dit Osmane.

Il était en forme. Alaric ignora sa vanne.

— On le reçoit tous les trois, devant webcam, à guichets fermés. Pas besoin que quelqu'un d'autre soit au courant. Je voudrais surtout connaître ses intentions.

Aucune préparation n'était nécessaire. Clémentine alluma son ordinateur, et Osmane partit chercher Panossian. Alaric fut tenté de coller le message « Ne pas déranger » sur sa porte, mais il connaissait trop bien son groupe pour ignorer que cette consigne encouragerait tout le monde à écouter l'audition à travers le battant. Osmane revint quelques minutes plus tard, poussant devant lui un petit homme chauve très soigné, à la démarche énergique. Il l'invita à s'asseoir sur le siège des mis en cause, mais le docteur n'y consentit qu'après avoir serré la main des trois policiers, oubliant les consignes sanitaires qu'il aurait pourtant dû appliquer mieux que les autres. Dès qu'il fut installé, Alaric lança l'offensive.

— Je suis surpris, docteur Panossian. Mon adjointe m'avait dit que vous acceptiez de nous accueillir cet après-midi à 14 h. Vous étiez impatient de nous voir ?

Avant de répondre, le légiste commença par observer soigneusement chaque personne présente.

— Vous vous méfiez de moi, c'est normal. Monsieur Cazenave aurait préféré que je ne trouve rien du tout. Alors oui, je dois défendre ce dossier, et c'est pour ça que je suis là.

Alaric ne lui laissa pas le temps de respirer.

— Le parquet ne décidera pas de confier votre affaire à un juge d'instruction sans arguments solides. Vous avez raison : monsieur Cazenave doute de vos affirmations, mais il le fait pour éviter de lancer une instruction qui n'aboutira pas.

— Je vous l'ai dit : je comprends très bien que vous ne m'accordiez pas votre confiance. Tout ce que je souhaite, c'est que vous me laissiez vous exposer les faits.

— Nous sommes à l'écoute, docteur, dit Clémentine.

— Vous avez un tableau blanc ?

Alaric regarda Osmane.

— Je vais vous le chercher.

Le troisième de groupe sortit de la pièce, manquant de renverser Victoria et Patrick, qui par le plus pur des hasards se tenaient derrière la porte. Il revint en traînant une antiquité aux pieds rouillés, dont le panneau n'affichait plus qu'une blancheur approximative. Acceptant avec reconnaissance les feutres usés qu'Osmane lui offrait, le médecin commença par dessiner une portion d'autoroute traversée d'un pont et des rectangles représentant les véhicules, avec une assurance qui suggérait qu'il n'en était pas à sa première tentative.

— Je précise que je ne suis pas le témoin direct de ce que je vais vous raconter, dit-il. Voici ce que j'ai pu reconstituer. Tout commence sur la voie de gauche. Un 4x4 Mercedes roule très au-dessus de la vitesse autorisée. Pendant ce temps, un fourgon d'Aliser traverse les trois voies en diagonale. Je ne sais pas exactement d'où il vient, mais je suppose qu'il est parti de la voie de droite sous le pont. À ce moment-là, je me trouve ici, à une dizaine de mètres des lieux. Le 4x4 entre en collision avec le fourgon, qui entame une série de tonneaux.

Effaçant le rectangle du fourgon, le légiste traça une ligne pointillée allant du point de collision jusqu'à l'extérieur de l'autoroute, au-delà d'une bretelle. Cette ligne traversait le rectangle représentant sa propre voiture.

— Vous avez été accidenté ? demanda Clémentine.

— Oui ! Enfin non ! Je veux dire que j'aurais dû...

Il bredouillait. Le souvenir de l'événement faisait remonter des émotions puissantes. Il se reprit :

— Ce n'est pas le plus important. Je voudrais attirer votre attention sur la trajectoire du fourgon *avant* l'accident.

En pointillés bleus, il traça le chemin probable du véhicule de l'extrême droite à la voie de gauche.

— C'est absurde, dit Clémentine. Pourquoi ce patrouilleur aurait coupé les trois voies au milieu d'un trafic aussi dense ?

— Si vous regardez bien, il allait achever sa course sur la glissière.

Alaric en avait assez entendu.

— Écoutez, docteur Panossian, dit-il, ce que vous nous dites est très intéressant, et je suis persuadé que vous nous fournissez les meilleures informations que vous avez pu récolter, mais vous empiétez nettement sur notre travail. Nous avons besoin de vous en tant que légiste, peut-être en tant que témoin, mais pas en tant qu'enquêteur.

Panossian ouvrit la bouche, haussa les sourcils et implora Clémentine du regard, mais elle resta parfaitement inexpressive.

— Je... je voulais juste replacer l'affaire dans son cadre. Si c'est votre souhait, je vous parle de l'autopsie.

Il fit pivoter le panneau du tableau sur son axe horizontal, de manière à atteindre l'autre face, et dessina très adroitement un homme assis vu de trois quarts. Il acheva son dessin par un triangle rouge tracé sur le front.

— La victime est un individu d'une trentaine d'années, ne présentant aucun signe de pathologie ou de risque sanitaire, dit-il. L'examen externe n'a révélé qu'une seule lésion, située au milieu du front. L'examen interne a confirmé ce constat. L'os frontal a été défoncé par un choc violent, entraînant une hémorragie cérébrale massive. Cette hémorragie est la seule cause du décès.

Il s'interrompit, les lèvres pincées. La remarque d'Alaric l'avait vexé. Clémentine s'en aperçut :

— Il n'y avait rien de personnel dans ce que vous disait le capitaine Autier. Nous n'obtiendrons jamais l'instruction si le dossier n'est pas assez solide.

— Je l'avais compris. Chacun son rôle. Le problème, c'est que j'étais le seul à m'intéresser à ce pauvre homme.

— Nous voulons bien vous croire, mais dans ce cas, donnez-nous des éléments que nous pourrons inscrire au dossier.

Il soupira et baissa les yeux. À nouveau, Alaric se demanda pourquoi cette histoire le touchait autant.

— Il avait du sang dans les cheveux, et pas sur le visage. C'est totalement incompatible avec l'hypothèse d'un choc lié au déplacement des objets dans l'habitacle. En plus, un cube de deux kilos avec un élan de moins d'un mètre n'aurait pu occasionner un traumatisme aussi important par des rebonds au cours de la série de tonneaux.

Il avait visiblement conscience que ses déductions ne suffisaient pas. Il y avait autre chose, mais pourquoi hésitait-il à le dire ?

— Si vous avez d'autres informations, il faut nous les donner, dit Clémentine.

Le médecin la regarda fixement, déglutit et dévoila ce qu'il tenait caché :

— J'ai des visions.

Comme cette révélation ne suscitait aucune réaction, il continua :

— Oh, je sais, j'aggrave mon cas, mais c'est la vérité. Si le mot vision vous déplaît, appelez ça des intuitions. Je n'en parle à personne, mais mes collègues ont plus ou moins deviné. J'ai des flashes, je reçois des informations visuelles sur les gens qui meurent. Ça se manifeste le plus souvent pendant les autopsies. J'examine un noyé, et je le vois glissant d'une berge. J'ouvre une petite vieille, et je vois son mari qui l'étrangle. Le pire, c'est que c'est généralement exact.

Alaric ne croyait pas dans ce genre de talents. Il choisit pourtant d'encourager le légiste :

— Et pour notre client, qu'est-ce que vous avez vu ?

— C'est arrivé au moment où le fourgon fonçait vers moi. J'ai reçu l'image du patrouilleur inconscient, et d'un dispositif rudimentaire pour bloquer le volant et appuyer sur la pédale de gaz. Un anneau noir pour le volant et un bâton pour le gaz, que j'ai plus ou moins retrouvés ensuite dans l'habitacle.

Osmane regarda discrètement son chef de groupe. Il se retenait de rire. Alaric partageait son sentiment : ces propos n'étaient pas ceux d'un scientifique sain d'esprit. Il préparait dans sa tête une réponse diplomatique, mais Clémentine le devança :

— Vous savez probablement que nous ne pouvons pas tenir compte de cette… information. Ce n'est pas une question de convictions personnelles, mais de procédure.

— J'en suis conscient, oui. Vous pouvez parfaitement ignorer mes élucubrations. Pour moi, c'est une mort suspecte. Je le sens dans mes tripes. Peut-être que ça vous parle un peu plus, les tripes, l'instinct de légiste. Après vingt-cinq ans de métier, on se constitue vite une idée sur ce qui est normal et ce qui ne l'est pas. Après, vous en faites ce que vous voulez. On classe sans suite mes visions et ma conviction profonde, ou on regarde d'un peu plus près. Moi, j'ai fait mon travail.

Il reboucha le feutre qu'il tenait à la main et le déposa dans l'auget du tableau. L'audition était terminée. Aucun procès-verbal ne transcrirait jamais ce que Panossian venait de raconter. Pourtant, Alaric n'avait pas envie de le repousser sans examen. Le docteur était lucide sur la crédibilité de ses affirmations. Il avait marqué un point en parlant d'instinct. Tous les policiers connaissaient cette inexplicable certitude quant à la véracité ou la fausseté d'une hypothèse.

— Et nous ferons le nôtre, dit Alaric. Disons que nous avons un indic surnaturel. C'est à nous de vérifier ses affirmations.

Le visage de Panossian s'illumina.

— Merci.

13

Un goût amer au fond de la bouche.

Un début de nausée.

Elles arrivent.

Attirées par l'odeur du sang, de la tristesse et de la mort.

J'avais beau penser depuis hier à ce que je leur dirais, aucun mot ne venait. *Souffle-moi quelque chose, toi là-haut.* Mais tu n'as rien dit, mon salaud. Je l'avais bien mérité.

Quand elles ont sonné à la porte, je me suis demandé quelle heure il était. Comme si ça avait la moindre importance. Fabien gazouillait sur le tapis du salon. Au moins j'étais habillée. Ma mère a insisté, braillant de sa voix rocailleuse. J'ai toujours détesté cette voix.

— Marion, tu *dois* nous laisser entrer.

Ah oui ? Pourquoi ? Je suis chez moi, non ? C'est ce que j'aurais voulu lui répondre. Forte dans l'adversité, rejetant sa famille, fière et déterminée. Mais je me sentais si faible, Julien. Je ne pouvais pas lui résister. Tu m'as si souvent reproché de me laisser faire. Tu n'avais encore rien vu. Oui, je leur ai ouvert. Tu imagines ce qui s'est passé après ? Oui, elle m'a prise dans ses bras. Étreinte sèche et douloureuse, odeur de sueur et de renfermé. Elle n'a jamais été douée pour ça. J'aurais dû la repousser, mais je ne l'ai pas fait.

— Ma pauvre petite fille ! Pourquoi tu ne m'as pas appelée ? Tu es folle de rester comme ça. Je veux dire : on est une famille. On est là pour t'aider.

Je me suis remise à pleurer. C'était la meilleure chose à faire. Une famille unie, une épouse éplorée ; tu vois, chacun son mensonge.

— Maman était effondrée quand elle l'a appris, a dit ma chère sœur. C'est Nathan qui l'a su par un collègue. Tu te rends compte : tout le monde était au courant, sauf nous.

C'était donc ça qui les préoccupait : la peur des médisances. Comment, Marion ne vous l'a pas dit ? Et vous prétendez être une famille ? Même veuve, j'étais encore la brebis galeuse, celle dont on a honte de parler. Ma mère a voulu corriger le tir, mais il était trop tard :

— Laisse-la, chérie, elle est en état de choc. Elle a besoin de nous.

Cette façon de parler de moi comme si j'étais absente. J'ai essayé de lui répondre, mais les mots manquaient encore à l'appel. Peut-être que j'étais vraiment absente, après tout.

— Regarde, elle a cassé sa table basse, a dit Maurine.

— Tu vois, je te l'avais dit, elle a perdu la tête. Elle était déjà fragile. Mais tu n'as pas à t'en faire, ma petite Marion, on va s'occuper de tout. Tu vas venir habiter chez nous. Maurine, tu vas chercher Fabien et ses affaires.

Je l'ai repoussée.

— Non !

Je me fichais bien de ce qui pouvait m'arriver, mais je ne pouvais pas les laisser toucher à Fabien. J'ai reculé vers lui, prête à tout pour les en empêcher.

— Marion, ce n'est pas raisonnable, a crié ma mère. Tu ne peux pas le prendre en charge dans cet état. C'est dans son intérêt.

Les mots sont revenus. Il y avait urgence.

— Il est propre, il a mangé, il va bien. Laissez-moi.

— Tu fais une erreur, a dit Maurine. Tu dois penser à lui avant tout. C'est pas une honte d'avouer qu'on n'y arrive pas.

Encore une citation de sa psy. Onze ans de thérapie, et elle en est encore là. Au milieu de mes sanglots, je me suis mise à crier.

— Je ne vous ai rien demandé. Julien est mort, et j'ai besoin d'être seule. Vous pouvez le comprendre, ça ?

Ma mère a touché le bras de Maurine. Elles ont échangé un regard de connivence, comme pour dire : « Ne t'en fais pas, on reviendra par la porte du jardin. »

— On va te laisser, puisque c'est ça que tu veux. On ne veut pas te forcer. Mais de toute façon, il faudra qu'on discute plus tard. Tu es seule, au chômage partiel, tu as une maison à rembourser. Tu ne tiendras pas très longtemps comme ça. Tôt ou tard, tu auras besoin de notre aide. C'est déjà arrivé, tu te souviens ? Heureusement qu'on était là pour toi. On sera toujours là pour toi, Marion. C'est ça, une famille.

La nausée est revenue, avec l'envie de les jeter dehors à coups de pied. Je n'ai rien dit, mais j'ai réussi à soutenir son regard. Elle a eu ce rictus méprisant que je connais bien. Avec elle, tout est dans les détails : des paroles bien lisses avec une expression de mépris.

Elle est partie sans se retourner, entraînant Maurine qui marchait à reculons. Au moins, je lui faisais peur, à cette garce. Elle a pris soin de bien claquer la porte en sortant, pour que tout le quartier soit au courant.

J'ai repensé au suicide, tu t'en doutes. Comment veux-tu que je m'en sorte, alors que tu n'y es pas arrivé ? Le poison, la seringue, le train qui s'apprête à me tailler en morceaux. Tu me crois, si je te dis que ces visions morbides m'ont fait du bien ? Un jour, tu m'as fait remarquer que je gardais toujours une main sur la poignée de porte. Tu avais raison, mais cette porte, aujourd'hui, conduit à la mort. Quand on est prêt à s'en aller pour toujours, la vie semble plus facile et plus légère.

Puis, j'ai pensé à Fabien, et mon cœur a éclaté. Fabien, mon enfant, ma raison d'exister. Fabien que j'ai porté en moi. Fabien qui te ressemble. Tu sais, elles avaient raison, toutes ces femmes qui me disaient que la maternité te change à jamais. Je ne connais pas d'autre chaîne qui rende heureuse. Au début, rappelle-toi, je me levais en pleine nuit juste pour le regarder dormir. Je ne vaux peut-être pas grand-chose en tant que personne, mais j'ai l'honneur d'être sa maman.

Je ne pouvais pas le laisser, surtout en pensant qu'il tomberait dans les mains de ma mère et de ma sœur. C'était plus fort que moi, plus fort que la peur et que le désespoir. Il se trouvait toujours sur son tapis, jouant avec une petite voiture aux couleurs vives. Je me suis assise à côté de lui et il m'a souri.

14

Le masque vissé sur le museau, Daniel se tenait à la porte du bureau qu'il partageait avec Victoria. De ses yeux écarquillés, il arrosait de colère les membres du groupe qui avaient investi la pièce. Pour son malheur, le seul mur assez grand pour y projeter une image se trouvait là, derrière une affiche de rugby. Non seulement les intrus polluaient les lieux avec leurs émanations virales, mais ils avaient osé décrocher une de ses précieuses affiches.

Alaric hésitait entre le rire et l'exaspération, mais il décida plutôt de le laisser tranquille. Daniel avait ses habitudes, et son local représentait pour lui un lieu intime, une extension de son appartement. Après le départ du groupe, il passerait sans doute des heures à tout désinfecter. Victoria ne trouvait grâce à ses yeux que parce qu'elle se soumettait à quelques mesures sanitaires de base.

Tout était prêt. Osmane avait amené le tableau blanc où Panossian avait laissé ses dessins, et le vidéoprojecteur était en place, relié à l'ordinateur portable de Patrick. Alaric sentit monter l'excitation si particulière des premiers briefings d'une affaire, quand se dévoilait pour la première fois le drame d'un homicide et que le groupe élaborait une stratégie pour le résoudre.

— On peut commencer ? demanda Patrick.

Il parlait de ses machines, qu'Alaric considérait comme très secondaires.

— Laisse-nous d'abord présenter le dossier, dit-il. Clémentine, tu veux le faire ?

Embarrassée, elle se leva et exposa brièvement la situation, observant son auditoire avec attention. Elle savait qu'un tel récit provoquait forcément des interrogations. La première vint de Joseph :

— Il était cardiaque ?

— Jeune, en bonne santé, sans maladie. Son crâne a fait une mauvaise rencontre avec une enceinte Bluetooth.

— Elle venait d'où, cette enceinte ?

— Elle se trouvait dans le véhicule, si c'est ce que tu demandes. Mais on ne sait pas ce qu'elle faisait là. Il y avait aussi deux autres objets : un balai et un morceau de plastique.

Elle regarda fugacement Alaric avant de continuer :

— Le légiste dont je parlais, le docteur Panossian, est aussi celui qui s'est occupé de la levée des corps après le carambolage. C'est lui qui a autopsié la victime qui nous occupe, et c'est lui qui a lancé l'alerte. Sans son intervention, on n'aurait pas d'affaire. Il est même venu nous voir pour défendre son point de vue. On vous montrera tout à l'heure les dessins qu'il nous a laissés. Il refuse la thèse d'un décès accidentel. Il s'appuie sur deux choses : l'écoulement du sang à partir de la blessure et le peu de vraisemblance de cette blessure dans le contexte de l'accident.

— C'est quel genre de blessure ? demanda Victoria.

Sur un signe d'Alaric, Patrick alluma le rétroprojecteur. À mesure que la luminosité de l'appareil augmentait, la tête de la victime apparut sur le mur, photo d'album éclairée par un flash. Au milieu du front, l'enceinte avait laissé une empreinte profonde, mais le sang de la blessure ne s'était pas écoulé sur le visage. L'image agrandie n'avait besoin d'aucun commentaire. Pour la première fois, Alaric se dit que Panossian avait peut-être vu juste. Victoria mit des mots sur ses pensées :

— Et c'est une enceinte en plastique qui est censée lui avoir fait ça en rebondissant sur le pare-brise ?

Aucun besoin d'un spécialiste en balistique ou en trajectologie pour voir que quelque chose n'allait pas.

— C'est ce que pense le substitut du proc', dit Alaric. Si on veut le convaincre, il faudra d'autres arguments que notre intime conviction. Patrick, on regardera le reste de l'album plus tard. Tu nous mets la vue aérienne et tu nous parles de ce que tu as pu reconstituer ?

Sur le mur, l'image changea. Patrick agrandit au maximum un plan topographique du site Géoportail, coupé en diagonale par une portion de l'A6 et, de haut en bas, par une route qui la traversait sur un pont. Au nord, une bretelle d'accès partait d'un grand rond-point, à l'extrémité d'une agglomération. Au sud, plusieurs bretelles de sortie se succédaient, au milieu des champs et des bois. En comparant le plan au dessin de Panossian, Alaric fut frappé de la précision du schéma tracé de mémoire par le légiste.

— J'ai récupéré quelques images de l'accident, dit Patrick.

Sur l'écran défila une suite de photos et de courtes vidéos, montrant le carambolage sous divers points de vue. Patrick revint ensuite au plan, qu'il agrandit et remplaça par une photo satellite. Pour désigner les lieux, il se servit de la flèche de sa souris et commença le récit des premières secondes de l'accident. Pour illustrer son propos, il entourait les voitures dont il parlait sur l'image à moitié floue. Alaric en profita pour prendre le relais :

— Le légiste se trouvait là au moment de cette première collision. Il a failli finir écrasé. Il nous en a fourni ce dessin, avec la trajectoire de chacun des trois véhicules. J'aimerais que vous me disiez si ça a l'air vraisemblable.

Le groupe s'intéressa au tableau blanc, et Patrick projeta la seule photo aérienne qu'il possédait, où il traça des cercles rouges autour du fourgon et de la première voiture du *go fast*.

— Si j'ai bien compris, après l'accident, le fourgon part en tonneaux à partir de la voie de gauche, dit Joseph. Ça veut forcément dire qu'il a été tamponné sur le flanc. Pour moi, c'est cohérent avec le croquis du docteur.

Patrick agrandit une photo prise à hauteur de l'autoroute. Le fourgon figurait au milieu, peu distinct, mais portant les traces d'un choc latéral.

— Il est temps que je vous parle d'une certaine hypothèse du docteur Panossian, dit Alaric.

Osmane sourit, Clémentine hocha gravement la tête.

— Nous avons ici un légiste d'un type particulier, un *Legistus visionnarius*, ajouta-t-il. Le docteur Panossian a des flashes. Pour l'affaire qui nous concerne, il a vu une sorte de système pour faire avancer le fourgon sans l'intervention du conducteur : un balai sur l'accélérateur, un morceau de plastique pour bloquer le volant. Ça vaut ce que ça vaut, mais disons que le meurtrier de notre patrouilleur aurait essayé de maquiller son meurtre en accident.

Toujours hilare, Osmane glissa quelques mots inaudibles dans l'oreille de Victoria.

— Le problème, c'est qu'on est en train de parler d'une scène de crime et d'un cadavre qu'on ne connaît pas, dit Clémentine. J'ai regardé le dossier, et il est vide. On a réussi à récupérer un album de l'IJ, on a un procès-verbal de l'OPJ et le rapport d'autopsie. C'est à peu près tout. Si on veut faire les choses sérieusement, on va devoir tout reprendre depuis le début, en oubliant ce que le docteur Panossian nous a dit.

— Je suis d'accord avec toi, dit Alaric. Ce sera une enquête sur le terrain. Dans un premier temps, on doit établir la matérialité du meurtre présumé, et récupérer tous les témoignages possibles. Il y aura peut-être d'autres accidentés qui auront vu ce qui s'est passé, et le profil de la victime pourrait nous apprendre des choses. Il faudra visiter le site, retrouver les épaves de la Mercedes et du fourgon, les analyser avec une équipe de l'IJ et collectionner les vidéos et les enregistrements informatiques.

— Je ne sais pas, j'ai mes oreilles qui sifflent quand j'entends le mot vidéo, dit Victoria.

— J'aurais pas osé te l'imposer, mais si tu le demandes gentiment…

Victoria secoua la tête. Elle avait l'habitude. Au fil des années, elle avait acquis en la matière des compétences qui la rendaient indispensable.

— On joue contre la montre, dit Clémentine. Plus le temps passe, plus les éléments matériels se dégraderont et moins les souvenirs seront frais.

Chacun savait ce que cela signifiait : l'enquête commencerait par une course éprouvante à la recherche des gens, des traces et des objets, avec le risque permanent de passer à côté d'une information essentielle. Heureusement, le mois de mai s'annonçait aussi ensoleillé que les deux précédents.

— On a deux priorités : les véhicules et les témoins, dit Alaric. On doit d'abord établir s'il y a suspicion de meurtre ou non. Je rappelle que Cazenave nous demande avant tout de déterminer les circonstances de l'accident. Je commence par Osmane : à toi de retrouver les accidentés et tout ce qui a été envoyé au labo pour analyse. Daniel, je voudrais que tu traînes un peu du côté des collègues de la victime. Victoria, tu sais déjà ce que j'attends de toi. Patrick et Joseph, vous vous occupez de la partie technique : vous trouvez le fourgon et la voiture qui l'a envoyé dans le décor et vous nous dépiautez tout ça avec une équipe de techniciens. Clémentine et moi, on va voir Castel, puis l'OPJ et la famille du mort. On commence tout de suite, on mangera sur la route. Le carambolage a eu lieu il y a deux jours, et je voudrais qu'on puisse faire un premier point ce soir dans l'Essonne. C'est compris ?

Personne ne prit la peine de répondre, mais tout le monde se leva d'un bond, sans montrer la moindre réticence. Il est vrai qu'après deux mois dépourvus de toute affaire majeure, le groupe n'attendait qu'une occasion comme celle-ci pour sortir de la routine et des bureaux.

15

À 13 h 45, je me suis retrouvée dans la petite queue des familles, entre deux barrières en acier, obligée comme tout le monde de porter le masque. Les gens ne se parlaient pas. Devant moi, une femme et son fils se tenaient serrés, sanglotant en silence. Derrière, une jeune femme toute frêle se balançait de gauche à droite comme un petit voilier dans la tempête. Je suppose qu'on avait tous la même tête : teint pâle, valises sous les yeux, pas de maquillage, cheveux défaits. La troupe des condamnés s'apprêtait à recevoir sa sentence.

Pendant que j'attendais, je me suis mise à réfléchir. La fliquette avait dit que tu avais fait des tonneaux. Ton fourgon se trouvait pourtant loin devant les voitures accidentées. Quelque chose ne collait pas. Tu m'as souvent montré des photos de fourgons écrabouillés par des camions, pris en sandwich entre un véhicule et la glissière. Ils se trouvaient tous à droite, ou à gauche derrière une rangée de plots. Explique-moi comment tu as pu te retrouver sur le terre-plein d'une bretelle de sortie après une série de tonneaux, alors que tu étais censé rouler à droite. Je me suis bêtement dit qu'on me donnerait des réponses à l'intérieur, qu'il y aurait quelqu'un pour me m'éclairer.

Ils nous ont fait attendre jusqu'à 14 h 20. Pas un d'entre nous n'a protesté. Le temps n'existait plus. Nous sommes entrés dans l'hôpital par une petite porte et nous avons traversé une enfilade de couloirs, avant d'entrer dans une grande salle sans fenêtres, éclairée par des néons. Nous nous sommes assis sur des sièges disposés à un mètre de distance les uns des autres. De l'autre côté de la salle, deux hommes, l'un barbu et habillé d'une blouse, l'autre grisonnant et massif, habillé avec élégance, étaient assis derrière une table rudimentaire. Un vigile gardait la porte et une infirmière s'occupait de nous. L'homme aux cheveux gris s'est levé pour nous parler :

— Bonjour à tous. Je suis le substitut du procureur Roland Cazenave. Vous avez tous perdu l'un de vos proches. Je suis ici pour vous accueillir et pour répondre à vos questions. Je voudrais d'abord vous adresser mes plus profondes condoléances. Nous allons vous appeler famille par famille.

L'infirmière a prononcé le premier nom. Un couple âgé s'est levé et s'est assis devant les deux hommes. Un échange de paroles à voix basse a commencé, qu'aucun de nous ne pouvait entendre. Le barbu s'est levé pour aller chercher deux radios sur une table qui en comptait des dizaines.

Le couple est sorti, escorté par le vigile. Le rituel a recommencé avec un homme solitaire, avec trois frères, avec une femme aux cheveux très courts. Quand elle a quitté la salle, l'infirmière a appelé :

— Famille de Julien Delicourt.

Ma nuque s'est raidie. J'ai eu l'impression que mon cœur cessait de battre. Je me suis levée, j'ai chancelé jusqu'à la chaise et je ne me suis assise qu'après que l'infirmière a fini de la désinfecter. Le substitut a chuchoté :

— Vous êtes madame Marion Delicourt ?

— Oui.

Ma voix tremblait.

— J'ai le regret de vous annoncer le décès de votre époux, monsieur Julien Delicourt, lundi soir dans un accident sur l'autoroute A6.

Toujours les mêmes mots creux.

— Je suis le docteur Prove. C'est moi qui me suis occupé de votre mari. Vous pouvez nous poser toutes les questions que vous souhaitez, nous nous efforcerons d'y répondre.

Des questions, j'en avais un million, mon Julien : qu'est-ce que tu foutais là, est-ce que tu m'aimais encore un peu, est-ce que tu me pardonnes, là où tu te trouves maintenant, qu'est-ce qu'on va devenir ton fils et moi, comment tu as payé ces deux billets d'avion. À la place, j'ai demandé :

— De quoi il est mort ?

Les deux hommes se sont regardés pendant une fraction de seconde. Le médecin m'a répondu :

— Il a subi un trauma crânien pendant que son fourgon faisait des tonneaux.

Le substitut s'est cru obligé d'en rajouter :

— Vous savez, le choc a été terrible.

Qu'est-ce que ça sonnait faux ! Je crois que j'ai secoué la tête. On ne ment pas à une veuve. Le docteur est allé chercher des radios et me les a étalées devant les yeux.

— Os frontal défoncé, hémorragie cérébrale. Il est mort sur le coup.

— Il n'avait pas sa ceinture de sécurité ?

Ma question l'a désarçonné. Il ne connaissait pas la réponse. Il était pourtant censé t'avoir examiné.

— Il l'avait, a dit le substitut. Le trauma a été provoqué par un objet présent dans le véhicule.

— Un objet ?

— Il semblerait que ce soit un appareil électronique ramassé sur l'autoroute au cours de la journée.

Je me suis souvenue de la fois où tu m'as emmenée en patrouille. J'ai revu la caisse bleue dans la cabine, où tu mettais tout ce que tu trouvais sur les voies. Ces gens-là ne te connaissaient pas ; tu n'aurais jamais gardé près de toi un objet trouvé, surtout en pleine épidémie.

Je n'ai pas répondu. J'ai senti que le substitut s'impatientait. Après tout, je n'étais qu'une femme de défunt dans une liste.

— Avons-nous répondu à toutes vos questions ? a dit le substitut.

J'allais lui dire que oui, mais une idée m'est venue :

— Est-ce que le carambolage a commencé par lui ?

Il a fixé sur moi des yeux d'un bleu profond, où j'ai cru lire de la sympathie.

— Il en a été la première victime, si c'est le sens de votre question. Mais je peux aussi vous dire qu'il n'a pas provoqué cet accident. Une enquête est en cours pour déterminer comment les événements se sont déroulés. Il n'est pas impossible que vous receviez la visite d'un enquêteur.

— Deux CRS sont venus chez moi hier.

— Je ne parlais pas d'eux. On vous contactera.

Il m'a tendu une enveloppe beige sans inscription. Derrière moi, l'infirmière appelait déjà la famille suivante. Mon temps était épuisé. Je me suis levée, prête à quitter la salle sans me retourner, mais le substitut s'est levé lui aussi, comme il ne l'avait fait pour personne jusque-là. Il a ajouté :

— Je vous souhaite bien du courage dans ces épreuves.

Je sentais qu'il était sincère. Je me suis mise à pleurer.

Hors de la salle, une dame âgée dont la chevelure blonde ressemblait à une perruque m'a expliqué la suite d'une voix presque inaudible. Elle m'a parlé des formalités, de la déclaration en mairie, de l'acte de décès et de ses copies. Elle m'a parlé d'une chapelle ardente dans la chambre mortuaire de l'hôpital. Toutes les familles étaient invitées, dans le respect scrupuleux des mesures sanitaires. Les corps n'étaient pas exposés.

J'ai voulu rejeter cette offre, mais je me suis dit que je n'avais pas la force de rentrer chez nous après ce que je venais de vivre. Je n'étais plus Marion, ta femme, mais une de ces « proches » anonymes dont la vie venait d'être anéantie par l'accident. Je n'étais pas libre de m'extraire de ce groupe réuni par le drame.

La « salle des Départs » se situe dans une construction isolée, à l'ouest de l'hôpital. Aucun signe religieux ne distingue ce bâtiment de ceux qui l'entourent. À gauche de l'entrée, il y a une petite cour entourée de murs. J'ai tout de suite compris qu'elle était destinée au chargement des corbillards. Ici, les familles prennent livraison des restes de leurs membres défunts.

À l'intérieur, dans une salle d'attente uniformément bleu ciel, une hôtesse d'accueil m'a dirigée vers la pièce principale, une sorte de nef de chapelle à trois arcades, également bleue, où des sièges cubiques avaient été disposés en damier devant un gros chandelier électrique et une fontaine en forme de pot de fleurs. Je me suis assise à côté du couple âgé qui m'avait précédée et je me suis enfermée dans le silence et la douleur.

Je n'ai jamais été très croyante. À peine plus que toi, en fait. J'éprouve seulement un vague sentiment qu'il y a quelque chose au-dessus de nous, quelque chose après la mort, un sens à notre vie. Et là, dans cette chambre mortuaire, j'ai essayé de toutes mes forces de prier, de me connecter à ce monde d'en haut. J'espérais obtenir une réponse, comprendre pourquoi tout ça nous arrivait : ce flot sans fin de mélasse, comme si le bonheur ne nous était pas autorisé. Je n'ai reçu aucune révélation, mais je me suis sentie mieux. C'était déjà ça.

Peu à peu, la salle s'est remplie. Le substitut du procureur ne perdait pas de temps. Au début, je ne faisais pas attention à ce qui se passait autour de moi, mais j'ai entendu un bruit sur ma droite qui n'a fait que s'amplifier. J'ai ouvert les yeux, et j'ai aperçu la jeune femme qui me suivait dans la queue. Elle sanglotait, et ses tremblements faisaient s'entrechoquer ses bracelets. Elle semblait si petite et si fragile, écrasée par le chagrin.

Comme je la comprenais ! J'avais l'impression de me voir au même âge qu'elle. J'ai pensé qu'elle avait besoin d'aide bien plus que moi. Je lui ai offert un paquet de mouchoirs. Elle a levé ses yeux rougis par les larmes, seule partie de son visage que le masque ne cachait pas. Plutôt que d'accepter, elle a fouillé son sac pour en sortir un carré de tissu blanc, dont elle s'est servie pour essuyer minutieusement ses yeux et sa joue.

— Merci.

— Je m'appelle Marion.

— Marie-Pierre.

Son mouchoir avait absorbé la plus grande partie d'un fond de teint de mauvaise qualité. Son visage paraissait plus pâle encore. Comme je ne disais rien, elle ajouta :

— Je suis ridicule.

Cette autocritique permanente, je la connaissais bien.

— Si quelqu'un vous dit ça, vous pouvez le rayer de la liste de vos amis.

Elle esquissa un sourire amer.

— J'en ai pas tellement, d'amis.

Je n'osais pas lui poser la question qui me brûlait les lèvres. J'ai parlé de moi pour l'encourager à se confier.

— J'ai perdu mon mari.

— Je suis désolée pour vous. Ça doit être dur.

— Et vous ?

— Mon copain. On était ensemble depuis février.

— Juste avant le confinement.

— On s'est pas quittés pendant deux mois.

— Et le premier jour du déconfinement…

— Oui.

J'ai eu peur qu'elle recommence à pleurer, mais elle a réussi à contenir la vague.

— Mon mari travaillait sur l'autoroute. Il était patrouilleur.

— Ben était cuistot.

Nous avons continué à discuter ainsi, à déballer les détails de nos petites existences. La mort, ça rapproche. Mate-moi ces vieilles dames qui s'apprêtent à passer le reste de leurs vies à parler du passé. À la fin, l'hôtesse nous a demandé de nous taire. Nous avons échangé nos numéros de téléphone. Je lui ai dit que j'allais l'appeler, et je le pensais vraiment.

16

Ils étaient descendus à deux, en délégation officielle de la crim'. Alaric aurait préféré parler seul à son copain Laurent, mais Clémentine se serait demandé pourquoi. Avec elle, il était forcé de s'en tenir à des échanges professionnels, sans déraison ni démesure. De toute façon, le virus faisait peu à peu disparaître toute spontanéité des services, tandis que les mesures sanitaires s'insinuaient à l'intérieur des relations personnelles.

Ils allaient arriver dans le couloir du groupe Castel quand Laurent apparut, accompagné d'une femme qu'Alaric identifia comme Antoinette Cure, sa cheffe de section. Castel essaya de sourire, mais le cœur n'y était pas. Ses yeux avaient perdu leur petite flamme rieuse. L'heure n'était pas à la plaisanterie.

— Autier, dit Cure, Castel m'a fait part de votre visite. Vous ne voyez aucun inconvénient à ce que je participe à la réunion, je suppose ?

Avait-il vraiment le choix ?

— Réunion est un grand mot, madame la cheffe de section. Je pensais plutôt à un petit échange d'informations informel.

— Ce mot ne me plaît pas du tout, Autier. N'oubliez pas que notre action doit s'inscrire en permanence dans les règles de procédure.

Alaric soupira. Chez elle, la procédure était un autre nom pour les interférences hiérarchiques dans le travail des gens de terrain.

— Allons-y, alors, procédurons.

Cure conduisit les trois policiers dans une salle de réunion qu'Alaric n'avait jamais visitée, où les armoires avaient été enveloppées de film plastique et où des parois de plexiglas bornaient chaque place de la table. En tirant une chaise, Alaric s'aperçut qu'elle était ficelée de rubalise, comme la moitié de toutes celles de la pièce. Il s'assit dessus sans en tenir compte, déclenchant chez Cure un froncement de sourcils.

— On enquête sur le carambolage, dit-il. On a besoin de savoir où vous en êtes.

Laurent Castel voulut répondre, mais Cure l'en empêcha d'un geste.

— Déjà, vous allez nous expliquer comment vous avez été saisis de cette affaire. Je veux dire, c'est quand même notre dossier.

Alaric évalua les forces en présence, et choisit l'action la plus rapide :

— Le parquet a ses raisons que la raison ne connaît pas. Monsieur Cazenave veut savoir s'il y a une affaire dans l'affaire.

— Vous pouvez lui répondre qu'on s'occupe de tout : l'affaire, l'affaire dans l'affaire et toutes les petites affaires dans l'affaire dans l'affaire.

C'était de la provocation. Alaric laissa Clémentine répondre :

— Madame Cure, vous savez bien qu'il ne nous appartient pas de contester les décisions d'un substitut du procureur. Je peux vous assurer que nous ne marcherons pas sur vos plates-bandes, mais nous avons un rapport d'autopsie qui pointerait vers un homicide indépendant de votre affaire de *go fast*.

Cure ricana :

— Celui de ce légiste, Parossian ?

— Panossian, oui. Vous pouvez en penser ce que vous voulez, mais il y a des éléments matériels.

— Excusez-moi, mais je connais ce farfelu. J'ai des doutes.

Alaric s'efforça de garder son calme :

— On va faire notre boulot, comme vous. On auditionne, on analyse, on vérifie et on fait un compte-rendu à Cazenave. Pour avoir vos infos, qu'est-ce qu'on fait ? On passe par la voie hiérarchique ? On fait un rapport ?

— Ne vous énervez pas, Autier. Je dis juste que vous n'aboutirez à rien. C'est du temps perdu.

— Oui, eh bien, on verra. Si c'est du temps perdu, essayons de boucler cette réunion au plus vite. Tout ce qu'on veut savoir, c'est où vous en êtes.

S'affranchissant enfin de l'avis de Cure, Castel prit la parole pour la première fois :

— On s'est surtout concentrés sur la recherche de nos deux mecs en cavale. On est en lien avec les stups de Marseille, on a le profil complet de nos clients et on surveille leurs points de chute éventuels. On pense qu'ils se planquent en Seine-et-Marne. On a des interceptions sur les mobiles de la famille du caïd. Dès qu'il se manifeste, on le serre.

— Vous vous êtes occupés de la voiture de tête ?

— Quoi, la porteuse, ou l'ouvreuse ?

— C'est la porteuse qui est rentrée dans le fourgon. Vous avez retrouvé l'ouvreuse aussi ?

— On sait qu'elle est pas rentrée à Marseille. On cueillera peut-être le conducteur avec les autres.

— Donc, vous avez inspecté la porteuse ?

— Non, on n'en a pas eu le temps.

— On s'en occupera.

— Jamais de la vie ! dit Cure. C'est à nous de le faire. Là, vous empiétez sur notre enquête.

Clémentine réagit :

— Vous avez un flag sur des trafiquants en cavale, pas sur les causes d'un accident. Que vous le vouliez ou non, on devra se partager le terrain.

Cure la dévisagea, étonnée de sa fermeté. Quand elle lui répondit, sa voix n'était plus aussi assurée :

— On n'en a pas fini. Vous attendrez qu'on soit passés.

Castel lui asséna le coup de grâce :

— On a pas commencé, Antoinette. Tout ce qu'on a, c'est le rapport des techniciens. Je pense qu'on devrait les laisser s'en occuper.

Cure fit la grimace.

— Vous auriez dû… Enfin, je ne comprends pas, tu veux dire que tu n'as pas…

— On était en plein carambolage, avec une autoroute à dégager, des morts à lever, deux mecs armés dans la nature. Alors non, on s'est pas occupés de la voiture.

Alaric joua l'apaisement :

— On fera les choses correctement. On travaillera avec une équipe de l'IJ, on cherchera les traces de drogue et on vous enverra les rapports. Vous pouvez compter sur nous.

Cure leva les yeux au plafond. Elle pouvait bien faire semblant de réfléchir, elle avait perdu la partie.

— Je ne vous cache pas que j'aurais préféré que les choses se passent autrement.

— Nous aurons besoin d'auditionner les trafiquants quand vous les aurez ferrés.

— Là, par contre, vous passerez après nous.

— Bien sûr.

Il savait qu'il pouvait compter sur Castel pour l'avertir dès que les clients seraient en cage.

17

Daniel et Victoria utilisaient la même voiture. Comme à son habitude, Daniel avait voulu conduire, mais Victoria avait fait valoir qu'elle allait plus loin que lui, et qu'il valait mieux, pour des raisons sanitaires, de ne pas changer de conducteur en cours de route. Il avait donc passé tout le trajet à l'arrière de la voiture de service, glace baissée, évitant de parler pour ne pas saturer l'atmosphère intérieure de postillons. Une fois de plus, il s'était félicité que sa collègue de bureau respecte aussi scrupuleusement les consignes des autorités sanitaires.

Victoria s'arrêta sur le parking du district de Nemours d'Aliser. Daniel mit une bonne minute à ouvrir la portière en ne se servant que de son coude. Depuis l'arrivée du virus, tout était devenu plus difficile, mais il savait que ces précautions avaient leur utilité. Se tournant vers la voiture qui s'éloignait, il crut voir Victoria portant le masque sous le nez. Dès qu'il la reverrait, il lui rappellerait les règles. Un peu mal à l'aise, il chercha autour de lui l'entrée principale des bureaux. À part un fourgon isolé à l'entrée d'un garage aux portes bleues, l'endroit était désert. La perspective de ne rencontrer personne, et de devoir attendre dans ce lieu à risques qu'une voiture le ramène ne lui plaisait pas du tout. Ces derniers temps, il avait de plus en plus de mal à supporter la solitude, surtout dans des lieux qu'il ne connaissait pas.

Un homme portant un gilet jaune fluo sortit du garage et entra dans un bâtiment. Daniel essaya de l'appeler, mais son cri se perdit dans les replis de son masque. Il se précipita derrière lui, espérant l'atteindre avant qu'il disparaisse à l'intérieur. Hélas, le couloir dans lequel il entra était vide, et il n'entendit aucun bruit lui indiquant la direction que l'homme en jaune avait prise.

— Monsieur ?

Daniel sursauta et se tourna vers celui qui s'adressait à lui, un employé chauve au masque bâillant, vêtu d'un tee-shirt d'Aliser.

— Oui, euh... bonjour, euh... je suis, euh... je suis policier. Brigade criminelle de Versailles.

Il exhiba sa carte Police, se rappelant trop tard qu'il aurait dû se laver les mains auparavant.

— Vous venez pour Julien, c'est ça ?

Daniel n'en crut pas ses oreilles. Comment pouvait-il être au courant de l'enquête ? Officiellement, Julien Delicourt était mort de l'accident. Il ne fallait pas laisser passer cette occasion.

— Pourquoi vous dites ça ?

— Ben... y'a que lui qu'est mort, alors c'est facile à deviner.

Daniel prit le temps d'observer son interlocuteur. Le type avait les mains calleuses et les traits marqués. Il se tenait de travers, dans une position peu naturelle. S'il travaillait dans les bureaux, il avait connu une vie plus rude auparavant.

— Je viens pour lui, oui. J'enquête sur les circonstances de son décès. J'aurais besoin de rencontrer ses collègues. Vous, par exemple. Vous avez l'air de le connaître. Au fait, je suis le lieutenant Merlin. Vous êtes... ?

— Serge Ameline. Je suis responsable sécurité-viabilité, je travaille sur le district depuis un mois. Julien, je le connaissais pas trop. Je lui ai parlé une fois ou deux à la radio, c'est tout.

Il paraissait gêné, comme s'il voulait mettre fin à la conversation. Ne faites pas attention à moi, je suis nouveau, je ne connais personne. Avait-il quelque chose à cacher ?

Daniel se rappela ce qu'Alaric lui avait demandé : traîner du côté des collègues de la victime. La consigne était vague et peu exigeante. Il savait que son chef de groupe n'essayait jamais de le brusquer, de lui imposer des tâches qu'il n'aimait pas, et il lui en était reconnaissant. Il avait conscience de ne pas s'investir dans son travail autant qu'il aurait dû, mais il ne pouvait se forcer. Depuis son divorce, il avait perdu la foi dans son métier, comme si l'échec de son mariage avait révélé l'envers du décor. Le prix à payer était la honte qu'il ressentait à ce moment, le sentiment justifié de ne pas être aussi bon que les autres.

— Vous pouvez m'expliquer comment ça marche ? Je veux dire, le travail des patrouilleurs.

— Ah ça ? Oui, bien sûr. Le plus facile, c'est que je vous montre. Venez, c'est par ici.

Il l'emmena dans un bureau dont un mur était occupé par un grand écran affichant un plan de réseau autoroutier, complété par deux séries de moniteurs qui diffusaient des images de vidéosurveillance. Face à ce dispositif, deux opérateurs observaient chacun plusieurs écrans, l'un parlant dans un micro tout en prenant des notes dans un carnet. Serge Ameline chuchota :

— Nos agents de sécurité autoroute – ceux que les gens appellent les patrouilleurs – peuvent recevoir des missions de viabilité, comme nettoyer une aire de repos, surtout pendant les heures de bureau, mais la plupart du temps, ils font leurs rondes et gèrent leur secteur en autonomie. Ils résolvent seuls 90 % des incidents qu'ils rencontrent, en informant seulement le PC central de Dijon. Pour les 10 % restants, ils appellent leur astreinte de secteur, qui les aide à solutionner le problème.

— Ils utilisent quels moyens de communication ?

— Ils ont une radio à bord et des portables, dont un qui contient une application sur laquelle ils peuvent saisir en direct les événements.

— Comment ça se passe en cas d'incident ?

— Disons que le PC central appelle un patrouilleur par radio, sur base d'une alerte lancée par la gendarmerie. Le patrouilleur se rend sur place, et le PC central suit le déroulement de l'action, avec une annonce sur Autoroute FM quand c'est nécessaire.

— Vous en êtes informés ?

— Pour les gros événements, oui, mais la plus grande partie du travail quotidien ne nous concerne pas.

— Si je comprends bien, vous ne savez pas forcément où se trouvent vos patrouilleurs pendant leur temps de service.

— Chaque fourgon est géolocalisé, et nous savons où nos patrouilleurs sont censés faire leur ronde.

Le district n'était donc au courant de rien. Daniel prit conscience qu'Alaric lui avait attribué une tâche subalterne. Victoria, quant à elle, roulait à ce moment vers le PC central, où se trouvaient toutes les informations utiles.

— Autrement dit, vous ne pouvez pas me dire ce que faisait Julien Delicourt avant le carambolage.

Ameline eut un petit rictus. Il n'aimait pas cette question.

— Peut-être.

Cette formulation évasive cachait quelque chose.

— C'est donc une question de chance : soit on tombe dans les 90 %, et vous n'en savez rien, soit on est dans les 10 % et je suis au bon endroit.

La gêne de son interlocuteur se faisait de plus en plus apparente.

— Non. Enfin... je ne sais pas. Il faudrait que je consulte la main courante.

— Ce serait bien, oui. Vous pouvez le faire maintenant ?

Le responsable sécurité-viabilité attendit que l'opérateur ait fini de noter le compte-rendu de l'incident dont il s'occupait pour lui emprunter son carnet. D'un geste nerveux, il en tourna les pages, se positionnant de façon à ne pas les montrer au policier.

— Je peux ? demanda Daniel.

Il s'attendait à ce que Serge Ameline lui demande s'il disposait du fameux « mandat de perquisition », mais le cadre comprit que cela ne servirait à rien et lui abandonna le carnet. Daniel lut en diagonale les notes hâtives d'un individu qui s'obstinait à confondre le passé composé et l'infinitif. Supposant que l'abréviation JD renvoyait à Julien Delicourt, il remonta aux dernières inscriptions qui le concernaient :

16 h 45 : JD - AC objets sur BAU *km 52*
16 h 55 : JD - Objets localiser
17 h 20 : JD - Fin int.

— Qu'est-ce que ça veut dire, AC ? dit le policier.

— Appel client. Ils viennent des automobilistes. On reçoit très souvent des coups de fil pour nous signaler des objets sur les voies ou des incidents de toutes sortes. Et *fin int.* veut dire fin de l'intervention.

— J'avais deviné. Le kilomètre 52, c'est où ?

Ameline serra les lèvres.

— Juste avant l'aire d'Arbonne.

Daniel comprit son embarras : l'aire d'Arbonne se situait à plusieurs kilomètres au sud du lieu du carambolage. Si la dernière intervention du patrouilleur s'était bien déroulée là, il paraissait impossible que son fourgon ait pu subir un accident dans le sens Paris-Province quelques minutes plus tard.

— Comment vous expliquez ça ?

— Aucune idée.

— Donc, si je résume, soit le fourgon roulait vraiment très vite, soit votre patrouilleur vous a menés en bateau depuis le début.

— Ouais.

— Mais ça n'explique pas tout.

— Ah ?

— Je veux dire : en principe, les objets signalés par l'automobiliste sont toujours sur la bande d'arrêt d'urgence.

— Sans doute. À moins qu'un autre patrouilleur les ait ramassés.

— Oui, je n'y avais pas pensé. J'aurais besoin d'emporter ce carnet.

— Oui, bien sûr. Je fais une photocopie pour nos dossiers et il est à vous.

Il semblait soulagé par cette demande, comme s'il souhaitait avant tout se débarrasser de l'intrus. Daniel se souvint alors de la demande d'Alaric.

— Je voudrais aussi rencontrer les collègues de Julien.

— Ses collègues ? Hélas, les patrouilleurs font les trois-huit. Vous avez raté de peu le changement d'équipe, et le prochain aura lieu à 20 h. J'imagine que ce sera trop tard pour vous.

Daniel disposait donc d'une excuse toute trouvée pour rentrer immédiatement à Versailles avant les embouteillages. Sa joie fut de courte durée, car il se rappela qu'il ne disposait d'aucun véhicule pour rentrer.

— Oui, ce sera trop tard. Le problème, c'est que ma collègue ne reviendra pas tout de suite. Est-ce que… est-ce qu'il y aurait un patrouilleur qui pourrait me ramener à Versailles ?

— Versailles ne fait pas partie de notre site. À la rigueur, on pourrait vous déposer à une gare ou une station de RER.

L'idée d'emprunter les transports en commun lui faisait horreur. Son imagination lui dépeignait ces lieux comme des bouillons de culture, des boîtes de Petri géantes peuplées de morts en sursis.

— Merci, mais je préfère attendre.

En prononçant cette phrase, il éprouva un véritable déchirement. Lui qui mettait un point d'honneur à quitter le bureau à 17 h exactement venait de rejeter sa dernière chance de quitter le district tant qu'il en était encore temps, c'est-à-dire assez en avance pour échapper au débriefing dans l'Essonne promis par Alaric. En prime, cette réunion tardive se déroulerait certainement dans un lieu saturé de virus.

— Je viens de me rappeler qu'un de nos agents doit passer par le district à 15 h.

Finalement, il attendit jusqu'à 15 h 25. Debout dans une salle de repos impeccablement rangée, il n'osait ni s'asseoir ni s'appuyer contre un mur, encore moins se faire un café. Il venait de regarder sa montre pour la millième fois quand un homme surgit dans la pièce, tout habillé de couleurs fluo et de bandes réfléchissantes, masque au menton. En le voyant, le nouveau venu sursauta, puis affecta l'indifférence.

— Vous êtes patrouilleur ? dit Daniel.

— Ouais, m'sieur.

— Je suis policier. J'enquête sur le décès de votre collègue Julien Delicourt.

— OK.

Le patrouilleur ne semblait nullement intimidé, il s'apprêtait même à quitter la pièce. Daniel se rappela qu'il avait attendu près d'une heure que quelqu'un se présente. Il n'avait pas l'intention de le laisser s'échapper.

— Est-ce que je peux vous poser quelques questions ?

— Ouais.

Daniel n'avait pas préparé l'audition. Alaric allait sans doute demander à entendre cet homme de façon plus formelle. Dans l'immédiat, une seule idée lui venait à l'esprit.

— Est-ce que ça vous arrive de circuler avant le kilomètre 44 ?

Le patrouilleur écarquilla les yeux.

— Non !

Cette interrogation l'effrayait. Il mentait probablement, et les informations qu'il dissimulait pouvaient être importantes pour l'enquête.

— Et vos collègues ?

— Non plus. C'est pas notre site.

— OK. Ce sera tout.

— Je peux m'en aller ?

— Dès que vous m'aurez dit votre nom.

— Nicolas Barillet, m'sieur.

Daniel prit note. Le patrouilleur avait l'expression d'un enfant pris en faute.

— Voilà, je vous libère. Et mettez votre masque, c'est obligatoire.

Barillet obéit avec empressement.

18

Alaric resta un long moment devant l'insigne de la CRS autoroutière Île-de-France Sud, mélange hétéroclite de symboles anciens (un lion et des fleurs de lys) et modernes (un atome et un logo d'autoroute). Avec leurs façades aux parements de pierre couleur crème, les bâtiments de la compagnie républicaine de sécurité numéro 5 ressemblaient à des immeubles résidentiels – à l'exception du large portail et de la guirlande de barbelés décorant les clôtures. Plusieurs minutes auparavant, Clémentine avait longuement parlementé dans l'interphone avec un cerbère au discours à peine compréhensible, et depuis, ils attendaient la suite en regardant passer des fourgons blancs à bande bleue.

Une silhouette en uniforme se dirigea vers le portail. Grande, plus fine que la moyenne de ses collègues, cheveux blonds. Alaric supposa qu'il s'agissait de l'OPJ qu'il avait eue au téléphone. Un homme surgit derrière elle, pressant le pas pour la rattraper. Elle ouvrit l'accès piéton et se planta devant eux sans un mot. Son collègue, un gros lard d'aspect défraîchi portant des galons de brigadier-chef et un masque chirurgical, se tint à l'écart. Alaric fit les présentations :

— Je suis le capitaine Autier, de la brigade criminelle de Versailles, et voici mon adjointe le lieutenant Forbin.

— Lieutenant Hirschauer.

Elle s'était exprimée d'un ton sec, muscles tendus et menton levé, comme on parle à son commandant. Alaric supposa qu'on lui avait forcé la main, ce qui expliquait qu'elle ne se soucie pas de présenter l'homme qui la suivait. Elle les laissa entrer, ferma le portail derrière eux, et les mena sans un mot vers une construction sans étage, visible depuis l'entrée principale. Le voyage s'acheva dans une petite pièce aux murs nus qui aurait pu passer pour une cellule de prison en Amérique latine, où elle les invita à s'asseoir autour d'une grande table aux pieds rouillés. L'homme, qui avait toutes les apparences du sous-fifre, prit place à ses côtés, laissant une chaise entre eux comme s'il cherchait à respecter des mesures sanitaires.

Alaric laissa Clémentine sortir son carnet de notes, et se contenta pour sa part de poser des questions au gré de son intuition. Il commença par observer la posture de la CRS, qui se tenait toute droite sur sa chaise, sans toucher le dossier. D'autres signes trahissaient sa tension intérieure, comme les fines rides de son front et les discrets tapotements de son pied droit sur le sol de béton. Elle n'appréciait visiblement pas d'être interrogée.

— Lieutenant, nous vous remercions beaucoup d'avoir accepté de nous parler, dit Alaric. Nous en sommes encore à essayer de comprendre pourquoi le parquet vous a retiré ce dossier. Pour l'instant, nous n'avons pas trouvé de raison de traiter l'accident du fourgon d'Aliser d'une façon différente des autres.

Clémentine leva les yeux de son carnet. Elle avait saisi qu'il adoptait une stratégie inhabituelle. La CRS répondit sans bouger d'un centimètre.

— Le procureur devait avoir ses raisons.

Elle affichait un dédain qui n'était pas superficiel. Elle ne conservait visiblement aucun ressentiment d'avoir perdu l'affaire. La tension venait d'ailleurs...

— Nous voulons travailler en partant de vos observations, pas en repartant de zéro. Est-ce que ça vous convient ?

— Faites comme vous voudrez.

Elle restait obstinément sur la défensive. Alaric tenta de contourner ses barrières.

— Est-ce que vous pourriez nous raconter comment vous avez été amenée à intervenir sur ce carambolage ? On veut surtout avoir une idée du contexte. Comment c'était quand vous êtes arrivée là-bas ?

Elle posa ses mains sur ses genoux et commença son récit, son regard alternant entre son interlocuteur et divers points du plafond.

— On a été appelés vers 17 h 40 par le PC central de l'autoroute. On est arrivés sur place par le nord, en roulant sur la bande d'arrêt d'urgence. On s'est retrouvés en face d'un énorme incendie d'hydrocarbures. Les pompiers n'étaient pas assez nombreux. On entendait des gens hurler au milieu du feu. Au moment où on est arrivés, un... conducteur... est sorti des flammes. C'était une torche humaine. On n'a rien pu faire, il est mort avant l'arrivée des secouristes.

Elle essayait de ne pas afficher d'émotion, mais l'évocation des événements provoquait sur son corps un véritable séisme. Après une grande inspiration, elle poursuivit :

— On a commencé par établir des barrages dans les deux sens du trafic, pendant que les gens continuaient à... pendant que l'incendie se poursuivait. Il fallait surtout éviter le suraccident. Il a bien fallu une vingtaine de minutes pour que tout le monde arrive et que les actions s'organisent. Pendant ce temps, nous avons surtout géré les alentours du sinistre, pour faciliter le travail des pompiers. La grande surprise a été la fuite des dealers, avec l'échange de coups de feu.

— Vous étiez où à ce moment-là ?

Avant de répondre, elle tourna furtivement les yeux vers son collègue, et Alaric fut étonné de la crainte qu'il y décela. Comment un individu aussi insignifiant pouvait-il lui inspirer un tel sentiment ? Clémentine l'avait remarqué elle aussi, car elle heurta le pied de son chef de groupe pour attirer son attention.

— Je me trouvais… sur le rond-point au-dessus de l'autoroute. Je n'ai pas bougé de là.

Elle mentait. Elle avait beau les regarder fixement, ses mains et ses jambes racontaient une autre histoire, tremblant et s'agitant sans contrôle pendant qu'elle parlait.

Clémentine sortit son téléphone de son sac, alluma l'écran, tapa quelques mots. Cela ne lui ressemblait pas, et Alaric comprit qu'elle préparait quelque chose.

— Excusez-moi, dit-elle, mais on me signale que je dois contacter le SRPJ sur la radio de notre voiture.

— Je vous fais sortir, dit l'homme.

Le fait qu'il prenne cette initiative en présence d'une supérieure hiérarchique sans la consulter montrait que son rôle ne consistait pas seulement à l'accompagner. Désignant la porte pour inviter Clémentine à sortir, il la suivit dans le couloir sans refermer derrière lui, comme pour signifier à Hirschauer qu'il ne tarderait pas à revenir. Alaric en déduisit qu'il devait agir très vite. Il se leva pour vérifier que personne ne les écoutait dans le couloir et revint tranquillement s'asseoir. Il allait parler quand la CRS le devança :

— On a reçu des ordres.

— Des ordres ?

— Ne pas s'intéresser au véhicule d'Aliser.

— Pourquoi ?

— Deux hommes sont venus l'inspecter.

— Venus d'où ?

— Je ne sais pas. Ils étaient déguisés en pompiers. Mais je ne vous ai rien dit.

— Comptez sur moi.

Des pas pesants résonnèrent dans le couloir. L'autre CRS était de retour. Totalement silencieuse, Clémentine entra en premier. Alaric lui fit un signe de tête discret.

À partir de ce moment, l'audition se déroula sans perturbation. Plus détendue, Hirschauer décrivit son travail sur les lieux, ses premiers actes d'enquête, la saisine du substitut du procureur, les recherches liées aux trafiquants de drogue. Dans l'ensemble, elle n'apporta aucune information importante que le groupe ne possédait déjà. La plus grande partie des événements du 11 mai n'étaient que des conséquences de l'accident initial, impliquant la voiture porteuse et le fourgon. Sur ce dernier, les primo-intervenants ne s'étaient pas penchés du tout, comme s'il n'avait jamais existé.

Puis vint l'émotion. Elle arriva sans prévenir, pendant que la CRS racontait l'arrivée de Marion Delicourt :

— Qu'est-ce qu'elle espérait obtenir ? demanda Alaric.

— Elle… elle voulait avoir des nouvelles de son mari. J'ai… j'ai été obligée de la renvoyer chez elle.

Alaric faillit manquer cet instant, mais Clémentine sortit de son silence pour demander des précisions :

— Elle vous a agressée ?

La jeune femme se figea pour ne rien montrer, mais ses yeux en disaient assez.

— Non… pas particulièrement. C'est juste que…

Tout le monde l'écoutait avec attention maintenant, y compris son collègue masqué. Elle poursuivit péniblement :

— Je savais ce qu'elle ressentait. J'ai vécu la même chose. Mon conjoint… est mort dans un accident il y a deux ans.

Cela expliquait pourquoi elle s'était si facilement confiée quand son chaperon avait quitté la pièce. Clémentine rebondit sur ce qu'elle avait exprimé :

— À partir de ce vécu personnel, vous avez eu l'impression que madame Delicourt réagissait de la même façon que vous ?

Elle prit le temps de réfléchir avant de donner sa réponse. Impatient, son collègue se mit à pianoter sur la table.

— Je me suis reconnue, oui. La confusion, l'espoir sans fondement, une certaine agressivité. Mais il y avait aussi des différences. J'ai senti de l'hostilité envers nous.

— Elle a un compte à régler avec la police, un peu comme les Gilets jaunes.

Tout le monde se tourna vers le gros lard, l'auteur de cette remarque, comme si son intervention relevait du miracle.

— C'est possible, oui, dit Hirschauer.

Que cette hypothèse soit vraie ou non, la future audition de Marion Delicourt s'annonçait difficile.

19

Après l'interminable traversée d'un pays de pavillons bien alignés, ils débouchèrent sur les champs et les forêts. C'était là que les menait le GPS, dans l'un des coins les plus perdus de la grande banlieue. Yerres Pièces Auto, le dépanneur qui s'était occupé de plusieurs des véhicules accidentés sur l'autoroute A6, disposait de toute la place dont il avait besoin dans cette vaste plaine agricole. Patrick ne quittait pas des yeux le téléphone posé sur le volant, au point que Joseph se demandait s'il télécommandait la voiture comme on conduit un drone, par le biais de son écran. Contre toute attente, il parvint à la garer sans accident, entre deux vieilles Espace qui ne différaient que par la couleur.

— Le patron s'appelle Matthieu Juvanon, dit le geek du groupe.

Comme si cette information avait la moindre importance. Depuis qu'il vivait avec une fille aussi connectée que lui, Patrick avait tendance à perdre le sens des réalités. Il racontait parfois leurs disputes, et Joseph ne comprenait pas comment on pouvait continuer à se supporter après avoir tenu des propos aussi violents. Chez les geeks, apparemment, on remettait les compteurs à zéro après la fin du jeu conjugal.

— Tu l'as appelé ?

— Bien obligé : j'ai trouvé son adresse mail nulle part. Aucun profil Facebook ou Twitter, j'ai jamais vu ça.

Courant sur la clôture en béton qui entourait les bâtiments administratifs, une longue fresque représentait un camion de dépannage arrivant sur le lieu d'un accident, plusieurs hommes tirant sur une corde et des animaux au milieu de pièces de voitures, traversés des mots DÉPANNAGE, REMORQUAGE et DÉPOLLUTION AUTOMOBILE. Outre lesdits bâtiments, cet enclos renfermait un parking privé et un gros pavillon d'habitation, avec un escalier extérieur monumental et une terrasse entourée d'une balustrade.

Joseph sortit de la voiture alors que Patrick était encore absorbé par son smartphone. Il aperçut tout de suite, adossés à la clôture près de l'entrée principale de la casse, les trois techniciens de l'IJ, un homme et deux femmes, qui devaient analyser les véhicules avec eux. Il partit à leur rencontre sans attendre son collègue.

— Joseph Kamara, de la PJ de Versailles. Vous attendez depuis longtemps ?

L'homme, un blond de petite taille aux muscles saillants, lui tendit la main.

— Florian Pélouin, et voici Cassandra et Léna. On est arrivés il y a dix minutes. On s'est présentés, mais ils nous ont demandé de rester dehors. Ils ont pas l'air commodes.

— Ils sont pourtant agréés autoroute. Vous n'êtes pas les premiers techniciens qui leur rendent visite.

— Je suis déjà venue ici, dit Léna. J'ai été reçue de la même façon.

Patrick arriva enfin. Après de brèves présentations, tout le monde prit la direction de l'accueil. Avant d'entrer, Florian Pélouin et les deux techniciennes s'équipèrent de masques blancs, que Joseph identifia comme des FFP2 – les plus efficaces. Cassandra poussa la porte en se servant d'un coude, avec une adresse qui suggérait qu'elle en avait pris l'habitude. Joseph entra derrière elle, découvrant un hangar éclairé par des puits de lumière dans la toiture, occupé principalement par des étagères couvertes de pièces détachées rendues méconnaissables par la crasse. Derrière un comptoir en bois nu, couvert de taches sombres, deux jeunes mécaniciens se renvoyaient un jeu de clés au-dessus de la tête d'un troisième, qui tentait en vain de les rattraper au passage. Ils portaient tous des masques usagés, l'un sous le nez, les deux autres au menton.

Comme Patrick refusait toujours de lâcher son jouet, Joseph en profita pour prendre la direction des opérations.

— Bonjour, on est de la police. Normalement, votre patron est prévenu.

Il ne s'était adressé à aucun des mécaniciens en particulier. Celui qui n'arrivait pas à récupérer ses clés voulut lui répondre, mais ses collègues poursuivirent leur jeu. Du fond du hangar, un cri retentit :

— Putain, vous arrêtez ça tout de suite et vous vous sortez les doigts du cul !

Celui qui s'était exprimé avec tant de délicatesse était un gros type aux cheveux noués en catogan, à la barbe poivre et sel, planté devant une issue secondaire. Le chef, forcément. Après son coup de gueule, il repartit par où il était arrivé. Les clés revinrent à leur destinataire et les deux joueurs quittèrent le hangar.

— On est au courant, dit le troisième homme. Je vous montre.

Il les emmena dehors, entre les rangées de voitures délabrées, jusqu'à un petit terrain clôturé hébergeant cinq véhicules accidentés. Joseph repéra sans peine la Mercedes et le fourgon, reposant côte à côte.

— Si vous avez besoin de quelque chose…, dit le mécanicien.

Il reculait déjà. Joseph l'arrêta.

— Justement, on a besoin de connaître les circonstances du dépannage.

— Les circon… ?

— Comment ça s'est passé.

— Oh ben ça s'est passé normalement. On est allés chercher les carcasses et puis c'est tout.

— On veut connaître la position des véhicules, ce qui se trouvait autour, vos observations quand vous les avez déplacés.

— Oh ben j'en sais rien, moi, il faut demander au patron.

— Vous pouvez l'appeler ?

Ses yeux furent traversés par un éclair de terreur.

— Je crois pas que ça va être possible.

— Ah oui ? Pourquoi ?

— Il… il est très occupé.

Patrick venait de refaire surface. Il ne comprenait pas ce qui se passait.

— Laissez tomber, j'irai le chercher moi-même.

Le mécanicien poussa un soupir de soulagement. Il tourna les talons et s'éclipsa. Patrick ne lui accorda aucune attention. Montrant son téléphone, il se vanta :

— On n'a pas besoin de lui, j'ai toutes les images de l'accident en HD.

Joseph ne trouva rien à lui répondre. Comment convaincre un technolâtre qu'il existait un monde en dehors des espaces numériques ? Le laissant à ses précieux pixels, il se joignit aux techniciens pour enfiler avec eux la tenue de protection complète.

La routine des constatations se mit en marche. On commença par l'aspect extérieur des deux épaves. Les techniciens se chargèrent des photos et des mesures, pendant que Joseph tâchait de reconstituer les événements. Patrick se contenta de comparer ce qu'il avait devant lui avec les photos qu'il avait trouvées.

Le flanc du fourgon conservait l'empreinte du pare-chocs de la Mercedes, avec un peu de peinture noire. L'angle de l'impact était inhabituel pour un accident d'autoroute : au moins 75° entre les deux véhicules, comme le montrait la trace, légèrement plus profonde à droite qu'à gauche. Joseph se rappela le dessin du docteur Panossian. Sauf erreur, le fourgon avait coupé les trois voies d'autoroute presque en angle droit, comme le légiste l'avait affirmé.

La Mercedes avait subi des collisions à l'avant et à l'arrière. Le hayon défoncé ne fermait plus, et le capot déchiré laissait voir le moteur. Le pare-brise était entier, mais divisé en infimes fragments. Joseph n'eut aucun mal à deviner l'origine d'une déformation sphérique côté conducteur. La trace d'un crâne, projeté à grande vitesse contre le verre feuilleté. À l'intérieur, de nombreuses traces de sang coagulé témoignaient de la violence du choc.

— J'aurais pas aimé être à la place du gars, dit Patrick.

— Je parie que tu n'as pas vu ça sur tes images.

— Regarde.

Écartant les doigts, il agrandit une photo avant de la montrer à Joseph. Le cliché avait été pris depuis une voiture, dans le sens Province-Paris. Il englobait tout le carambolage, mais le zoom ne concernait qu'une seule voiture, juchée sur un bloc de béton. À travers la glace latérale, on apercevait une forme allongée sur le volant.

— Et tu as trouvé ça sur internet ?

— Hashtag #CarambolageA6. Et j'ai trouvé plus gore. Les gens postent n'importe quoi.

Il triomphait. Joseph évita de répondre que cela n'apportait rien à l'enquête. Il ne voulait surtout pas l'encourager à lui en montrer d'autres.

Il fallut plus de deux heures pour venir à bout des deux véhicules. Avec une aisance parfaite, Florian démonta certaines parties du moteur de la Mercedes et de son tableau de bord, comme s'il passait sa vie à récupérer des régulateurs de vitesse. Léna et Cassandra effectuèrent des prélèvements dans les deux habitacles et le coffre de la Mercedes, et les policiers ne purent y accéder qu'après qu'elles eurent terminé.

Quand Joseph monta dans le fourgon, deux détails le frappèrent : il n'y avait aucune trace de sang et le pare-brise était manquant, sans que des débris signalent qu'il aurait volé en éclats. Il s'assit à la place du conducteur et tenta d'imaginer comment l'enceinte cubique avait pu rebondir sur les surfaces avant de tuer Julien Delicourt, mais toutes les trajectoires passaient par le pare-brise. Il comprit alors qu'il ne pourrait jamais déterminer ce qui s'était passé s'il ne le retrouvait pas.

— Je vais voir le patron, dit-il à Patrick.

— Tu veux que je t'accompagne ?

— Ça ira.

Il sauta du fourgon et repartit vers l'accueil. À l'intérieur, il retrouva les trois compères affalés sur des tas de pneus. Pas un ne réagit à sa venue, comme s'ils ne se sentaient pas responsables du lieu. À la limite de sa vision, il eut l'impression que l'un d'eux imitait un singe pour faire rire les autres.

— Je veux parler au grand chef.

Ils se regardèrent, un sourire sarcastique aux lèvres. Joseph avait connu quelques crétins similaires au lycée, mais il ne se laissait plus intimider depuis longtemps. Passant à côté d'eux, il marcha d'un pas décidé vers la petite porte où il avait aperçu Juvanon.

— Hé, vous pouvez pas entrer là, c'est privé, dit l'un des trois larrons.

Il ne tint aucun compte de la remarque et ouvrit le battant. Comme il l'avait supposé, il déboucha sur la grande cour qu'il avait remarquée en arrivant. Il cria :

— Monsieur Juvanon, vous êtes là ?

Personne ne lui répondit. Il arriva devant la porte d'entrée de la maison, tenta de sonner, mais il n'entendit aucune sonnerie à l'intérieur. Peu à peu, il sentit la colère monter. Il n'aimait pas perdre le contrôle, mais il savait que personne ne lui résisterait. Il se mit à monter les marches du grand escalier ridicule.

— Vous pouvez pas monter là, c'est privé.

Il regarda celle qui lui avait parlé d'une voix de fumeuse. Cheveux très courts teints en blond, maquillage, clope à la main, chemise de nuit. Madame Juvanon, sans doute.

— Je cherche le chef.

— C'est moi.

Il s'efforça de se calmer. Elle voulait probablement dire que l'affaire lui appartenait, même si Matthieu Juvanon la dirigeait.

— Bon, alors disons que je cherche votre employé qui s'occupe des dépannages. Je suis de la brigade criminelle de Versailles.

Cette précision parut susciter chez elle un semblant d'intérêt. Au moment où elle allait parler, celui qu'il cherchait apparut en haut des marches en faux marbre.

— Qu'est-ce que vous faites là ? dit-il.

— Il est de la crim' de Versailles, doudou. Ça devrait t'intéresser, ça.

— C'est toi qui l'as fait venir ?

— Je suis venu tout seul, dit Joseph. J'ai besoin de vous.

Juvanon descendit péniblement jusqu'au sol. Il boitait, et son poids le rendait peu agile.

— C'est qui, ton chef de groupe ?

Joseph ne s'attendait pas à cette question.

— Euh… le capitaine Alaric Autier.

Le dépanneur se trouvait à quelques centimètres de lui, à présent. Il sentait l'alcool et la sueur.

— J'ai connu un Autier dans le temps. Il bossait aux mineurs.

— C'est lui.

— J'étais aux stups. Ton boss était connu, à l'époque. Un as du calibre, une tête brûlée. Il est toujours comme ça ?

— Il a rangé les calibres, mais c'est toujours une tête brûlée.

Juvanon partit d'un gros rire éraillé.

— Putain, le monde est petit. C'est quoi que tu veux ?

— Je suis là pour la Mercedes ML et le fourgon d'Aliser. J'ai quelques questions.

— Bien sûr, bien sûr. Pour un flic de chez Autier, je ferais n'importe quoi. Allez, je te suis.

Joseph repartit en sens inverse, suivi du bonhomme. Avant qu'ils rentrent dans le hangar, Juvanon cria en direction de sa dulcinée :

— Mon poussin, tu t'habillerais pas ? Il va être cinq heures, quand même.

— Je t'emmerde !

Quand les mécaniciens virent arriver les deux hommes, ils quittèrent immédiatement leurs tas de pneus, mais le patron ne fut pas dupe.

— Bande de feignasses, c'est pas pour ça que je vous paie. Si dans trois secondes vous êtes pas au boulot, je vous vire. Et cette fois je le ferai, je connais plein de chômeurs qui aimeraient avoir votre place.

Joseph dissimula un sourire. Le type était odieux, mais ses mécanos méritaient bien un savon.

Ils arrivèrent dans l'enclos renfermant les épaves de l'accident. Les techniciens avaient terminé leur travail et rangé leurs combinaisons protectrices. Patrick avait toujours son téléphone à la main.

— Je vous écoute, dit Juvanon.

— On cherche le pare-brise du fourgon.

— Je crois qu'on l'a emmené. Tiens, dans le pick-up, là-bas.

Tout le monde regarda dans la direction indiquée. L'objet se trouvait là depuis le début, et personne ne l'avait repéré. Il paraissait intact.

— Vous l'avez trouvé où ? demanda Joseph.

Le dépanneur gratta son épaisse tignasse.

— En fait, je savais pas qu'il venait du fourgon. Il était sur la voie de gauche, à quelques mètres de la Mercedes.

— À votre avis, qu'est-ce qu'il faisait là ?

— Il a été arraché dans l'accident. J'ai déjà vu ça une ou deux fois, surtout dans des chocs latéraux. La carrosserie se déforme et le pare-brise est éjecté. Regardez là.

Il montrait un des montants à l'avant gauche du fourgon. Joseph le compara à celui de droite, et constata qu'il avait un pli vers le milieu. De même, la courbure de la ligne avant du toit s'interrompait à proximité du montant.

— On a un mort dont le crâne a peut-être été fracassé par un objet qui rebondissait partout pendant les tonneaux.

— Impossible. Vous avez pas l'habitude, mais les tonneaux font pas les mêmes dégâts que les collisions. Demandez aux techniciens d'examiner les plis dans la tôle et vous verrez que le pare-brise a sauté dès le début.

Une des deux techniciennes, justement, écoutait avec attention le discours du dépanneur. Aux cheveux roux qui dépassaient de sa capuche, Joseph reconnut Cassandra.

— J'étais sur place, dit-elle. J'ai aidé le légiste. Il faisait nuit, mais j'ai remarqué que le pare-brise manquait. Je me suis même dit que si le mort n'avait pas porté de ceinture de sécurité, il aurait été éjecté du fourgon pendant les tonneaux.

Patrick intervint dans la conversation après avoir déposé le pare-brise qu'il avait transporté avec Florian.

— Bingo ! dit-il. Visez-moi la belle pièce détachée : pas d'impact, pas de gouttes de sang, à peine quelques griffures à l'extérieur.

— Bref, on a bien une affaire, dit Joseph.

— Oui, et Panossian avait raison. Si ça se trouve, ce qu'il a vu dans sa boule de cristal était vrai.

Joseph en déduisit l'étape suivante :

— Monsieur Juvanon, on aimerait que vous nous gardiez le fourgon.

— Appelle-moi Matt, garçon. Je vous le mets au frais. Et transmettez mon bonjour à Hitman.

Joseph ne comprit pas de qui il voulait parler.

— C'est un surnom du chef, dit Patrick.

Matt éclata de rire.

20

Le GPS indiquait un point quelconque à proximité de l'autoroute. Alaric et Clémentine roulaient parallèlement au tracé de l'A6 depuis qu'ils l'avaient quittée, et les pavillons avaient fini par céder place aux terrains de sport, puis aux arbres. La maison de Julien et Marion Delicourt était adossée à un petit bois que l'autoroute avait détaché de la ceinture verte bordant la rivière Essonne. C'était un pavillon gris à un étage, toit d'ardoise et murs crépis, qui laissait une impression d'inachèvement. Un mur de parpaings nu pourvu d'un portail entourait le jardin, mais la maison donnait directement sur un petit chemin gravillonné. Avant de sonner, Alaric jeta un coup d'œil par-dessus le mur. Il ne vit qu'un terrain vague rempli de débris de construction, avec une sorte de hangar métallique au fond et une petite Fiat garée à côté de la maison.

Clémentine appuya sur la sonnette. Le silence lui répondit. Elle dut s'y reprendre à trois fois avant que des bruits de pas confirment la présence de la veuve. La porte s'ouvrit sur une grande jeune femme au regard fatigué, tout habillée de noir. Marion Delicourt comprit immédiatement l'objet de leur visite :

— Encore de la flicaille, c'est ça ? Vous ne me lâchez pas.

Clémentine choisit ses mots :

— Je ne sais pas ce que vous ont dit les autres pour vous mettre dans ces dispositions, madame Delicourt. Nous sommes de la brigade criminelle de Versailles et nous enquêtons sur la mort de votre mari.

La veuve secoua la tête.

— Comme les deux autres.

— Nous aimerions vous poser quelques questions, dit Alaric. Nous pouvons entrer ?

— On ne peut pas faire ça ici ? C'est vrai, quoi, j'en ai marre de devoir tout nettoyer après votre passage.

Alaric évalua la situation. En 18 ans de PJ, il en avait rencontré, des épouses de victimes. Il avait connu tous les types de réactions, depuis une apparente apathie à des accès de rage ou de hurlements. La souffrance de cette femme était palpable, mais sa façon de réagir à leur visite ne devait rien à la douleur. Il devinait chez elle une hostilité à l'égard de la police, antérieure à ce qu'elle vivait. Il décida de tenter une approche originale :

— Vous avez raison : les flics, c'est salissant. Je vous promets de faire un effort.

Et il retira ses chaussures, sous le regard médusé de son adjointe.

— Qu'est-ce que vous faites ? demanda Marion Delicourt.

— Quand on rend visite à quelqu'un, on respecte son intérieur. Vous êtes pas d'accord ?

— Oui, mais…

La ruse avait réussi.

— Ça prendra pas longtemps. Si vous voulez, on restera debout.

À son tour, Clémentine se déchaussa. La veuve n'avait plus le choix. Une barrière céda.

— C'est bon, vous pouvez entrer.

Elle s'écarta pour les laisser passer. Alaric s'arrêta dans l'entrée, découvrant un séjour aux murs blancs et aux meubles dépareillés. Près d'une fenêtre, un bébé dormait dans un lit aux couleurs pâlies.

Dans un coin de la pièce, une bibliothèque surchargée de livres remplaçait la télévision absente. La table basse n'avait plus de plateau. On imaginait les petits boulots, les fins de mois difficiles, deux salaires modestes qui suffisaient à peine à rembourser les mensualités des prêts. Marion Delicourt s'installa dans un fauteuil, les jambes repliées contre elle, sans inviter ses visiteurs à l'imiter. Les deux enquêteurs s'assirent dans un canapé à l'assise défaillante. Le bébé se réveilla et émit quelques babillements. Alaric décida d'attaquer sans précautions inutiles.

— Madame Delicourt, nous n'allons pas vous répéter ce que d'autres vous ont dit. Nous pensons qu'il existe une possibilité pour que la mort de votre mari ne soit pas due à l'accident.

Il s'arrêta pour l'observer. Elle ne parut pas surprise, mais se renfrogna, comme si elle savait déjà ce qu'il allait dire. Il se tourna légèrement vers Clémentine pour qu'elle prenne la suite.

— À ce stade, nous ne pouvons pas vous parler de preuves, mais de soupçons. Nous n'en sommes qu'au début de notre enquête. Les faits existent, mais nous avons besoin de les étoffer.

— Oui, ben c'est votre boulot, dit Marion.

Clémentine ne put s'empêcher d'exprimer son incrédulité :

— C'est tout ce que ça vous inspire ?

— Qu'est-ce que vous voulez que je vous dise ?

Alaric reprit la main :

— Dans ce cas-là, on va être un peu plus clairs : votre mari a peut-être été victime d'un meurtre. On est pas venus pour vous mettre au courant, mais pour que vous nous disiez ce que vous en pensez. Par exemple : est-ce que Julien avait des ennemis ? Est-ce qu'il était impliqué dans des entreprises risquées ?

En entendant le prénom de son mari, Marion tourna la tête vers son bébé. Elle était touchée malgré elle.

— Je n'en sais rien. Je crois… enfin je croyais que tout le monde l'aimait bien. Sauf ma mère, bien sûr. Et je pensais qu'il avait totalement décroché.

— Décroché ? dit Clémentine.

— Quoi, vous n'êtes pas au courant ? C'est un ancien taulard. Ça va vous plaire, ça : eh oui, mon mec a fait de la prison. Alors forcément, il a traîné dans une histoire louche. Pour vous, c'est plié, c'est toujours comme ça que ça marche.

Elle avait prononcé ces derniers mots avec des sanglots dans la voix, sans jamais les regarder. Clémentine lui répondit avec douceur.

— Non, madame Delicourt, ce n'est pas comme ça que ça marche. Ce serait trop facile. Une enquête, ce sont des centaines de pages de témoignages, d'analyses et de faits. Nous avons besoin de vous pour faire la lumière sur ce qui est arrivé. Le passé de votre mari peut faire partie de nos recherches, mais nous ne nous arrêterons pas là.

— Foutaises !

Elle avait parlé en regardant successivement ses deux interlocuteurs et sans ciller. Il fallait reconnaître qu'elle avait du cran. Alaric s'interrogea sur la meilleure façon d'obtenir sa collaboration. Il aurait pu la convoquer à Versailles, mais rien ne l'obligeait à se confier. Finalement, il valait peut-être mieux ne pas insister et revenir plus tard avec des éléments solides.

— Je regrette que vous réagissiez ainsi, dit-il. Peut-être que vous n'avez pas envie de savoir ce qui est vraiment arrivé à Julien. On travaillera sans vous, et on passera peut-être à côté d'informations importantes. Pour l'instant, on en restera là, mais attendez-vous à nous voir revenir.

— Oui, eh ben on verra.

Elle se leva et prit son bébé dans ses bras. Alaric vit dans ce geste une façon de s'isoler de ses visiteurs.

— Il s'appelle comment ? demanda Clémentine.

Elle avait remarqué que les prénoms lui faisaient de l'effet.

— Fabien.

Clémentine évita tout commentaire. Utiliser l'enfant pour convaincre la mère aurait été très maladroit. Alaric se leva à son tour.

— Prenez soin de vous, dit-il.

C'était ce qu'il pensait : confrontée à la fois à la disparition de son mari et aux difficultés financières que celle-ci entraînait, elle allait affronter des épreuves qui la mettraient en danger. Cette attention la surprit, car elle perdit pour un instant son masque de résignation hostile.

— Merci.

— J'espère qu'on a pas sali votre maison.

— Ça ira.

21

Victoria n'était pas peu fière d'avoir obtenu le volant. En général, Daniel s'obstinait à conduire, au nom de son statut de quatrième. Cette fois, elle avait trouvé le bon argument : au milieu de cette alerte sanitaire, il valait mieux changer le moins possible de conducteur. Avec la phobie de la contagion de Daniel, elle disposait d'une arme nouvelle. Elle l'utilisait chaque fois qu'il essayait de lui imposer une décision. Le masque, le gel hydroalcoolique et le rituel de nettoyage des surfaces qu'elle s'imposait ne servaient qu'à rendre plus plausibles ses objections hygiéniques.

Sur la carte, Dijon ne semblait pas très éloignée de Nemours, mais elle n'y arriva qu'au bout de deux heures de route. Après avoir laissé Daniel, elle passa ce moment de solitude à énumérer les hommes célibataires qu'elle connaissait, excluant d'abord les flics, puis les rajoutant faute de candidats. Cinq mois s'étaient écoulés depuis sa rupture avec son prof, et elle commençait à se demander pourquoi elle s'était débarrassée d'un copain qui ne lui posait aucun problème particulier. Elle avait souvent rencontré cette situation, et elle connaissait déjà la suite : les relations sans avenir avec des individus sans importance, les soirées passées à pleurer, les reproches de ses parents et cette impression tenace de ne pas être comme les autres. Avait-elle seulement le choix ? Elle avait le sentiment de tourner en rond, comme un rat dans un labyrinthe sans issue.

Le poste de commandement central d'Aliser était situé dans l'un des bâtiments du siège de l'entreprise, abritant également la station Autoroute FM. Un hall de vastes dimensions, dallé de marbre et décoré de bois, accueillait les visiteurs. Mourant d'ennui derrière une cloison de plexiglas, une jeune femme très maquillée abandonna le téléphone qu'elle cachait sous son comptoir dès que Victoria se dirigea vers elle.

— Bonjour, je suis de la brigade criminelle de Versailles. Mon chef de groupe vous a téléphoné ce matin.

— La police, oui. Vous serez reçue par la cheffe de pôle PC, madame Dargaud.

L'hôtesse invita la policière à s'installer dans l'un des fauteuils gris et rouge du hall, près d'un écran qui diffusait des vidéos d'Autoroute FM. La responsable arriva avant qu'elle ait eu le temps de s'asseoir, grande femme aux cheveux d'un noir chimique, habillée d'un tailleur bleu nuit.

— Hélène Dargaud. Je dirige le pôle PC. Je suis très étonnée que vous soyez venue jusqu'ici pour obtenir de simples vidéos. Nous aurions pu vous les envoyer.

— Victoria Dallio, du SRPJ de Versailles. En fait, nous avons déjà demandé les vidéos du carambolage à la DIRIF[14]. Nous enquêtons sur le premier accident, qui implique un patrouilleur d'Aliser. Nous voulons connaître les circonstances de cet événement.

La cheffe de pôle parut embarrassée.

— Oui... bien sûr... nous vous aiderons dans la mesure de nos moyens...

— Quelque chose ne va pas ?

---

14. Direction des routes d'Île-de-France.

— C'est très inhabituel. En réalité… ce patrouilleur n'aurait pas dû se trouver là.

— Pourquoi ?

— Nous fonctionnons par districts. Ce monsieur travaillait pour celui de Nemours. Sur l'autoroute A6, son site allait du kilomètre 44 au kilomètre 89.

— Et vous savez pourquoi il roulait hors de son site ?

— Nous n'en avons aucune idée.

— Nous ?

— Il y a eu une téléconférence suite à ce carambolage. Nous avons essayé de comprendre ce qui s'est passé. Ce patrouilleur était très bien noté, il n'avait jamais fait parler de lui en mal, mais nous devons admettre qu'il se déplaçait hors de son champ d'action.

— Vous avez un système de géolocalisation de vos patrouilleurs ?

— Oui, justement, ainsi qu'un système d'enregistrement des événements. Et nous sommes en contact radio permanent avec eux.

— Est-ce que vous pensez qu'on pourrait retrouver le trajet antérieur de son fourgon en consultant vos enregistrements ?

— C'est possible. Je libérerai un opérateur pour qu'il vous aide. J'avoue que nous sommes perplexes, et que nous aimerions comprendre nous-mêmes.

Victoria sentit qu'elle ne disait pas tout.

— Est-ce que c'est déjà arrivé ?

— Quoi, un accident de ce type ?

Victoria devina qu'elle feignait l'ingénuité.

— Un patrouilleur hors de son site, madame Dargaud.

La cheffe de pôle hésita. Si cet incident s'était déjà produit, la direction ne souhaitait probablement pas que cela se sache.

— Il y a peut-être eu un cas dans le passé.

— Ça restera confidentiel. Nous avons besoin de cette information.

— Bon, c'est le troisième incident. Le premier a eu lieu début avril, le deuxième vers le 15. Nous avons essayé d'enquêter en interne, mais les mesures sanitaires nous entravent beaucoup. Chaque chef de district a interrogé son personnel, mais il n'a rien obtenu.

— Qu'est-ce qui s'est passé les deux autres fois ?

— La première, un patrouilleur de Nemours a été aperçu par une opératrice alors qu'il sortait de son site, la deuxième un cadre a localisé un fourgon de chez nous sur l'A6 du côté de Wissous. Aucun des deux véhicules n'a pu être formellement identifié.

— C'est plutôt étonnant, non ?

— Ce qui nous a alertés, c'est aussi le fait qu'aucun patrouilleur n'a voulu reconnaître une erreur ou un trajet hors site, alors qu'il n'aurait subi aucune sanction.

— Vous pensez à quoi ?

Hélène Dargaud fit la grimace.

— Pour moi, ces incidents ne sont pas anodins. Je ne serais pas étonnée que les patrouilleurs en question participent à un trafic quelconque. Quand je travaillais à Lyon, un responsable environnement a été surpris par des gendarmes alors qu'il vendait des pièces de rechange de nos véhicules sur une aire d'autoroute. Quelques jours plus tôt, on l'avait aperçu hors de son site sans que ça nous inquiète.

— En tout cas, merci de m'en avoir parlé. On verra si ces incidents sont liés à la mort de Julien Delicourt. Pour l'instant, nous vous demandons d'arrêter toute enquête à votre niveau.

— Vous nous informerez des résultats de vos investigations ?

Elle restait tendue. Victoria comprit qu'en tant que dirigeante d'un poste de commandement, sa responsabilité était engagée lors de tout événement compromettant la sécurité du personnel ou des clients.

— Je vous tiendrai au courant. De toute façon, j'aurai besoin de vous dans la suite de l'enquête.

— Merci.

Après cet échange, Hélène Dargaud emmena Victoria dans la salle du poste de commandement central, imposant espace occupant la tour d'angle du bâtiment. Dans cet espace, cinq opérateurs travaillaient au milieu d'une profusion d'ordinateurs, face à un écran géant qui affichait des vues d'autoroutes autour d'un plan schématique du réseau. À voix basse, la cheffe de pôle expliqua :

— L'écran principal nous permet d'avoir toutes les informations en tout point du réseau, que ce soient les affichages sur panneaux lumineux, les débits de véhicules, tous les événements, incidents, accidents. Les cinq opérateurs permanents reçoivent des informations de diverses sources, dont nos 550 caméras. Leur tâche principale est de les transmettre aux bonnes personnes.

— Vous avez donc dû être immédiatement informés du carambolage.

— En réalité, non. Le PC de la DiRIF nous a tenus à l'écart. C'est grâce aux bouchons que nous avons compris ce qui se passait. Nous avons reçu plusieurs appels de clients coincés dans des embouteillages. Nous avons appelé la DiRIF, mais nous n'avons pas réussi à obtenir des informations précises sur le carambolage. Heureusement, un de nos patrouilleurs se trouvait à proximité. Il nous a renseignés en temps réel. Grâce à lui, nous avons pu participer à l'organisation d'itinéraires de délestage.

— J'aurai besoin du nom de ce patrouilleur.

— Vous l'aurez. Je vous donnerai tout ce qui peut vous être utile. J'ai d'ailleurs demandé à une opératrice de renfort de vous assister dans la recherche d'enregistrements et de vidéos.

— Si c'est pas trop vous demander, j'aimerais que vous me donniez aussi la date, l'heure et le lieu où les deux autres fourgons ont été localisés hors de leur site.

— Ma secrétaire vous les fournira.

La recherche s'annonçait plus facile que prévu. Depuis qu'elle s'occupait de récupérer les vidéos de caméras publiques ou privées,

Victoria n'avait jamais reçu d'aussi bon accueil. Marchant à la suite d'Hélène Dargaud, elle se dit qu'avec les informations qu'elle ramènerait à Versailles, l'affaire accomplirait un grand bond en avant.

L'opératrice s'appelait Tina. Vêtue d'un jean très serré et d'un gros pull noir, elle portait un parfum particulièrement étouffant. Comme elle le faisait avec Daniel, Victoria prit prétexte de la situation sanitaire pour exiger de Tina qu'elle tienne ses distances. Les deux femmes descendirent à la direction des services d'information, où elles parcoururent ensemble toutes les données concernant les déplacements des patrouilleurs avant et après le carambolage.

Le résultat fut décevant : à part celui du patrouilleur dont avait parlé Hélène Dargaud, aucun fourgon ne semblait avoir dépassé le kilomètre 44 ce jour-là. De même, le véhicule de Delicourt demeurait obstinément absent des enregistrements vidéo et des fichiers informatiques, comme s'il n'avait jamais roulé en direction du pont du Coudray-Montceaux.

— C'est quand même bizarre, dit Tina. Il aurait pu éteindre sa géolocalisation, mais on aurait dû le voir passer.

— Vous pensez qu'il aurait pu échapper au champ des caméras ?

— On est remontées deux heures avant l'accident. Il aurait dû apparaître quelque part. Non, on a forcément raté quelque chose.

Victoria ne connaissait rien aux autoroutes, mais elle avait analysé assez d'images de vidéosurveillance pour savoir qu'elle avait raison. Elle essaya d'imaginer quelques hypothèses expliquant la disparition du véhicule, mais elle ne disposait pas d'assez d'éléments matériels pour que ses suppositions possèdent la moindre vraisemblance.

Elle regarda sa montre. Il était plus de 16 h. En comptant deux heures pour retourner dans l'Essonne, elle avait peu de chances d'arriver à temps pour le débriefing.

— Je dois rentrer. De toute façon, tout est sauvegardé sur le dvd. Je me repasserai les vidéos au bureau.

Tina lui tendit un morceau de papier avec un numéro de téléphone.

— Si vous avez une demande, appelez-moi. Julien, je lui parlais de temps en temps. C'était un type bien.

D'une main, elle se couvrit ses yeux. Sentant l'émotion de l'opératrice, Victoria ne réprima la sienne qu'au prix d'un violent effort. Dans cette période difficile, ses sentiments lui jouaient des tours. Il était temps qu'elle retourne auprès de ses collègues.

22

Alaric avait fini par céder aux appels de Daniel, qui désespérait d'attendre le retour de Victoria pour quitter Nemours. Il avait envoyé Patrick et Joseph le récupérer, exigeant qu'ils le déposent au lieu de rendez-vous. Il connaissait assez l'animal pour savoir comment l'inciter à rester après les heures. Victoria l'avait prévenu qu'elle arriverait en retard. Il ne restait plus qu'Osmane, que son récent célibat rendait plus disponible.

La Golf se gara sur la petite place de la gare RER du Coudray-Montceaux vers 18 h 30. Osmane arriva quelques minutes plus tard, au volant de sa voiture personnelle, suivi des trois derniers hommes du groupe. Masqué jusqu'aux yeux, Daniel fonça vers Alaric dès qu'il l'aperçut.

— Je te préviens, je suis en colère !

Cet aveu, de la part d'un homme qui ne montrait jamais ses émotions, en disait long sur son état.

— Ah oui ? Pourquoi ?

— D'abord, personne ne respecte le protocole sanitaire. Pas de masque ou le masque sous le nez, pas de gel, pas de distanciation.

— Ensuite ?

— J'ai poireauté trois heures là-bas, trois heures, tu te rends compte ?

— C'est beaucoup.

— Oui, c'est beaucoup ! Et maintenant, les deux garçons m'emmènent dans ce coin paumé.

— Alors qu'on a dépassé l'heure de fermeture.

— Non, c'est pas ce que je veux dire, mais…

— Ils t'ont rien dit, forcément. C'était une surprise.

— Quoi ?

— Regarde par là.

Il montra une maison aux volets bleus en contrebas, le long de la Seine.

— C'est le restaurant La Renommée, qui vient de rouvrir. Tu vois la terrasse sur la droite ? J'ai réservé des tables. Je crois qu'ils ont une bonne cave.

Le visage de Daniel changea. La colère quitta ses yeux.

— J'espère qu'ils respectent les règles.

Gagné. Le débriefing pouvait commencer. Derrière Daniel, Patrick félicita Alaric d'un pouce levé.

Le groupe descendit en coupant par un sentier. L'endroit surplombait le fleuve, loin de toute circulation automobile. Alaric se présenta au comptoir et une serveuse emmena les policiers sur la terrasse, qui leur était entièrement réservée. En quelques minutes à peine, chacun eut devant lui un verre de son apéritif préféré. Après les premières gorgées, Alaric ouvrit le débriefing.

— Je me suis dit qu'après deux mois sans resto, ça vous plairait de vous délocaliser un peu. Au cas où vous le sauriez pas encore, on est pas loin du lieu de l'accident. Pour venir ici, vous avez probablement pris l'échangeur de la D948. C'était là. Alors je vous rassure tout de suite : le débriefing, c'est seulement pendant l'apéro. Après, vous faites ce que vous voulez.

Il s'apprêtait à ouvrir la réunion quand il sentit le vibreur de son téléphone à travers la poche de son blouson. Il répondit sans regarder qui l'appelait.

— Autier.

— Alaric euh… C'est moi, Lostanlen. Euh… tu es où ?

Yves Lostanlen, qui dirigeait la section dont faisait partie le groupe Autier, avait horreur du téléphone. Il n'appelait jamais sans raison.

— On est sur le terrain. On est en train de débriefer. C'est Gouirand qui le demande ?

— Ouais, tout juste… Elle… elle s'intéresse au dossier. Moi, je trouve ça plutôt positif.

Il ne croyait pas à ce qu'il disait. Il savait que l'intérêt soudain de la patronne pour une affaire d'accident cachait quelque chose.

— Elle a reçu des pressions, c'est ça ?

— Je ne pense pas. Des questions, peut-être.

— Le parquet ?

— Ce n'est pas ce que j'ai entendu.

— Des pontes ?

— Écoute, je ne peux pas te parler plus longtemps. Et j'imagine que tout le monde est pressé de terminer le débriefing.

— Ah non, là tu te trompes.

À côté de lui, Osmane tendait l'oreille. Alaric lui fit un clin d'œil.

— Bon, tant mieux. Bon travail.

Il raccrocha sans prévenir. Avec lui, aucune conversation téléphonique ne durait plus d'une minute. Alaric resta songeur, au point de conserver son smartphone à l'oreille. Entre les consignes reçues par la CRS et les interrogations de Gouirand, la mort apparemment accidentelle de ce patrouilleur suscitait un intérêt suspect. La réticence de Cazenave à prendre au sérieux les affirmations de Panossian constituait un indice supplémentaire.

— On gêne déjà quelqu'un ? dit Clémentine.

— C'est la preuve qu'on fait du bon boulot, non ?

Elle répondit d'une grimace. Elle avait pourtant l'habitude des enquêtes délicates. Pour Alaric, ce genre de procédure était un jeu dangereux, mais divertissant. Cette idée lui inspira un changement dans le débriefing :

— Tiens, écoutez tous. Je vous propose un petit jeu. Je suis Julien Delicourt, notre victime. Vous devez me dire ce que vous avez trouvé sur moi. Qui commence ?

Victoria, qui venait d'arriver, s'assit à côté de Joseph, en respectant la distance que le restaurant lui imposait. Quand elle enleva son masque, Daniel, qui avait conservé le sien entre deux gorgées de son apéro, lui lança un regard critique.

— Tu as un casier, dit Osmane. Quelques faits de violence à partir de l'adolescence, et deux ans fermes pour avoir charcuté un mec au couteau. Tu as fait un an et tu es sorti en 2015. Après ça, on n'a plus rien dans les fichiers. J'ai aussi appris que tu as travaillé pour la DiRIF de 2015 à 2017, puis pour Aliser, et que tu t'es marié en 2018.

— Très bien, dit Alaric. J'en sais déjà plus sur moi-même.

— Tu as été assassiné, dit Joseph. Comme le pare-brise a été arraché dans l'accident, l'enceinte Bluetooth n'a pas pu te tuer d'un choc frontal dans ton fourgon.

— Merci Joseph. C'est toujours intéressant de savoir comment on est mort.

— D'après ton emploi du temps, tu n'aurais pas dû te trouver sur le lieu du carambolage, dans le sens Paris-Province, dit Daniel.

— Bravo Dany. Je me sens tout nu face à toi. J'ai presque envie de passer à table.

Il y eut quelques rires. Même Daniel ne put s'empêcher de sourire derrière son masque. Victoria avala une gorgée du vin blanc que la serveuse venait de lui apporter, puis ajouta sa pierre à l'édifice :

— Tu n'es pas le premier à sortir de ton site pendant le service. Ces derniers mois, on a surpris deux patrouilleurs de deux districts différents hors des limites. Et bizarrement, ton application d'enregistrement et la géolocalisation de ton fourgon étaient désactivées.

— On m'appelle l'homme invisible.

— J'ai rencontré un de tes collègues qui a l'air de savoir ce qui se passe au-delà du kilomètre 44, dit Daniel.

— Surtout, dis-lui de la boucler. J'aimerais pas qu'on sache ce que je fais quand les mouchards sont éteints.

— Les CRS ont reçu l'ordre de ne pas s'intéresser à ton fourgon, dit Clémentine.

— Encore des gens qui ferment les yeux. C'est l'effet que je fais à tout le monde.

— Ne crois pas, répondit Clémentine. Il y a des gens haut placés qui s'intéressent beaucoup à toi, et deux hommes ont inspecté ton fourgon.

— J'en suis tout retourné. Je suis qu'un simple patrouilleur et un ancien détenu. Je me demande ce qui peut les intéresser chez moi. Vous croyez que c'est mon tatouage en forme de serpent ? Des idées ?

Le groupe avait l'habitude de ce genre de remue-méninges. L'alcool aidant, tout le monde se jeta dans l'exercice.

— Tu as un frère jumeau, dit Osmane.

— Tu as ramené de Chine une cargaison de masques, dit Patrick.

— Tu diriges une secte de patrouilleurs, qui se réunit au-delà du kilomètre 44, dit Victoria.

— Tu as volé des secrets industriels sur la fabrication d'un enrobé d'autoroute particulièrement efficace, dit Daniel.

— Ton fourgon est équipé d'un prototype de radar ultra-secret, dit Joseph.

— Tes anciens complices t'ont contacté pour le coup du siècle, mais les choses ont mal tourné et ils t'ont éliminé, dit Clémentine. Ta femme le sait, mais elle ne dira rien, parce qu'elle a une mauvaise expérience de la police.

Une fois de plus, Alaric admira la qualité de ses raisonnements. Elle avait le don de tirer des informations connues des déductions à la fois logiques et créatives.

— Et mon invisibilité, dit Alaric, elle vient d'où ?

— Tu as aussi des complices au PC central et au district, dit Daniel. Ils falsifient les mains courantes et effacent les vidéos.

— C'est bien de pouvoir compter sur les amis.

— En tout cas, la direction d'Aliser est prête à nous aider, dit Victoria.

— Je crois qu'on va passer la journée de demain à entendre tous les collègues de la victime. Il faut qu'on les surprenne avant qu'ils aient le temps de se parler ou d'effacer les traces éventuelles. J'appellerai Aliser pour négocier ça. Si ça t'intéresse, tu peux te charger de la communication avec eux. Et je demanderai à Cazenave d'ouvrir une instruction. Il faut qu'on ait les coudées franches.

— Avec plaisir, répondit Victoria.

Alaric s'arrêta de parler pour s'assurer que cette mission ne suscitait pas de réaction de jalousie. Il n'en remarqua aucune, mais l'alcool y était peut-être pour quelque chose.

— Fin du débriefing, dit-il. Vous avez bien bossé. On se revoit demain. Pour ce qui me concerne, vous pouvez quitter la salle de réunion.

Personne ne se leva, pas même Daniel, mais Joseph prit son téléphone. De tous les membres du groupe, il était le seul à devoir justifier son absence au dîner. Pendant qu'il appelait sa femme, Osmane se pencha vers d'Alaric pour lui parler discrètement.

— Le labo a analysé ton régulateur de vitesse.

— Déjà ?

— Ils sont comme nous : rien à se mettre sous la dent.

— Alors ?

— Pour eux, le machin fonctionne correctement.

— Merde.

— Je m'attendais plutôt à merci.

— Je te remercie, Osmane, ça n'a rien à voir avec toi.

Non seulement la nouvelle enquête ne lui laissait pas le temps de s'occuper de l'affaire d'arnaque à l'assurance de Cynthia, mais la nouvelle transmise par Osmane ne pouvait être considérée que comme un échec. Il la rangea dans un placard de son esprit et se replongea dans le dîner.

23

Jeudi 14 mai

Alaric n'avait jamais connu l'autoroute A6 aussi vide. Il venait de dépasser Achères-la-Forêt sans rencontrer aucun ralentissement, parmi les rares camions et voitures qui s'éloignaient de la capitale. Il conduisait la Golf, qu'il avait garée la veille devant son immeuble en prévision du voyage. Le reste du groupe – à l'exception d'Osmane – devait arriver une heure plus tard, entassé dans une vieille Peugeot qu'une révision avait une fois de plus sauvée de la casse.

Les installations du district du Gâtinais étaient visibles depuis le premier rond-point après la sortie vers Nemours. Alaric se gara sur le parking vide et se dirigea vers les bureaux, en même temps que deux hommes en survêtement. Exceptionnellement, la première prise de poste de la journée était fixée à 7 h, et non à 4 h comme les jours ordinaires. Il entra dans le bâtiment et suivit les autres jusqu'à une salle de repos sans âme, où plusieurs personnes prenaient un café dans un silence pesant. L'une d'elles, un barbu au teint pâle, lui fit un signe. Il se leva et vint à sa rencontre, tendant la main, puis se ravisant.

— Vous êtes le capitaine Autier ?

— C'est ça, oui. Mathieu Lagroue ?

Lagroue dirigeait le district. Alaric avait dû appeler plusieurs fois avant de lui parler.

— Vous êtes matinal.

— Ça m'arrive.

— On a un peu de temps avant la réunion. Je dois vous présenter quelqu'un. Si vous voulez un café, je vous propose de le prendre plus tard.

— Je survivrai.

Lagroue sortit de la pièce d'un pas traînant. Il manquait visiblement d'énergie. Il ne se rendait pourtant qu'à la porte suivante dans le couloir. Il la tira péniblement, révélant une salle de réunion vivement éclairée. Un homme de grande taille, habillé d'un costume de qualité, s'y trouvait déjà. Il se leva dès qu'il aperçut Alaric.

— Capitaine, voici Christian Champreau, notre directeur régional Paris.

Alaric fut aussitôt gagné par un réflexe de méfiance. Un cadre de ce niveau ne se déplaçait pas pour rien, surtout à cette heure matinale. L'individu tendit la main, et le policier la serra, éprouvant curieusement ce geste comme un indice favorable.

— Alaric Autier, chef de groupe à la brigade criminelle de Versailles.

— On m'a transmis votre nom. Vous travaillez sur l'affaire Delicourt. Notre direction suit votre travail de très près.

Encore des pressions. Alaric ne connaissait que trop bien les manières lisses et hypocrites des gens de pouvoir.

— Nous vous tiendrons informé en temps utile.

Champreau secoua la tête.

— Excusez-moi, je me suis mal fait comprendre. Nous ne souhaitons pas empiéter sur votre enquête. Bien au contraire : je suis là pour m'assurer que vous aurez accès aux personnels et aux ressources dont vous pourriez avoir besoin.

Il semblait embarrassé. Alaric ne pouvait décider si cela relevait d'une gaucherie naturelle ou des particularités de la situation.

— Je vous en remercie, monsieur. Toutes les entreprises n'envoient pas un directeur régional pour nous faciliter la vie.

Champreau sourit. Il échangea un bref regard avec le chef de district.

— Je conçois que cela puisse vous étonner. Si je suis venu en personne, c'est parce que je tenais à vous fournir quelques éléments de compréhension. Si vous le voulez bien, je propose de vous les communiquer dès maintenant. Cela ne devrait pas nous prendre plus d'une demi-heure. La réunion de prise de poste commencera juste après.

Il indiqua un siège autour de la table de réunion. Alaric hésita. Il aurait préféré que Clémentine entende elle aussi ce que Champreau voulait lui révéler.

— J'aurais besoin d'enregistrer notre conversation, dit-il.

— Je ne connais pas vos pratiques. Faites-le si vous l'estimez utile. Je dois juste préciser que cet échange est confidentiel.

— Je ne suis pas journaliste, monsieur. Nous n'avons pas de sources secrètes.

Une fois de plus, Champreau regarda le chef de district.

— Dans ce cas, je vous laisse juge.

Alaric s'assit et mit en marche l'application d'enregistrement de son téléphone. Champreau et Lagroue s'installèrent en face de lui.

— La direction craignait depuis longtemps que tout ceci ne débouche sur une affaire de ce genre, expliqua le cadre. Voici quelques semaines que les services opérationnels nous font remonter des incidents très inhabituels. Nous avons eu des agents qui ne donnaient plus signe de vie pendant une heure ou deux, des mains courantes falsifiées, des incohérences dans les enregistrements informatiques, des défaillances de matériel, des mouvements suspects apparaissant sur des vidéos.

« Au début, nous avons eu tendance à minimiser ces incidents, d'autant qu'ils se manifestaient dans le contexte particulier de l'épidémie. Nous avions vécu le décès d'un de nos agents de sécurité autoroute, et monsieur Lagroue était tombé malade. Son absence a duré plus d'un mois, et le chef de district de la Brie a assuré l'intérim comme il le pouvait. C'est pendant cette période, début avril, que les anomalies ont commencé à apparaître.

« Dans la mesure de nos moyens, nous avons tenté de circonscrire et d'analyser chaque événement. Nous en avons conclu que certains agents consacraient une partie de leurs heures de service à des tâches inconnues, et qu'ils bénéficiaient de complicités internes pour les couvrir. Ces conclusions étaient encore incomplètes, et nous attendions le retour de monsieur Lagroue pour aller plus loin. Et puis, le carambolage a eu lieu, et nous avons rapidement estimé que la mort de Julien Delicourt pouvait être liée aux irrégularités que nous avions découvertes. Il faut vous dire que Delicourt faisait partie des personnes que nous soupçonnions depuis le début.

— Vous le soupçonniez de quoi exactement ?

Le directeur régional se tourna vers le chef de district, qui s'éclaircit la voix.

— On savait que Delicourt était un ancien détenu. On devrait pas avoir de préjugés, mais quand un employé avec ce genre de profil apparaît sur les radars, on se met forcément à imaginer toutes les hypothèses. Sur l'autoroute, on peut participer à plein de trafics. La drogue, bien sûr, mais aussi les pièces automobiles ou les médicaments.

Champreau s'empressa de modérer les propos du chef de district :

— Nous ne voulions pas l'accuser sans preuve. Nous pensions seulement qu'il pouvait jouer un rôle significatif dans les irrégularités en question.

Alaric se rappela les découvertes de Daniel.

— Vous saviez qu'il n'aurait pas dû se trouver sur le lieu de l'accident et dans le sens Paris-Province ?

Lagroue balança la tête.

— J'étais pas présent le jour du carambolage. Je suis rentré hier.

Alaric en déduisit qu'il craignait les reproches de son hiérarchique, mais Champreau prit immédiatement sa défense :

— Certaines personnes ont profité de l'absence de monsieur Lagroue. Comme je vous l'ai dit, il y avait certainement des complicités internes.

— Et vous voulez que je vous aide à y voir clair.

— Tout ceci a mené à la mort d'un homme, capitaine Autier.

— Nous nous occupons des délits et des crimes, monsieur Champreau, pas des entorses aux contrats de travail.

Le cadre hocha gravement la tête. Le message ne lui plaisait pas.

— Je comprends. C'est normal, je suppose. À chacun sa responsabilité. J'espère seulement que vous nous tiendrez au courant de tout ce qui relève de la vôtre.

— Vous pouvez compter sur moi. De toute façon, les faits dont vous parlez semblent désigner une activité criminelle.

— C'est ce que nous craignons, et nous ferons tout ce qui est en notre pouvoir pour vous aider à enquêter sur ces faits.

— Pour l'instant, nous avons besoin d'une liste des collègues directs de Julien Delicourt.

— Monsieur Lagroue s'en est déjà occupé.

Le chef de district donna au policier une enveloppe sans inscription.

— J'ai pris la liberté d'organiser le passage des agents auprès de vous, dit Lagroue.

— Trop aimable, dit Alaric.

— Si ce fonctionnement ne vous convient pas, nous pouvons modifier les choses, dit Champreau.

— J'en déciderai avec mon groupe.

Champreau lui offrit un carton de petite taille issu de la poche intérieure de sa veste.

— Monsieur Lagroue sera votre premier interlocuteur, mais je reste disponible au cas où vous auriez des besoins spécifiques.

Il tendit à nouveau la main, en un geste mécanique. Quand le policier la saisit, Lagroue afficha une expression de peur irraisonnée. Alaric comprit que le virus lui avait laissé une empreinte profonde.

La réunion de prise de poste commença à 7 h 35. Alaric s'assit à l'écart des dix agents vaguement masqués qui avaient pris place autour de la table, neuf hommes et une seule femme. Quelques-uns le suivirent discrètement des yeux, et il sentit que sa présence gênait. Assisté du responsable sécurité-viabilité du district, Lagroue attaqua sans préambule :

— On a parmi nous le capitaine Autier, de la brigade criminelle de Versailles, qui va poser des questions à certains d'entre vous. Vous trouverez le planning des passages sur le tableau du couloir.

Un patrouilleur demanda la parole.

— On est obligé de répondre ?

Lagroue écarquilla les yeux.

— Je crois, oui. En tout cas, je vois pas pourquoi vous refuseriez.

L'homme insista :

— Parce que nous, on a rien à se reprocher, pas vrai, les gars ?

L'échange prenait une tournure qu'Alaric n'aimait pas du tout. Il préféra couper court à toute contestation. Il se leva et parla d'une voix ferme, attirant sur lui tous les regards :

— Ceci est une enquête criminelle. Vous êtes convoqués par la police pour être entendus sur un meurtre en tant que témoins. Si vous nous répondez sans faire de difficulté, ça prendra cinq minutes et on passera au suivant. Si vous refusez de nous répondre, on risque de se demander pourquoi et de passer un peu plus de temps avec vous. Est-ce que c'est clair ?

Plusieurs patrouilleurs hochèrent la tête. Aucun n'osa émettre une objection, mais Alaric sentit que ces gens ne collaboreraient pas facilement. Ils devaient savoir que la direction de leur entreprise s'intéressait à l'enquête, et que leur poste était en jeu. Lagroue dut s'en apercevoir, car il reprit la parole et changea de sujet. La réunion se poursuivit pendant une dizaine de minutes, et tout le monde quitta la salle, à l'exception de l'agent choisi pour passer en premier. Alaric lui demanda d'attendre dans la salle de repos. Il avait à peine franchi la porte quand Clémentine entra dans la pièce. Alaric l'accueillit avec une chaleur inhabituelle.

— Je suis content de te voir, je me sentais un peu seul. Vous avez fait bonne route ?

— J'ai bien cru que ce tas d'acier rouillé nous lâcherait avant d'arriver. À part ça, il nous faudrait d'urgence un café.

— On a quasiment accès libre à tout ici, ça devrait pas poser de problème.

En partant, le directeur régional s'était assuré que les policiers ne manqueraient de rien. En plus de la salle de réunion, on leur avait attribué un petit local pour les auditions.

— On a croisé le chef de district. Il nous a déroulé le tapis rouge, avec courbettes et compliments en prime.

— La direction espère qu'on lui tirera une grosse épine du pied.

Chargés de matériel, Victoria, Patrick et Joseph entrèrent à leur tour, leurs masques sous le nez. Daniel les suivait, aussi prudent et masqué que la veille. Il retint la porte avec un coude et respecta scrupuleusement la distance de sécurité avec ses collègues.

— On a un accès WiFi ? demanda Patrick.

— Si on exigeait la fibre, je crois qu'ils la feraient installer dans la journée, dit Alaric.

Cette réponse parut satisfaire le *geek* du groupe, comme s'il pensait pouvoir télécharger tout élément matériel qui lui ferait défaut. Dès lors, il se mit à quatre pattes, cherchant probablement des prises de courant pour nourrir ses machines.

— Il y a une contrepartie ? demanda Clémentine.

Elle avait des raisons de se méfier. Dans la vraie vie, les cadeaux n'arrivent jamais par hasard.

— Ils l'ont pas présenté comme ça. Ils seraient juste très reconnaissants si on pouvait trouver leurs brebis galeuses.

— Tu leur as dit que ce n'était pas notre boulot, j'imagine ?

Toujours cette méfiance. Elle se sentait obligée de lui tenir la bride, pour qu'il ne s'éloigne pas trop des chemins balisés.

— Non, non. Ils m'ont offert la gratuité à vie sur leur réseau, alors j'ai pas pu leur résister.

Elle secoua la tête.

— Tu t'es fait avoir. Un flic, ça vaut beaucoup plus que ça.

Fière de sa répartie, elle sourit d'une oreille à l'autre.

La salle d'interrogatoire était une pièce sans fenêtre éclairée par une ampoule nue. Sur son portable, Clémentine effectua un essai d'enregistrement. Joseph fit entrer le premier agent, un petit homme au teint gris, flottant dans des vêtements jaune fluo trop grands pour lui. Après quelques questions d'identité, Clémentine entra dans le vif du sujet.

— Vous connaissiez Julien Delicourt ?

Tapotant du pied, l'homme regarda en l'air.

— J'sais pas, c'est possible.

Il ne se souciait même pas de mentir avec vraisemblance.

— Arrête de te foutre de nous, dit Alaric.

— Je me fous pas de vous. Je m'occupe pas des affaires des gens, c'est tout.

Clémentine lui montra une photo, montrant le personnel du district au complet, prenant la pose devant un alignement de fourgons.

— Là, c'est Julien, et vous êtes juste à côté de lui.

— Possible. Je retiens pas les noms.

Alaric se dit qu'il pourrait obtenir sa collaboration en parlant de lui à Lagroue, mais il voulait à tout prix l'éviter. D'un geste discret, il empêcha Clémentine de poursuivre l'audition. Sans cesser de regarder le patrouilleur, il ferma le portable.

— Bon, on arrête.

L'agent se leva. Alaric lui fit signe de se rasseoir.

— Pas si vite, dit-il. On a des choses à se dire.

— Des choses ?

— Il y a deux façons de sortir de cette pièce : en tant que témoin, ou en tant que suspect. Pour l'instant, tu te places de quel côté ?

— J'ai rien fait !

— Tu as déjà menti une fois. Pour nous, c'est suffisant. Un de tes collègues a été assassiné, et toi tu fais semblant de pas le connaître. Tu as déjà été en garde à vue ?

L'agent secoua la tête. Alaric se tourna vers son adjointe. Après avoir rouvert l'ordinateur et remis l'application vidéo en marche, Clémentine se rapprocha de l'homme, si près que leurs haleines devaient se mélanger. Elle parla d'une voix très calme.

— Je vous repose la question : est-ce que vous connaissiez Julien Delicourt ?

— Oui.

— C'est bien, on avance. Maintenant, dites-nous ce que vous faisiez lundi 11 mai vers 17 heures.

Le patrouilleur se figea, comme si ce qu'il se préparait à dire le mettait en danger.

— J'ai rien à voir avec cette affaire. Je veux garder ma place, moi.

— Réponds, dit Alaric.

— J'étais du côté d'Achères, sur une panne. C'est vrai, vous pouvez le vérifier dans l'informatique, je mens pas.

Alaric commençait à s'impatienter.

— Tu as dit que tu n'avais rien à voir avec cette affaire. Tu parlais de quelle affaire exactement ?

L'homme cilla plusieurs fois. Il respirait bruyamment.

— De rien. Je veux dire, la mort de Julien, tout ça.

— Tu mens encore.

— Non, j'vous jure.

— Tu sais ce que c'est, une entrave à l'exercice de la justice ?

L'agent joignit les mains, dans une tentative dérisoire de cacher son tremblement.

— Moi, je fais mon taf, je demande rien à personne et je rentre chez moi le soir. Je vous jure que je suis pas mêlé à ça.

— À quoi ?

— Je sais pas, à leurs trafics. Je veux pas d'ennuis.

— Tu en auras si tu nous réponds pas. Quels trafics ?

Le tremblement s'étendit à ses bras.

— Je sais pas, c'est vrai. Il y en a qui sont pas où ils devraient être, ils se baladent. Moi, c'est pas mes oignons.

L'audition se poursuivit ainsi, sans révéler d'information plus utile. L'individu ne savait rien, mais redoutait pourtant de parler. Une demi-heure perdue à lui tirer les vers du nez, pour obtenir quelques noms que Lagroue leur avait déjà signalés.

Le deuxième patrouilleur interrogé s'avéra plus décevant encore. Il fit preuve d'une mauvaise volonté tenace, en s'exprimant par monosyllabes à demi audibles, qui obligeaient Alaric et Clémentine à lui faire répéter la moitié de ses phrases. Le troisième arriva en retard, et répondit aux questions avec l'efficacité d'un communicant politique. Quand il eut quitté la pièce, Alaric comprit que cette série d'auditions ne mènerait à rien.

— Ils se parlent. Ils préparent des réponses en fonction des questions qu'on a déjà posées.

Clémentine ôta son gilet, qui rejoignit tous les vêtements dont elle s'était séparée jusque-là. Dans la salle peu aérée, la chaleur devenait insupportable.

— C'était prévisible. Les gens savent ce qu'on cherche. Ils se protègent mutuellement.

— Il faut qu'on trouve un moyen de leur mettre la pression.

— Ça te gêne si on ouvre la porte ? J'en peux plus.

— Vas-y, et on fait une pause. Le suivant attendra bien quelques minutes.

Ils abandonnèrent le local exigu pour retourner dans la salle de réunion, où travaillaient les autres. Autour de la grande table, Daniel, toujours masqué, fouillait dans les documents internes, Victoria visionnait les vidéos qu'elle avait récupérées et Patrick jonglait entre les divers appareils qui l'entouraient. Joseph, quant à lui, gérait les allées et venues des auditionnés et tenait une comptabilité précise de ceux qu'il restait à interroger. Il se trouvait généralement dans la salle de repos, avec un accès privilégié à la meilleure machine à café du district.

Victoria leva les yeux de son écran au moment où Alaric passait près d'elle.

— Il y a quelque chose qui cloche dans ces enregistrements, dit-elle. Depuis le début, j'ai l'impression qu'il manque des parties.

— Tu crois qu'ils ne t'ont pas donné tout ce qu'ils avaient ?

— J'en sais rien. Ils m'ont laissé fouiller dans leurs archives. J'ai vraiment pu fouiner partout.

— Quand tu parles de parties, tu veux dire qu'il y a des ruptures de continuité ?

Elle déploya sur la table une carte schématique du réseau autoroutier, le long duquel était tracée à la main une série de croix.

— Oui, mais pas seulement. Par exemple, j'ai plusieurs relevés de géolocalisation qui s'arrêtent au même endroit, un peu après le kilomètre 44.

— Autrement dit, c'est comme si le satellite tombait systématiquement en panne à cet endroit.

— Exactement. Ma main à couper que c'est volontaire. J'ai appelé mon contact à Dijon pour le lui signaler, mais elle n'a pu que constater la même chose. Certains fourgons disparaissent des radars, puis réapparaissent une heure après.

— Dont celui de Delicourt.

— C'est ce qui s'est passé lundi : pile au moment où il a dépassé le péage de Fleury-en-Bière, on a perdu son signal.

Elle tourna vers lui son ordinateur.

— Dans les vidéos envoyées par le PC de la DIRIF, j'ai réussi à trouver ce bout d'image. On reconnaît l'arrière d'un fourgon, mais la plaque est illisible. Ce qui est curieux, c'est que l'heure ne colle pas.

— Qu'est-ce que tu veux dire ?

— L'image date d'une demi-heure avant le carambolage, alors qu'il faut seulement dix minutes pour faire le parcours à partir de la caméra.

— C'est peut-être quelqu'un d'autre ?

— J'ai la position de tous les patrouilleurs à l'heure de cette image ; normalement, il n'y avait personne d'Aliser dans le coin.

— C'est trop vague, dit Clémentine. Le fourgon sur cette image, ça peut être n'importe qui, y compris le meurtrier.

Elle avait raison : on ne pouvait tirer aucune conclusion de cette ombre de fourgon quittant le champ de la caméra.

— Que ce soit le meurtrier ou la victime, le fourgon n'aurait pas dû se trouver là, dit Alaric. Avec les autres incidents, ça commence à faire beaucoup. Il y a forcément des patrouilleurs qui sont au courant de ce qui se passe.

— Ils ont tous intérêt à se taire, répondit Clémentine. Sans éléments de preuves, on pourra difficilement les faire avouer quoi que ce soit.

Alaric se rappela le dilemme du prisonnier, un vieux concept de la théorie des jeux. L'idée était que deux prisonniers détenus sans contact entre eux pouvaient être amenés à se dénoncer l'un l'autre, seulement pour ne pas écoper de la peine maximale. Les patrouilleurs suspects n'arrivaient à dissimuler la vérité qu'en communiquant en permanence. Il était temps de changer les règles du jeu.

— Ça vous dirait, une petite expérience d'économie ? Je parle à Lagroue, et si c'est possible, j'aurais besoin de tout le monde pendant une heure ou deux.

Le groupe avait l'habitude de ses idées tordues. Certains, comme Osmane ou Patrick, les savouraient particulièrement. Clémentine, sans y être hostile, avait tendance à s'en méfier.

— Tu vas torturer quelqu'un ?

— Plusieurs personnes, en fait.

24

Tu sais, je n'aurais jamais pensé que je pousserais un jour la porte d'une agence de pompes funèbres. J'ai toujours détesté les cimetières, les pierres tombales, les regrets éternels gravés dans le marbre. Quand j'étais gamine, je me disais que je préférerais être incinérée, et qu'on disperse mes cendres dans le vent. Oubliés, la concession à perpétuité, les alignements des caveaux et les fleurs en plastique. Une mort propre et de bon goût, en quelque sorte. Et j'étais incapable d'imaginer la disparition de mes proches.

Et me voilà devant l'établissement de pompes funèbres Richard, à côté du funérarium. Façade en marbre clair, enseigne en lettres géantes, vitrine bourrée de plaques, de statuettes et de gerbes artificielles. Je me trouvais là depuis dix minutes, mais je n'arrivais pas à me décider. J'avais pourtant promis à la baby-sitter que je serais de retour une heure plus tard. Quelque chose me retenait, un peu comme si tu refusais d'être enterré.

Finalement, il a fallu qu'un employé sorte de la boutique et me demande si je voulais entrer. La petite fille en moi n'a pas osé dire non. À moins que ce soit la veuve résignée. J'ai hoché la tête et j'ai franchi le seuil. Serge se trouvait là, derrière un bureau, entre les faux lys et les faux livres ouverts en résine. Et dire que ce type a été un de mes potes de lycée ! Depuis qu'il travaille dans l'agence de son père, il a pris des kilos et perdu des cheveux. J'ai l'impression qu'il cire son crâne tous les matins pour ne pas détonner parmi les marbres. Il était habillé d'un costume gris, d'une chemise grise et d'une cravate noire. Le bas de son visage était couvert d'un masque, noir également. Il s'est levé en me voyant, hésitant entre un sourire accueillant et la morgue de circonstance. À son regard, j'ai deviné qu'il était au courant.

— Marion ! Je suis content de te voir.

C'était plausible, mais je ne le sentais pas.

— J'aurais préféré que ce soit ailleurs.

— Je comprends. Les gens qui viennent ici sont rarement éclatés de bonheur.

— Je ne sais pas comment ça se passe. On m'a dit que je devais… enfin… organiser… des… des funérailles.

— Assieds-toi, on va voir ça.

Je n'avais pas les moyens d'une belle cérémonie, mais je ne m'imaginais pas téléphonant à toutes les agences de la région pour comparer leurs devis.

— Je n'ai pas beaucoup d'argent, je te préviens.

Quelle honte d'avouer ça.

— Je suis sûr qu'on trouvera ce qu'il te faut. C'est pour Julien ?

Il savait. Je me suis demandé comment l'information était arrivée jusqu'à lui.

— Oui.

Voix étranglée, regard baissé : mon corps m'a trahie. Je n'étais pas prête à t'abandonner à ces gens-là.

— Tu as déjà pensé à ce que tu désirais ?

— Pas trop, non. Quelque chose de simple.

Chaque mot me coûtait. Je te voyais déjà dans un cercueil premier prix, avec une tombe en béton tout au fond du cimetière.

— On part sur un enterrement ?

Je me suis souvenue qu'on en avait parlé, sur le mode de la blague. Tu n'aimais pas l'idée d'être incinéré. Tu aurais préféré servir de compost, et qu'un arbre se nourrisse de ton corps.

— Plutôt, oui.

Serge s'est levé pour aller chercher un catalogue. Il l'a posé devant moi, ouvert à la première page.

— On verra plus tard pour les options. Tu pourrais jeter un coup d'œil à ces modèles, pour qu'on ait une idée de ce que tu souhaites ?

J'ai commencé à feuilleter le catalogue. Il commençait par les cercueils les plus chers, mais les prix ne baissaient pas beaucoup dans les pages suivantes. J'ai fait semblant de m'intéresser à quelques modèles, pour ne pas montrer que ma seule obsession était d'en arriver à ceux que mes finances ne m'interdisaient pas. Pendant ce temps, Serge ne cessait de me fixer, ce qui me mettait très mal à l'aise. Je suis arrivée au bout de la partie consacrée aux cercueils, découvrant que le dernier dépassait encore de très loin mes moyens. Je me suis sentie rougir. Serge a insisté :

— Il n'y a vraiment rien qui te plaise ?

— Désolée, je n'y arrive pas.

— Il faut pourtant que tu fasses un choix.

Derrière moi, la porte de l'agence s'est ouverte. Je n'y ai pas prêté attention tout de suite, mais quand j'ai vu Serge se lever, j'ai compris qu'il se passait quelque chose. Je me suis retournée, et j'ai vu la personne que j'avais le moins envie de voir. Tu sais de qui je veux parler : ma mère, habillée de vêtements d'homme, accompagnée encore une fois de ma quiche de sœur. Je me suis demandé comment elles avaient appris que je me trouvais là, avant de me rappeler que j'avais passé dix bonnes minutes à hésiter devant le magasin. Serge connaît ma famille, et il était au courant de ta mort. Un simple coup de fil ou l'envoi de son employé suffisaient pour informer ma génitrice de ma présence.

— Qu'est-ce que vous foutez là ?

Ma mère ne s'est pas démontée.

— Julien était mon gendre et le beau-frère de Maurine. On ne te laissera pas décider toute seule de ses obsèques. Surtout dans ton état.

Je me suis levée à mon tour.

— Dans mon état, hein ? Ça veut dire quoi ? Que je suis folle ?

J'ai levé la voix malgré moi. Serge paraissait choqué. Il aurait pourtant dû savoir que sa trahison aurait des conséquences.

— Pas folle, non, ma chérie, perturbée. Et c'est parfaitement normal dans ta situation. Tu rejettes ta famille, mais est-ce que tu as dit à monsieur Richard que tu n'avais pas les moyens de payer des funérailles, même modestes ?

Je me suis tournée vers Serge, mais il regardait ailleurs.

— D'accord. Tu es venue ici juste pour dire à Serge que je n'ai pas de fric. Bravo, c'est réussi. Et je suppose que tu vas me proposer de payer l'addition ?

— On a parlé de t'aider, oui.

— Nous aussi, on veut bien participer, a dit Maurine.

Tu parles. Elle et Nathan ont à peine de quoi payer les mensualités de leurs prêts.

— C'est beau, la famille.

Ma mère s'est emportée.

— Oui, c'est beau ! Heureusement que tu nous as. Je te rappelle qu'on t'a sortie de quelques situations difficiles dans le passé. Je ne t'ai jamais demandé d'être reconnaissante, mais j'exige un minimum de respect.

— Je te respecte, mais ça ne m'oblige pas à t'obéir.

À ce moment, elle a tout à fait perdu son sang-froid et s'est mise à crier, avec la voix suraiguë qu'elle a dans ce genre de situation.

— Oh, mais ça nous va très bien, pas vrai Maurine ? Fais comme tu veux ! Creuse sa tombe à la main, si tu veux. Enterre-le dans un carton, comme un chien.

Elle dépassait les bornes, mais elle savait que je détestais m'exposer dans un lieu public. J'étais sur le point de céder, de les laisser donner leur avis sur la façon dont la cérémonie devait se dérouler. Après tout, est-ce que c'était vraiment important ? J'ai essayé de me convaincre que non. Je sais, depuis là où tu te trouves, tu as envie de m'étrangler. Tu n'aurais jamais accepté que ma famille mette son nez dans nos affaires. Mais à ce moment, je ne me sentais pas la force de lui résister.

Heureusement, Maurine a mis son grain de sel :

— C'est dommage. Ils étaient beaux, ces cercueils.

Comment pouvait-elle le savoir ? J'avais refermé le catalogue avant qu'elle puisse y mettre le nez. Une seule explication était possible : elle l'avait vu avant moi.

— Répète ce que tu as dit.

Elle regarda sa maman, qui fronça les sourcils jusqu'à les réunir.

— Quoi ?

— Tu as dit que tu aimais bien ces cercueils. J'aimerais vraiment connaître ton avis. Celui que tu as préféré, celui que vous avez déjà choisi. Ça me ferait gagner du temps.

— C'est pas ce que tu crois.

Sa mâchoire inférieure s'est mise à trembler, comme celle d'une enfant prise en faute. Elle allait pleurer.

— Ah oui ? Tu n'es pas déjà venue ici avec maman pour préparer ma venue ?

Ma mère a répondu, sèche comme le désert.

— Et comment qu'on est venues ! Il le fallait bien. Et je vais te dire : si c'était à refaire, on le referait. Maintenant, tu vas arrêter de te comporter comme une gamine et on va s'asseoir tous les quatre autour de ce bureau pour décider comment on va dire au revoir à Juju.

Tu ne supportais pas qu'elle t'appelle ainsi. Et j'ai toujours détesté qu'elle me traite de gamine chaque fois qu'elle voulait que je me soumette à sa volonté.

— Eh bien non, tu ne m'auras pas. Tu peux me traiter de tous les noms que tu veux, mais je me débrouillerai toute seule.

D'un geste un peu puéril, j'ai jeté le catalogue par terre et je me suis dirigée vers la sortie. Avant de quitter l'agence, je leur ai balancé une dernière vacherie :

— Ne vous en faites pas, vous serez invitées à la cérémonie.

Et j'ai claqué la porte, si fort que la vitrine a tremblé. Alors, tu es fière de moi, maintenant ? Parce que c'était sans doute la chose la plus stupide à faire dans cette situation. Avant, c'était toi l'impulsif, le sanguin, celui qui s'en allait en renversant la table. Vous ferez ceci en mémoire de moi, comme dit l'autre. J'espère que tu apprécies, parce que ça va me coûter cher.

J'ai récupéré Fabien avec dix minutes de retard. L'étudiante ne s'est pas plainte. Avec le confinement, les occasions de garder des enfants sont devenues rares. J'ai payé le supplément qu'elle demandait, et je me suis mise à écumer internet pour demander des devis à tous les croque-morts de la région. Au bout d'une demi-heure, j'avais obtenu assez de réponses pour me faire une idée des prix. Dans la plupart des agences, les obsèques complètes coûtaient moins cher que le cercueil le plus simple de la maison Richard.

Il était 11 h quand je suis entrée dans le local exigu de Marbrerie Pompes funèbres Poulin, un petit indépendant logé dans un immeuble gris d'Évry, sur la nationale 7. J'avais emmené Fabien et deux biberons. Monsieur Poulin s'est excusé de manger un sandwich, parce qu'il n'avait pas le temps de déjeuner avant la première cérémonie de l'après-midi. Il m'a accueillie sans courbettes, d'une franche poignée de main, et m'a tout de suite demandé quel était mon budget, sans chercher à me vendre des gadgets inutiles. On a discuté des détails, et j'ai réduit le devis de presque 500 €. Je me suis dit que si j'arrivais à me faire rembourser tes billets d'avion, j'aurais presque le compte sans m'endetter sur vingt ans.

Il faut que je te décrive ce monsieur Poulin. Il est petit et tout rond, cheveux gris coupés court, teint rouge. Il porte le masque sous le nez, et ses petits yeux marron brillent de malice. J'aurais préféré que ce moment n'arrive jamais, mais je sais qu'avec lui, tu seras bien traité. Ça manquera peut-être d'acajou et de croix dorées, mais le cœur y sera. C'est tout ce qui compte, pas vrai ?

En écrivant cela, je me suis remise à pleurer. Tu vas devoir t'habituer, c'est parti pour durer. Mais au fond de moi, j'étais digne et droite. Je ne sais pas combien de temps je vais pouvoir supporter cette douleur, mais au moins j'aurai essayé de te donner les funérailles que tu mérites.

25

Il fallut chambouler l'organisation du travail. Certains patrouilleurs furent rappelés au district en cours de mission, tandis que d'autres prirent leur poste en avance. Lagroue fut extrêmement coopératif. En début d'après-midi, après un repas sommaire que le groupe prit dans la salle de réunion, tout fut prêt pour le début de l'expérience.

En plus des deux salles, le chef de district autorisa le groupe à utiliser les bureaux, y compris le sien. Quatre agents, choisis dans la liste de Champreau, y furent conduits séparément, sous la surveillance de Daniel, Patrick, Joseph et Victoria. Quand tout le monde fut en place, Alaric appela le premier, en envoyant un texto à Joseph.

Quand le patrouilleur entra dans la salle, Alaric et Clémentine se trouvaient dans la pénombre, tandis que le siège qui lui était destiné recevait toute la lumière de l'unique ampoule. L'individu portait la barbe, et ses tatouages dépassaient de ses manches fluo. Il avait les joues creuses et le visage marqué. Il se couvrit les yeux pour éviter l'aveuglement. Quand Alaric lui demanda de s'asseoir, il ne parvint pas à fixer son regard sur son interlocuteur. Clémentine lança l'enregistrement. Alaric aboya :

— Vos nom, prénom, date de naissance !

— Le Rouzic Alain, 6 juin 1985.

Il avait 35 ans, il en faisait dix de plus.

— Est-ce que vous savez pourquoi les patrouilleurs roulaient hors de leur site ? demanda Clémentine.

— Non !

— Vous pouvez sortir, dit Alaric. On vous rappellera.

Joseph, qui se tenait derrière la porte, entra pour ramener l'agent. Quelques minutes plus tard, Patrick accompagna le deuxième sujet, un homme tout en rondeurs, au pantalon trop court. Alaric l'interrogea avant qu'il ait le temps de s'asseoir.

— Vous aimez les chiens ?

— Euh… oui !

— Votre race préférée ?

— Euh… les bergers allemands.

— Vous pouvez sortir, dit Clémentine.

Patrick le conduisit, non dans le bureau du début, mais dans la salle de repos. Daniel introduisit ensuite le troisième homme, qui subit le même sort que le premier. Enfin, ce fut le tour du sujet surveillé par Victoria, qu'on traita d'une façon absolument identique.

C'est alors que commença la seconde phase de l'expérience. Au bout de dix minutes d'attente, Joseph revint avec Le Rouzic. Alaric l'attaqua dès qu'il fut installé dans le siège des auditionnés :

— Alors comme ça, on ment à la police ?

Le patrouilleur secoua la tête.

— J'ai pas menti.

— C'est pas ce que nous a dit votre collègue, dit Clémentine.

— Qu'est-ce qu'il vous a dit ?

Alaric haussa le ton :

— T'as pas besoin de le savoir. Ce serait trop facile. Maintenant, tu vas nous parler.

— Je sais rien.

— Laissez-moi vous expliquer les choses, dit Clémentine. Nous, on est là pour un meurtre, le reste ne nous intéresse pas.

Alors soit vous parlez, soit vous partez en garde à vue. C'est aussi simple que ça.

— Je suis pas un meurtrier !

— On veut bien te croire, dit Alaric, mais il faut que tu nous donnes des éléments. On se contentera pas de tes affirmations.

Le Rouzic soupira. Un instant, Alaric crut qu'il allait pleurer.

— L'idée, elle était pas de moi. C'est Jojo qui a tout mis en place.

— Jojo ? dit Clémentine.

— Malbert. Il est pas venu aujourd'hui. Je suis sûr qu'il savait.

— Continue, dit Alaric, raconte-nous comment Jojo a mis les choses en place.

— Moi, je suis arrivé après, quand c'était au bunker. Je faisais que boire un verre de temps en temps. C'était pas bien méchant.

Alaric avait conscience d'avancer dans l'obscurité. Pourtant, il fallait à tout prix cacher à cet homme qu'il dévoilait des informations nouvelles.

— Vous étiez combien à y aller ? Tout le district ? La Brie aussi ?

— J'en sais rien, moi. Il y avait toujours du monde. C'était ça qu'on aimait.

Clémentine joua très adroitement :

— Décrivez-nous l'endroit. Pour nous, c'est peut-être une scène de crime. On veut tous les détails.

— Ben, c'était un bistrot, quoi. Un bar, des tables, des chaises, un frigo. Rien que de la récup.

Alaric tenta un coup de bluff :

— C'était quand même un drôle d'endroit pour prendre un verre, non ?

— Avec le bruit, vous voulez dire ? Nous, on est habitués, ça nous gêne pas.

— Non, je veux dire : t'as jamais pensé que le bunker servait à autre chose ? Des trafics, par exemple.

Le patrouilleur écarquilla les yeux. La question n'avait peut-être aucun sens.

— Non, je pense pas. J'ai rien vu, en tout cas.

L'audition devenait difficile. Sans apport d'informations extérieures, Le Rouzic finirait par se douter de quelque chose.

— Je vais vous demander de nous donner votre téléphone, dit Alaric. On vous le rendra quand ce sera fini.

L'agent obéit sans difficulté. Clémentine ouvrit la porte, et Joseph fit irruption dans la salle. Le Rouzic se leva, manifestement soulagé de s'en aller. Alaric envoya un nouveau texto à Victoria. Pendant qu'ils attendaient le retour du troisième auditionné, Clémentine commenta :

— C'est pas très éthique, tout ça.

Alaric s'attendait à une remarque de ce genre. Son adjointe jouait si souvent le rôle de conscience morale qu'il préparait ses réponses.

— Des sociologues et des économistes font ce genre d'expérience tous les jours.

— On n'est pas des sociologues, Alaric, on est des flics.

— Et ces gens ne sont pas des mis en cause. On obtient des témoignages, pas des aveux. Tu me connais : à la fin, le dossier d'instruction sera en béton. Si tout ce qu'on peut nous reprocher est de manquer d'éthique, moi, ça me va.

Elle n'eut pas le temps de répliquer, le patrouilleur poussait déjà la porte. Il s'appelait Alexandre Gadit, et sa caractéristique la plus saillante était son odeur de tabac froid. Résigné, il prit place sur le siège et rangea son téléphone dans une poche de sa veste réfléchissante.

— Alors comme ça, tu nous caches des choses, dit Alaric.

Gadit réagit d'un léger haussement d'épaules.

— Je comprends pas de quoi vous parlez.

— Le bunker, le bistrot, me dis pas que t'y es jamais allé.

Le patrouilleur se gratta la tête. Il devait sans doute évaluer les risques.

— Alors en fait, votre histoire de meurtre, c'était du baratin. Vous étiez après le bistrot depuis le début.

Alaric regarda Clémentine. Il voulait s'assurer qu'elle ne se retirait pas du jeu. Elle ne le déçut pas.

— Répondez à la question, dit-elle.

— Oui, j'y suis allé. Tout le monde y est allé. On est tous mouillés, si vous voulez savoir. Et on nous a laissé faire.

— On s'en fout, de vos petites affaires, dit Alaric. On est bien sur un meurtre, je te le confirme. Le truc, c'est qu'il a peut-être eu lieu au bunker. Tiens, tu y allais comment ? En fourgon ?

— Moi, je passais par le Métro. Je voulais pas de leurs navettes. Je me garais sur le parking, loin des voitures, et je traversais les voies à pied.

Alaric se rappela un magasin de cette enseigne sur le trajet de l'autoroute A6. Le lieu pouvait coller avec les informations dont il disposait.

— C'est du côté d'Évry, c'est ça ?

— Juste à l'entrée, oui. Le cabanon en béton au milieu de l'échangeur.

— Comme on vous l'a dit, on s'intéresse avant tout au meurtre de Julien Delicourt, dit Clémentine. Est-ce qu'il fréquentait le bistrot ?

— Oui, comme les autres.

— Et là-bas, est-ce que vous l'avez vu participer à des trafics ou à des querelles ?

— Oh là ! J'étais pas là pour surveiller les gars, moi. Je prenais un verre et je repartais direct. C'est Jojo qui pourrait vous renseigner, pas moi.

Alaric ne vit aucune raison de mettre en doute ses affirmations. Le « Jojo », qu'il désignait à la suite de Le Rouzic, paraissait un poisson plus alléchant.

— On s'arrête là pour l'instant, dit-il.

— Vous allez me dénoncer à la direction ?

À ce moment, Alaric sentit les yeux de Clémentine rivés sur lui.

— Pour ce qu'on en sait, t'as rien fait de mal. Notre boulot, c'est pas de balancer les piliers de comptoir à leurs patrons.

Clémentine ouvrit la porte. Cette réponse devait lui plaire. À la suite de Victoria, Alexandre Gadit quitta la salle d'interrogatoire, après avoir cédé son téléphone. Alaric ne fit pas venir tout de suite le dernier témoin. Il avait besoin de mettre ses idées en ordre.

— Qu'est-ce qu'on a jusqu'ici ? dit-il.

— Un bistrot, mis en place par Jojo dans un bunker au bord de l'autoroute. Les patrouilleurs y vont par le parking du Métro ou par une navette.

— Nos deux témoins n'ont vu aucun trafic là-bas. Pour eux, c'est juste un endroit où on fait une pause.

— Le Rouzic a dit « après, quand c'était au bunker ». Donc, il y a eu un autre lieu avant.

— On éclaircira ça plus tard. La priorité, c'est de savoir ce qui se passait vraiment là-bas. On a un Jean-Jacques Malbert sur notre liste, mais il est marqué absent. Le Rouzic pense qu'il était au courant de notre visite.

Clémentine hocha la tête.

— Dis-moi, il y a un truc que je ne comprends pas : comment tu as réussi à faire craquer ce type ?

— C'est simple : j'ai supposé qu'il communiquait avec ses collègues par textos. Enfermés dans des bureaux, les quatre agents allaient forcément se raconter leurs auditions. Alors, imagine leur réaction quand le second a sorti qu'on lui avait posé des questions sur les chiens avant de l'emmener à la salle de repos...

— Ils ont cru qu'il mentait, et qu'il avait vendu la mèche.

— Exactement. C'est là que le dilemme du prisonnier a commencé : puisque leur secret était éventé, il leur restait plus qu'à limiter la casse en passant à table.

— Malin.

— Non, brillant.

— Mais pervers.

— Va pour pervers.

Alaric composa son message à Daniel et appuya sur la flèche d'envoi. Pervers ou non, il était satisfait d'avoir percé à jour les manigances des patrouilleurs. Restait encore à déterminer le lien entre le bistrot et la mort de Delicourt, s'il en existait un. Un lieu clandestin se prêtait à toutes sortes de dérives. On commençait par rêver de liberté, mais tous les vices humains finissaient par s'y inviter. Les mensonges ayant permis de couvrir l'existence de ce débit de boissons dissimulaient peut-être l'origine d'un meurtre.

Le quatrième agent, un certain Mehdi Lahoussine, n'apporta aucune révélation nouvelle. Il ne se fit pas trop prier pour avouer ses visites fréquentes au bistrot, mais repoussa toute suggestion que des activités criminelles aient pu s'y dérouler. Comme les autres, il évoqua de simples escales, des petits plaisirs volés au milieu de journées de travail. Quand il repartit, la liste des patrouilleurs à interroger ne comptait plus que des absents.

Alaric et Clémentine retournèrent dans la salle de réunion, où ils retrouvèrent Daniel, Victoria, Patrick et Joseph. En quelques phrases, ils leur racontèrent les témoignages un peu forcés des trois agents. Patrick fut le premier à réagir.

— J'ai l'endroit.

Sur sa tablette, il montra l'image d'un petit bâtiment de béton couvert de graffitis, au bord de l'autoroute. Toujours cette manie de chasser l'information avant les autres, comme pour prouver que la technologie répondait à toutes les questions.

— Comme ça, au moins, on sait comment c'était avant qu'ils le transforment en bar d'autoroute, dit Alaric.

Clémentine sourit en coin. À l'inverse de Patrick, elle avait compris l'ironie.

26

Maintenant, il me reste à te parler de ce qui s'est passé quand je suis rentrée à la maison.

En sortant de la boutique, j'ai senti vibrer mon téléphone dans la poche de mon jean. Je n'ai pu consulter la notification qu'après avoir installé Fabien dans son siège auto. Je l'ai fait sans y penser, juste pour m'assurer que je ne manquais pas le message d'une copine. Figurait sur l'écran un cercle coloré de Messenger que je ne connaissais pas, flanqué du chiffre 3. Intriguée, j'ai appuyé dessus. Le nom en haut de la fenêtre était celui d'un salon situé près de la gare, que je fréquente de temps en temps : Michelle coiffure. Mais les trois bulles ne parlaient pas de coupes ni de teintures. Leur contenu m'a tellement surprise que j'ai dû le lire plusieurs fois pour le comprendre :

des gens te surveillent ils se cachent dans des voitures garées dans ta rue

julien fréquentait le bistrot

ils l'ont tué

À mesure que leur sens devenait plus évident, j'ai senti une terreur glacée me submerger. Émotive comme elle est, la Michelle que je connais ne m'aurait jamais envoyé de telles horreurs. La personne qui me contactait connaissait ma situation. Elle *te* connaissait, mon Julien. Elle savait que tu n'étais pas mort dans l'accident. C'est la première fois que j'écris cela. Tu n'es pas mort dans l'accident, tu as été tué. *Ils* t'ont tué. Je n'avais pas encore osé l'imaginer. Pourtant, les indices ne manquent pas. Mais qui pouvait être au courant de cela ? Qui, à part un témoin ou un complice ? Ma main tremblait quand j'ai tapé :

Vous êtes qui ?

Mon cœur battait à mille à l'heure pendant que j'attendais la réponse. Elle est venue lentement, comme à contrecœur :

tu ne me connais pas ce n'est pas important

« Michelle coiffure » n'était déjà plus en ligne. Je n'avais pas l'intention de lui poser d'autres questions. J'avais déjà du mal à digérer les informations que j'avais reçues. Des gens me surveillent dans des voitures et tu as fréquenté le bistrot. Il me fallait du temps pour comprendre. J'aurais voulu croire que ces affirmations ne reposaient sur rien, mais elles me renvoyaient à des souvenirs bien réels.

Les voitures garées dans la rue du Stade, le soir de l'accident.

Erwan parlant de se voir dans un bistrot, alors que le confinement les avait tous obligés à fermer. Et toi qui lui imposais le silence d'un doigt sur la bouche.

« Julien fréquentait le bistrot ». Vision de toi, capuche du sweat-shirt sur la tête, attablé dans un café que je ne connaissais pas, souriant à une bimbo. J'ai fait tout mon possible pour la chasser, mais elle me collait à l'esprit. Les deux autres messages de « Michelle coiffure » n'avaient rien à voir avec une tromperie, ils parlaient de meurtre et de surveillance. Et pourquoi *le* bistrot, comme s'il n'en existait qu'un seul ? Est-ce qu'ils t'ont tué parce que tu fréquentais le bistrot ?

J'ai sursauté quand quelqu'un a frappé sur la glace de ma voiture. C'était monsieur Poulin. Il avait remarqué que je ne partais pas, et il s'est inquiété. Un croque-mort qui s'occupe aussi des vivants. J'ai baissé la glace et je l'ai rassuré. En même temps, Fabien s'est mis à pleurer. J'ai posé mon téléphone et j'ai démarré. Je n'allais pas trouver les réponses que je cherchais, stationnée devant une agence de pompes funèbres.

J'étais à dix minutes de la maison. Sur le chemin du retour, j'ai repensé au premier message, au sujet des gens qui me surveillent. Je sais ce que tu aurais fait à ma place : tu te serais arrêté au milieu de la rue pour empêcher ces gens de s'enfuir et tu aurais inspecté chaque voiture, ta batte de baseball à la main. J'aurais bien essayé d'endosser ton rôle, mais je n'ai pas le gabarit requis. J'ai donc choisi de laisser la Fiat rue des Linottes et de rentrer à pied en poussant Fabien.

Rue du Stade, seules trois voitures étaient garées, dont une appartenant à un voisin. J'ai accroché mon téléphone au collier que tu m'as offert à Noël et j'ai déclenché un enregistrement vidéo. Je n'étais pas très rassurée, mais j'ai marché sans m'arrêter. Au moment où je suis passée devant la dernière voiture, j'ai cru voir quelqu'un bouger à l'intérieur. Je n'ai pas osé le regarder, espérant que la vidéo m'en dirait plus. Je peux te dire que j'ai été plus que soulagée en arrivant à la porte. J'ai bloqué les roues de la poussette et j'ai cherché mes clés dans mon sac.

J'ai failli entrer sans m'intéresser à ce qui se passait autour de moi. Je ne sais pas pourquoi mon regard a été attiré par le petit hangar métallique au fond du jardin. J'ai immédiatement vu que quelque chose n'allait pas. La porte était ouverte. *Ta* porte. Je ne sais pas ce qui m'a le plus choquée : que quelqu'un ait osé entrer dans ton atelier, ou qu'il puisse s'y trouver encore. En tout cas, je me suis mise à trembler comme une feuille morte, et je me suis approchée aussi près du portail du jardin que j'en étais capable. Je suis restée là un bon moment, tendant l'oreille et tâchant de distinguer ce qui se passait à l'intérieur de la pièce.

J'ai d'abord entendu un bruit de tôle, puis un froissement de végétaux. Je me suis rappelé que le hangar comportait une fenêtre à l'arrière. L'intrus venait de s'échapper par là, dissimulé par les arbres qui séparent le lotissement de l'autoroute. À cet instant précis, la dernière voiture de la rue a démarré dans un énorme grondement.

J'ai fini par entrer dans ton atelier. Il fallait au moins que je m'assure que rien n'avait été volé. En fait, je n'en sais rien. Je ne connais pas tes outils. Apparemment, tout était à sa place. Rassure-toi : ta voiture était exactement dans le même état qu'à ma dernière visite. En la voyant, j'ai ressenti une grande tristesse. Elle n'attendait que quelques retouches de peinture, mais tu ne la termineras jamais. Tout ce temps et cette énergie que tu y as consacrés n'auront servi à rien. Une fois encore, j'ai eu envie d'en finir.

En ce moment, je me trouve dans notre chambre, mon portable sur les genoux. Fabien dort à côté de moi. J'ai déplacé son lit et j'ai barricadé la porte. Je sais que je ne dormirai pas. Je n'arrive pas à calmer mon imagination. J'imagine un tas de scénarios, où je meurs toujours assassinée par un cinglé. Tu vois, c'est peut-être à ça qu'on reconnaît quelqu'un de vivant : tant qu'il y a de la peur, il y a de l'espoir. Flipper, au moins, ça nous évite de penser. En ce moment, c'est exactement ce dont j'ai besoin.

Je regarde la vidéo pour la millième fois. Ça tremble beaucoup et l'image est floue. Parfois, j'entends les battements de mon cœur, parfois ma respiration. Première voiture, puis deuxième. Dans la troisième, une silhouette occupe la place du conducteur. J'ai tout essayé pour améliorer l'image, mais ça n'a rien donné. Il y avait bien un homme dans cette Peugeot noire. Il regardait dans ma direction, comme s'il ne craignait pas que je découvre son visage. Quelque chose me dit qu'il n'hésiterait pas à me tuer, si je devais le rencontrer dans une ruelle obscure.

27

Le GPS de la voiture venait d'annoncer l'objectif à 200 mètres. L'emplacement correspondait à la description du patrouilleur : un pont précédé d'un rideau d'arbres sur la gauche et d'une butte sur la droite. Alaric fut surpris de voir, au-dessus d'un poteau, une caméra qui devait couvrir toute la zone. Si le bistrot se trouvait bien là, il était difficile de croire qu'il était passé inaperçu.

Bien que la construction demeurait invisible, Clémentine se rabattit sur la bande d'arrêt d'urgence, et la Peugeot l'imita. Les murs de béton couverts de grafs n'apparurent qu'après le pont. La Golf se glissa entre des balises de travaux pour se garer en marche arrière. Ses trois occupants en sortirent d'un même élan, sans précautions excessives, pendant que Daniel manœuvrait la Peugeot pour la placer dans l'alignement de la Golf.

Rien n'indiquait que cet édifice austère ait pu abriter un bar clandestin. Alaric se demandait s'il comportait une entrée, jusqu'à ce qu'il repère une poignée de porte au milieu d'une lettre géante peinte à la bombe. Alors qu'il s'en approchait, il constata que le bâtiment tout entier se trouvait hors du champ de la caméra. Clémentine fit la même observation, car elle lui montra le tablier du pont, qui protégeait le lieu des regards indiscrets.

— C'est pas ici que j'irais prendre un verre, cria-t-elle.

Le passage incessant des véhicules rendait toute conversation difficile. Alaric se contenta de hocher la tête. Il baissa la poignée et la porte dissimulée s'ouvrit sans difficulté. Une légère odeur de cuisine s'échappa de l'intérieur. Dans la faible lumière diffusée par une fenêtre grillagée, il distingua quelques objets : un grand réfrigérateur, un bar composé de palettes, trois vieilles tables et des chaises de jardin en plastique. La pièce était plus vaste que les dimensions extérieures le laissaient supposer : à vue d'œil, une quarantaine de mètres carrés. Une petite ouverture dans le plafond assurait une partie de l'aération.

Alaric recula pour permettre à Clémentine et aux autres de découvrir l'endroit. Il arrêta Victoria, qui s'apprêtait à entrer.

— Je préfère qu'on reste dehors et qu'on touche à rien.

Après Victoria, Joseph et Patrick se succédèrent à la porte, le premier photographiant la salle sous tous les angles et le second choisissant de la filmer. Daniel attendit qu'ils se soient éloignés pour y jeter un coup d'œil, les bras le long du corps pour être sûr de ne rien toucher. Lui au moins ne risquait pas de polluer la scène.

À gauche de la façade principale, le long de la butte, des ailantes avaient été coupés au ras du sol, ouvrant un sentier d'un mètre de large environ. Alaric et Clémentine l'empruntèrent pour contourner le bâtiment, accédant ainsi à une petite terrasse protégée de l'autoroute par une bâche de camouflage verte. Deux canapés et une table basse composés de palettes, d'un confort très sommaire, complétaient l'ameublement de l'intérieur. Alaric suivit Clémentine, qui gravissait la butte sur un sentier entre les arbustes. Ils arrivèrent à une petite clairière aménagée à coups de machette à proximité du pont, occupée par d'autres meubles en palettes, agrémentés de quelques coussins.

— C'est pour ce boui-boui qu'ils ont tous risqué leur boulot ? cria Clémentine.

— Non, je crois que le bistrot était seulement l'endroit où ils se retrouvaient. Je ne sais pas pourquoi ils ont créé tout ça, mais ils devaient forcément avoir des motivations personnelles.

— En tout cas, c'est abandonné depuis plusieurs jours. Si Julien Delicourt venait bien de là le jour de l'accident, ça m'étonnerait qu'il y ait des témoins.

— On est partis pour des réquisitions aux opérateurs, des traces de pneus et ce genre de petits éléments. On va aussi vérifier les liens de parenté du personnel de bureau avec les patrouilleurs. Je pense qu'il y a quelqu'un qui bidouille les données. Et on va envoyer une équipe de techniciens pour nous ratisser ce bistrot.

— Tu es déçu ?

Il avait envie de lui répondre par la négative. En une journée à peine, le groupe avait réussi à tirer les vers du nez des patrouilleurs et à trouver leur lieu secret. Mais Alaric devait avouer que la montagne des secrets avait accouché d'une souris.

— Oui. On a pourtant bien bossé avec les audiences. On dirait qu'on était sur une fausse piste.

— Il reste les absents.

Alaric se repassa à toute vitesse les heures d'entretien qui s'étaient écoulées depuis le matin. Quelqu'un, parmi ces gens, détenait peut-être une information qui ferait avancer l'enquête, mais il serait difficile d'organiser un nouveau cycle d'auditions tel que celui-là. On pouvait toujours espérer en effet que les absents se révèlent plus intéressants que les autres, mais rien ne permettait de le penser.

— On les trouvera demain. Je crois qu'on est ici pour quelques jours. On travaille sur l'hypothèse que la mort de Delicourt est liée à ce bistrot. Peut-être qu'on se trompe, mais on n'a rien d'autre pour l'instant.

Victoria et les trois hommes venaient d'arriver en haut de la butte. Daniel marchait à bonne distance de Joseph et Patrick, qui n'avaient pas cessé de photographier ou de filmer tout ce qu'ils voyaient, y compris un socle d'acier qui, d'après les souvenirs d'Alaric, avait accueilli une horrible statue d'art autoroutier. Il était plus de 17 h. Sur l'autoroute, le trafic augmentait peu à peu. Il était temps que tout le monde reprenne la direction de Versailles.

— Patrick et Joseph, vous m'emballez tout ça dans la rubalise. Clémentine, tu veux bien appeler l'Identité judiciaire ? Ce serait bien qu'ils puissent ratisser tout ça avant la nuit.

— Je m'en occupe.

Alaric sortit son téléphone de sa poche. Il avait senti le vibreur pendant qu'il montait sur la butte. C'était un texto de Cynthia, cinq mots seulement : « On se voit chez toi ? ». Il répondit : « 18 h ». Après avoir appuyé sur la flèche d'envoi, il regretta son laconisme. Elle n'avait rien fait pour mériter cela. Il compléta d'un « Bises » qui lui était inhabituel. Au moins, elle comprendrait qu'il essayait de rectifier le tir.

28

Alaric dut s'y reprendre à trois fois pour garer sa voiture sous le préau attenant à son immeuble. Pendant tout le trajet, il n'avait cessé de penser à Julien Delicourt, dont le meurtre aurait pu ne jamais être découvert. Il y avait dans l'histoire de cet homme une tristesse particulière, une amertume qui ne s'en allait pas. Une jeune mère dans une maison vide, un ancien détenu devenu patrouilleur d'autoroute, une rencontre sur le site d'un bar clandestin, un assassinat maquillé en accident, un carambolage à quelques kilomètres du logement familial, tout concourait à composer le tableau d'un drame obscur et silencieux, de ceux qui n'intéressaient personne.

Qu'est-ce qui s'était passé au bistrot ? Une dispute entre collègues ? La vengeance d'un mari trompé ? Une exécution en rapport avec un petit trafic ? Aucun des éléments dont disposait le groupe ne permettait de croire que les dimensions de l'affaire excédaient celles d'un conflit personnel. Seules les conséquences du carambolage lui donnaient le retentissement d'un massacre. Paradoxalement, le meurtrier n'avait provoqué la mort d'une dizaine de personnes supplémentaires qu'afin de dissimuler son crime à l'intérieur d'un événement bien plus dramatique.

Alaric n'avait pas revu Cynthia depuis mardi. Il avait gardé un souvenir agréable de cette soirée à Saint-Germain. Tout avait été parfait : les conversations, le repas et l'étreinte. Pourquoi, dans ce cas, ressentait-il cette boule dans la gorge, tandis qu'il montait les marches de son escalier ? La réponse n'était pas difficile à trouver : le régulateur de vitesse prélevé sur l'épave n'était pas défectueux, ce qui voulait dire qu'il ne pourrait tenir la promesse qu'il avait faite à son amie. Elle avait promis de l'attendre chez lui, mais il n'arrivait pas à s'en réjouir. Ce qu'il avait à lui annoncer lui coûtait presque plus qu'une visite à la famille d'une victime.

La porte était verrouillée ; il tourna la clé le plus discrètement possible. Quand il ouvrit, il suffoqua quelques instants dans l'air trop chaud, signe sûr de la présence de sa frileuse. Aucune odeur de cuisine, mais le relent d'un parfum qu'il connaissait bien. Aucun doute n'était possible : le moment redouté allait avoir lieu, avec des conséquences impossibles à prévoir. Il décida de se débarrasser de la corvée le plus rapidement possible. De toute façon, elle s'apercevrait vite que quelque chose n'allait pas.

Dans la pénombre de l'appartement, il aperçut une seule lumière, celle de l'éclairage du salon, constitué de trois phares de voiture montés sur une planche de bois noircie par les intempéries. Cynthia s'était installée sur le canapé Chesterfield, assise en tailleur, une couverture en laine noire sur les jambes. Le noir dominait aussi parmi ses vêtements, ponctué d'un foulard rouge sang. Devant elle, sur la table basse, elle avait disposé quelques chemises de carton bleues, contenant sans doute des dossiers sur lesquels elle travaillait.

Il ne put empêcher la porte de claquer en se refermant. Cynthia se retourna brièvement pour lui sourire et se replongea dans ses documents. Il accrocha son blouson à la grosse patère d'école rouillée qui lui servait de portemanteau et la rejoignit pour la saluer d'un baiser fugitif. Elle lui parla sans quitter son dossier des yeux.

— Tes cadavres se portent bien ?

Avec le temps, cette entrée en matière était devenue une sorte de jeu macabre, un défi à la mort qui autorisait le policier à se délester des cauchemars de sa journée de travail.

— Rien de nouveau côté hémoglobine, mais on a trouvé un bistrot clandestin à côté de l'autoroute A6.

Elle déposa ses feuilles et le regarda franchement. Il s'engloutit dans ses beaux yeux d'un bleu délavé.

— Un *bistrot clandestin* ? Ça existe, ça ?

— T'affole pas, c'est juste une buvette dans un cube en béton. Trois chaises de jardin en plastique, un bar de récup, des guirlandes d'ampoules et des affiches déchirées.

— Je connais certains collègues parisiens qui rêveraient de fréquenter un endroit comme celui-là.

Il s'assit à côté d'elle, l'obligeant à enlever précipitamment un paquet de fiches.

— Tu peux le leur proposer. Les patrouilleurs qui ont fondé l'établissement ont décidé de se faire la malle après le carambolage. Laisse le temps à l'Identité judiciaire de soulever les cailloux, et tu pourras organiser toutes les soirées branchées que tu veux.

— Personnellement, je n'y mettrais pas les pieds. J'aurais trop peur des rats.

— J'ai vu aucun rat, mais il y a peut-être un fantôme tout frais.

— Raison de plus.

Alaric n'avait pas le cœur à continuer de parler de son enquête. Il tenta une diversion :

— Tu veux un verre ? Moi, ça me dirait.

— Un verre un jeudi ? C'est quoi le souci ?

Malgré la boule dans la gorge, il ne put s'empêcher de rire. Ils ne se connaissaient que depuis un an, mais elle avait atteint une efficacité redoutable dans l'interprétation de ses comportements.

— Tu as raison, j'ai une mauvaise nouvelle.

— Le régulateur de vitesse ?

— Il fonctionnait correctement. Le labo n'a rien trouvé d'anormal.

Elle baissa la tête et ferma les yeux. Il l'avait déjà vue réagir aux difficultés en se réfugiant dans le mutisme, et il n'avait pas envie que cela se reproduise. Elle laissa échapper un « putain » à peine audible, juron qui enfreignait nettement son code de conduite verbal.

— Je suis désolé, dit Alaric.

Il le pensait sincèrement. Il connaissait quelques-uns des abîmes où elle se perdait quand elle affrontait des difficultés en rapport avec son accident. Il n'avait pas réussi à l'aider et elle allait souffrir à cause de lui.

— Putain !

Elle avait parlé plus fort, serrant les dents et les poings comme pour frapper un ennemi invisible.

— On trouvera autre chose. Je croyais vraiment que...

Il ne put achever sa phrase. Il avait l'habitude de se battre, et connaissait quelques autres moyens de résoudre le problème, mais cela ne changerait rien à ce qu'elle vivait. Son accident l'avait dépossédée de sa mémoire et de sa personnalité antérieures, et cette histoire d'assurance ne faisait que le lui rappeler. Alaric pouvait l'aider dans sa vie présente, mais contre le passé, il était totalement démuni.

Cynthia replia les jambes et couvrit tout son corps avec la couverture. La crise était sévère, et il ne pouvait y assister sans intervenir. Il essaya maladroitement de la prendre dans ses bras, mais elle le repoussa vivement.

— Laisse-moi.

Ce n'était pas la première fois qu'elle coupait ainsi le lien qui les unissait. Au début de leur relation, elle disparaissait parfois dans sa chambre au milieu d'une soirée, pour un plat raté ou un objet brisé. Alaric avait appris à ne pas la brusquer. L'équilibre perdu finissait toujours par se rétablir. Mais ce soir-là, il se sentait responsable, et l'indifférence lui était difficile.

— Tu veux pas en parler ?

— De quoi ?

— De la suite. De ce qu'on va faire pour niquer ce salopard.

Elle se tourna vers lui.

— Le régulateur de vitesse marchait normalement, c'est toi qui l'as dit. Il n'y a plus rien à faire, c'est fichu. J'ai oublié ce qui est arrivé, alors comment tu veux que je me batte contre quelqu'un qui se souvient de tout ?

Alaric prit une inspiration profonde avant de répondre. Il n'avait pas envie de lui donner de faux espoirs.

— Il faut qu'on fasse une reconstitution de l'accident.

— Quoi ?

— Le substitut du procureur a accepté l'ouverture d'une enquête préliminaire. Je fais venir tout le monde et on joue les répétitions.

— Sur l'autoroute ?

— On choisit les heures creuses et on demande à la SAPN[15] de nous bloquer une ou deux voies.

— Mais l'autre conducteur est hémiplégique.

— Je conduirai à sa place.

Cynthia croisa les bras et se mordit la lèvre inférieure. Elle n'avait guère le choix. Alaric craignait seulement que l'expérience reconstitue aussi le traumatisme de l'accident.

— Je déteste cette idée.

— En tant qu'enquêteur, j'ai le droit de te convoquer sans te demander ton avis.

— Tu es une vraie pourriture, tu le sais ?

— Oui.

Il en profita pour glisser son bras derrière elle. Le désir ne se fit pas attendre.

— Il faut croire que j'aime les pourritures.

---

15. Société des autoroutes Paris Normandie.

— Faut croire.

Il la fit taire d'un baiser. Fin de la crise et début de la soirée.

29

Vendredi 15 mai

C'est Fabien qui m'a réveillée, et j'ai pensé : « Encore une journée. » Depuis que tu es parti, le temps ne passe plus, la machine est cassée. Avec toi, je roulais d'une heure à l'autre sans y penser, comme au volant d'une voiture de course. Aujourd'hui, j'ai l'impression de marcher le long d'une route interminable, où l'horizon recule sans arrêt. Je connais bien ces états où mon esprit n'obéit plus. Quand on a vécu la dépression, on sait qu'on n'en sort jamais tout à fait, que le diable nous tient à l'œil depuis l'obscurité. On se sent glisser peu à peu, sans pouvoir résister. Quelqu'un qui se noie ne peut pas se tirer lui-même de l'eau.

Et j'ai combattu la bête, j'ai mis toute mon énergie dans la bataille. Changer Fabien, lui donner le biberon, me laver, quitter mon pyjama, préparer le petit déjeuner et me forcer à le manger. Tout me coûtait, mais j'y suis arrivée. Je peux arrêter, maintenant ? Quoi, il faudra recommencer demain ? Crois-moi : il faut une sacrée foi pour se dire qu'un jour ça ira mieux. Vu d'ici, j'ai plutôt l'impression que le pire est devant moi.

Monsieur Poulin m'a dit que je devais trouver des photos de toi, des musiques que tu aimais, tout ce qui pouvait rappeler celui que tu avais été. À part quelques petits instantanés, toutes nos photos sont sur le disque dur. Je me suis calée dans le canapé et j'ai passé en revue ces images, depuis notre rencontre jusqu'à ma maternité. Tu n'as jamais aimé être enfermé dans un cliché. Soit tu fais le clown, soit tu sembles pressé de sortir du cadre, comme un animal traqué. J'ai ri et j'ai pleuré, en retrouvant ces souvenirs que nous avons rarement parcourus ensemble. Fabien, qui se trouvait à côté de moi, t'a montré du doigt sur quelques gros plans. Est-ce qu'il te reconnaissait ? Est-ce qu'il conservera quelques souvenirs de toi ? Ces questions m'ont laissé un arrière-goût amer.

Il y avait un dossier consacré à des photos envoyées par les copains et les collègues. Je n'avais jamais réussi à m'intéresser à ces portraits de patrouilleurs en vêtements fluo, à ces paysages d'autoroute, à ces selfies sportifs. Pour la première fois, j'y ai mis toute mon attention. Je savais qu'il n'y en aurait plus jamais d'autres. Pendant dix bonnes minutes, j'ai dévoré chacune de ces traces de toi, le cœur en tessons. Rien de tout cela, pourtant, ne convenait pour l'usage prévu.

Je me suis arrêtée sur une scène où tu étais entouré de Mehdi et d'un inconnu. Assis sur des fauteuils en palettes, vous leviez vos gobelets de bière avec des sourires de conspirateurs. À l'arrière-plan s'étalait un bâtiment de béton aux murs tagués, dans un cadre d'arbustes grossièrement taillés. J'ai d'abord pensé que cela se passait dans le jardin de cette personne que je ne connaissais pas. Mais en agrandissant l'image, j'ai aperçu le visage de la femme d'Alain, encadré par la fenêtre ouverte du bâtiment. D'après les propriétés de la photo, elle avait été prise le 24 avril.

Je me suis rappelé le message de « Michelle coiffure » : « julien fréquentait le bistrot ». Ce que j'avais sous les yeux faisait plus penser à un petit bar improvisé qu'à une fête de jardin. Ça vous ressemblait tellement, cette idée de contourner les règles pour ouvrir un troquet privé. Si souvent, je t'ai entendu râler contre les restrictions qui t'empêchaient de prendre un verre avec tes potes. Tout, dans cette photo, montrait que vous étiez passés à l'acte.

J'ai pris mon téléphone et j'ai appelé Mehdi. Il ne m'a répondu qu'après huit sonneries. J'entendais l'autoroute en bruit de fond.

— Marion ?

— Je veux que tu m'emmènes au bistrot.

— Où ça ?

— Fais pas l'innocent, Midou, je suis au jus.

— Il est fermé, le bistrot, et pour toujours.

— Où c'est ?

— L'échangeur de la Francilienne, côté Province-Paris. Mais n'y va pas, les flics sont sur l'affaire.

— Je n'ai pas peur d'eux. J'y vais tout de suite.

Je l'ai entendu soupirer. C'était une bonne occasion de vérifier si tu avais vraiment des amis.

— Bon, ça va, je te rejoins là-bas dans une demi-heure. Je te rappelle si on m'envoie quelque part.

— Merci Midou, t'es adorable.

Tu vois, finalement, tu pouvais compter sur lui. Mais je n'ai pas pu m'empêcher de me demander pourquoi tu ne m'avais jamais parlé de cet endroit et pourquoi tu y traînais. Si la femme d'André était au courant, pourquoi pas moi ? Je te faisais confiance, Julien, bien plus que je ne me faisais confiance à moi-même. Tu étais mon pilier. Je crois que c'est pour ça que j'écris ce journal : je veux comprendre jusqu'où tu m'as menti, et pour quelle raison. Ne crois surtout pas que cela n'a aucune importance : selon la réponse, je rangerai nos souvenirs dans la case « Amours » ou dans la case « Trahisons ». Tout ce qui me reste, c'est l'idée que j'ai vécu quelques bonnes années avec toi. À moins que ce soit encore une illusion.

J'ai embarqué Fabien dans la voiture. Je ne suis partie qu'après m'être assurée que personne ne me suivait. L'échangeur dont Midou avait parlé ne se trouvait qu'à cinq minutes d'ici. J'aurais pu m'y rendre en une demi-heure de marche. Madame était confinée à la maison pendant que monsieur trinquait avec ses copains quelques kilomètres plus loin. Tu pensais que je ne l'apprendrais jamais ? Qu'est-ce que tu comptais me dire pour te justifier ? J'aurais voulu voir ta tête quand tu m'aurais répondu.

Je me suis garée sur le bord de l'autoroute, juste derrière le fourgon de Mehdi, et j'ai chargé Fabien dans le porte-bébé kangourou. Je connaissais bien ce local technique à l'aplomb du pont de l'échangeur, que la police avait entouré de rubans rouge et bleu. J'avais toujours cru qu'il contenait du matériel électronique, des balises ou du sel de déneigement. Mais ce que j'apercevais à travers la porte ouverte ressemblait sans aucun doute à un bar. Mehdi se trouvait à l'intérieur, assis sur une chaise en plastique, tapant nerveusement du pied. Il s'est levé en me voyant.

— Salut Marion. Je te préviens, je reste pas longtemps.

— Moi non plus. Fais-moi juste visiter.

Enjambant les rubans de plastique, je suis entrée dans le bâtiment. Ce n'était pas le grand luxe : des tables et des chaises sans doute récupérées dans une déchetterie, un frigo cabossé, deux vieilles pubs d'apéritifs aux murs pour faire joli. Le sol était couvert de terre et ça sentait le graillon. Mehdi a tendu le bras pour me présenter le lieu, ensuite il est sorti. Je l'ai suivi tout de suite. J'avais des questions à lui poser. Il s'est arrêté derrière le bistrot, et j'ai tout de suite reconnu le décor de la photo. La fenêtre où apparaissait la femme d'André donnait accès au bar. Elle était protégée d'une grille, mais j'ai deviné qu'elle servait de passe-plat.

— Il y a encore une terrasse là-haut, a dit Mehdi. Tu veux la voir ?

— Ça existe depuis quand ?

— Un mois. Avant, on était ailleurs.

Un mois au moins de cachotteries. Je te demandais comment ta journée s'était passée, et tu me racontais les incidents de l'autoroute, les rencontres, les galères. Tout, sauf le bistrot.

— Et Julien, il…

Je ne savais pas comment formuler ma question.

— Il faisait rien de mal. On faisait rien de mal.

Je sais depuis longtemps qu'un mensonge ne va jamais seul. On commence par cacher des choses insignifiantes, et on finit par s'inventer une vie de carton.

— Pourquoi il ne m'a rien dit ? J'aurais pu comprendre.

Mehdi n'osait plus me regarder. Lui aussi devait se demander s'il devait me dire la vérité ou me mentir.

— C'était un truc entre nous, notre secret. Tu imagines, si on l'avait raconté à tout le monde ?

— Et la femme d'André, pourquoi elle était là ? Pourquoi la femme d'André et pas moi ?

Il avait le front moite. Il passait un sale moment. J'ai insisté :

— Je bosse dans une cafétéria, Midou. C'est mon job de servir les clients. C'est moi qui aurais dû être ici, pas elle.

— Avec ton petit ?

C'était donc ça ? Tu voulais que je reste à la maison avec Fabien, pendant que tu t'amusais entre potes ?

— Il aurait dû m'en parler. Ou alors toi, quand tu venais chez nous.

— La plupart des nanas, elles savaient rien. Même la mienne je lui avais pas dit.

Je refusais d'entendre cela. Trop facile. Plus il parlait, plus j'étais en colère. J'ai crié sans le vouloir :

— Tu sais comment ça s'appelle, ça ? C'est de la trahison ! Si tu respectes ta femme, tu ne lui caches pas ce genre de choses.

— C'est rien qu'un bistrot, Marion. Julien, il te disait chaque fois qu'il allait prendre un verre quelque part ? Chaque fois qu'il discutait avec quelqu'un ? Et toi, tu lui disais tout ce que tu faisais dans la journée ?

Son argument m'a obligée à réfléchir. Pourquoi la fréquentation de cet endroit était-elle pire que celle d'un vrai bar ? J'ai trouvé la réponse.

— Ce n'est pas juste un bistrot, Midou, c'est un endroit illégal. Tu l'as dit toi-même : vous l'avez caché aux femmes. C'est toujours comme ça que ça commence. On se dit que ce n'est pas grave, puis on va de plus en plus loin…

Je me suis arrêtée. Je voyais ton visage ensanglanté devant moi. J'ai eu beaucoup de mal à retenir mes larmes. Fabien a dû le sentir, car il s'est réveillé et s'est mis à pleurer lui-même.

— Je suis désolé, Marion. Julien, c'était un ami. J'aurais jamais pensé que ça finirait comme ça.

Il était sincère, de cela au moins je suis sûre. J'avais presque envie de le réconforter. C'est alors que j'ai compris.

— Qu'est-ce qui a fini comme ça ?

Il a cillé trois fois.

— Ben, je veux dire, l'accident, tout ça.

— L'accident a quelque chose à voir avec le bistrot ? Réponds-moi, Midou.

J'ai mis dans ces mots une insistance particulière, entre la prière et la menace.

— J'en sais rien, moi, j'étais pas là.

— Ne me baratine pas, Midou.

— Je te baratine pas.

Il se fermait de plus en plus. Il ne voulait pas me dire ce qu'il savait.

— Je le saurai de toute façon, Midou. Tu veux que je l'apprenne des flics ?

— Je dois y aller.

Il s'éloignait à reculons, agitant les mains. Je me suis demandé si son refus de parler n'était pas une façon, justement, de t'être fidèle. Le complot des copains contre les femmes, en quelque sorte.

Et toi, qu'est-ce que tu aurais préféré : qu'il me dise tout, ou qu'il se taise ? Comme tu ne m'as laissé aucune explication, je penche pour la seconde hypothèse.

30

L'autoroute A6 se montra moins encombrée qu'Alaric l'avait craint, sûrement grâce aux restrictions de déplacements toujours en vigueur depuis la fin du confinement. Les deux voitures arrivèrent au district du Gâtinais aux environs de 10 h. Comme la veille, seuls six membres du groupe étaient présents, Osmane demeurant à Versailles pour consulter les fichiers et recevoir les résultats d'analyses.

Les quatre hommes et les deux femmes s'engouffrèrent dans le bâtiment comme s'ils travaillaient là. L'accueil qui leur avait été fait les autorisait à se sentir à l'aise dans cet environnement bien plus reluisant que les bureaux vétustes du SRPJ de Versailles. Mathieu Lagroue les attendait dans le couloir, souriant des yeux au-dessus de son masque. Alaric se couvrit le museau du rectangle de tissu qui ne quittait jamais sa poche. Clémentine et Patrick, qui avaient voyagé sans masque, l'imitèrent sous le regard désapprobateur de Daniel.

— Vous avez fait bonne route ? dit Lagroue.

Il avait envie de parler. Alaric savait de quoi.

— Pas de bouchons, pas d'accident.

Le chef de district hocha la tête avec enthousiasme, comme s'il venait d'entendre la meilleure nouvelle de l'année.

— Je voudrais vous féliciter pour votre découverte. On m'en a informé dans la soirée, et j'y suis allé immédiatement. Juste pour voir, je veux dire, je ne suis pas entré sur le site. D'ailleurs, la police scientifique m'en aurait empêché.

Alaric vit tout de suite où le conduirait cette conversation.

— Ouais, merci. Il y a quelqu'un dans la salle de réunion ?

— Non, bien sûr. Elle vous est réservée.

— Bien.

Il lui tourna le dos en se dirigeant vers la pièce. Il devait pourtant admettre qu'il considérait la satisfaction de cet homme et de sa hiérarchie comme un atout pour la suite. Dans une enquête en milieu professionnel, il était toujours utile de disposer d'une monnaie d'échange. En trouvant le bistrot, il avait prouvé qu'il pouvait répondre aux questions que la direction de l'entreprise se posait sur son propre personnel.

Reprenant les places qu'ils s'étaient choisies la veille, les policiers s'installèrent dans la salle de réunion. Clémentine, qui n'avait cessé de bâiller tout au long du trajet, mit en marche la machine à café. Daniel et Victoria désinfectèrent consciencieusement leur environnement, et Patrick se contenta d'étaler son matériel autour de lui. Joseph attendit que Clémentine soit servie avant de se verser un grand gobelet de liquide sombre sans sucre. Autant pour clarifier ses idées que pour distribuer le travail, Alaric décida de ne pas différer le briefing.

— Il faudrait pas qu'on prenne trop nos aises, dit-il. Je regrette de vous dire qu'on rentrera un jour à Versailles.

Il y eut quelques protestations pour la forme, mais Alaric avait la conviction que leurs bureaux leur manquaient déjà.

— Normalement, on devrait être plutôt contents de ce qu'on a trouvé hier, continua-t-il. Ce troquet artisanal au milieu d'un échangeur, c'était plutôt intéressant. L'ennui, c'est qu'on connaît aucun lien entre cet endroit et la mort de notre victime.

— Ce serait quand même un beau hasard si les deux n'étaient pas liés d'une façon ou d'une autre, dit Clémentine.

Elle s'était trouvé un siège confortable près de lui, et dégustait un café au lait plein de sucre.

— Pour l'instant, les auditions ont rien donné sur ce point, et ça m'étonnerait que les gars qu'on a vus reviennent nous voir pour nous raconter ce qu'on ignore encore. Il reste les absents, c'est-à-dire deux patrouilleurs et un polyvalent. C'est notre priorité de la matinée. On est six, ils sont trois, vous savez ce qui nous reste à faire. Daniel avec Joseph, Victoria et Patrick, Clémentine et moi. On vous donnera les adresses.

Cette suggestion fut accueillie avec un enthousiasme très moyen. L'idée de reprendre la route après une heure de voyage ne plaisait pas à tout le monde. Alaric regarda sa montre. Il était temps. Sur son téléphone, il choisit un correspondant dans sa liste de contacts, qui décrocha au bout de deux sonneries. Alaric mit le haut-parleur pour que tout le monde en profite.

— C'est toi, chef ? Vous êtes toujours dans la pampa ?

Osmane avait la voix enrouée. Alaric craignit qu'il se soit remis à boire.

— On part en excursion dans quelques minutes. Tu as quelque chose pour nous ?

— J'ai reçu des fadettes, le listing du relais à côté du carambolage et des rapports d'analyses. Du côté des appels passés par Delicourt, on a quasiment rien de la journée. Par contre, une info intéressante : son téléphone a borné sur le relais cinq minutes avant l'accident, comme s'il s'était arrêté quelque part. Les analyses sont celles des trois objets trouvés dans l'habitacle du fourgon. Le machin noir est un morceau de pare-chocs de camion. Sur le cube Bluetooth, ils ont trouvé des traces de sang de Delicourt. Mais écoute le meilleur : aucune empreinte nulle part.

— Le balai a des parties lisses, dit Clémentine. S'il a été soigneusement nettoyé aussi, ça veut dire que l'hypothèse de Panossian est peut-être la bonne.

— Possible, mais on est encore loin d'une preuve solide, dit Alaric.

— La technicienne qui a examiné le fourgon en premier n'a pas trouvé de traces papillaires sur le volant, dit Osmane. Donc, le tueur l'a lessivé aussi. Et pour l'ADN, à part celui de Delicourt, ceux qu'on a prélevés dans l'habitacle correspondent à rien de connu.

— J'ai l'impression que le fourgon nous apprendra rien de plus. Tu peux te concentrer sur le listing du relais ? En comparant avec l'identité des victimes de l'accident et en éliminant celle des riverains, on finira peut-être par tomber sur des noms intéressants.

— Ça fera ma journée. Et tu oublies qu'on a aussi quelques centaines de personnes qui roulaient dans l'autre sens.

— C'est pas fini : tu devras faire pareil avec les téléphones qui ont borné près du bistrot de l'A6.

— C'est-à-dire au moins tous les clients du Métro et tous les usagers de l'autoroute.

Présentée ainsi, la recherche paraissait sans espoir. Il fallait encore demander à Lagroue de communiquer tous les numéros de téléphone privés et professionnels des patrouilleurs de Nemours, même si leur présence sur le listing du relais ne pouvait constituer une preuve de leur passage au bistrot.

— Ça fait du monde, oui. Vois ce que tu peux faire.

— Quand j'étais gamin, j'adorais les puzzles. Je suis allé jusqu'à 3000 pièces.

— T'as de la chance, alors, tu vas passer un bon moment.

— Je suis pressé d'y être. Au fait, j'ai oublié un truc : j'ai reçu un coup de fil du quai de l'Horloge sur le deuxième régulateur de vitesse. Celui-là, ils ont été obligés de le faire analyser en externe, pour être sûrs. Contrairement à l'autre, il déconne complètement.

— Précise.

— Ils l'ont testé sur un vrai moteur. Le truc faisait n'importe quoi : il se mettait à accélérer sans raison, il se bloquait et il refusait de passer en manuel. Et apparemment, on n'est pas sur un cas unique.

Alaric se rappela sa visite à Antara Technologies et les dossiers qu'il avait lus. Il se dit amèrement que ce travail, destiné à aider Cynthia, finirait par n'être utile qu'à l'affaire Delicourt.

— C'est Cazenave qui sera content.

— C'est déjà ça. Bon, je vous laisse, j'ai des listings à éplucher.

Au moment où Osmane raccrochait, quelqu'un frappa à la porte. Le visage du chef de district apparut derrière le panneau vitré de la porte. Clémentine lui ouvrit. Lagroue resta sur le seuil.

— Je voulais juste vous signaler que nous avons reçu une proposition de notre partenaire Perfect Match, qui gère nos écrans publicitaires. Pour fournir aux clients des annonces personnalisées, ils utilisent une technique de triangulation, qui permet de les localiser au mètre près. Ils ont offert de mettre cette technique à votre disposition si vous le souhaitez.

Alaric connaissait le nom de cette entreprise, mais il ne se rappelait plus où il l'avait rencontré. Sur la gauche, il vit Patrick de redresser sur son siège, signe d'un vif intérêt.

— Comment ces gens peuvent être au courant de notre enquête ? Vous leur en avez parlé ?

— On leur a rien dit, ils ont deviné par eux-mêmes. Ils étaient déjà informés de la mort de Julien Delicourt, et tout le monde sur l'autoroute sait que vous enquêtez dessus. C'est un petit monde, vous savez.

— Dites-leur merci, mais ce genre de technologies ne nous intéresse pas. Ça sort totalement du cadre de notre procédure.

Patrick était sur le point d'intervenir, mais il eut l'intelligence d'y renoncer.

— C'est dommage. Si vous changez d'avis, ils se feront un plaisir de vous aider.

— On s'en souviendra, merci.

Lagroue ressortit, claquant la porte derrière lui. Patrick n'attendit pas une seconde avant de donner son avis.

— C'est de ce genre de systèmes qu'on devrait être équipés, dit-il. Ça nous ferait gagner un temps fou.

Alaric n'eut pas besoin de lui répondre, Clémentine s'en chargea à sa place.

— Tu devrais soumettre ton idée au parquet, je suis sûre que ça leur plaira. Collaborer avec une boîte privée pour localiser les gens, puis plus tard nous remplacer par des algorithmes.

Patrick ouvrit la bouche, mais ne trouva aucun argument. Il avait l'habitude que ses grandes idées pour améliorer le fonctionnement de la police rencontrent l'indifférence ou la moquerie.

— Je serais curieuse d'apprendre comment ils ont su qu'on aurait besoin de leur technique, dit Victoria. Même s'ils savaient que Delicourt a été tué et qu'une enquête est en cours, ils n'avaient aucune raison de penser qu'on chercherait des personnes précises à partir de leur numéro de portable.

— Ils connaissaient peut-être le bistrot, dit Alaric. Ou alors ils surveillaient déjà tous les patrouilleurs.

— Et si on acceptait leur proposition pour voir où ça nous mène ? dit Clémentine. Ça nous permettrait de savoir comment ils ont obtenu leurs informations.

— On garde ça en tête pour plus tard, dit Alaric. Pour l'instant, on a d'autres priorités.

Sans attendre, il transmit à Daniel et à Victoria les coordonnées de deux absents, ainsi que leurs convocations respectives. Parmi eux, le fameux Jojo – attribué à Daniel et Joseph – leur apprendrait au moins comment le bistrot était né. Les deux autres noms n'avaient pas été cités lors des auditions. L'un avait été mis en arrêt maladie la semaine précédente, tandis que l'autre, absent depuis la veille, n'avait fourni à ce jour aucun justificatif. Tout le monde se leva et quitta la salle. Les chances d'obtenir de ces trois hommes des informations importantes étaient faibles, mais il fallait aller jusqu'au bout.

Le groupe ne disposait que de deux voitures. Lagroue proposa qu'un employé du site véhicule l'une des trois équipes. Cette fois, Alaric accepta.

31

Fabien s'est rendormi dans la voiture. J'ai fait demi-tour en sortant à Évry-Courcouronnes et j'ai vu le fourgon de Mehdi qui s'éloignait côté Paris-Province. J'ai pensé à Nicolas et Erwan, qui avaient appris ce qui t'était arrivé avant moi. Ces deux-là connaissaient probablement le bistrot. Quand ils venaient chez nous, vous étiez trois à partager le secret. Et dire que je ne me suis jamais doutée de rien. Ils t'ont sans doute vu traîner dans des combines douteuses, et ils n'ont pas pensé à me le dire. S'ils l'avaient fait, j'aurais peut-être réussi à te raisonner.

J'ai ralenti en arrivant dans mon quartier. Si quelqu'un m'attendait, je ne voulais pas passer à côté. Je n'avais pas encore quitté la rue du Chemin Vert quand un piéton s'est jeté devant ma voiture, m'obligeant à enfoncer la pédale de frein jusqu'au plancher. Fabien s'est mis à hurler. Mon cœur a failli exploser. C'était un homme de haute taille, habillé de vêtements sombres. Il a tendu ses bras vers moi, les yeux écarquillés. J'ai reconnu ton collègue Loran, que j'avais vu hier sur quelques-unes de tes photos. Qu'est-ce qu'il faisait là ? J'ai baissé la glace pour lui crier dessus, mais il a secoué la tête. Il avait l'air d'un animal effrayé. Il avait plusieurs blessures au visage et il n'était pas rasé.

— Je dois te parler, a-t-il dit.

Sa voix tremblait. Tout son corps tremblait. Mon instinct me criait de refuser, mais la curiosité a été la plus forte.

— Qu'est-ce que tu fous là ?

— J'ai des choses à te dire à propos de Julien.

— Quoi ?

— Il faut que je monte.

J'ai hésité. C'était peut-être lui qui avait visité ton hangar. Il avait l'air d'un fou. J'avais peur pour Fabien, qui pleurait à l'arrière dans son siège auto sans que je puisse le consoler. Mais je ne pouvais laisser passer une occasion d'en savoir plus sur ce qui t'était arrivé. J'ai décidé d'affronter les risques.

— C'est bon, amène-toi.

Il s'est précipité sur la portière comme si sa vie en dépendait, et s'est laissé tomber sur le siège, se glissant le plus bas possible. Il sentait la sueur et ses vêtements étaient tachés à plusieurs endroits. À en croire son visage contusionné, il était tombé ou s'était battu.

— Roule, et t'arrête pas.

— Mais je rentre chez moi !

— Plus tard ! Là, tu passes devant ta maison et tu continues.

— On va où ?

— Nulle part. Je veux juste… Roule, c'est tout.

J'ai fait ce qu'il demandait. Heureusement, Fabien s'est calmé dès que j'ai démarré. J'étais toujours tendue comme un arc. Je me suis engagée dans la rue du Stade. Cette fois, aucune voiture n'était garée près de chez nous. Comment Loran était-il arrivé là ? Je n'avais pas envie de le lui demander. Le seul fait qu'il soit apparu ainsi, et dans cet état, montrait qu'il était impliqué dans des actes de violence. Victime ou agresseur, le désordre qu'il apportait avec lui me rappelait ce qui t'était arrivé. Qu'il possède ou non des informations sur toi, mon seul désir était qu'il quitte ma voiture.

Nous sommes restés silencieux pendant de longues secondes. J'étais concentrée sur ma conduite, slalomant entre les voitures garées le long des rues étroites de mon quartier. Loran respirait bruyamment, et Fabien chouinait. J'ai perdu patience.

— Qu'est-ce que tu veux me dire ?

Il s'est brièvement retourné, pour s'assurer que nous n'étions pas suivis.

— On est dans la merde, Marion.

— Pourquoi « on » ?

Il a ignoré ma question.

— Ton mec a planqué quelque chose. Il faut qu'on le retrouve au plus vite.

Je ne voulais pas qu'il t'appelle ainsi. J'allais le lui dire, mais une autre idée m'a traversé la tête.

— C'était toi hier, dans le hangar ?

Il a réagi vivement.

— Quoi ?

— Quelqu'un a visité le hangar du jardin. C'était toi ?

Il a serré les dents.

— Putain, ils sont déjà venus !

— Il faut que tu me dises ce qui se passe, Loran.

— Je te l'ai déjà dit. Tu es sourde, ou quoi ? Ton mec a chouré un truc.

J'ai freiné brutalement. La voiture derrière moi a klaxonné et Fabien s'est remis à pleurer.

— Fous le camp d'ici.

À nouveau, il s'est laissé glisser en bas de son siège, pour ne pas être vu.

— Excuse-moi, Marion, je suis à cran. J'ai vraiment besoin de la récupérer.

J'ai énuméré rapidement les premières hypothèses qui me venaient à l'esprit.

— C'est quoi ? De l'argent ? De la drogue ?

— Il vaut mieux que tu saches pas.

— C'est grand comment ?

— Une caisse d'un mètre cube.

J'ai essayé de me rappeler. Un gros objet comme celui-là ne pouvait se trouver dans notre maison sans placards, et je ne connaissais pas d'autre endroit où tu aurais pu le dissimuler.

Nouveau coup de klaxon. Je suis repartie. Au bout de quelques mètres, la voiture qui me suivait m'a dépassée à toute allure. Malgré ma glace levée, j'ai cru entendre le conducteur me traiter de pouffiasse.

— Jamais vu, ai-je dit.

Je pouvais me permettre d'être sincère. Loran a secoué la tête.

— Réfléchis bien, putain, c'est important.

— Me parle pas comme ça. D'abord, pourquoi tu as besoin de cette caisse ?

— Je peux pas te dire. Est-ce que tu as vu la caisse, oui ou non ?

Je n'avais pas envie de l'aider.

— Non.

— Merde, merde, merde.

Il n'était pas loin de pleurer. La panique lui faisait mouiller son tee-shirt.

— Je te dépose où ?

— Quoi ?

Je me suis efforcée de lui parler le plus calmement possible. J'étais terrifiée à l'idée qu'il me demande de l'héberger.

— Tu veux que je te conduise quelque part ?

Je me suis aperçue qu'à force de rouler sans but, je me dirigeais à nouveau vers ma rue. Loran l'a remarqué lui aussi. Il a crié.

— Arrête-toi ici ! Maintenant !

J'ai freiné pour la troisième fois. Il a regardé autour de nous, puis s'est glissé hors de la voiture. Il est parti sans parler ni me jeter un regard. J'ai poussé un énorme soupir, et j'ai stupidement verrouillé les portières. Je me suis garée plus loin. J'ai détaché Fabien et je l'ai pris sur mes genoux en le serrant contre moi. Je me suis mise à pleurer, autant de peur que de soulagement. Derrière la Fiat, j'ai vu Loran se diriger vers le pont piéton qui enjambait l'autoroute.

32

Patrick se demandait pourquoi le chef avait choisi de le mettre en binôme avec Victoria. Depuis plusieurs mois, Alaric préférait associer le sixième et le septième de groupe, et laisser la cinquième affronter l'inertie de Daniel, dont elle partageait le bureau. En ces temps d'épidémie, l'indifférence de Joseph à l'égard des mesures sanitaires n'allait pas manquer de provoquer des frictions entre les deux hommes, alors que Victoria se serait montrée plus compatible avec les phobies de Daniel.

Patrick avait une autre raison de regretter le choix d'Alaric. Les rares fois où il avait accompagné Victoria, elle s'était montrée peu tolérante envers son usage des outils numériques. Là où Joseph se contentait d'exprimer une désapprobation discrète ou une impatience qui n'allait jamais jusqu'à l'agacement, Victoria n'hésitait pas à se moquer de lui, à l'abandonner en pleine consultation d'un site ou à éteindre l'écran de son smartphone. Imperméable aux promesses de la technique, elle adoptait une attitude qu'il n'hésitait pas à qualifier de réactionnaire.

À ce moment, elle s'acharnait justement à trouver une adresse en lisant les plaques comme au XXe siècle, sans recourir à la géolocalisation. Il avait beau lui répéter qu'il avait trouvé l'endroit depuis longtemps, elle refusait de l'écouter, allant même jusqu'à interroger un passant. Ils se trouvaient place de la Mairie, à Auvernaux, petit village rural de l'Essonne où vivait Jules Pernée, un polyvalent du site de Saint-Pierre-Lès-Nemours, absent depuis une dizaine de jours.

— C'est par là, dit-elle.

Son doigt indiquait l'arrière-cour d'un bâtiment industriel, dont les façades de pierre décrépites suggéraient qu'il n'était plus en activité. L'écran de Patrick localisait plutôt l'adresse dans un lotissement situé derrière ce bâtiment.

— Je crois que tu te trompes.

Elle ne l'écouta pas, et entra dans la cour d'un pas résolu. Il décida de la suivre à distance, se tenant prêt à récolter son aveu d'erreur dès qu'il se manifesterait. Elle passa près d'une sorte de hangar désaffecté qui encadrait la première cour, puis bifurqua vers la gauche, en direction d'une improbable maison récente construite à l'intérieur de l'enceinte. Au grand étonnement de Patrick, elle sonna à la porte, quelqu'un lui ouvrit et elle entra. Il dut courir pour pénétrer dans la maison avant que la porte se ferme.

— Jules, c'est pour toi, dit une voix dans le séjour.

Par-dessus les épaules de Victoria, Patrick vit un homme, la quarantaine et visage triste, se lever péniblement en s'aidant de ses béquilles, pendant qu'une femme maigre aux cheveux courts se précipitait pour l'aider. Les yeux sans expression, l'homme toisa la policière.

— Jules Pernée ?

Le type hocha la tête.

— Nous avons quelques questions à vous poser concernant la mort de votre collègue Julien Delicourt. Nous sommes de la brigade criminelle de Versailles.

Décidément, ces vieux villages tarabiscotés semblaient conçus pour tromper le GPS. Patrick se réjouit de ne pas avoir trop lourdement insisté sur l'itinéraire.

— J'ai appris ça, oui, dit Pernée. C'est triste. Moi aussi, j'ai eu un accident. Un poids lourd qui roulait à cheval sur la bande d'arrêt d'urgence.

Victoria n'y alla pas par quatre chemins.

— Est-ce que vous connaissez le bistrot ?

Pernée se figea.

— Vous êtes au courant, alors.

— Apparemment.

Il se rassit lourdement. Sans y être invitée, Victoria prit place dans le fauteuil en face de lui.

— Je leur avais dit que c'était de la connerie, mais ils y tenaient tellement !

— Pourquoi de la connerie ?

Il se massa le cou des deux mains, comme si cette question ravivait ses tensions.

— Je savais que ça finirait mal. C'est toujours comme ça que ça se passe. Un peu comme quand tu pars en vacances avec un couple de potes. On finit toujours par se mettre sur la gueule.

Patrick fut tenté de poser une question, mais il préféra rester à l'arrière-plan.

— Quand vous dites *finir mal*, vous voulez parler de la mort de Julien ?

L'homme écarquilla les yeux.

— Mais pas du tout ! Je veux dire, c'était un accident, non ?

— Nous pensons que c'était un meurtre.

Jules Pernée baissa la tête. Inquiète, la femme lui toucha l'épaule.

— C'est glauque. Qui aurait fait ça ?

— L'enquête est en cours. Ça s'est peut-être passé au bistrot.

Il semblait désemparé. Il cilla plusieurs fois, déglutit, ouvrit et ferma la bouche.

— J'y crois pas. On s'entend pas toujours, mais je connais personne qui aurait fait du mal à Julien.

— On se « met sur la gueule », mais on ne se fait pas de mal ?

— Je voulais pas dire ça. Les gars, ils se disputent parfois, j'ai même vu des bagarres, mais tuer quelqu'un, c'est pas possible.

— C'est pourtant arrivé, monsieur Pernée, Julien a été tué.

— Non, non, non ! Ça peut pas être un de chez nous.

Victoria lui posa quelques questions supplémentaires, mais Pernée répondit par des monosyllabes. Il avait cessé de collaborer, et s'efforçait désormais de protéger ses collègues.

Les deux enquêteurs marchaient côte à côte dans la cour en s'éloignant de la maison, quand Victoria rompit le silence.

— Tu t'es planté, tout à l'heure.

Il essaya de trouver un argument, le dysfonctionnement d'une application, la configuration irrégulière des lieux, mais il ne put articuler un mensonge présentable.

— Oui, on dirait bien.

Elle eut la délicatesse de ne pas enfoncer le clou. Il glissa son téléphone dans sa poche, jurant de ne plus l'en sortir avant leur retour à Saint-Pierre-Lès-Nemours.

* *

*

La voiture d'Aliser déposa Joseph et Daniel en rase campagne, devant ce qui apparaissait comme l'entrée d'une grande ferme entourée d'une clôture de béton décorative. En retrait, sur la gauche, leur chauffeur désigna une modeste maison blanche à un étage, aux volets clos.

— C'est là, dit-il.

Daniel détourna la tête pour éviter les gouttelettes de salive. L'homme était affublé d'une barbe épaisse, qui soulevait son masque en bas et sur les côtés. Le policier avait passé tout le trajet la glace arrière baissée, pour échapper aux miasmes de l'habitacle. En plus, il avait surpris deux fois Joseph le masque sous le nez. Le septième de groupe avait pourtant étudié la médecine pendant un an ; il aurait dû savoir comment porter cet accessoire.

— Ça a l'air fermé. Vous ne partez pas, hein ?

— Pas de souci, je suis là pour vous, dit le chauffeur.

Daniel s'extirpa du véhicule le plus rapidement possible, mettant en pratique la méthode qu'il avait imaginée pour ne toucher aucune surface : coincer le bout de sa chaussure entre la portière et la poignée, et taper sur l'arrière du pied pour provoquer l'ouverture. Avant d'entrer chez lui après sa journée de travail, il noierait ses souliers dans le désinfectant.

Joseph ne prit aucune de ces précautions ; non seulement il posa la main à plusieurs endroits, mais il se gratta la tête juste après. Ce geste confirma le diagnostic de Daniel : ce jeune homme souffrait d'un relâchement sanitaire qui confinait à l'inconscience. Il décida de l'éviter autant que possible, même s'il allait avoir du mal à ne pas s'asseoir à côté de lui pour le trajet de retour.

D'un pas hésitant, il marcha jusqu'à l'entrée de la maison. Comme il ne trouvait pas de sonnette, il fut contraint de frapper – non sans prendre soin de placer un mouchoir entre son poing et la porte. Personne ne répondit. Daniel sentit la tension monter. Depuis sa voiture, le chauffeur cria :

— Derrière !

Joseph se mit à contourner la maison par la droite. S'il avait envie de courir des risques, c'était son affaire. Daniel, pour sa part, préférait éviter autant que possible de s'exposer à des contacts dangereux. C'est alors qu'il trouva la technique parfaite pour obliger les occupants de la maison à sortir. Un manche de pelle était appuyé contre un muret ; il s'en empara et s'en servit pour heurter le volet le plus proche, qui rendit un bruit particulièrement sonore. Comme cela ne suscitait aucune réaction à l'intérieur, il continua sur les volets côté rue.

— Police, ouvrez !

Il n'eut pas le temps d'atteindre le dernier volet. Au moment où il avait le dos tourné, quelqu'un l'empoigna par les épaules, l'obligeant à se retourner, puis agrippa sa veste et le plaqua contre le mur. L'agresseur était un homme de plus de 1 m 90, bâti comme un tracteur, dont la prise puissante semblait capable de briser les os comme des allumettes.

— C'est quoi ton problème ? hurla-t-il.

Le visage de Daniel fut copieusement arrosé de postillons. Le policier perdit contenance. Plus que la violence de cet homme, son contact et ses projections représentaient pour lui l'agression suprême, aussi dangereuse qu'une attaque bactériologique. Plutôt que de réagir calmement, il mit toutes ses forces dans la bataille, essayant de se dégager en repoussant le colosse et en frappant où il pouvait.

Joseph, qui avait achevé son tour de la maison, d'abord stupéfait, se mit à crier « Police, lâchez-le ! », sans que la prise de l'homme se relâche d'un millimètre. Il allait se lancer dans la bataille, quand le conducteur de la voiture arriva en courant.

— Putain, Jojo, ces mecs sont des flics ! dit-il.

Cela suffit à mettre fin à l'assaut. Jojo relâcha Daniel et leva les bras en signe de conciliation.

— Merde, j'suis désolé !

Daniel dut se retenir au mur pour ne pas tomber. Il regarda avec horreur l'endroit où le patrouilleur avait posé les mains. Le mal que cette brute lui avait fait ne pouvait être réparé. À ce moment précis, le virus cherchait probablement déjà le chemin de ses organes, s'insinuant à travers toutes les ouvertures, pénétrant dans les cellules et les transformant en usines de reproduction. Toutes les précautions qu'il avait prises depuis le début de l'épidémie étaient réduites à néant. Bientôt, il ferait partie de ces malades qu'on voyait à la télévision, branchés aux machines, recevant l'oxygène par un respirateur, atome par atome, jusqu'à l'extinction.

Il eut besoin de s'asseoir. Il se posa sur un tas de bois, sous le regard étonné des trois hommes qui l'entouraient. Il lui semblait que sa respiration diminuait déjà. Il avait entendu parler de ces gens qui mouraient en quelques heures, avant d'avoir pu atteindre un hôpital. Faisait-il partie de ces cas aigus ? Il en avait bien l'impression. Il ne trouvait même pas la force de demander qu'on appelle une ambulance.

— Ça va, m'sieur ? demanda le colosse.

Dans un dernier souffle, Daniel parvint à formuler sa demande :

— Joseph, boucle-le.

S'il devait décéder ici, qu'au moins son meurtrier paie pour cela. Comme à contrecœur, Joseph fit signe à Jojo de se retourner et lui passa les menottes.

* *

*

L'adresse de Loran Mlik se situait au sud-ouest de Fontainebleau, dans une tour de HLM qui ne comptait que cinq étages, au bord de la rocade. Malgré la simplicité de ses matériaux, le bâtiment était plutôt élégant. Un parement de briques rompait par endroit la monotonie de sa façade. Des immeubles comme celui-ci, Alaric en avait visité des dizaines, disséminés dans toute la grande banlieue de Paris, toujours entourés de verdure et de terrains de sport, parfois souriants, parfois sinistres, habitats interchangeables pour les foules sans argent.

Clémentine ne prit pas le temps de regarder l'endroit. Il est vrai qu'elle vivait dans une résidence de Fontenay-le-Fleury qui représentait la version fortunée de ce quartier social. Alaric la laissa faire. Elle monta les deux marches menant vers la porte d'entrée et se mit immédiatement à chercher le nom du client parmi ceux qu'égrenait un interphone à l'écran rayé. Elle dut s'y reprendre à deux fois, avant de trouver l'association Vasseur-Balu-Mlik. Elle appuya sur le bouton d'appel. La réponse vint au bout de quelques secondes.

— T'es qui ?

La voix était celle d'une gamine de quatre ou cinq ans. Une autre lui succéda :

— Putain, Léna, je t'ai dit mille fois de pas répondre à l'interphone.

Clémentine s'impatienta. Elle rappuya sur le bouton. La femme qui avait grondé Léna répondit. Sa voix rauque suggérait un excès d'alcool ou de cigarette.

— Ouais ?

— Bonjour, madame, nous sommes de la police. Est-ce qu'on peut monter ?

Alaric perçut un mouvement derrière le coin de l'immeuble. Le mot police provoquait souvent des effets imprévisibles.

— Deuxième étage à droite. Faites attention au chien du premier.

La serrure de la porte bourdonna. Les deux policiers entrèrent dans le hall, dont la plupart des boîtes aux lettres étaient défoncées, souillées ou taguées. Il y flottait une odeur d'urine de chat et de produits ménagers. Au premier étage, un caniche attaché à une poignée de porte leur aboya dessus. L'appartement de droite du deuxième était ouvert. De l'intérieur de l'appartement s'échappaient des bruits de télévision et de jeux d'enfants. Clémentine frappa avant de glisser la tête dans le hall d'entrée. Une femme corpulente, fausse blonde habillée d'un survêtement de velours noir, vint à sa rencontre.

— La police, c'est ça ? dit-elle. La municipale ?

— Brigade criminelle de Versailles, dit Clémentine. Je suis le lieutenant Forbin et voici le capitaine Autier.

La mention de leurs grades eut l'air d'impressionner la femme. Elle écarta le bras gauche pour les inviter à entrer. Clémentine et Alaric durent enjamber une maison de poupée en plastique fluo et un camion de pompiers rempli de sucre avant de pouvoir accéder au salon, où une petite fille blonde et un garçon de six ou sept ans jouaient à se lancer des pétales de maïs au-dessus du canapé. La femme hurla :

— Pas avec la nourriture, putain, vous le savez pourtant !

Elle envoya les enfants dans leur chambre, secoua les coussins du canapé pour les débarrasser des morceaux de céréales et invita les policiers à s'y asseoir. Clémentine hésita une seconde. Alaric choisit l'unique fauteuil de la pièce, qui faillit basculer sous son poids.

— Excusez, j'aurais dû vous le dire. Des mois qu'on devrait le changer, mais on n'y pense pas.

Comme pour montrer qu'elle offrait le meilleur à ses visiteurs, elle s'assit sur un repose-pieds recouvert de fausse fourrure rose. Alaric reprit la main.

— Vous êtes madame Vasseur, ou madame Balu ?

— Les deux ! J'ai gardé le nom de mon ex, histoire que mes grands s'appellent comme moi.

— Nous cherchons Loran Mlik, dit Clémentine. Il ne s'est pas présenté à son travail hier et n'a pas fourni d'explications.

Le front de la femme se plissa comme du papier chiffonné. En plus de la voix, elle avait la peau grise et sèche d'une grosse fumeuse.

— Mais c'est moi qui ai appelé. Le commissariat, je veux dire. Je pensais que c'était pour ça que vous étiez là.

— Quand l'avez-vous appelé ? demanda Clémentine.

— Ben, ce matin. Loran, il est parti hier matin et il est pas revenu.

Elle ne semblait pas très affectée par sa disparition, pas plus que par l'appartenance de ses visiteurs à la brigade criminelle.

— Vous avez réagi comment ? demanda Alaric.

— Je me suis dit qu'il était allé boire un verre avec des potes, et qu'il se pointerait aujourd'hui.

Alaric et Clémentine se regardèrent. Ils devaient penser la même chose : même si Mlik ne s'était pas présenté au travail pour échapper aux auditions, il aurait dû rentrer chez lui.

— Expliquez-nous un peu votre situation, madame Vasseur, dit Alaric.

— Balu. Mon nom de jeune fille, c'est Balu. Qu'est-ce que vous voulez savoir ?

Clémentine sortit son bloc-notes.

— Commencez par nous parler de vos relations avec monsieur Mlik.

— Loran ? Ben, on vit ensemble, et c'est le papa de Léna. Les autres, ils sont pas de lui. On s'est rencontrés il y a cinq ans. Je sais pas quoi dire d'autre.

— Vous vous entendez bien ? dit Clémentine.

— On fait aller.

— Vous pouvez préciser ?

— Y'a des hauts et des bas, comme dans tous les couples. On s'engueule de temps en temps, mais je crois pas qu'il m'aurait plantée, si c'est ce que vous demandez.

— Et point de vue finances, comment ça va ? dit Alaric.

La compagne de Mlik regarda le plafond.

— Pour ça, c'est pas la joie. Je faisais un mi-temps dans un bar, mais il a fermé à cause de la pandémie, et j'ai pas droit au chômage. Alors on vit tous sur la paie de monsieur.

— Est-ce que vous pensez que Loran pourrait vous avoir quittée ? demanda Clémentine.

La femme secoua vigoureusement la tête.

— Il laisserait jamais Léna. Il adore sa gamine. Pour moi, je sais pas, mais il se taillerait les veines pour elle.

— Alors c'est quoi, votre explication ? dit Alaric.

Elle hésita. Sa bouche se tordit en une grimace. Après plusieurs tentatives avortées, elle finit par parler :

— Je crois qu'il a des problèmes.

— Quel genre de problèmes ?

— Le genre pas très net. Pas très légal, je veux dire. Hier, il est pas arrivé au boulot, c'est un collègue à lui qui me l'a dit. Quand tu fais semblant d'aller bosser, c'est que tu as quelque chose à cacher.

— C'était déjà arrivé ? dit Clémentine.

La femme déglutit.

— Ouais, une fois. Il m'a dit qu'il remplaçait un copain, mais j'ai su que c'était pas vrai. Quelques jours plus tard, il a acheté une console à Léna. Avec quel argent, je me suis dit…

— Mais il est revenu le soir, non ?

— Comme après une journée normale, ouais.

— Pour vous, il est en danger ? dit Alaric.

Elle se gratta la nuque.

— Ouais, c'est bien possible.

Dans son regard, il n'y avait aucune peine, mais une expression d'insondable lassitude. Alaric pensa qu'elle en avait vu d'autres, et qu'elle n'avait pas atteint la fin de ses soucis.

33

L'appel arriva une dizaine de minutes après le retour d'Alaric à Saint-Pierre-Lès-Nemours. Son téléphone, posé sur la table de la salle de réunion, se mit à jouer les premières mesures de *Buffalo Gals*, interprété par Bruce Springsteen, sonnerie associée à la patronne. Dans la salle, les conversations se tarirent aussitôt, car chacun connaissait le poids d'un tel coup de fil.

— Autier.

— Où êtes-vous ?

— Toujours sur le terrain, près de Nemours. Vous voulez l'adresse ?

Elle n'appelait pas pour le localiser, de cela au moins il était sûr. Clémentine lui jeta un regard interrogateur, auquel il ne répondit pas.

— Non, ça ira. Je viens de recevoir un coup de fil du Lieutenant Gadenne, de la brigade de gendarmerie de Lorrez-le-Bocage-Préaux, qui désirait savoir si un certain Daniel Merlin faisait bien partie de nos services. Apparemment, Merlin aurait demandé à la brigade de véhiculer un mis en cause jusqu'à Saint-Pierre-Lès-Nemours. Le lieutenant Gadenne l'a mal pris, et il a tenu à me faire savoir qu'il ne dirigeait pas un service de transport. Ça vous parle, cette histoire ?

Alaric sourit. Joseph l'avait informé de ce qui s'était passé au domicile de Jean-Jacques Malbert, et lui avait fait comprendre que Daniel ne se trouvait pas tout à fait dans son état normal.

— Je n'ai pas pu échanger directement avec Merlin, mais l'individu en question serait soupçonné d'agression, de refus d'obtempérer et de non-respect des gestes barrières. Merlin ne disposait d'aucun véhicule pour le transporter, il a donc fait appel à la gendarmerie.

— Oui, j'avais plus ou moins compris tout ça. Vous êtes hébergés par la société Aliser, qui vous prête des locaux pour mener vos investigations.

La plainte du gendarme n'était donc qu'un prétexte pour s'informer sur l'enquête.

— C'est exact, oui.

Il y eut un blanc à l'autre bout de la ligne, comme si Gouirand s'était absentée quelques secondes.

— Et… euh… tant que nous en parlons, vous pouvez me dire où vous en êtes ?

Alaric lui rappela le contexte de l'affaire, et lui raconta les derniers développements de l'enquête. La découverte du bistrot parut l'impressionner tout particulièrement.

— Ces gens sont totalement inconscients de mettre ainsi la vie des autres en danger.

Alaric mit un instant à comprendre qu'elle parlait des mesures sanitaires.

— Oui, ils se sont mal conduits, mais nous pensons surtout que Julien Delicourt a été assassiné à cet endroit.

— Une drôle d'affaire, non ?

Il sentit que cet adjectif faisait référence à l'ingérence d'une huile dans le bon déroulement d'une enquête judiciaire.

— Je ne comprends pas. Pourquoi drôle ?

Encore un blanc.

— Ça ressemble à un canular. En dehors du rapport d'autopsie du légiste, nous n'avons rien de concret, non ?

D'abord Cazenave, ensuite Gouirand. À croire que quelqu'un, dans les hautes sphères, préférerait que le meurtre de Delicourt reste impuni.

— Ce n'est pas notre expérience, *madame*. Les éléments matériels s'accumulent, et nous ne pouvons plus faire comme si cet homicide n'existait pas.

S'il avait pu lui parler franchement, il lui aurait demandé d'où venaient les pressions.

— Nous restons très sceptiques quant à ces éléments. Je lirai vos procès-verbaux quand ils seront rédigés, mais il faudra être convaincant.

Traduction : s'il était possible de démontrer la moindre faille dans la procédure, le dossier n'irait jamais jusqu'à l'instruction.

— Quand nous aurons terminé, je suis sûr qu'il ne restera aucun doute sur ce qui s'est passé.

— Je l'espère.

Le ton de sa voix exprimait le contraire. Alaric ne pensait pas qu'elle irait jusqu'à entraver l'enquête. Le plus gros risque provenait du parquet. Si Cazenave cédait aux désirs de ceux qui voulaient que l'affaire tombe aux oubliettes, aucun recours ne serait possible. Il fallait mettre tout en œuvre pour qu'il ne trouve pas d'argument pour le faire.

Les gendarmes arrivèrent avant Daniel et Joseph. Ils débarquèrent un homme au physique imposant et aux cheveux rares, habillé d'un vieux tee-shirt et d'un pantalon de survêtement et chaussé de sandales. Sans un mot, ils le livrèrent au comité d'accueil composé d'Alaric, Clémentine et Victoria. Le client menotté semblait furieux, et il n'était pas difficile de comprendre pourquoi. Sorti du lit par des chocs rageurs sur ses volets, menotté, puis exhibé devant ses collègues dans une posture humiliante, il avait toutes les raisons de ne pas apprécier ce qui lui arrivait. Il ne manifesta pourtant aucun signe de rébellion, se laissant mener pacifiquement jusqu'à la salle d'interrogatoire. Alaric verrouilla la porte, même s'il doutait que cette précaution suffise à arrêter un individu de son calibre, s'il lui prenait la fantaisie de vouloir s'en aller.

En regagnant la salle de réunion, il aperçut Joseph au bout du couloir, le teint pâle et la mine renfrognée.

— Toi, tu as besoin d'un café, dit le chef de groupe.

Joseph leva les yeux au ciel.

— Si je l'avais vu faire ça, je l'aurais arrêté tout de suite.

Alaric comprit qu'il parlait des coups de manche de pelle.

— Il est pas dans son assiette en ce moment.

— Quand on est obsédé à ce point, on se fait arrêter et on reste chez soi.

Tout le monde était conscient de la fixation de Daniel sur le virus. Osmane, qui le connaissait depuis longtemps, ne l'avait jamais vu réagir aussi vivement à un risque médical. Cela ressemblait effectivement à une obsession, une idée qui ne le quittait jamais, comme s'il avait reconnu dans la maladie un ennemi personnel cherchant à le détruire.

Des éclats de voix venus de l'extérieur attirèrent l'attention des deux hommes. Daniel discutait avec une personne inconnue, levant progressivement la voix.

— J'en peux plus, dit Joseph.

Il se dépêcha d'entrer dans la salle de réunion. Alaric sortit pour tenter de régler la dispute. Il trouva son quatrième de groupe gesticulant face à Clémentine, qui s'efforçait de le calmer sans y parvenir.

— Il t'a juste touché, c'est ça ? dit-elle. Tu pourrais te désinfecter ou changer de vêtements. Ça devrait suffire, non ?

— Tu ne comprends pas : je suis contaminé et j'ai besoin d'une ambulance. Je ne peux pas rester ici. Ces choses-là vont très vite. Je respire déjà moins bien, je ne peux pas perdre de temps.

Alaric évalua la situation. Les chances de ramener Daniel à la raison étaient très faibles, sinon inexistantes. La peur suspendait son jugement et le rendait agressif. Il valait mieux le laisser vivre son fantasme de contagion jusqu'au bout, en espérant que l'expérience le ferait réfléchir. Le chef de groupe effleura le bras de Clémentine pour lui signaler qu'il prenait les choses en main.

— Si tu penses vraiment que ta vie est menacée, il faut que tu ailles immédiatement à l'hôpital, dit-il.

Clémentine haussa les sourcils.

— Mais c'est ce que je me tue à expliquer, cria Daniel. Il me faut une ambulance !

— Si on appelle une ambulance, tu seras hospitalisé à Nemours. C'est vraiment ça que tu veux ?

Daniel se figea. Cette pensée ne lui était pas venue à l'esprit.

— Je préférerais Versailles ou Garches.

— Je m'en doutais. Alors, il faut que quelqu'un te ramène et te dépose aux urgences de l'hôpital de ton choix.

Il était plus calme à présent. Il se pinçait la lèvre inférieure, signe de débat intérieur.

— Peut-être que Joseph pourrait le faire.

— On a besoin de lui. La journée n'est pas finie.

— Quelqu'un de l'autoroute ?

— Tu peux toujours demander, mais le mieux serait que tu prennes un taxi.

— Un taxi ?

Sans être complètement radin, Daniel détestait gaspiller son argent. Alaric se préparait déjà aux reproches de Clémentine : oui, ses arguments relevaient bien de la manipulation.

— Ou un transport médicalisé.

— Payé par le SRPJ ?

— Là, tu rêves.

Daniel fit la moue. Entre la mesquinerie et la peur, le combat faisait rage. Alaric ajouta ce qu'il fallait pour que la balance penche du bon côté.

— On peut demander à Malbert s'il a des symptômes. Tu sais, un patrouilleur bosse tout seul. Il se balade en fourgon toute la journée, il ramasse des objets, il signale des incidents. Pas vraiment un boulot à risques. En plus, notre client était en arrêt chez lui, à la campagne. À mon avis, ça vaut bien une quarantaine.

Le visage du quatrième de groupe avait perdu toute trace de terreur. Daniel était de retour.

— Je crois que je vais désinfecter mes vêtements.

— Bonne idée.

Clémentine resta remarquablement neutre. Elle devait au moins reconnaître qu'il agissait dans l'intérêt du groupe. Il ne restait plus qu'à s'occuper du client. Il était presque 13 h, mais la faim passait après le travail.

Jean-Jacques Malbert, dit « Jojo », se tortilla sur son siège pour trouver une position plus confortable. Autour de son poignet massif, les menottes ressemblaient à un jouet d'enfant. Alaric pensa qu'il pouvait facilement quitter la pièce en emportant le siège, le bureau et tous ceux qui se seraient opposés à lui.

— Vous avez pas le droit de traiter les gens comme ça, dit-il. J'ai rien fait, allez plutôt arrêter les criminels.

Il regardait de côté, comme s'il cherchait à se protéger des mauvaises influences.

— Parce que tu crois qu'on peut les arrêter sans poser des questions aux témoins ? dit Alaric. Appelle ça comme tu veux, mais nous, quand quelqu'un préfère nous agresser plutôt que nous parler, on trouve ça suspect.

— Vos gars, ils m'ont réveillé en cognant comme des cinglés contre mes volets. Je respecte ceux qui me respectent.

— On est pas tes copains, Jojo, on est de la police. Nos clients, ils se comportent exactement comme toi. Ils nous demandent de les respecter et ils jurent qu'ils ont rien fait.

— Quoi, vous croyez que je suis comme eux ? J'ai pas de casier, je fais même pas d'excès de vitesse. Je suis *clean*.

— Ce que tu as fait à mon collègue, c'est déjà outrage à agent.

Jojo fronça les sourcils.

— Vous allez me mettre ça sur le dos ?

— On est pas là pour ça. Quelqu'un nous a dit que tu pouvais nous renseigner sur le bistrot. Si t'es vraiment aussi *clean* que tu le dis, tu dois rien avoir à nous cacher.

L'homme se renfrogna. Il n'avait pas envie de parler, mais il venait de comprendre qu'il ne gagnerait rien à se taire.

— Je vais vous raconter ce que je sais. Après, vous en ferez ce que vous voudrez. Je me fous complètement de ce que vous pensez de moi.

Clémentine vérifia que la webcam enregistrait bien l'audition. Alaric s'assit devant le bureau, à une distance suffisante pour être en mesure de réagir si l'individu montrait des signes de rébellion.

— On t'écoute, dit-il.

— On dit que vous avez visité l'endroit. C'était pas le grand luxe, hein ? Au début, on était dans une cabane au milieu de la forêt, mais on a eu un incendie. Pour comprendre, faut revenir en arrière. Début avril, on a perdu un bon pote. Fred, il s'appelait. Un jour, sa femme, elle s'est pointée à Saint-Pierre-lès-Nemours. Elle nous a raconté comment ça s'était passé. Le Fred, on l'a renvoyé chez lui avec zéro médoc. Il a crevé comme un chien. Il arrivait plus à respirer et les pompiers sont arrivés trop tard. Après, sa femme, ils l'ont même pas laissée l'enterrer. Nous, cette histoire, elle nous a retournés. On s'est dit qu'on voulait pas partir comme ça, seuls et tout.

« Je sais pas qui a eu l'idée en premier, mais un mec a dit que lui, il en avait marre du confinement, des restrictions et de tout le bazar. Sa femme, elle avait été obligée de fermer sa crêperie, lui il passait ses soirées devant la télé à siroter des bières. L'idée, elle était con, mais on venait de perdre le Fred et on avait tous besoin de réagir. Un gars a parlé d'une cabane qu'il connaissait, un autre a proposé de prêter son groupe électrogène, un troisième a dit qu'il pouvait fabriquer des meubles. En quelques minutes, c'était plié.

« Deux jours plus tard, il tournait, notre bistrot. Au départ, ça ressemblait plus à une baraque de Gilets jaunes, mais comme il faisait beau, ça nous allait très bien. Y'avait un frigo, une pompe à bière, une guirlande de loupiotes de toutes les couleurs. Des femmes au chômage partiel se relayaient pour tenir le bar. Les gars, ils y allaient en passant, ils s'enfilaient un verre et ils repartaient. On devait faire gaffe, parce qu'on était surveillés, alors on inventait des trucs pour pas que les caméras elles nous voient.

— Des trucs ?

— On connaissait des endroits hors champ, où on pouvait garer les fourgons pour continuer à pied. Des fois, quelqu'un faisait la navette dans sa propre bagnole. Le problème, c'est que des patrouilleurs ont fini par être repérés. On a vraiment failli se faire griller. Au même moment, on a eu l'incendie, et on a compris qu'on devait changer d'endroit. On a cherché un peu partout, et c'est moi qu'ai eu l'idée du bunker – c'est comme ça qu'on l'appelait. Il faut dire qu'entre-temps, quelques patrouilleurs de la DiRIF avaient commencé à fréquenter le bistrot. Le bunker, c'était pratique pour tout le monde, à l'extérieur de nos sites, pas très fliqué, et on pouvait y aller en passant par le parking du Métro en face.

Clémentine sortit de la pénombre d'où elle observait l'audition jusque-là. La lumière crue transforma son visage en un contraste d'ombres et de portions éclairées.

— À vous entendre, c'était juste une buvette communautaire au milieu de nulle part.

Malbert la regarda en clignant, comme s'il découvrait sa présence.

— Ouais, je suppose qu'on peut dire ça. Une buvette en dehors de tout. Pas de loyer, pas d'impôts, personne pour surveiller.

— Mais ça n'a pas duré.

Jojo baissa la tête. Sous cet éclairage, son cuir chevelu semblait en sang.

— Faut croire qu'il y a toujours quelqu'un pour foutre la merde. J'ai vécu la même chose avec les GJ[16]. Un type arrive et tout le monde commence à s'embrouiller.

— Et là, c'était qui, ce type ? dit Alaric.

— J'ai jamais su son vrai nom, mais les gars de la DIRIF l'appelaient le Ratel. Il s'est pointé un jour avec un groupe qu'on connaissait à peine. C'était un mec qui te foutait les jetons, parce que tu sentais qu'il pouvait faire n'importe quoi. Pourtant, les gens l'écoutaient, il avait l'air si sûr de lui. Il faisait l'animation avec des histoires glauques. Au début, il était sympa avec tout le monde, et on l'a vu traîner au bistrot de plus en plus souvent. Je lui ai demandé où il bossait, il m'a pas vraiment répondu. J'ai compris qu'il y avait une couille.

— Vous pouvez nous le décrire ? demanda Clémentine.

— Petit, balèze, la tête rentrée dans les épaules, des cheveux blonds très courts avec un trou à l'endroit d'une cicatrice. Plein de tatouages. Il avait une voix grave, genre caverneuse.

— L'âge ? dit Alaric.

---

16. Gilets jaunes.

— Dans les 45 ans, je dirais. Un mec qui a roulé sa bosse.

— À partir de quand les choses ont commencé à mal tourner ? demanda Clémentine.

Le patrouilleur regarda en l'air, son nez brillant sous l'ampoule.

— C'est venu petit à petit. Il emmenait avec lui des gens qu'on avait jamais vus, des crapules. On reconnaissait plus notre bistrot. Deux des femmes du bar ont plus voulu venir. On m'a raconté une bagarre avec un ouvrier et deux ou trois coups de gueule. J'en ai eu assez. Un midi, je suis venu au milieu de mon service pour lui dire de dégager. Il m'a pris de haut, mais le message était passé. Je crois qu'il est encore venu une ou deux fois, jamais quand j'étais là, puis il a disparu.

— Et tout est redevenu comme avant ?

— Ben non, évidemment. C'était trop tard. Les gars, ils s'entendaient plus. De toute façon, ils ont annoncé le déconfinement quelques jours plus tard. Les vrais bistrots allaient rouvrir, alors ça valait plus le coup.

— Et Julien, il a parlé avec ce Ratel ? demanda Alaric.

Jojo serra la mâchoire. Il n'avait pas envie de répondre.

— Ouais.

— Tu étais là ? Tu les as entendus ?

— Possible.

Alaric se leva et se rapprocha du colosse. Jean-Jacques Malbert sentait la sueur et l'huile de moteur. Son regard était celui d'un enfant. Alaric tâcha de deviner ce qui le retenait.

— On veut en savoir plus, Jojo. Julien est mort, on le fera pas revenir, mais on est là pour savoir qui a fait ça et le mettre en cabane.

— C'était un type bien, Julien. Il voulait s'en sortir, comme tout le monde.

— On le juge pas. On juge personne. Ça arrive à n'importe qui de faire des conneries.

Malbert poussa un long soupir.

— Tous les gars l'aimaient bien. C'était le mec sans histoire. Bon copain, fidèle, réglo. Il avait pas dit à sa nana qu'il venait au bistrot. Il aurait trop eu honte. On le voyait de temps en temps, il prenait un café et il s'en allait. Comme il s'entendait avec tout le monde, il parlait aussi avec le Ratel. Je crois que c'est comme ça que c'est venu. Moi, je l'ai pas su tout de suite. Apparemment, le Ratel, il cherchait du personnel pour un coup. J'ai essayé de prévenir Julien, mais il m'a répondu qu'il avait des dettes, et qu'il en avait marre de vivre une vie de merde avec sa femme et son môme. Des conneries, quoi.

— Quel genre de coup ? dit Clémentine.

Jojo fit la moue.

— J'ai pas essayé de savoir. Ça m'intéresse pas.

Il ferma les yeux, comme pour se couper du monde extérieur. Il les rouvrit aussitôt.

— Je peux juste vous dire un truc, ajouta-t-il. Le Ratel, il cachait son jeu. C'est juste une impression, mais ce type était pas un gagne-petit, il recrutait pour un gros truc.

— T'as une idée des autres gars qu'il a recrutés ? dit Alaric.

Malbert hésita.

— Je sais pas trop.

Il mentait. Il ne voulait pas livrer des camarades à la police.

— Julien a été assassiné, Jojo. On lui a fracassé le crâne avec un objet. Il faut qu'on trouve les autres avant qu'il leur arrive la même chose.

— Je vous crois pas. Vous allez juste les foutre au ballon.

— Le tueur est peut-être un de ces types, dit Clémentine.

— Ouais, c'est bien possible.

Il avait prononcé ces mots en serrant les dents. Alaric tenta une hypothèse.

— Tu veux venger Julien, c'est ça ? Tu veux faire les choses toi-même ?

De sa main restée libre, le patrouilleur lui saisit le bras. Alaric eut l'impression d'être pris dans un étau. Il parvint à n'exprimer aucune émotion.

— Ceux qui ont fait ça, je veux pas qu'ils s'en sortent.

— On est des pros, Jojo. Serrer des criminels, c'est notre job, pas le tien. On aura tout le monde : le tueur, le Ratel et ceux qui sont derrière tout ça.

Malbert lâcha sa prise et s'enfouit le visage dans son énorme main.

— Pourquoi c'est toujours les gentils qui tombent ?

Alaric mit du temps à trouver une réponse honnête.

— Tu sais bien, Jojo. Quand t'es tout en bas, personne te fait de cadeau. T'es comme un rat dans un labyrinthe, avec des pièges à toutes les sorties.

Le patrouilleur se redressa.

— T'as raison, il faut qu'ils paient pour ça. Les noms, c'est Mlik et Geoffroy. Geoffroy, il est patrouilleur à la DIRIF, Mlik, il est de chez nous.

Alaric n'avait jamais entendu le deuxième nom, mais le premier confirmait ses soupçons : la disparition de Loran Mlik était probablement liée à la mort de Julien Delicourt.

— Merci, Jojo.

Clémentine arrêta l'enregistrement et ferma l'ordinateur. Malbert regarda tour à tour les deux policiers.

— Vous allez me mettre en taule ?

— Pourquoi on ferait ça ?

— J'ai un peu bousculé ton gars.

— Non, t'es libre. Mais je veux plus que tu te mêles de tout ça.

Le patrouilleur se gratta la tête des deux mains.

— J'ai jamais fait confiance à un flic.

Alaric détacha les menottes.

— Y'a un début à tout.

Alaric se rappela sa promesse à Daniel.

— J'allais oublier : pourquoi t'étais à la maison ? Virus ?

Le patrouilleur soupira.

— Je suis diabétique. Je fais de l'insuffisance rénale chronique. Je suis parfois obligé de m'arrêter. Et si c'est pour le flic qui fait du tam-tam, dites-lui que j'ai fait le test et que je suis négatif, qu'il m'accuse pas de l'empoisonner.

— Merci. C'est terminé pour le moment. On va te ramener chez toi, mais il faudra rester dans le coin. On te demandera certainement de nous aider à établir un portrait-robot de ce Ratel.

— J'ai pas l'intention de bouger.

Jojo se leva. Il n'avait plus du tout l'air menaçant. Il se tenait courbé, les bras ballants, traînant les pieds. Il quitta la pièce en laissant la porte ouverte.

34

Daniel avait refusé de manger. Il était assis au bout de la table de réunion, dans une zone qu'il avait désinfectée deux fois et délimitée avec de la rubalise. Les autres se comportaient comme si tout était normal, mais Alaric avait surpris plusieurs sourires moqueurs.

La salle sentait le fromage et la sauce tomate à l'origan. Le déjeuner tirait vers sa fin, et Clémentine ramassait les cartons de pizza pendant que Joseph nettoyait la table. Alaric s'efforça de mettre de l'ordre dans toutes les informations qui s'étaient accumulées depuis le début de la journée. C'était l'audition de Jean-Jacques Malbert qui avait vraiment changé la donne. Sans lui, la disparition de Loran Mlik n'aurait représenté qu'un événement privé, peut-être lié à sa situation familiale. Mais Mlik faisait partie des recrues du Ratel. Si Jojo disait vrai, ces trois hommes avaient participé à un projet commandité par un tiers. Ils avaient été choisis pour leur profil, et la profession qu'ils exerçaient constituait certainement un élément important. L'enquête, dès lors, devait se concentrer sur eux.

Il y avait aussi l'appel de Gouirand, et les pressions qu'elle subissait pour étouffer l'affaire. Quelles pouvaient bien être les motivations de ceux qui jouaient de leur influence ? Essayaient-ils de couvrir les actes du rejeton décadent d'un politicien en vue ? Cherchaient-ils à faire disparaître les preuves des malversations d'un ami ? Avant d'aller plus loin, Alaric devait à tout prix obtenir de Cazenave l'assurance qu'il ne se préparait pas à rapatrier l'enquête. Pour ces diverses raisons, il décida de contacter le parquetier avant la réunion. Quand Clémentine passa près de lui, il chuchota à son oreille :

— J'appelle Cazenave. J'ai besoin de savoir où on va.

Le visage de son adjointe exprima l'incompréhension. Il réalisa qu'il avait oublié de lui parler de l'appel de la patronne. En se levant, il ajouta :

— Je t'expliquerai.

Il quitta la pièce sans que personne y prête attention, et se réfugia dans la salle d'interrogatoire. Il avait besoin de silence, pour ne perdre aucun détail de l'entretien. Il prit une grande inspiration et chercha le nom de Cazenave sur son écran. Le magistrat répondit au bout de cinq sonneries.

— Tiens, Autier, je parlais justement de vous.

Voyant d'alerte rouge clignotant à toute vitesse.

— Ah oui ? En bien, j'espère.

— Bien sûr ! J'évoquais de vieilles affaires que vous avez résolues avec un juge d'instruction que vous connaissez.

Cette confidence était peut-être anodine. Alaric choisit de ne poser aucune question.

— Celle qui m'occupe en ce moment devrait lui plaire.

Cazenave grogna. Il aurait préféré attendre un peu avant le plat de résistance.

— Mouais… Allez-y, dites-moi ce que vous avez.

Ne pas se précipiter. Lui laisser le temps de commenter chaque étape.

— D'abord, l'hypothèse du meurtre ne fait plus débat. Nous avons des éléments matériels solides.

— Panossian avait raison, alors. Comme les horloges, les fous donnent l'heure exacte deux fois par jour.

Ne pas le contredire. Ce qu'il pensait du légiste n'avait pas d'importance.

— Un coup de chance, sans doute. Mais Julien Delicourt a bien fait l'objet d'un homicide volontaire, et le tueur a projeté son fourgon dans le trafic de l'autoroute pour simuler une manœuvre accidentelle.

— Ne tirons pas de conclusions anticipées. Il faudra qu'une reconstitution confirme le déroulement exact des faits.

Première résistance. Il espérait toujours enterrer le dossier.

— Elle aura lieu. Mais nous avons des tâches plus urgentes.

Choisissant ses mots de manière à s'exposer le moins possible à la critique, il lui rapporta les propos de Malbert. Cazenave l'arrêta.

— Vous le jugez fiable, cet individu ? Il pourrait poursuivre des objectifs personnels, comme la vengeance.

— L'un des patrouilleurs qu'il a désignés, Loran Mlik, a justement disparu depuis hier. Sa compagne a alerté le commissariat local pour le signaler. Nous avons rencontré cette femme, et nous en avons conclu que cette disparition était extrêmement inquiétante. J'ai également appelé la DIRIF, qui m'a confirmé l'absence injustifiée d'Yves Geoffroy, le deuxième larron.

Cazenave produisit un petit bruit de bouche. Il venait de comprendre qu'il n'avait plus le choix. Il tenta pourtant de botter en touche :

— Ce sont peut-être des incidents fortuits.

Cette fois, ce fut Alaric qui grogna.

— Nous avons des collègues de Delicourt, désignés comme ses complices dans un trafic dont nous ignorons la nature, qui disparaissent trois jours après l'accident. Je reconnais que le hasard nous surprend parfois, mais personnellement, je ne partirais pas sur cette hypothèse.

— Oui, ça commence à faire beaucoup. Espérons que rien ne soit arrivé à ces garçons, mais il faut prendre cette histoire au sérieux.

— Je suis totalement d'accord avec vous. Que leur absence soit liée ou non à notre affaire, j'ai l'intention de tout mettre en œuvre pour les retrouver.

— Bien sûr. Et j'apprécie votre détermination.

— Il faudrait donc lier les deux dossiers, et je crois qu'il sera difficile de ne pas ouvrir une information.

Cazenave souffla dans le micro de son téléphone.

— Effectivement, c'est une conclusion logique. Vous pensez vraiment que les faits le justifient ?

— Nous devons agir rapidement. La vie de ces hommes pourrait être en danger.

— Bon, alors c'est d'accord. Vous l'avez, votre instruction. Mais je veux être informé régulièrement des progrès de vos recherches en attendant le choix du juge d'instruction.

— Bien sûr, monsieur Cazenave. Une fois par jour et à chaque événement important.

— Oui.

Alaric évita de le remercier. Il ne voulait pas qu'il se croie manipulé. Les gens ont parfois des idées étranges. Il acheva la conversation et retourna dans la salle de réunion, où le café avait succédé au repas. Clémentine l'interrogea :

— Alors ?

— Il ouvre une information.

Elle hocha gravement la tête.

— On revient à la raison.

— Oui, mais il faudra blinder le dossier.

Il raconta l'appel de Gouirand, et décrivit les réticences de Cazenave.

— Qui voudrait étouffer une affaire d'agent d'autoroute qui se fait éclater le crâne à coup d'enceinte Bluetooth ?

— C'est la question à mille euros. Heureusement qu'on a la disparition de Mlik. Sinon, j'aurais pas donné cher de notre enquête.

— Et celle du troisième homme.

— On verra bien où ça nous mène. En tout cas, ces deux-là sont devenus notre priorité.

Alaric se leva. L'évocation de Mlik avait fait naître en lui un sentiment d'urgence. Le patrouilleur était manquant depuis plus de 24 heures. Il était plus que temps de lancer les recherches.

— Fin de la pause, j'ai besoin de vous, dit-il au groupe. On a du nouveau, du frais et du fumant.

Tout le monde s'assit de bonne grâce. Daniel fut visiblement soulagé que l'agitation de la salle diminue. Alaric commença le deuxième briefing de la journée par un bref récit de l'audition de Jojo, puis annonça l'ouverture de l'instruction, avant de conclure :

— Vu l'enthousiasme très modéré du parquet pour notre affaire, je crois qu'on pourra sabrer le champagne. Je veux dire, dès qu'on aura mis la main sur nos deux absents. Après ce qui est arrivé à Delicourt, on a intérêt à rechercher tout de suite ses comparses, sinon notre victime risque de faire des petits.

Cette annonce aiguisa l'attention des enquêteurs. L'affaire changeait de dimension. Si la disparition des deux patrouilleurs était confirmée, le groupe se lancerait dans une course contre la mort, comme il en avait connu plusieurs depuis qu'Alaric le dirigeait. Pendant quelques jours, on marcherait à l'adrénaline et au café.

— J'appelle Osmane, si tu veux, dit Clémentine.

Elle avait toujours les bons réflexes. Si la plupart des actes d'enquête pouvaient être réalisés sur place, seul Osmane avait la possibilité de consulter les fichiers de police.

— Bonne idée.

Elle appela le troisième de groupe. Patrick s'empressa de mettre en place la diffusion de la conversation sur une enceinte Bluetooth.

— Toujours coincés sur l'autoroute ? dit Osmane.

— Ils font tout pour nous retenir, dit Alaric. Rien qu'aujourd'hui, ils nous ont rajouté deux disparus.

Il résuma pour lui les événements récents.

— Le Ratel, c'est ça ? dit Osmane. C'est pas une sorte de blaireau d'Afrique qui bouffe les couilles de ses proies ? J'ai vu un docu là-dessus le mois dernier.

— Ça correspondrait bien à notre homme : un blaireau et un tueur.

— Alors le mec, il se balade en disant partout : bonjour, je m'appelle le Ratel ? C'est bizarre comme pseudo.

Alaric s'était déjà fait la réflexion. Ce surnom sonnait comme une vantardise. À moins qu'il s'agisse de son vrai nom.

— On verra bien si on arrive à l'identifier. Si tu veux, tu peux toujours interroger les collègues pour savoir si ça leur dit quelque chose, mais on a d'abord besoin de toi pour éplucher les fichiers sur nos trois patrouilleurs, et aussi sur notre témoin, Jean-Jacques Malbert.

— Fichiers, réquisitions téléphoniques et bancaires, je t'emballe tout ça pour consommer sur la route.

— Tu as reçu des nouvelles de l'IJ pour leurs constates d'hier ?

— J'ai les analyses du fourgon, mais pas celles du bistrot. Je les relance tout à l'heure.

— Si les paluches des disparus sont pas dans la machine, contacte aussi le service des passeports pour qu'on ait au moins une empreinte à comparer.

— On est encore dans les heures de bureau, ça devrait aller.

— Je t'appelle plus tard, quand on en saura plus sur le troisième homme. Il faudra envoyer le télégramme au Fichier des personnes disparues. Et tant que tu y es, cherche aussi du côté des véhicules perso. Quand on fuit, on se fait parfois flasher pour excès de vitesse.

— Comme ça, on aura leur photo en prime.

— Tu vois l'idée.

— Compte sur moi.

C'était sa qualité majeure : sa fiabilité. Les procédures bâties par Osmane étaient solides et sans vices cachés. Le reste du groupe pouvait explorer toutes les hypothèses, avec l'assurance que le dossier final serait inattaquable.

Il restait encore à distribuer les rôles pour l'enquête sur le terrain. C'était une question de doigté, un peu comme une recette de cuisine : Patrick avec Joseph pour la visite d'un dépanneur, mais avec Victoria pour une audition de témoin, laisser Clémentine mener l'action quand il le fallait, quant aux tâches réservées à Daniel…

— Maintenant, j'espère que vous avez tous fini votre café, parce qu'on va bouger. Clémentine, j'aimerais que tu retournes avec Joseph chez madame Balu-Vasseur, la copine de Loran Mlik. Perquise, saisie des ordis, téléphones et tablettes, travailler la dame pour savoir comment son gars était habillé et ce qu'il a emporté, enquête de voisinage et caméras de surveillance pour savoir comment il est parti. Ratissez large, tout nous intéresse : les comptes avec les rentrées d'argent ou les dépenses anormales, les comportements inhabituels.

— Je me renseigne aussi sur ses fréquentations, nouveaux copains, coups de fil en soirée, etc., dit Clémentine. Je connais le boulot.

Il la sentit un peu vexée par ces précisions. Elle connaissait son métier au moins aussi bien que lui, mais il préférait que tout soit explicite pour éviter les malentendus.

— Je sais, je radote, mais laisse-moi croire que je sers encore à quelque chose.

Elle comprit immédiatement la remarque.

— Excuse-moi, je ne devrais pas réagir comme ça.

— Pas de problème, Clém, je le pensais vraiment. Je passe à Victoria et Patrick. Pour vous, ce sera Yves Geoffroy, le patrouilleur de la DIRIF. Victoria, tu connais un peu le terrain, et ce sera utile. Cet individu n'est apparu qu'aujourd'hui sur les radars, et on a qu'une seule source. Donc, vous vous renseignez d'abord auprès de son chef de service, puis vous lui rendez une petite visite. Faites gaffe, j'ai aucune idée de ce que vous trouverez. Selon la situation, vous ferez à peu près comme Clémentine et Joseph, mais vous m'appelez dès que vous y voyez plus clair.

Victoria l'interrompit. Il n'aurait pu en être autrement. Elle n'aimait pas l'incertitude et l'improvisation. C'était d'ailleurs l'une des raisons pour lesquelles Patrick allait l'accompagner.

— Attends, si c'est dangereux, on devrait peut-être se préparer. Tu penses quoi, qu'il pourrait être armé ?

Comment répondre à une telle question ? En lui rappelant qu'un policier peut être confronté à n'importe quelle situation ? Encore une fois, il éprouvait des difficultés à communiquer avec elle.

— Je pense rien du tout, justement. Si je vous dis de faire gaffe, c'est parce qu'on a rien sur lui. Vous pourriez tomber sur son cadavre, sur sa femme en panique, sur lui qui se planque ou sur n'importe quoi d'autre.

— Oui, eh bien je vais prendre mon arme de service.

— Comme tu veux, je te fais confiance.

Assis derrière ses machines, Patrick ne paraissait pas anxieux du tout.

— On part quand même de l'hypothèse que ces deux hommes sont menacés, dit Clémentine.

— Si c'est le cas, Geoffroy ne sera plus chez lui de toute façon, dit Alaric.

Il se tut pour laisser à Victoria le temps de poser d'autres questions, mais elle resta silencieuse. Alaric termina sa répartition des tâches :

— Daniel, Osmane t'enverra les réquisitions téléphoniques et les relevés bancaires au fur et à mesure qu'il les reçoit. Je demanderai à Lagroue de te donner les numéros de téléphone de tout le personnel, et tu les chercheras dans les listings des relais. C'est un peu des aiguilles dans une grosse botte de foin, mais il faut tenter. Pour les relevés, tu sais quoi faire.

Il hocha la tête. Ces corvées lui convenaient. Il ne fallait pas trop brusquer le Daniel, surtout après ses émotions du matin.

— Et toi ? demanda Clémentine. Tu perquisitionnes tout seul chez Delicourt ?

Avec elle, il avait intérêt à présenter une justification valable à son absence.

— Non, ça c'est pour demain. Aujourd'hui, j'ai quelques questions à poser à notre ami Lagroue.

Il voulut accompagner cette affirmation d'un regard mystérieux. Avait-il réussi ? En tout cas, Clémentine s'en contenta. Ce fut le signal que le groupe attendait ; Victoria, Patrick et Joseph se levèrent en même temps, tandis que Daniel vérifiait nerveusement l'étanchéité de son masque.

35

Après le déjeuner, j'ai mis seulement cinq minutes à choisir les photos. La plus belle de notre mariage, un portrait de toi en costume, un autre en vêtements décontractés, une scène de groupe montrant ma sinistre famille illuminée par ton sourire, une photo d'Aliser, prise par un professionnel pour une campagne de communication… Tu étais beau, tu éclipsais tout le monde, tu rayonnais comme un soleil. Je me suis sentie fière d'avoir été ta femme, et triste de ne plus l'être. J'ai envoyé les fichiers à monsieur Poulin, et je me suis attaquée au texte que je vais lire demain.

« Notre Julien nous a quittés… », « Julien Delicourt était mon mari… », « J'ai rencontré Julien… ». J'ai écrit quinze débuts de phrases, je les ai tous effacés. Je ne savais pas que ce serait aussi difficile. Tout sonnait faux, rien n'était à ta hauteur. J'ai laissé tomber pendant quelques minutes, j'ai joué avec Fabien, je me suis servi un verre de vin blanc, j'ai mis une pizza au four et je suis revenue. « Nous ressentons tous une grande peine… » « L'autoroute a fauché mon Julien… » « Julien était un bon mari, un bon père et un bon collègue… ». Je n'y arrivais toujours pas.

Je me suis resservi du vin et j'ai imaginé que tu trinquais avec moi. L'alcool a fait son œuvre. J'ai compris pourquoi j'étais incapable d'écrire ce fichu texte. Je n'avais simplement pas envie de mentir ni de faire semblant, de me lever pour réciter une dissertation de classe de seconde sur ta mort. Bien sûr, personne ne m'a interdit de dire la vérité : « Julien a été tué, et je ne sais pas pourquoi. », « Je viens de découvrir qu'il avait une vie secrète. » « Je n'ai pas été la femme qu'il méritait. », « Je suis tellement fauchée que je ne sais pas comment je vais payer la prochaine échéance de notre prêt, remplir le frigo ou élever notre enfant. » Ça leur ferait un drôle d'effet d'entendre ce texte-là. Mais à quoi ça servirait ? Tout ce que je veux, c'est t'offrir une belle cérémonie, pour que les gens se souviennent de qui tu as été.

J'en étais à ce point de mes réflexions quand j'ai repensé à Marie-Pierre, la jeune femme que j'avais rencontrée à Garches. Elle avait l'air si triste, avec ses yeux rouges et sa pâleur. Je me suis dit qu'elle souffrait peut-être autant que moi. J'ai eu envie de l'appeler, autant pour la réconforter que pour parler de ce que je vivais. J'ai cherché son numéro dans ma liste de contacts.

— Euh… Marion ? Vous pouvez attendre une minute ?

J'entendais des voix à l'arrière-plan, comme si elle se trouvait dans un lieu public. Les voix se sont éloignées et une porte a claqué.

— Je vous dérange peut-être. Si vous voulez, je rappelle plus tard.

— Non, non, pas du tout. Je bosse à la maison.

— Vous avez du monde, peut-être…

— Non, c'est une visioconférence, mais ils n'ont pas besoin de moi. Alors, comment vous allez ?

Je me suis demandé un instant si je ne m'étais pas trompée de personne.

C'est difficile. L'enterrement a lieu demain.

— Oh ! Pour Ben, c'est lundi. Je ne sais pas si j'arriverai à tenir le coup. Heureusement qu'il y a le boulot, sinon j'aurais déjà craqué.

J'avais besoin d'entendre ces mots. Je n'étais pas la seule à devenir folle.

— Je dois écrire le texte, pour l'enterrement. Je n'y arrive pas.

— J'en serais incapable. C'est ma mère qui s'en occupe. Elle n'appréciait pas trop Ben, et là, elle est obligée d'en dire du bien.

J'ai ri avec elle. J'avais un peu honte, mais ça faisait du bien.

— Ma mère à moi n'hésiterait pas à démolir mon Julien.

— Écoute, il est à quelle heure, l'enterrement de ton mari ?

— Dix heures et demie.

— Je peux y assister, si tu veux. J'ai rien à faire dans la matinée.

J'ai accepté sans hésiter.

— Oh oui, je veux bien !

— J'y serai. C'est à Villabé, je crois ?

— Non, à la maison funéraire de Corbeil-Essonnes.

— Je trouverai.

Sa réponse fut couverte par la sonnerie annonçant que quelqu'un essayait de me joindre.

— Marie-Pierre, j'ai un signal d'appel sur ma ligne.

— Je te laisse. À demain.

— Merci.

— C'est normal.

J'ai découvert l'identité du correspondant sur l'écran de mon téléphone : Nicolas Polachowski, le gérant de la cafétéria où je travaille. J'ai pris l'appel, la gorge serrée.

— Bonjour, Nicolas.

— Marion ? Je viens d'apprendre pour ton mari. C'est horrible, je ne sais pas comment tu vis ça.

Je n'avais pas envie de lui mentir.

— Mal.

— Je voudrais t'exprimer toutes mes condoléances et celles de tes collègues.

Il s'en foutait totalement et ne cherchait même pas à le cacher.

— Merci.

— Dis-moi, Marion, est-ce que tu pourrais passer à mon bureau vers 19 h ? J'ai des papiers à te faire signer, pour le chômage partiel.

Je ne pouvais pas me permettre de refuser, et il le savait.
— Je viendrai.
— Super. On se voit tout à l'heure, alors.
— Oui.
— Courage, hein.
Tu avais raison : ce type est un parfait connard.

J'ai trouvé l'inspiration dans l'après-midi. J'ai griffonné quelques mots sur un bout de papier, qui se sont vite transformés en une belle demi-page de discours. Si une partie de toi m'écoute encore, je crois que tu seras content de ce que je dirai.

Au moment où je m'apprêtais à m'occuper de Fabien, mon téléphone a reçu une notification, que j'ai consultée sans y penser. Ça venait de Messenger : « PetiteFleurJaune veut vous envoyer un message. » J'ai cliqué dessus, dans l'idée de supprimer la conversation. Je t'ai déjà montré certains de ces messages, généralement obscènes, et tu t'es même amusé un jour à répondre à l'un d'eux. Je m'apprêtais donc à trouver dans celui-ci les propositions habituelles.

J'ai tout de suite vu que j'avais affaire à autre chose. PetiteFleurJaune avait choisi comme avatar un fourgon d'Aliser, et le premier mot du message était mon prénom. J'ai cliqué sur la conversation. Ce que j'ai lu m'a terrassée :

marion julien t'a trahie je l'ai vu

Ma première réaction a été la peur : ce type savait bien trop de choses sur toi. Mais tout de suite après, j'ai pensé que cela ne faisait aucune différence. Ma vie était en miettes de toute façon. Oui, en t'engageant dans cette histoire, tu m'avais trahie et tu avais trahi ton fils.

Tu sais, j'aurais vraiment voulu que tu m'en parles avant. J'aurais peut-être pu te dissuader. Je suis sûre qu'on aurait trouvé une solution ensemble. Ou peut-être que je t'aurais accompagné, qui sait ? On serait morts ensemble, et je n’en serais pas à me demander ce qui a bien pu te passer par la tête.

36

La laisse du caniche était toujours attachée à la poignée de porte du premier étage. Clémentine n'avait jamais aimé les chiens, et ces horribles bêtes le sentaient, l'accueillant en général par des aboiements. Celui-ci ne se calma qu'au moment où Joseph arriva sur le palier, passant de l'agressivité aux effusions baveuses. Le policier faillit le caresser, mais un coup d'œil de Clémentine l'en dissuada tout de suite. Elle n'avait pas envie que les puanteurs canines envahissent la Golf pendant le trajet de retour.

Madame Balu les attendait, adossée au chambranle de sa porte. Elle avait changé de vêtements, et portait un pantalon rose moulant et un gilet noir à paillettes. Clémentine voulut la saluer, mais la femme se déroba. Elle rentra chez elle à reculons et ses visiteurs la suivirent, piétinant les grains de sucre répandus sur le sol du couloir. La maison de plastique avait disparu, et le camion de pompiers s'était retourné.

— Vous revenez déjà ? dit la compagne de Loran Mlik. Vous avez des nouvelles ?

Il y avait de la peur dans sa voix. Clémentine n'avait pas envie de lui raconter des histoires.

— Nous le cherchons toujours. Nous avons besoin de perquisitionner votre appartement pour avoir une idée des endroits où il a pu aller. On peut vous poser quelques questions supplémentaires avant ?

Elle hocha tristement la tête et les emmena dans le séjour, où la petite fille blonde assistait aux exploits numériques d'un garçon d'une quinzaine d'années. Le jeu vidéo mettait en scène un policier qui abattait des ennemis embusqués dans un paysage urbain en ruine. Clémentine réalisa que les enfants de ses amis avaient tous plus de vingt ans, et qu'elle ignorait totalement ce qui intéressait les préados contemporains.

— Casse-toi, Steven, t'as assez joué.

Steven ne bougea pas d'un sourcil. Léna lorgna Clémentine, mais sourit à Joseph.

— Tu t'appelles comment ? dit-elle.

— Joseph.

— Tu veux voir ma poupée ?

Joseph regarda furtivement Clémentine, qui fit semblant de ne pas s'en apercevoir.

— Je veux bien, oui.

Folle de joie, Léna courut vers sa chambre à petits pas bondissants.

— Elle a encore demandé son père, dit madame Balu. Moi, ça me démolit.

Steven finit par comprendre qu'il n'obtiendrait pas gain de cause face à de vrais policiers. Il éteignit sa console et le téléviseur, puis quitta le salon. Clémentine le vit entrer dans la cuisine et fermer la porte vitrée. Les trois adultes s'assirent au moment où Léna revenait. La petite fille offrit à l'admiration de Joseph une poupée aux yeux démesurés et aux formes très féminines, habillée d'une mini-jupe et d'un haut très décolleté. Sa mère voulut la renvoyer dans sa chambre, mais Joseph lui coupa l'herbe sous le pied.

— Elle est drôlement jolie, ta poupée. Comment elle s'appelle ?

Léna sourit de toutes ses dents.

— Ariana.

— Écoute Léna, dit la maman, tu veux bien nous laisser ?

Léna repartit. Clémentine doutait que ce soit définitif. Elle entra immédiatement dans le vif du sujet.

— Madame Balu, nous avons décidé de prendre la disparition de monsieur Mlik au sérieux. Nous avons donc besoin de toutes les informations que vous pourrez nous donner sur lui. Je vais commencer par le plus simple : comment était-il habillé quand il est parti hier matin ?

Elle leva les yeux, se gratta le sein droit et se mordit la lèvre inférieure.

— Je crois qu'il avait son pantalon noir à poches, un tee-shirt gris foncé et un gilet polaire noir – pour le froid du matin.

Des vêtements sombres d'allure quelconque. Malgré tout, Clémentine prit note de la description dans son bloc-notes.

— Vous l'avez vu quitter la résidence ?

— Non, je m'occupais des gamins.

— Habituellement, il part en voiture ?

— Il a sa vieille 308.

« Pas aussi vieille que la nôtre », pensa Clémentine.

— Il me faut la couleur et le numéro de plaque.

— Blanche. Et je vais vous chercher le numéro.

Elle se leva péniblement du fauteuil, traversa le séjour, fouilla dans un tas de papiers qui envahissaient le meuble télé, dicta l'information demandée et revint s'asseoir. Clémentine se rappela les demandes d'Alaric. Elle se demanda pourquoi elle les avait vécues comme une telle humiliation. En y pensant, elle s'aperçut qu'elle avait joué un rôle très réduit depuis le début de cette affaire, comme si le cadre de l'enquête inhibait ses qualités d'enquêtrice. Ce n'était pas son habitude, et elle comptait bien retrouver ses réflexes. La meilleure façon d'y arriver était de sortir du scénario écrit par le chef de groupe et de mener l'audition à sa manière.

— Madame Balu, je peux vous demander votre prénom ?

— C'est Josette, mais on m'appelle Jo.

— Jo, si je vous dis *le bistrot*, vous pensez à quoi ?

La femme cilla trois fois.

— Je sais pas. Un bar, une terrasse, des bières. C'est une sorte de jeu ?

Elle mentait.

— Vous connaissez le bistrot, n'est-ce pas ? Je parie que vous y êtes même allée.

Jo secoua vigoureusement la tête.

— Non !

— Loran vous en a parlé, alors ?

Clémentine sentit l'hésitation. Fallait-il continuer de nier, ou confirmer en partie ?

— Possible.

— Et le Ratel, ça vous dit quelque chose ?

Aucun clignement cette fois, juste une expression de confusion.

— Je sais pas.

— Est-ce que vous comprenez que la vie de Loran pourrait dépendre de ce que vous nous direz ?

— C'est vrai, je sais pas.

— Et pour le bistrot ?

— Tout le monde était au courant.

— Expliquez-moi.

— Ils faisaient rien de mal, ils prenaient juste un verre de temps en temps.

Est ce que vous vous rappelez comment Loran a découvert cet endroit ?

— Non.

— Réfléchissez, c'est très important.

Jo respirait rapidement. Son visage était agité par des tics nerveux.

— Je crois qu'on l'a invité.

— Qui l'a invité ?

Involontairement, Clémentine avait élevé la voix. Steven entrouvrit la porte de la cuisine pour voir ce que se passait. La femme répondit avec un sanglot dans la voix.

— Je sais pas.

C'est à ce moment que Joseph entra dans la conversation. Son intonation était calme et chaleureuse.

— Josette, dit-il, nous voulons que vous compreniez bien la situation. Nous faisons partie de la Brigade criminelle. Monsieur Mlik a peut-être commis des délits, mais nous ne sommes pas là pour ça. Il faut que vous nous disiez tout ce que vous savez, sans rien nous cacher.

Elle baissa les yeux. Elle allait parler.

— Il y a eu ce type, je connais pas son nom. Il a appelé une fois sur le fixe. Il a demandé Loran. Il avait une voix grave, et je l'ai pas senti. Loran a emporté le téléphone dans la cuisine pour pas que j'entende, mais j'ai quand même compris des trucs. Je suis sûre qu'il a parlé du bistrot et d'Orly.

— Pourquoi Orly ? demanda Clémentine.

— Avant d'être patrouilleur, il a bossé dans le fret. Je sais pas, il parlait peut-être à un ancien collègue.

— L'appel téléphonique date de quand ?

— Environ une semaine. Jeudi ou vendredi, je sais plus.

— Si vous nous parlez de cette conversation, c'est que vous pensez qu'elle est importante, dit Joseph. Est-ce que vous aviez l'impression que Loran vous cachait des choses ?

— Je le voyais bien, oui. Il peut rien me cacher. Je savais qu'il s'était mis dans des embrouilles. De toute façon, il en avait marre de vivre ici et de manquer d'argent, il le disait tout le temps.

Clémentine prit quelques notes. Joseph avait beau n'être que septième de groupe, son intervention avait été parfaite.

— Et vous pensez que sa disparition est liée aux embrouilles dont vous parlez ?

Josette prit le temps de réfléchir.

— Oui, c'est bien possible. Je sentais qu'il y avait quelque chose.

— Quoi ?

— Il avait peur. C'est pas trop son genre de…

Elle s'arrêta. Son imagination refusait d'aller au-delà. Clémentine jugea qu'il était temps de passer à la perquisition.

— Jo, nous aimerions maintenant jeter un coup d'œil à votre appartement, et surtout aux affaires de Loran. Nous cherchons surtout les ordinateurs, les téléphones portables, les tablettes, éventuellement des notes, des papiers, des relevés bancaires…

— Je vais tout vous montrer.

Josette se leva, plus difficilement encore que la première fois. Marchant sur ses talons, les policiers traversèrent l'appartement, passant successivement devant la cuisine, la chambre des enfants et celle de Steven, pour arriver dans celle du couple, réduit sombre aux murs jaune sale, occupé par un placard aux portes-miroirs, un grand lit aux armatures de métal et un vieux bureau. Sur ce dernier s'empilaient des papiers dans des trieurs en plastique, des objets publicitaires d'Aliser et un ordinateur poussiéreux. Au mur, au-dessus du bureau, un tableau de liège accueillait des dizaines de photos de patrouilleurs, de fourgons et de scènes d'autoroute.

— Tout est là, dit la femme, c'était son coin.

Clémentine nota qu'elle utilisait l'imparfait.

— Merci, dit-elle. Nous devrons aussi jeter un coup d'œil au reste de l'appartement.

— Faites comme chez vous. De toute façon, j'ai rien à cacher.

Joseph toucha la manche de Clémentine pour attirer son attention. Elle comprit que c'était sa manière de demander la permission de parler au témoin, comme s'il craignait d'être allé trop loin dans le salon. Elle hocha la tête.

— Josette, dit-il, est-ce que c'est vous qui gérez les comptes de la famille ?

Elle fronça les sourcils.

— Ouais, plus ou moins. De toute façon, y'a pas grand-chose à gérer. On a même pas de carte bleue, on est interdits bancaires.

— Si vous aviez reçu une grosse rentrée d'argent, vous l'auriez vue ?

Elle se tendit en un instant. Elle avait compris où il voulait en venir.

— On a rien reçu, que dalle. Vous pouvez vérifier.

— Si Loran a participé à un… à une entreprise quelconque, il a peut-être reçu de l'argent. Vous n'avez rien remarqué, un changement d'habitudes ou des achats ?

— Non, rien. S'il avait du fric, il l'a bien caché.

Il y avait de l'amertume dans sa voix. Elle quitta la pièce, sans doute pour éviter d'autres questions.

La perquisition fut rapide. Ils emportèrent l'unité centrale de l'ordinateur, quelques relevés bancaires, une note énigmatique et un vieux téléphone à clapet trouvé dans un tiroir du bureau. Les autres pièces ne contenaient rien de très intéressant – des jouets, des vêtements, divers objets du quotidien. Josette avait rejoint Steven dans la cuisine. Clémentine s'apprêtait à frapper à la porte vitrée, mais son regard fut attiré par la petite Léna, qui se dirigeait vers Joseph un objet à la main. Elle reconnut la lourde voûte céleste servant de presse-papier, qu'elle avait aperçue sur le bureau d'écolier du troisième enfant.

— Tu as vu, ça brille.

Son petit doigt montrait un endroit sous l'objet, où une partie de la peinture bleue avait disparu. Elle avait parfaitement raison : le métal nu brillait d'un bel éclat jaune. Elle ajouta :

— C'est de l'or.

Joseph empoigna le presse-papier et l'examina de près. D'un ongle, il gratta la peinture autour de la portion dénudée, révélant une surface uniformément dorée.

— Je crois que tu as raison, dit-il, c'est bien de l'or.

Clémentine l'interrogea du regard, et il acquiesça. Vu la taille de l'objet, il devait valoir des milliers d'euros. Elle s'en voulut de ne pas l'avoir inspecté de plus près pendant la perquisition. Elle frappa lourdement à la vitre.

— Madame Balu, nous avons quelque chose à vous montrer.

Léna nageait dans la joie. Les adultes s'intéressaient à elle.

* *

*

Contrairement à toutes les autres portes du couloir, celle du bureau que Mathieu Lagroue partageait avec son adjoint était fermée. Alaric récupéra son masque au fond de sa poche et l'ajusta sur son visage. La porte s'ouvrit avant qu'il ait le temps de frapper à la vitre translucide. Masqué jusqu'aux paupières, Lagroue s'efforça de lui sourire, mais ses yeux ne se joignirent pas à l'effort.

— Je peux vous voir ? demanda Alaric.

— Bien sûr. Je croyais que vous étiez parti avec vos collègues.

L'unique fenêtre de la pièce donnait sur le parking. Il devait surveiller tous les déplacements du groupe. Il marcha lentement jusqu'à sa table de travail et consulta l'écran de son ordinateur.

— Vous pouvez fermer la porte ? dit Lagroue.

Alaric poussa le battant et le fit claquer. Lagroue sursauta.

— C'est une drôle d'histoire, ce bistrot, dit le policier.

— Qu'est-ce que vous voulez dire ?

Alaric le dévisagea volontairement jusqu'à le mettre mal à l'aise.

— Le chat parti, les souris dansent. Vous avez été en arrêt à partir de quand ?

— Le 17 avril.

— D'après Malbert, ils ont installé le bistrot dans le bunker après que des patrouilleurs se sont fait griller, c'est-à-dire vers le 15 avril. Et Champreau a dit que les incidents ont commencé début avril. Vous étiez encore là. Vous êtes sûr que vous n'avez rien remarqué de suspect ?

L'attaque était brutale. Alaric l'avait conçue ainsi. La question des dates l'intriguait depuis le début. L'empressement de Champreau à innocenter le chef de district lui avait paru suspect. Lagroue déglutit et perdit ce qui lui restait de couleurs. Alaric reconnut les signes d'un moment qu'il connaissait bien : celui où le témoin compare le coût du mensonge à celui de la franchise.

— La direction m'a demandé d'interroger mes patrouilleurs sur les quatre sites que je dirige, mais ça n'a rien donné.

Alaric insista :

— J'ai du mal à le croire. Les patrouilleurs n'arrêtent pas de dire que tout le monde connaissait l'existence du bistrot. Non seulement je pense que vous saviez, mais votre directeur régional savait que vous saviez.

Lagroue n'avait pas assez d'énergie pour s'opposer à une telle offensive. Son corps disait qu'il allait lâcher.

— Je savais que ça arriverait un jour. Ils vous disent que tout ira bien, mais le moment venu, vous êtes seul.

— Vous parlez de quoi ?

— De leurs magouilles. Un jour, on me demande d'enquêter, le lendemain on me dit de fermer les yeux.

— Champreau ?

— Non, plus haut que lui. Quelqu'un du bureau du directeur général adjoint.

— Pourquoi ?

— Aucune idée. Je n'ai pas cherché à l'apprendre. D'une certaine manière, j'ai été soulagé de tomber malade.

— Et à votre retour, la direction veut tout savoir sur ce bistrot qui vient de fermer.

Le front de Lagroue se stria.

— Apparemment, oui.

Alaric mesura les conséquences de cette information. La détermination apparente de la direction d'Aliser à faire la lumière sur ce qui s'était passé faisait peut-être partie d'une stratégie de dissimulation, dans laquelle la police ne servait que de faire-valoir.

— On dirait qu'on s'est fait avoir tous les deux, mais j'aimerais savoir pourquoi une société d'autoroute aurait couvert un bar clandestin.

— Je n'ai pas dit ça. Le coup de fil que j'ai reçu était totalement confidentiel. On m'a bien précisé que personne d'autre ne devait être informé. J'ai l'impression que monsieur Champreau était sincère quand il vous a parlé.

Alaric se rappela les propos de Gouirand et l'hésitation de Cazenave.

— Des pressions extérieures ?

— C'est une possibilité. J'y ai pensé moi-même. Je me suis même demandé si je n'avais pas eu affaire à un imposteur.

— Il faudrait remonter à l'origine de l'appel.

Lagroue fit la grimace. Il savait que son indiscrétion risquait de lui coûter son poste.

— Mais pour l'instant, ce n'est pas nécessaire, compléta Alaric. On se contente de travailler sur le meurtre et sur la disparition des deux patrouilleurs. On a déjà assez à faire. À ce sujet, il me faudrait les numéros de téléphone et toutes les coordonnées connues de vos agents.

— Vous les aurez. Mon adjoint est en télétravail, il vous les enverra à l'adresse électronique de votre choix.

37

La rue Gustave Courbet ne faisait pas partie des artères les plus dangereuses du quartier des Tarterêts, à Corbeil-Essonnes. Elle marquait la frontière entre des tours de quinze étages et quelques pavillons décatis, et les passants ne s'y pressaient pas. Mais Victoria savait que la voiture banalisée risquait d'attirer l'attention des voyous, et que les déplacements des deux enquêteurs pouvaient être observés à ce moment même depuis l'un des bâtiments.

Mercredi et les jours suivants, Yves Geoffroy ne s'était pas présenté à son travail. Il ne répondait pas aux appels, et un collègue avait même sonné chez lui sans succès. Il semblait s'être évaporé, et cette disparition n'avait pourtant pas provoqué de drame dans le service qui l'employait. L'individu ne travaillait là que depuis janvier, et sa réputation n'était pas bonne. En quatre mois, il avait totalisé six semaines d'arrêts maladie, sans éprouver le besoin de les attribuer à une pathologie crédible.

L'adresse correspondait à un petit pavillon portant les traces d'un agrandissement récent. Victoria gara la voiture devant le portail. Un utilitaire était garé sur le flanc gauche de la maison, et les volets étaient ouverts. Patrick désigna les boîtes aux lettres accrochées à la clôture.

— Sur internet, j'ai trouvé trois noms de résidents, mais pas Geoffroy, dit-il.

Descendant du véhicule, il alla vérifier les noms, son téléphone à la main. Victoria sortit à son tour. Elle toucha discrètement la bosse que formait son arme de service sous son blouson de jean. Derrière une vitre de l'étage, un rideau bougea. Patrick revint d'un pas tranquille.

— Deux noms portugais écrits à la main : Carvalho, le propriétaire, et Figueiredo. On a aussi une boîte sans nom et celle de Geoffroy, avec une étiquette provisoire, dit-il. C'est bien ici.

Sans aucune précaution, il ouvrit le portail piéton et se dirigea vers la porte. Elle s'ouvrit avant qu'il l'atteigne, et un vieil homme aux cheveux blancs, portant un pantalon de velours et un pull tricoté à la main, se présenta devant lui, tenant un manche de pelle. D'un geste prudent, Patrick lui présenta sa carte Police.

— Bonjour, monsieur Carvalho, nous sommes de la police judiciaire de Versailles. Nous cherchons un certain Yves Geoffroy.

L'homme se saisit de la carte et l'examina sous tous les angles. Comme tous les retraités, il connaissait probablement les arnaques à la fausse qualité. Une femme apparut derrière lui, cheveux blonds et visage rond, une étole noire sur les épaules.

— C'est notre locataire, dit monsieur Carvalho. Au fond de la cour.

Patrick se retourna. Victoria le rejoignit.

— Vous l'avez vu ces derniers jours ? dit-elle.

Ce fut la femme qui lui répondit.

— Il est pas revenu depuis mercredi.

— Il a fait quelque chose de mal ? demanda l'homme.

— Nous ne le savons pas encore, dit Patrick. Nous devons perquisitionner son logement. Vous avez les clés ?

Carvalho ne dit pas un mot, mais rentra brièvement chez lui, pour ressortir avec un trousseau de clés.

— On aurait besoin de deux témoins pour la perquisition. Vous accepteriez nous accompagner ?

Les époux se regardèrent. La femme hocha la tête.

— C'est bon, dit l'homme, on veut bien.

Il invita les policiers à le suivre sur le chemin dallé qui longeait sa maison. Avant que Victoria ait le temps de faire un pas, madame Carvalho lui tapota l'épaule :

— Si vous voulez, vous pouvez entrer votre voiture. Ça vaut mieux par ici.

Victoria n'hésita pas un instant. Elle ouvrit le portail et mit le véhicule à l'abri. Quand elle put rejoindre les autres, le petit appentis situé au fond de la cour était déjà ouvert. C'était un bâtiment de dimensions très réduites, ne comptant qu'une fenêtre et une porte, longé d'une étroite terrasse. Les époux Carvalho attendaient dehors et Patrick, les mains gantées et les chaussures enveloppées dans des protections, se préparait à entrer. Il portait son téléphone dans une pochette accrochée à son cou, et Victoria se doutait que l'enregistrement vidéo avait commencé.

Imitant Patrick, elle enfila les gants et chaussa les protections qu'il transportait dans sa besace. Elle finit par mettre son masque, s'apercevant que Patrick n'avait pas oublié le sien, et pénétra dans le logement de Geoffroy.

Elle fut d'abord frappée par la puanteur. L'intérieur sentait le tabac, la poussière et la moisissure, peut-être aussi la bière et la nourriture avariée. Il n'y avait qu'une pièce, avec une kitchenette sommaire à un coin, une cabine de douche en plastique et un lavabo à l'autre. Entre ces deux points d'eau, une penderie à rideau de plastique, un canapé-lit et une table basse en métal occupaient le peu d'espace restant. C'était un logement sordide, autant par ses caractéristiques propres que par la négligence de son locataire. Au moins, le cadavre de Geoffroy ne s'y trouvait pas.

Patrick lui montra un carton ouvert glissé sous la table basse. Victoria se pencha et reconnut le logo d'Adidas. À l'intérieur du carton, elle aperçut des boîtes de chaussures, ainsi qu'une étiquette sur le côté, portant les trois lettres ORY.

— À combien tu évalues les chances qu'un type comme lui ait obtenu ces pompes par des moyens légaux ? demanda Patrick.

— Sa grand-mère les lui a peut-être expédiées par avion pendant le confinement.

— Sauf qu'Orly est fermé depuis fin mars.

— Problème.

— Problème.

La perquisition se poursuivit pendant quelques minutes encore. Victoria ouvrit la fenêtre et les volets pour chasser l'air vicié. À part le carton de chaussures et quelques vêtements jetés sur le sol, le logement de Geoffroy ne contenait rien qui sorte de l'ordinaire. Le seul appareil électronique sur lequel Patrick put mettre la main fut le chargeur d'un téléphone Samsung. Victoria emporta aussi un trieur contenant tous les documents administratifs du patrouilleur. Monsieur Carvalho précisa :

— Le monsieur, il a divorcé de sa femme. C'est elle qui a gardé leur appartement.

— Elle lui a tout pris, dit madame Carvalho, une salope.

Son mari lui jeta un regard réprobateur. Dans la famille, il était permis de louer un taudis à un divorcé sans argent, mais médire de sa femme, cela ne se faisait pas.

* *

*

18 h 35. Alaric consultait sa montre pour la troisième fois depuis le début du débriefing. Le groupe avait rejoint la salle de réunion, les cafés fumaient et Daniel se barricadait toujours derrière sa rubalise. Clémentine et Victoria venaient de raconter leurs perquisitions

respectives, et la voûte céleste en or était posée sur la table, emballée dans un sac de scellés. Il faudrait songer à lui trouver un coffre-fort avant de l'envoyer au labo. Pour certains fonctionnaires, cet objet représentait les revenus d'une année.

18 h 40. Un mort, et surtout deux disparus. La sensation d'un risque imminent, d'une situation qui imposait des actions immédiates. Première hypothèse : le coup s'était bien passé, mais le Ratel avait décidé d'éliminer ses hommes. Deuxième : le coup avait échoué, et le Ratel s'était vengé de ses recrues. Troisième : un des patrouilleurs avait doublé son patron, et s'était emparé du butin. Il avait organisé le meurtre de Delicourt pour dissimuler sa traîtrise. D'autres possibilités existaient, mais il était inutile de chercher plus loin sans éléments solides.

— On appelle Osmane ? demanda Clémentine.

— Si ça ne te gêne pas, je préfère parler tout de suite, dit Daniel. Je me sens très fatigué et j'ai l'impression que la fièvre monte. Je ne suis pas sûr de pouvoir tenir longtemps.

Clémentine parvint à rendre son soupir presque inaudible.

— Vas-y, dit-elle.

— Côté finances, d'abord, on n'a rien d'anormal chez Delicourt. J'ai aussi comparé les numéros de téléphone des patrouilleurs avec le listing du relais du Coudray-Montceaux, et j'ai trouvé deux matches : les numéros perso de Nicolas Barillet et d'Erwan Fagnou. Ils sont arrivés une heure après le carambolage, et sont restés sur place pendant deux heures.

— Faudra vérifier leur emploi du temps, mais ça m'étonnerait qu'ils aient quelque chose à voir avec la mort de Delicourt, dit Alaric.

— J'ai aussi reconstitué la liste des visiteurs du bistrot dans les deux semaines qui ont précédé le carambolage. Delicourt y est passé trois fois.

— Ou alors, il a fait quelques courses au Métro, dit Patrick.

Alaric savait où il voulait en venir. L'offre de Perfect Match exerçait sur lui un attrait irrésistible. Tout était bon pour convaincre son chef de l'accepter. Daniel prit une expression de gamin boudeur.

— Ça fait plaisir de voir qu'on s'intéresse à ce que je fais, dit-il. Que je sois là ou pas, ça change rien.

Alaric savait ce qu'il avait en tête : après ce qui s'était passé le matin, il disposait d'une bonne excuse pour ne pas apparaître le lendemain.

— On a besoin de ta liste, dit-il. Tiens, dis-nous si Delicourt et Mlik se sont trouvés là-bas ensemble.

Daniel se plongea dans ses notes.

— J'ai le mardi 28 avril à 15 h 25. Mlik est arrivé en premier, Delicourt s'est pointé dix minutes plus tard et ils sont restés là-bas un quart d'heure de plus.

— Je prends. Si on part du principe que le Ratel s'y trouvait aussi, on a une tranche horaire où on devrait trouver son numéro.

— Je m'en occupe.

Au moins, il n'abandonnait pas tout de suite.

— Je crois qu'il est temps d'appeler Osmane, en espérant qu'il aura quelque chose pour nous.

Cette fois, ce fut Patrick qui se chargea de l'appel. La sonnerie du téléphone fut diffusée sur des haut-parleurs entourant un tableau numérique interactif, sans que personne comprenne comment un tel prodige était possible.

— Je commençais à me sentir un peu seul, dit Osmane. Tout le monde est là, ou c'est juste Patrick ?

— On est tous là, dit Alaric. La prochaine fois, je demande à Patrick de nous arranger une vraie téléconférence, avec l'image et tout.

— Je préférerais pas. Là, je me suis pas rasé ce matin, je suis en short et j'ai le cul dans une bassine d'eau chaude.

— Bon, d'accord, on oublie l'image, ça vaut mieux pour tout le monde. T'as des petits cadeaux pour nous ?

— C'est possible. J'ouvre le garde-manger et c'est à vous de voir.

— On t'écoute.

— Je commence par mes trouvailles dans les fichiers. En 2014, Delicourt a été incarcéré à Fleury-Mérogis en même temps que Geoffroy, qui purgeait une peine pour agression sexuelle sur sa gamine. J'ai aussi trouvé que les deux ont été employés par Trans Europe Livraisons, une entreprise de transport de fret basée à Orly.

— Loran Mlik aussi a travaillé dans le fret à Orly, dit Clémentine.

— On tient une piste sur le recrutement de nos trois patrouilleurs, dit Alaric. Ce qui voudrait dire que le trafic de Ratel a un rapport avec le transport aérien et sans doute avec l'aéroport d'Orly.

— On a trouvé chez Geoffroy un carton de chaussures qui venait d'Orly, dit Victoria.

Patrick se mit à pianoter sur son portable. D'où il se trouvait, Alaric vit apparaître une carte sur l'écran. Toujours ce goût pour l'information exclusive, obtenue avant tout le monde.

— Si vous avez encore faim après cette entrée, j'ai aussi un plat de résistance, dit Osmane.

— Envoie, on prend tout.

— Votre troisième gars, celui avec un nom albanais, il a laissé plein de traces. T'avais raison, Alaric : il a été flashé par le radar de Boissy-aux-Cailles. J'ai aussi quelques endroits où il a borné : à Malesherbes, juste un peu plus loin, à Villabé et à Fontainebleau. Et je garde le meilleur pour la fin : plusieurs achats avec sa carte bleue, toujours à Malesherbes. La station-service Elan, le Carrefour Market, la Civette. C'est plus une piste, c'est un rallye. Ce type a jamais lu un polar, j'ai l'impression.

— Tant mieux pour nous. En tout cas, il a l'air vivant. Pour l'instant, on transmet tout ce qu'on a sur lui à la brigade de gendarmerie locale, et on essaiera de le localiser demain. Super boulot, Osmane.

— Heureusement qu'il y en a qui bossent, pendant que vous bronzez au bord de l'autoroute.

Cette déclaration suscita les protestations qu'il cherchait à provoquer. Daniel fut le seul à se taire.

— Justement, on est à l'heure où le soleil a plus d'effet. Je sais pas vous, mais moi, je rentrerais bien à Versailles. La bonne nouvelle, c'est qu'on a dépassé le pic des bouchons.

Toujours caché derrière son écran, Patrick précisa :

— 37 km de bouchons cumulés sur la région parisienne, un ralentissement à la hauteur d'Orly.

— C'est pas ça qui va nous dissuader. Mais ceux qui veulent rester ici plus longtemps sont libres de le faire.

La réponse ne se fit pas attendre : tout le monde, y compris Daniel, se leva et ramassa ses affaires.

38

À 18 h 50, je me trouvais dans ma voiture, moteur allumé, sur le parking de l'aire de Nainville-les-Roches. J'essayais d'empêcher mes mains de trembler. Je sais ce que tu vas me dire : quelqu'un qui vient de subir la destruction de sa vie et qui considère le suicide comme une libération n'aurait pas dû avoir peur d'un rendez-vous avec Nicolas Polachowski. Qu'est-ce que ce type pouvait me faire ? Me virer ? Au salaire auquel je suis payée, j'aurais facilement retrouvé du travail ailleurs. Me violer ? Je n'étais même pas sûre qu'il me dominerait physiquement. C'est peut-être irrationnel, mais je me suis toujours sentie mal à l'aise avec lui, comme si je le soupçonnais de posséder des pouvoirs occultes. Sa demande de me rencontrer seule à la fin de la journée suffisait à ranimer mes angoisses les plus folles.

La baby-sitter d'hier gardait encore Fabien. Elle s'appelle Chloé et elle vient d'abandonner son BTS de tourisme. Elle a l'intention de travailler dans un centre de loisirs en attendant de trouver une meilleure voie. Elle préfère enchaîner les petits boulots mal payés plutôt que de rester toute seule dans son studio. Cette fois, j'avais prévu large : elle pouvait rester jusqu'à 22 h.

Je suis sortie de la voiture à 18 h 55 et je me suis dirigée vers la cafétéria. Comme le grill, elle n'avait pas encore rouvert, et la plupart des lumières étaient éteintes. J'ai contourné le grand hall, où le seul établissement actif était un marchand de sandwiches et de viennoiseries, pour entrer par l'arrière. Je n'ai pas eu besoin de sonner, la porte était ouverte, et il y avait de la lumière dans l'étroit couloir. Je suis passée devant la cuisine, la chambre froide et le vestiaire, pour me diriger vers le bureau du gérant, une cabine aux parois de verre translucide donnant sur la salle. J'ai entendu les échos d'une conversation. J'ai supposé que Polachowski parlait au téléphone, mais il y avait au moins deux voix. J'ai repris espoir ; peut-être que plusieurs collègues étaient convoqués en même temps que moi. J'ai frappé à la porte.

— Entre !

J'ai poussé le panneau de verre. Mon gérant se trouvait à son bureau. Il paraissait plus petit qu'à mon souvenir, comme s'il était assis sur une chaise miniature.

— Bonsoir, Marion, tu vas bien ?

Il avait l'air mal à l'aise, comme un collégien à son premier rendez-vous.

— Aussi mal que tout à l'heure.

— D'accord. Euh… finalement, c'est bien qu'on soit encore fermés. Je veux dire, ça te laisse le temps de…

Le connard. Comment peut-on dire une chose pareille à une femme qui vient de perdre son mari ?

— Tu as quelque chose à me dire, Nicolas ?

Il s'est tordu sur son siège. Je m'attendais à tout.

— Euh… oui. Je… je reçois des coups de fil. On me pose des questions. J'aimerais pouvoir répondre à ces gens.

Il m'a montré la chaise en face de lui, et j'ai fait semblant de ne pas m'en apercevoir.

— Quelles questions ?

— La police fait une enquête. Ton mari aurait été lié à une sorte de trafic. On m'a demandé si je connaissais des endroits où il aurait pu cacher quelque chose.

J'ai immédiatement pensé à Loran. La caisse volée. Mon sang s'est glacé.

— Je suis censée savoir quelque chose, c'est ça ?

— Écoute, ils veulent fouiller ici. Tu es quand même sa femme.

— Eh bien, apparemment, il ne me disait pas tout.

J'ai reculé d'un pas. Il a tendu ses bras vers moi, comme pour me supplier de ne pas partir.

— C'est très important, Marion. Essaie de réfléchir.

Réfléchir, je ne faisais que ça depuis lundi. Je me demandais surtout comment tu avais bien pu nous mettre dans une situation pareille.

— C'est tout réfléchi.

J'ai encore reculé. Je me trouvais tout près de la sortie. Le regard de Polachowski s'est dirigé vers la porte derrière moi. Au même moment, j'ai senti une main puissante empoigner mon bras et le tordre. Autant surprise qu'effrayée, je me suis retournée, pour découvrir un homme de grande taille, au visage grossier et aux cheveux ras, habillé d'un costume noir trop petit pour lui. Dans l'autre main, il tenait un couteau à fine lame.

Je me suis figée, persuadée qu'il allait me poignarder. Même si je l'avais voulu, j'aurais été incapable de fuir ou de me défendre.

— On a assez discuté, a dit l'homme. Le Ratel veut te voir. Allez, c'est par ici.

Me broyant l'os, il m'a obligée à me retourner et m'a poussée dans le couloir. Mon gérant n'a pas levé le petit doigt pour l'en empêcher. Devant moi, la porte s'est ouverte. Un autre homme en noir, qui m'a fait penser à un videur de boîte de nuit, est apparu dans l'encadrement. J'avais du mal à contenir ma panique.

— Tu peux amener le van, a dit mon agresseur.

L'autre est parti aussi vite qu'il était venu. La porte s'est refermée, la lumière s'est éteinte. Nous sommes restés ainsi pendant une bonne minute. Je sentais mon cœur battre lourdement, et mon bras captif battait de même. J'ai cru que j'allais m'évanouir, comme dans les films, mais cela n'est pas arrivé. Autour de moi flottait une odeur de vêtements neufs. J'ai entendu un véhicule s'arrêter devant la porte. L'homme au couteau m'a fait avancer. Je n'avais pas la force de lui résister. Un moment, j'ai pensé : « Tu vois, Julien, comment tu as protégé ta femme ? »

J'ai fini dehors, soulevée comme une poupée et jetée dans le van. Je me suis retrouvée assise sur le sol du véhicule. Mon ravisseur a glissé autour de mon poignet un collier de serrage, qui me liait à un crochet attaché à la paroi métallique. La portière latérale du van s'est refermée. J'ai ressenti une secousse. Dans la pénombre, j'ai deviné la silhouette de mon ravisseur. Il était debout, et se tenait à une sorte de main courante. Dans sa main droite, la lame de son couteau a renvoyé un bref éclat.

Nous nous sommes engagés sur l'autoroute. Je connaissais très bien cette section. Nous l'avons quittée à la sortie suivante, celle de Fontainebleau, et nous avons fait demi-tour au rond-point pour reprendre la A6. Après une quinzaine de minutes, le van est sorti de l'autoroute, sans doute près d'Évry, et a encore parcouru une petite distance sans être ralenti par les feux ou la circulation. Il s'est arrêté dans un endroit qui me paraissait silencieux, et le conducteur est sorti pour ouvrir ce qui sonnait comme un portail protégé par des chaînes. Il est remonté dans le véhicule pour l'avancer de quelques mètres, a refermé le portail, puis l'a conduit jusqu'à notre destination.

La portière latérale s'est ouverte. J'étais terrifiée. Mon gardien a coupé mon lien et m'a poussée hors de la cabine. Nous nous trouvions entre trois bâtiments décatis, entourés d'herbes hautes qui poussaient entre les pavés. J'ai mis quelques secondes à m'habituer à la lumière frontale du soleil déclinant. Le cadre me donnait des frissons. C'était un vrai décor de film d'horreur, avec ses graffitis, ses odeurs de décomposition, ses tas de débris et ses recoins inquiétants. J'avais l'impression de me rendre sur le lieu de mon exécution.

— Avance, a dit l'homme au couteau.

Il a échangé quelques ricanements avec son complice. Pour eux, tout cela n'était qu'un jeu. Nous nous sommes dirigés vers la construction la plus vaste et la plus délabrée, dont la charpente du toit était en grande partie visible de l'extérieur. Quand je suis entrée, j'ai vu que les dégâts étaient bien plus importants que je l'avais imaginé, car la salle unique était ouverte sur le ciel, et le sol comportait de nombreux trous, laissant apercevoir une partie des sous-sols.

Nous avons contourné un mur maculé de fientes de pigeons. De l'autre côté, le conducteur a descendu les marches d'un petit escalier, où je me suis engagée à mon tour. Une guirlande d'ampoules nues accrochées au plafond éclairait notre progression. En bas, le couloir n'était qu'un boyau puant que longeaient plusieurs lignes de tuyaux. Après un coude, il conduisait à une salle de grandes dimensions, encombrée de divers objets. Malgré la faible lumière, j'ai distingué plusieurs caisses de bois d'un mètre de côté, certaines vides, d'autres fermées, un billot de boucher, une armoire murale ouverte sur une collection de fusils et un grand bureau de chêne, le tout sous trois petits puits de lumière.

Un homme était assis derrière le bureau. Il portait un costume, dont les manches remontées laissaient voir un fouillis de tatouages grossiers et de cicatrices, des lunettes sombres et un chapeau qui dissimulait la plus grande partie de son visage. L'homme au couteau m'a obligée à m'asseoir sur la chaise rouillée en face de son chef. Il a pris le temps d'attacher chacun de mes membres avec un collier de plastique, comme s'il craignait que je m'échappe. Je me trouvais au comble de l'horreur, mais tout cela me semblait irréel, à la façon d'un décor de série policière. D'un geste sec, l'homme au chapeau a écarté mon ravisseur.

— C'est toi, la femme de Julien ? a-t-il dit. Je suis le Ratel.

Il avait une voix de basse russe, si grave et profonde qu'elle paraissait artificielle. Je n'ai rien dit, mais l'homme au couteau m'a asséné une claque sur la cuisse.

— Présente-toi, sale garce !

La douleur a traversé ma jambe comme une décharge électrique. J'ai baissé les yeux pour m'assurer qu'il n'avait pas frappé avec sa lame, mais le tissu de mon pantalon était intact.

— Je... je suis Marion Delicourt.

— Très bien, Marion, a dit le Ratel. Tu obéis. Une femme doit obéir, tu n'es pas d'accord ?

J'ai très vite hoché la tête. J'aurais dit oui à n'importe quoi. Le Ratel a poursuivi :

— Je suis un homme très occupé. Je ne supporte pas qu'on me fasse perdre mon temps. Tu comprends ça, Marion ?

— Oui.

— C'est bien. Alors tu vas m'écouter très attentivement. Julien, il a fait un travail pour moi. Je lui ai donné de l'argent pour ça, je lui ai aussi donné ma confiance. Et tu crois qu'il a été digne de ma confiance ?

Les deux hommes de main ont secoué la tête. Le Ratel n'attendait aucune réponse de ma part. Il a continué :

— Non, il n'a pas été digne de ma confiance. Il m'a trahi. Il m'a volé l'objet qu'il devait me rapporter. Tu m'entends, il a volé le Ratel, cette raclure, il a osé faire ça.

Il avait hurlé la dernière phrase, et je me suis mise à sangloter à gros bouillons. Je tremblais, j'avais mal partout et je me sentais incapable de réagir. Avec une agilité qui m'a surprise, il s'est levé, s'est jeté sur moi et m'a prise par la veste, bloquant ma respiration.

— Maintenant, sale garce, c'est toi qui vas finir ce qu'il a commencé, a-t-il dit. Tu vas retrouver cet objet et le ramener ici avant demain à minuit, sinon je t'arrache le cœur et je le jette aux cochons.

Il m'a lâchée. J'ai trouvé le courage de répondre :

— Vous l'avez tué ?

Le Ratel m'a administré deux gifles qui ont failli me décrocher la tête.

— Tu crois que tu peux poser des questions au Ratel, salope ?

J'étais sonnée. J'avais les joues en feu. J'ai senti un liquide couler sur ma joue. Mon ravisseur a approché son couteau de ma gorge. J'étais totalement impuissante. Ces hommes pouvaient faire de moi ce qu'ils voulaient. Je me suis demandé si tu avais vécu une situation similaire, en prison ou ailleurs.

D'une voix que je ne reconnaissais pas, j'ai répondu non. Le Ratel a prononcé ses dernières paroles :

— Vingt-quatre heures. Tu me rends la caisse, ou je m'occupe si bien de toi que tu te jetteras à mes pieds pour me supplier de t'achever. Et ne te mets surtout pas dans la tête d'appeler la police.

L'homme au couteau a sectionné les colliers qui m'emprisonnaient. Il m'a blessée à deux endroits, mais cela m'a laissée indifférente. Me tirant par le bras, il m'a forcée à me lever. J'ai failli m'écrouler, tant mes jambes refusaient de me porter. J'étais une chose insignifiante, une morte en sursis, un fantôme. Il a quitté la salle en me traînant derrière lui. Le conducteur nous suivait.

Nous sommes retournés au van, où on m'a jetée dans la cabine sans m'attacher. J'ai entendu l'homme au couteau monter à l'avant. Ils ne jugeaient même plus nécessaire de m'attacher ou de me surveiller. J'ai pensé que Loran Mlik avait peut-être vécu la même chose. Avait-il réussi à échapper au Ratel ? J'en doutais fortement. S'il avait reçu le même ultimatum que moi, cela signifiait que le Ratel savait où le trouver.

Je n'ai pas prêté attention au trajet de retour. J'étais trop épuisée pour cela. Je suis restée allongée sur le sol dur de la cabine, tâchant de retrouver un peu de forces. Nous nous sommes arrêtés, et la portière s'est ouverte. L'homme au couteau a attendu que je me lève. Nous

nous trouvions au bord de l'autoroute, sur ce qui ressemblait à une bretelle d'entrée. Je suis sortie et j'ai tâché de m'orienter. La soirée était bien avancée. J'étais aveuglée par les phares des voitures. J'ai interrogé mon ravisseur du regard, et il m'a désigné un bâtiment à quelques centaines de mètres de là. À cet instant, une question pressante m'a traversé l'esprit :

— Quand j'aurai trouvé la caisse, comment je ferai pour vous la ramener ?

La brute a confirmé mes pires craintes :

— T'en fais pas, on sera au courant. On viendra la chercher.

C'étaient donc eux qui me surveillaient depuis quelques jours. Tout espoir de leur échapper était stupide.

J'ai marché lentement vers les lumières que j'apercevais au loin. Parfois, des voitures passaient près de moi, me faisant des appels de phares. Je n'ai compris où j'étais que quand je suis arrivée à proximité des constructions. Ils m'avaient déposée sur la voie de sortie de l'aire de Nainville-les-Roches. J'ai regardé ma montre : il était 21 h 30. La baby-sitter m'attendait encore à la maison, et Fabien était couché depuis longtemps. Je me suis remise à pleurer, mais il y avait de l'amour dans mes larmes.

39

Samedi 16 mai

L'introduction d'une chanson non identifiée, peut-être de Bjork. Quelle heure pouvait-il bien être ? Alaric tâtonna dans le noir pour atteindre son téléphone, faisant tomber la plupart des objets posés sur son chevet. Quand il mit la main sur l'appareil, il décrocha sans vérifier l'identité de son correspondant.

— Autier.

— Cazenave.

D'un bond, il s'assit sur son lit.

— Quelqu'un est mort ?

— Remarquable perspicacité. Je viens de recevoir un appel de la permanence du parquet. On vient de retrouver l'un de vos disparus sur l'autoroute A6.

— Je ne vous demande pas dans quel état.

— D'après ce qu'on m'a dit, il serait passé sous un semi-remorque.

— Bordel de merde.

— Remarque grossière, mais adéquate. Je vais finir par croire qu'il y a un tueur en série qui opère le long de cette autoroute.

— Je vous rejoins là-bas. C'est à quel niveau ?

— Au kilomètre 61,8, c'est tout ce que je sais.

— Je devrais en avoir pour une heure.

— Je vous attends.

Cazenave raccrocha. Il avait évité d'exprimer la moindre émotion sur ce qui venait de se passer. En tout cas, il venait d'obtenir la preuve que l'information judiciaire n'était pas superflue. Alaric appela immédiatement Clémentine, sans même prendre le temps d'allumer la lumière.

— Une bonne ou une mauvaise nouvelle ? demanda-t-elle.

— Mauvaise. Un nouveau mort.

— Qui ?

Il s'aperçut qu'il avait oublié de le demander au substitut du procureur.

— Un de nos deux disparus, je sais pas lequel. Écrasé par un camion sur l'A6.

— Putain de merde.

— Comme tu le dis.

— Si c'est Mlik, c'est trop con, on le tenait.

Alaric pensait exactement la même chose : une heure de travail supplémentaire aurait peut-être suffi pour que le groupe retrouve le patrouilleur. Il s'efforça d'imposer le silence aux voix intérieures qui commençaient à instruire son procès.

— On fera le point plus tard. Pour l'instant, Cazenave nous attend au kilomètre 61,8 de l'A6.

— C'est près de Fontainebleau, non ?

Mlik habitait à Fontainebleau, et Malesherbes se trouvait à la même latitude.

— Possible. On se retrouve à Versailles ?

— J'y serai avant toi. Je fais chauffer la voiture.

Alaric regarda l'heure sur son téléphone : 6 h 38. Au moins, il ne rencontrerait aucun obstacle sur la N10, et la A6 serait dégagée.

Le trajet fut sombre et silencieux. Aucun enquêteur n'aimait ajouter un mort à sa procédure en cours. Avec ou sans faute, le sentiment d'échec était inévitable. Comme il l'avait fait si souvent dans le passé, Alaric se demanda pour quelle raison profonde il avait choisi ce métier. Les explications classiques – pour réparer des torts subis dans l'enfance, pour mettre le mal en échec, pour rétablir l'ordre et la justice dans le monde – ne lui avaient jamais convenu.

Le décès de Julien Delicourt, un de plus dans une longue liste, lui donnait le sentiment de toucher du doigt ce qui le motivait. Quelque chose en rapport avec l'indifférence de l'univers envers la souffrance des humbles. Il avait l'impression d'entendre les cris de douleur des victimes, de revivre les derniers instants de leurs existences. Il se sentait un peu comme celui qui rend la parole aux morts, compensant ainsi le déséquilibre introduit par ce qu'ils avaient vécu.

La radio d'autoroute annonçait un bouchon de cinq kilomètres avant leur destination. Alaric posa le deux-tons[17] sur le toit de la voiture et Clémentine emprunta la bande d'arrêt d'urgence. Ils arrivèrent bientôt en vue d'un pont, sous lequel la circulation se réduisait à une seule voie. Plusieurs véhicules étaient stationnés derrière une rangée de cônes : tout devant, à une centaine de mètres au moins, le poids lourd impliqué dans l'accident, ensuite un véhicule de secours routier des pompiers, deux voitures de gendarmerie et une berline noire récente. Clémentine aligna la Golf derrière la dernière. Ils sortirent de la voiture et marchèrent en direction d'un petit groupe de personnes rassemblées près de la plaque indiquant « Montereau-Fault-Yonne ».

Cazenave se tenait à côté d'un lieutenant de gendarmerie barbu et de deux pompiers. Il avait les cheveux en désordre et semblait exténué. Lui aussi n'avait pu terminer sa nuit. Il les accueillit d'une main à peine levée.

---

17. Le gyrophare.

— Merci d'être venus, dit-il. Je viens d'arriver moi aussi. Nous attendons la police scientifique d'un moment à l'autre.

Il se chargea des présentations, aussi brèves que possible. On n'était pas là pour échanger des mondanités. Le lieutenant Juillet présenta les faits :

— Nous avons reçu un appel du PC de Dijon vers 6 h 10. Plusieurs conducteurs les avaient contactés pour signaler l'accident. Quand nous sommes arrivés, nous avons trouvé le semi-remorque immobilisé sur la voie de droite. Le chauffeur, monsieur Kayat, avait réussi à bloquer tout seul le trafic en amont. D'après lui, la victime serait tombée du pont, quasiment sous les roues de son camion.

— Jusque-là, on pourrait croire à un suicide, dit Cazenave. Mais écoutez la suite.

Le gendarme n'arriva pas à cacher son agacement d'avoir été interrompu :

— J'allais y venir. Alors que nous nous trouvions sur place, le PC nous a rappelés pour nous transmettre le témoignage d'un automobiliste roulant vers Paris, qui a assisté à la chute. Selon lui, deux hommes auraient tenu la victime par les pieds et l'auraient lâchée au moment du passage du camion. Nous avons immédiatement contacté cet automobiliste, qui s'était arrêté sur l'aire d'Achères Est. Il est entendu en ce moment dans nos locaux.

Alaric visualisa instantanément la scène, le patrouilleur se débattant pour échapper à la mort, essayant d'attraper n'importe quel objet, les deux hommes se coordonnant pour le laisser tomber au bon moment, les secondes précédant l'impact, le passage sous les roues du camion. Au moins, il n'avait pas dû souffrir longtemps. Le fait de le tenir par les pieds suggérait une forme de torture, une menace très concrète visant à lui extorquer des informations.

— Est-ce que votre témoin a pu préciser la durée de la scène ? demanda-t-il au gendarme.

Le lieutenant Juillet tira un carnet de sa poche et lut une note manuscrite :

— Je vous cite la transcription de son message : « Je roulais sur la voie de gauche quand j'ai repéré ces types. Au début, je comprenais pas ce qu'ils faisaient, mais quand je me suis approché, j'ai vu qu'il y en avait deux qui tenaient un troisième par les pieds. J'ai ralenti, je savais pas quoi faire. Ils l'ont lâché avant que j'arrive au pont. Je devais être à une centaine de mètres quand il est tombé devant le camion. Je crois que j'ai fermé les yeux à ce moment-là, parce que j'ai pas vu le choc. »

— Tu penses à la même chose que moi ? dit Clémentine.

— Ils essayaient peut-être de le faire parler. Ce serait cohérent avec notre affaire.

— J'ai du mal à voir le lien avec le décès de Delicourt, dit le magistrat.

Alaric chercha la meilleure réponse à lui offrir, mais il n'en possédait aucune.

— Nous savons que ces trois patrouilleurs ont été recrutés par un inconnu surnommé le Ratel, et qu'ils avaient tous les trois travaillé à Orly. Pour le reste, le scénario nous échappe encore.

— Et votre troisième homme est dans la nature, si j'ai bien compris. Il vaudrait mieux pour lui que les tueurs ne le retrouvent pas avant vous.

Il n'avait pas tort, mais entre un truand connu seulement par son surnom et un patrouilleur disparu, la tâche promettait d'être difficile.

— Nous y travaillons, monsieur Cazenave. Au fait, je ne vous ai pas demandé l'identité de la victime.

— Il s'agit de Loran Mlik. Les gendarmes ont retrouvé ses papiers sur la bande d'arrêt d'urgence. Apparemment, ils étaient tombés avant lui.

Clémentine regarda Alaric. Il y avait de la tristesse dans ses yeux. Elle avait rendu deux visites à la famille, et connaissait bien sa situation. Elle savait qu'il lui faudrait annoncer la mauvaise nouvelle.

— Le corps est encore visible ? dit Alaric.

Ce fut Juillet qui répondit, montrant de la main une tache noire sur l'autoroute, juste après le pont :

— Le routier l'a recouvert d'une bâche.

Le petit groupe se mit en marche. Tout le monde ici avait l'habitude de la mort. Cadavres dans tous les états, hommes, femmes, enfants, baignant dans le sang ou dans la cervelle écrasée, récents ou décomposés, laids comme des démons ou beaux comme des dormeurs, litanie des corps que la vie avait quittés. Ils passèrent devant un gros homme assis sur la glissière, habillé de vieux vêtements, qui se tenait la tête dans un geste de désespoir. Le chauffeur, le seul pour qui ce n'était pas un jour ordinaire. Faute de temps, personne ne lui adressa la parole.

Quand ils arrivèrent près de la bâche, Alaric prit le temps d'observer les environs. Pendant le trajet, il avait repéré la voie qui passait sur le pont, la rue de Bessonville. Elle menait d'un quartier de La Fontaine-la-Reine à Ury, dont elle faisait partie. Si Mlik se cachait bien du côté de Malesherbes, il n'avait eu aucune raison d'emprunter cette petite route rurale.

— Vous avez retrouvé son véhicule là-haut ? demanda Alaric.

— Non, dit le lieutenant Juillet. Pas un seul véhicule abandonné dans les environs. Ma brigade se trouve à La Chapelle-la-Reine, nous connaissons bien le terrain.

— Donc, ce seraient les tueurs qui l'auraient transporté. Des traces ?

— Je vous ferai voir. Certaines sont exploitables. On a aussi des empreintes de chaussures.

— C'est toujours ça.

Un témoin visuel, mais lointain, quelques empreintes, une route discrète au milieu de la campagne et pas une seule caméra. Arme du crime : une autoroute. Des criminels n'hésitant pas à éliminer un par un leurs complices. Une demi-sphère en or. Un cube Bluetooth, un balai et un morceau de plastique. Un bistrot clandestin. Un surnom improbable. Un goût macabre pour les ponts. Toute l'affaire était tissée d'éléments de ce genre. Rien de concret ne suggérait la moindre piste.

Un deuxième gendarme arriva, à qui Juillet demanda de soulever la bâche. L'homme se plaça dos à l'autoroute et tira doucement, de manière à dissimuler la vue aux automobilistes qui défilaient sur la gauche. Le cadavre reposait perpendiculairement au sens de la voie. Jusqu'au menton, la tête était à peu près intacte, mais le corps avait été aplati par les pneus jusqu'à atteindre une épaisseur de trois centimètres environ. Le sang et une partie des viscères étaient étalés sur la chaussée autour des vêtements. Les bras écrasés se croisaient sur l'avant du corps, attachés par un lien de serrage. Reliés à l'abdomen par une petite bande de chair plate, le bas des cuisses et les jambes avaient gardé leur volume. Clémentine parla la première :

— Il s'est en partie retourné dans sa chute, mais ça colle avec le témoignage de l'automobiliste. Les faits sont assez peu contestables. Il faudra attendre les résultats de l'autopsie pour établir si la victime était vivante, mais je serais surprise du contraire.

Alaric se pencha sur la tête de Mlik. Il obtint la confirmation de ce qu'il avait entrevu.

— Il a une contusion sur la pomme d'Adam, une coupure à la lèvre supérieure et une autre au front. Je vois aussi du sang coagulé au-dessus de l'oreille. Ce sont des blessures qui datent d'au moins une journée.

Clémentine s'accroupit à son tour. Elle montrait rarement de la répulsion en présence d'un cadavre, et elle appréciait tout particulièrement les autopsies.

— Il n'est ni rasé ni coiffé, et ses vêtements pourraient correspondre à la description de sa compagne. Il se cachait certainement dans un endroit sans confort.

— Il était peut-être détenu.

— Quand tu détiens quelqu'un, tu n'as pas besoin de le suspendre au-dessus d'une autoroute pour lui faire peur.

Alaric essaya d'imaginer ce qui avait pu pousser les tueurs à agir ainsi, alors qu'ils auraient pu emmener Mlik dans un endroit tranquille et faire disparaître son corps.

— C'est pas ce qu'on peut appeler un petit crime discret.

— Avec Delicourt, au moins, ils ont essayé de cacher les choses.

— Il y a trop d'inconnues pour tirer des conclusions.

Le gendarme remit la bâche en place. Cazenave, qui s'était tenu à l'écart pendant que les policiers examinaient le corps, s'invita dans leur conversation :

— Ce serait peut-être le bon moment pour me faire le compte-rendu que vous me devez pour aujourd'hui.

Sa demande était tout à fait justifiée. Alaric pesa ses mots.

— Je vous avais parlé du témoignage de ce patrouilleur, qui a assisté au recrutement de trois de ses collègues dans une buvette clandestine. L'enquête ne fait que commencer, mais nous avons déjà un lien entre Delicourt et Geoffroy, qui se sont trouvés ensemble à Fleury-Mérogis. Les trois hommes recrutés par l'individu surnommé le Ratel ont également un point commun : ils ont tous travaillé dans le fret à Orly.

Une expression d'embarras traversa fugacement le visage du magistrat. Il avait réagi au nom de l'aéroport. Alaric ne laissa pas passer l'occasion :

— Il y a un problème, monsieur Cazenave ?

Le substitut du procureur détourna le regard, s'intéressant soudainement au trafic de l'autoroute.

— Non, non, continuez.

Alaric prit note de l'incident. Si Orly provoquait ce trouble chez le magistrat, les pressions qu'il avait reçues devaient concerner cet endroit.

— C'est à peu près tout. Nous avons également saisi chez Mlik une importante quantité d'or, dissimulée dans une voûte céleste servant de presse-papier.

— Une voûte céleste ?

— Une demi-sphère, si vous préférez, qui se trouvait dans une chambre d'enfants. Étant donné que la famille manquait visiblement d'argent, un tel objet nous a paru suspect. Il est en cours d'analyse à Paris.

— Original. Vous pensez qu'il s'agit d'une sorte de paiement ?

— C'est possible, oui.

— Du bon travail.

Il accompagna ces mots d'une grimace qui les contredisait. À nouveau, Alaric craignit qu'il étouffe l'affaire, même si le deuxième homicide rendait cette manœuvre improbable.

Une voiture venait de se garer derrière la Golf de la brigade criminelle. Deux techniciens en scène de crime en sortirent, transportant des mallettes d'outils et d'équipements. Alaric laissa Clémentine avec eux, tandis qu'il partait visiter l'emplacement d'où Mlik était tombé sur la voie. Après avoir enjambé la glissière, ils montèrent jusqu'en haut du pont.

— Suivez le guide, dit Juillet.

Il traversa la route et marcha quelques mètres, avant de s'arrêter à la verticale du lieu de l'accident. De l'index, il montra un emplacement précis. Alaric s'agenouilla et commença par photographier à l'aide de son téléphone, puis l'examina d'aussi près que possible sans effacer l'indice. Dans la poussière humide accumulée le long de la route, une demi-empreinte de chaussure restait visible, entourée de traces de piétinement récentes.

— Le pont fait six mètres de large, ajouta le gendarme. De là où ils se trouvaient, ils pouvaient facilement voir venir les véhicules et prévoir de lâcher la victime au bon moment.

Alaric avança jusqu'au milieu du pont et s'appuya contre le garde-corps. Il voulait sentir ce que cela faisait de retenir un homme par ses pieds au-dessus d'une autoroute. Au premier passage de camion, il comprit que le plus dur était de résister à l'appel d'air provoqué par les grands véhicules. Le fait de porter Mlik pendant plusieurs secondes ou minutes ne faisait qu'accroître la difficulté. Les tueurs devaient posséder une force physique hors du commun.

— Où sont les traces de pneus ?

— Là-bas, à l'entrée du chemin rural.

Juillet pointait un triangle de terre sur la droite, quelques dizaines de mètres après le pont. Alaric s'y rendit. Il trouva sans peine les empreintes, dont il estima la largeur à plus de 22 cm, avec une structure radiale. Des pneus d'utilitaire, aux sculptures bien marquées, probablement neufs. D'après l'orientation des sillons, le véhicule venait de la voie de droite et était reparti sans faire demi-tour. Alaric prit d'autres photos. Le gendarme attendit qu'il ait terminé avant de parler :

— Vous enquêtez sur le carambolage ?

— Seulement sur l'accident initial, entre une voiture et un fourgon.

— On a un collègue qui y était. Sa moto s'est renversée sous le pont.

— Il s'en est sorti ?

— Fracture du crâne et lésion de la moelle épinière. Il vient de sortir du coma, mais il restera hémiplégique.

Alaric vit passer le visage de Cynthia. Elle avait subi un sort similaire, mais avait échappé à la paralysie.

— Je suis désolé pour lui. Ça doit être horrible pour ses proches.

— Il est divorcé et il a deux enfants.

Comment répondre en évitant les banalités ?

— C'est moche.

— Oui.

Alaric fut tenté de lui demander si le collègue avait vu quelque chose, mais Juillet l'en dispensa.

— Le choc lui a fait perdre la mémoire de l'accident.

— Dommage.

Le gendarme hocha la tête. Il avait eu la même idée. Déformation professionnelle des enquêteurs.

40

Clémentine en était à son troisième café. Elle avait insisté pour continuer sur l'A6 jusqu'à l'aire de Nemours, invoquant le besoin de prendre l'air avant de se remettre au travail. Mais Alaric n'était pas dupe : elle voulait avant tout se remettre de la tâche douloureuse dont ils venaient de s'acquitter. Une demi-heure plus tôt, ils avaient sonné pour la troisième fois à la porte de la résidence où habitaient Josette Balu et ses enfants. La compagne de Mlik ne les avait pas fait entrer. Elle avait compris tout de suite. La mort laisse à tous ceux qui la côtoient une empreinte qui ne s'efface qu'avec le temps. Cela n'avait duré qu'un court moment, mais Clémentine en était sortie plus bouleversée qu'elle ne voulait l'admettre. Alaric essaya de rompre le sort :

— Quand je travaillais à la protection des mineurs, il y avait cette gamine, qui ressemblait un peu à Léna. Elle s'appelait Mila. On la voyait souvent dans nos bureaux, chaque fois que sa mère ramassait un nouveau copain. Elle était couverte de bleus et de cicatrices. Elle boitait un peu, à cause d'une fracture mal soignée. Elle avait fini par apprendre tous nos prénoms. Elle adorait nous rendre visite. Elle nous parlait de ses jouets, des films de princesses qu'elle avait vus à la télé.

Clémentine sortit les lèvres de sa tasse en carton.

— Arrête, je te vois venir.

— Je termine quand même. Il y avait un jeune collègue, il s'appelait Thomas. Sa femme venait d'accoucher. Il s'était pris d'amitié pour Mila. Il lui achetait des bonbons, il la prenait sur ses genoux, il lui faisait les dessins qu'elle demandait.

— Plus tard, elle est morte, c'est ça ?

— Non, non, tu devines pas. Un jour, Nicole, notre chef de groupe, nous a réunis et nous a parlé de la gamine. Elle s'est pas adressée à Thomas en particulier, mais tout le monde savait que c'était pour lui. Elle nous a dit quelque chose que j'ai jamais oublié.

— Je ne sais pas si j'ai envie de l'entendre.

— Je te fais pas la morale, promis.

— Bon, raconte.

— Elle nous a dit qu'en tant que flics, on était censés garder nos distances. Aucune implication personnelle, la procédure et rien d'autre. On est là ni pour juger les crapules ni pour sympathiser avec les victimes, juste pour servir la justice. Sauf que tout ça, c'est du bidon. Si tu fonctionnes comme une machine, sans émotion, tu te plantes à tous les coups. Le policier robocop, c'est pour Hollywood. En vrai, on laisse jamais nos sentiments au vestiaire en arrivant. Et elle a ajouté : « Alors on bricole tous avec ce qu'on est, on essaie de se protéger et de faire notre boulot correctement, sans y laisser trop de plumes. Mais de temps en temps, on crée des liens avec de pauvres types, des mômes sans défense ou des petites nanas qui galèrent. On peut rien y faire, c'est le prix à payer pour rester humain. Pas de bol, ceux à qui on s'attache ont des chances de mal finir. C'est pour ça que les gens restent pas à la protection des mineurs : tu peux te consoler de voir crever le pauvre type ou la nana qui galère, pas le môme sans défense. Ça te fout la rage et ça te déchire le cœur, et tu te dis que t'as plus envie de vivre ça. »

Alaric s'arrêta pour avaler un croissant. Clémentine finit par comprendre qu'il ne parlerait plus.

— C'est tout ?

Il parla la bouche pleine :

— Oui, c'est tout. Je t'avais promis ; pas de morale, pas de violons. Nicole, elle était raide comme le Code pénal. Jamais de tutoiement ni de familiarités, et sa seule passion connue était de construire des procédures bien charpentées. Et là, elle nous parlait d'émotions, de liens et de rage au cœur. Je peux te dire que ça nous a décoiffés.

— Et Thomas, qu'est-ce qu'il en a fait ?

— Il a continué à jouer avec Mila et à lui offrir des sucettes. C'était son choix. Et quand la mère de sa protégée est morte d'une overdose, il a pleuré comme un môme. Mila a été placée, et on l'a perdue de vue.

— Mais alors, ça lui a apporté quoi, ce grand discours ? Au final, il a quand même dégusté.

— Oui, mais il s'y attendait. Il savait que c'était le prix à payer. Il a fini par s'en aller, lui aussi. Je crois qu'il est passé au RAID.

Clémentine essaya de tirer de sa tasse une ultime goutte, mais même la mousse avait séché.

— J'aimerais être comme elle, comme Nicole, je veux dire.

— C'est une belle ambition. Moi, j'y ai renoncé depuis longtemps. Trop difficile.

Elle hocha la tête et rassembla ses affaires.

— Allez, on a du boulot.

La Clémentine qu'il connaissait était de retour.

Une petite foule d'hommes, habillés de vestes fluo ou de vêtements noirs, était attroupée devant le bâtiment du district. Alaric reconnut plusieurs patrouilleurs qu'ils avaient auditionnés et des ouvriers croisés dans les couloirs. Les mines étaient sombres, et on devinait facilement la raison de leur présence.

— Encore des explications, dit Clémentine.

— Je m'en occupe.

Alaric se gara près de la voiture utilisée par le reste du groupe. Marchant en tête, il se dirigea vers les patrouilleurs, dont plusieurs lui lancèrent des regards hostiles. L'un d'eux, Alexandre Gadit, le cinquième auditionné, l'apostropha :

— Hé, monsieur le policier, c'est vrai qu'il est mort, Loran ?

Alaric prit le temps de fixer chaque personne présente. Il répondit d'une voix calme.

— Oui, Loran Mlik est mort.

Un vacarme de conversations se leva. Gadit insista :

— Vous êtes pas censés protéger les gens ? Je veux dire, c'est bien beau de nous poser des questions et de fourrer votre nez partout, mais là, c'est un loupé.

Alaric s'approcha de lui. Gadit n'avait pas perdu son odeur de tabac.

— L'autre jour, vous étiez pas très pressé de nous aider, et les autres étaient pas meilleurs. Vous croyez peut-être qu'on peut protéger les gens si vous nous cachez vos petits trafics ?

Il recula d'un pas pour s'adresser au groupe entier. Il se dit que la colère allait peut-être l'emmener trop loin, mais il n'avait pas envie de se taire.

— On nous a expliqué que tout le monde était au courant de l'existence du bistrot, dit-il. C'était bien agréable, de prendre un verre avec les copains dans un endroit clandestin. On se prend pour des rebelles, et la bière a meilleur goût quand elle est interdite. Eh bien, c'est là que tout a commencé. Sans le bistrot, Loran Mlik serait peut-être encore vivant. Alors, écoutez-moi bien : on peut pas à la fois mentir à la police, et lui reprocher de pas faire son boulot. Ce sera un poids sur votre conscience : si vous aviez parlé plus tôt, les choses se seraient passées autrement. Et il est pas trop tard : vous avez peut-être des infos qui pourraient nous aider, alors venez nous voir et on vous écoutera. Nous, on a encore un homme à sauver.

Il resta devant eux quelques secondes supplémentaires, pour observer leurs réactions. Son discours avait éteint toutes les conversations. Il sentit de la gêne et de la tristesse. Gadit avait troqué sa posture de défi contre une attitude plus discrète. Clémentine fendit le groupe de patrouilleurs, et Alaric la suivit. Ils avaient perdu assez de temps comme ça. Ils poussèrent la porte comme s'ils étaient chez eux et entrèrent dans la salle de réunion.

Baignant dans un parfum de café corsé, Patrick, Joseph et Victoria se trouvaient à la place que chacun s'était choisie deux jours plus tôt, chacun devant son ordinateur portable. Osmane travaillait toujours à Versailles, et Daniel avait annoncé par texto qu'il n'avait pas dormi de la nuit et qu'il essaierait de se faire tester dans la journée. Avec ce qui attendait le groupe dans les heures à venir, Alaric aurait préféré qu'il soit présent.

— Salut à tous, dit-il. Je crois que Victoria vous a déjà mis au courant.

— Vous venez de chez Mlik ? demanda Joseph.

Clémentine hocha doucement la tête.

— On a commencé à travailler sur les données des opérateurs pour trouver sa planque, dit Victoria.

— On a peut-être aussi une piste pour Orly, dit Patrick.

Alaric posa son blouson sur un siège et s'assit.

— Tout ça sera utile, mais on a une priorité : Geoffroy. Et c'est urgent. Il faut qu'on le trouve avant les assassins de Mlik. On met le paquet là-dessus. La brigade territoriale de Chapelle-la-Reine nous aide sur le meurtre. Avec un peu de chance, on aura une description des tueurs ou de leur véhicule. Victoria, tu te mets en rapport avec les gendarmes, et tu fais le point avec eux. Communique-leur les lieux où le téléphone de Mlik a borné, ça les aidera. Patrick et Joseph, vous enquêtez sur Geoffroy : sa famille, son ex-femme, ses employeurs, sa peine de prison, son téléphone et son véhicule. Osmane cherchera dans les fichiers et s'occupera des réquisitions.

Clémentine, j'irais bien avec toi faire un tour chez la veuve de Julien pour lui poser quelques questions. Après la mort de Mlik, elle sera peut-être plus coopérative.

— Deux veuves dans la journée, j'atteins ma cote d'alerte, dit Clémentine.

Au moins, elle arrivait à en rire.

— Là-dessus, tu peux être tranquille : Geoffroy étant divorcé, on devrait pas en avoir une troisième.

Elle secoua la tête. La vanne allait trop loin pour elle.

— On va donc revoir la charmante Marion.

— On part tout de suite. J'ai juste quelque chose à demander à Lagroue avant.

Il quitta la salle de réunion pendant que Clémentine se servait son quatrième café de la matinée. Il était soulagé qu'elle ne l'ait pas interrogé sur ce qu'il avait l'intention de dire au chef de district en présence de Patrick. Il s'apprêtait à frapper à la porte de Lagroue quand elle s'ouvrit. L'homme sursauta en le voyant. Il était habillé d'un costume gris sombre, d'une chemise gris souris et d'une cravate noire.

— Vous allez à un enterrement ? demanda Alaric.

— Oui, celui de Julien Delicourt.

Évidemment, question idiote. Qui d'autre pouvait-on enterrer en ce moment ? Dans une affaire plus ordinaire, Alaric aurait au moins été au courant de la date.

— On a raté l'info. C'est où et à quelle heure ?

— Funérarium de Corbeil-Essonnes à 10 h 30. Au cas où vous les chercheriez, je pars avec plusieurs patrouilleurs.

Ceux qui ne portaient pas de veste fluo. Il ne s'était pas demandé pourquoi.

— J'ai réfléchi à votre proposition. Je me suis dit que ça ne coûtait rien d'essayer.

— Vous voulez parler de Perfect Match ?

— Oui. J'aurais une requête pour eux. Aujourd'hui, si possible.

Lagroue sortit son téléphone de sa poche.

— Je les appelle. On est samedi, je vous promets rien.

— S'ils sont pas disponibles, on attendra une autre occasion.

Lagroue porta l'appareil à son oreille. Il ne dut pas attendre plus d'une sonnerie ou deux avant que son correspondant décroche.

— Bonjour, je ne m'attendais pas à vous trouver au bureau. Vous m'aviez parlé d'une possibilité de collaboration avec les services de police. J'ai à côté de moi le capitaine Autier, qui serait très intéressé par une démonstration. Quand est-ce que ce serait possible pour vous ?

Le correspondant répondit quelques mots inaudibles. Lagroue réagit :

— Ce serait parfait. Le capitaine a l'air plutôt pressé. Merci de votre disponibilité.

Il raccrocha et rempocha son téléphone. Alaric savait ce qu'il allait dire.

— Vous avez de la chance : exceptionnellement, il travaille aujourd'hui. Vous n'aurez même pas à vous déplacer : il accepte de venir ici vers 13 h 30.

— Vous leur avez précisé que la police ne sera pas cliente ?

— Ce n'est pas leur motivation. Ils ont une démarche éthique. Contribuer à la communauté.

Alaric pouvait presque entendre les clichés américains d'origine, en traduction littérale.

— Vous allez être en retard.

— Oh, oui, vous avez raison ! Notre présence à cette cérémonie est importante.

— Vous me raconterez.

Quand Lagroue eut quitté le bâtiment, Alaric se demanda s'il avait bien fait de faire appel à Perfect Match. Il se méfiait instinctivement de la technologie et des cadres bien habillés, et l'empressement de cette entreprise à « contribuer à la communauté » lui semblait suspect. En tout cas, il était déterminé à ne leur divulguer aucune information issue de l'enquête. En retournant dans la salle de réunion, il décida de ne pas parler tout de suite du rendez-vous de l'après-midi. Debout près de la porte, Clémentine l'attendait en complétant une grille dans un recueil de sudokus.

— Tu peux retirer ton manteau, dit-il. Marion Delicourt est absente pour cause de funérailles.

— Et on a loupé ça ?

— On courait d'autres lièvres, et la veuve s'est bien gardée de nous envoyer un faire-part.

— On fait quoi, alors ?

— Fleury-Mérogis.

— Quoi ?

— Je connais un chef de détention qui bossait là quand Delicourt et Geoffroy s'y trouvaient. On peut pas dire que c'est un ami, mais je crois qu'il est fiable. Aux dernières nouvelles, il habitait à Sainte-Geneviève-des-Bois.

— Bref, à côté de la maison d'arrêt.

— C'est peut-être un sentimental, qui sait.

41

Je ne vais pas te mentir : tu n'as pas eu les funérailles que j'aurais voulu t'offrir. Avec monsieur Poulin, on avait calculé les frais au plus juste. Quelques fleurs, pas de faire-part encadré d'or, un cercueil en pin, une dalle premier prix. La maison funéraire n'avait rien d'un palais, avec ses pièces nues et son odeur de produits d'entretien. Pour accéder à la gamme au-dessus, j'aurais dû accepter l'aide de maman. Vu le mal que tu disais d'elle et de ma famille, je suis sûre que tu aurais préféré t'en passer.

J'ai garé ma voiture dans une petite rue perpendiculaire au boulevard, et je suis arrivée au funérarium avec une demi-heure d'avance. Monsieur Poulin n'était pas encore là. J'ai passé le temps en jouant avec Fabien et en lui donnant le biberon dans le hall d'accueil. Son rire résonnait si fort entre les murs glacés que j'ai oublié un instant ce que je faisais là. Tu peux être fier de ton fils ; il te ressemble, et il donne du bonheur à sa maman. Il a froissé ma robe noire, et j'ai dû nettoyer dans les toilettes une tache de lait, mais ça m'était égal.

Le croque-mort est entré dans le hall avec ses trois employés. Il avait l'air pressé. Il m'a adressé un salut raide et sérieux, avant de disparaître dans le salon qui portait ton nom sur la porte. Je connaissais les tâches qui les attendaient. Ce n'était pas mon premier enterrement. Ils allaient faire entrer le cercueil par une porte de service, installer les fleurs, préparer la salle pour la cérémonie civile.

Je me suis demandé si la présence de ton corps dans cette pièce avait la moindre signification pour moi. De ce corps que j'avais tant aimé, avec qui j'avais fait l'amour, qui m'avait donné un enfant, ne subsistait qu'un cadavre abîmé par l'autopsie. Je ne conservais de ce corps que le souvenir de ma vie avec lui, mais je ne pouvais m'empêcher d'imaginer ce qu'il était devenu. Est-ce que tu n'étais que cela, un joli tas de viande ? Je te parle comme si tu pouvais m'entendre, mais je ne sais toujours pas ce que je crois. Je n'ai qu'une seule certitude : le Julien que j'ai connu ne se trouvait pas dans ce cercueil.

Un couple s'est présenté à la porte d'entrée. J'ai reconnu le crâne brillant de monsieur Johanet, le voisin qui a des poules. Quand monsieur Poulin m'avait demandé si je voulais envoyer le mail de faire-part à des voisins, c'est tout de suite à lui et sa femme que j'avais pensé. Ils ont fini par entrer, masqués de noir. J'ai sorti de mon sac mon vieux masque chirurgical et je l'ai vite accroché à mes oreilles.

— Ma pauvre Marion, a dit madame Johanet. On savait pas, tu aurais dû venir nous voir.

— C'est arrivé trop vite, je n'ai pas eu le temps.

— Il a eu un accident, c'est bien ça ? a demandé monsieur Johanet. On nous a dit qu'il était dans le carambolage de l'A6.

Qui avait bien pu leur en parler ? Je n'avais pas envie de répondre à ces questions. Heureusement, deux autres personnes sont apparues : mon amie Louise, qui m'avait promis de s'occuper de Fabien quand ce serait nécessaire, et son taré de mari. Louise ressemblait à un petit oiseau déplumé, avec son maquillage épais, ses cheveux d'un noir synthétique et ses vêtements noirs moulants. Son mec, un blond sans caractère, au regard fuyant, se cachait derrière elle.

Louise a retiré son masque et m'a serrée dans ses bras, comme elle ne l'avait jamais fait avant. Elle était plus bouleversée que moi. Elle s'est mise à pleurer, son maquillage laissant des traces beiges sur ma robe. J'ai éprouvé de la gêne, comme si je manquais à mes obligations en ne m'effondrant pas. Comment une veuve est censée se conduire ? On attendait sans doute de moi que je montre ma douleur, mais je ne ressentais que le vide. Est-ce que ça voulait dire que je ne t'aimais pas assez ? Je n'en savais rien.

À partir de ce moment, les gens sont arrivés en continu, sans me laisser le temps de les accueillir. La plupart – en majorité tes collègues – se contentaient d'exprimer maladroitement leurs condoléances, puis rejoignaient les personnes qu'ils connaissaient. Ta tante Anna m'a fait la bise, tandis que son nouveau compagnon restait à distance. Lagroue s'est cru obligé de me tenir la jambe et de m'assommer avec des formules creuses. Marie-Pierre Jacob, la jeune femme rencontrée à Garches, m'a fait un salut de la main et s'est placée à l'écart, sans chercher à communiquer avec qui que ce soit. Avec ce qu'elle avait vécu, je lui trouvais bien du courage d'affronter l'enterrement d'une autre victime.

Vers 10 h 30, juste au moment où monsieur Poulin faisait entrer les gens dans le salon, ma mère, ma sœur et mon beau-frère sont entrés en groupe serré. Ils étaient uniformément habillés de noir, tranchant avec les vêtements plus divers qui m'entouraient. Ma mère s'est contentée de me saluer de la tête, Maurine m'a lancé un regard plein de larmes et Nathan, son mari, m'a fait un vilain clin d'œil. Je me cabrais à l'idée de devoir leur parler, mais monsieur Poulin m'a offert une diversion parfaite, en m'invitant à entrer tout de suite.

La petite salle avait été aménagée avec goût. Au fond, sur une estrade, étaient posés le cercueil, un lutrin, un micro et les fleurs, en gerbes et en couronnes. Des deux côtés d'une allée centrale, une vingtaine de beaux sièges en bois sombre étaient disposés en arcs de cercle. Autour de l'estrade, des chevalets soutenaient les cadres contenant les photos que j'avais choisies. Comme je l'avais demandé, une étiquette réservait mon siège sur la droite, alors que ma famille était placée à gauche.

Un employé des pompes funèbres a demandé à l'assistance de s'asseoir. Monsieur Poulin ne cessait de regarder sa montre. En quelques secondes, presque tout le monde fut installé. J'ai pris Fabien sur mes genoux. Comme prévu, Louise s'est assise à côté de moi, pour s'occuper de lui quand je lirais mon texte. J'entendais ma mère et ma sœur discuter près de la porte. Elles ne se sont assises qu'après que monsieur Poulin est monté sur l'estrade pour parler dans le micro. Maurine s'est tournée vers moi, mais je l'ai ignorée. Ce n'était pas la première fois que je me brouillais avec ma famille. J'ai pensé que j'arrangerais ça quand tout serait fini.

— Nous sommes réunis ici pour accompagner Julien Delicourt dans son dernier voyage, a dit Poulin. Julien était un père, un mari, un beau-frère, un gendre, un ami, un collègue. Chacun d'entre vous l'a connu, et je sais qu'il était très aimé.

Fabien a gazouillé. Derrière moi, une femme a étouffé un sanglot. Poulin a poursuivi :

— Nous savons dans quelles circonstances terribles Julien nous a quittés, à un âge où il aurait dû avoir sa vie devant lui. Je vais maintenant céder la place à toutes les personnes qui voudront bien évoquer sa mémoire, à commencer par son épouse Marion.

J'ai confié Fabien à Louise, et je suis montée sur l'estrade. Tous les yeux se sont tournés vers moi. Je ne souffrais d'aucune timidité, mais le poids de la tâche que j'allais accomplir m'écrasait. J'ai sorti de mon sac l'impression de mon texte et je l'ai posée sur le lutrin. Mes mains tremblaient, mais je n'en ai pas tenu compte. J'ai commencé à lire :

— Julien, tu es parti et tu ne reviendras pas. J'aurais préféré perdre un bras, une jambe, un œil plutôt que toi. La douleur aurait été moins grande. Je ne sais pas si j'ai une âme, mais elle saigne à l'endroit où nous étions reliés. Voilà ce que j'ai appris en te perdant : tu n'étais pas un autre, mais la moitié de nous deux.

« Tout n'a pas toujours été facile entre nous. Parfois, je n'étais pas la femme que tu méritais. J'aurais voulu te le dire avant que tu disparaisses, mais il est trop tard aujourd'hui. Je reste seule avec mes regrets, et les excuses que je ne te ferai jamais. Je ne sais pas si tu m'écoutes encore, mais tu ne me répondras pas. Je te le dis quand même : tu m'as offert les plus beaux moments de ma vie, et je n'ai pas toujours su le voir. Pardonne-moi de ne pas t'avoir rendu tout le bonheur que tu m'as donné.

L'émotion m'a forcée à arrêter. J'avais de grands haut-le-cœur, et ma voix me faisait défaut. Je crois que je n'ai jamais rien fait de plus difficile dans ma vie. J'ai repris :

— Aujourd'hui, on est réunis pour te dire adieu. Tu aimais bien les fêtes, mais je ne suis pas sûre que celle-ci te plaise. Nous, les vivants, on en a besoin pour accepter l'idée qu'on ne te reverra plus. On a dit que tout le monde t'aimait. Il y a au moins quelqu'un qui ne t'aimait pas, sinon tu serais encore avec nous. En tout cas, tu avais de vrais amis, et ils sont ici pour toi. *Julien*, je n'ai pas fini de prononcer ton nom. Ton fils m'entendra souvent parler de toi. Peut-être qu'un jour j'arriverai à ne plus pleurer en pensant à toi, mais je ne t'oublierai jamais. »

J'ai fini ma lecture en pleurant comme une fontaine. Je ne pouvais plus m'arrêter. J'étais à peine consciente de ce qui se passait autour de moi. Je me suis rassise, et Louise ne m'a pas tout de suite rendu Fabien. J'avais l'impression d'être une épave humaine. J'ai senti une main sur mon épaule. C'était celle de Marie-Pierre. Je l'ai remerciée d'une voix tremblante.

Je ne me suis pas aperçue immédiatement de ce qui se déroulait. Quelqu'un est passé près de moi, mais j'étais trop anéantie pour m'y intéresser. Je n'ai compris que quand j'ai entendu les premiers mots.

Ma mère avait décidé de parler de toi. J'ai levé les yeux. Elle me regardait fixement.

— Mon gendre Julien est mort. Toute la famille est triste. Je sais qu'on n'est pas censé dire ce genre de choses, mais sa veuve a raison : il n'a pas eu ce qu'il méritait. C'était un gentil garçon, trop gentil parfois, et il avait tendance à se laisser avoir. Il faisait ce qu'il pouvait pour que tout aille bien, mais ses efforts n'étaient pas toujours reconnus. Il est mort sans tout savoir, et c'est peut-être mieux ainsi.

« Oui, c'est vrai, il a donné plus qu'il n'a reçu. Nous, dans sa belle-famille, on l'accueillait le mieux possible, parce qu'on savait qu'il n'avait pas de chance dans sa vie et dans son couple. Je crois qu'il passait de bons moments chez nous.

« On aurait voulu lui offrir une belle cérémonie digne de lui, mais sa veuve n'a pas accepté. Je trouve ça dommage, mais ce n'est pas moi qui ai décidé. Alors je dis : adieu, Julien, j'espère que tu es mieux là-haut qu'ici.

42

À côté de ses voisines récentes, surchargées de balcons aux balustrades en béton, la maison de Jean-Michel Lamarque faisait triste figure. C'était un cube de parpaings qu'une vigne vierge menaçait d'engloutir, sans autres ornements que des parements de brique entre les fenêtres de l'étage. Le jardin qui la séparait du trottoir était envahi par une profusion de nains, faux puits, moulins miniatures et lapins en résine. Lamarque avait dit de frapper à la porte, car la sonnette était en panne. Alaric faillit arracher le portillon, et traversa le pays des nains, découvrant au passage un empilement de jardinières remplies de terreau fossilisé. Clémentine le suivit en s'attardant sur la collection de barbus à bonnets, dont certains exhibaient leur sexe comme des satyres.

L'ancien chef de détention ouvrit la porte avant même que le poing du policier atteigne le battant. Toujours géant, toujours voûté, la peau toujours aussi abîmée, il se distinguait pourtant du souvenir qu'il avait laissé à Alaric par sa canne et sa barbe, dépassant d'un masque en tissu.

— Ici, tout le monde porte un masque, dit-il.

L'habitude de parler à des détenus avait laissé des traces. Un an plus tôt, au cours d'une mutinerie, une armoire métallique était tombée sur son tibia, le brisant en plusieurs morceaux et provoquant une vilaine blessure. Malgré plusieurs opérations et des mois de rééducation, il n'avait jamais retrouvé le plein usage de sa jambe.

Les policiers obéirent, se couvrant le bas du visage, et Lamarque les laissa entrer. Alaric découvrit un intérieur aussi suranné que la maison, surchargé de bibelots et de souvenirs de voyages. Dans le salon assombri par des tentures grises, une femme masquée minuscule les accueillit, avant de s'enfuir dans la cuisine. Le maître des lieux leur attribua un fauteuil à chacun et s'assit sur un canapé comptant au moins dix coussins colorés, la jambe droite sur un repose-pied.

— Capitaine Autier, hein ? Je me souviens de vous[18].

Il y avait peut-être dans ces mots un sous-entendu gênant, mais Alaric choisit de l'ignorer.

— J'ai appris ce qui vous était arrivé. Vous avez dû déguster.

L'homme s'emporta :

— Sans cette foutue armoire, c'est eux qui auraient dégusté, vous pouvez me croire. Je savais me faire respecter.

— Je n'en doute pas. On est venus vous poser quelques questions sur deux détenus qui sont passés à Fleury en 2014, Julien Delicourt et Yves Geoffroy. Ça vous dit quelque chose ?

Lamarque ferma un instant les yeux, et les traits de son visage s'affaissèrent.

— Évidemment ! Je me rappelle tous les garçons qu'on a hébergés. Ces deux-là… voyons… trafic de drogue ?

— Agression au couteau pour Delicourt et agression sexuelle sur mineure pour Geoffroy, dit Clémentine.

Elle s'amusait à le prendre en défaut. Alaric devina qu'elle n'appréciait pas du tout le personnage.

18. Voir *Effondrements*.

— Oui, oui, bien sûr. Je me rappelle un tatouage, une sorte de dragon sur la colonne vertébrale.

— Ça, c'était Delicourt, dit Alaric.

— L'autre garçon, il avait des taches de rousseur, non ? Un barbu nerveux, toujours sur ses gardes. Un Portugais, si je me rappelle bien.

— Nous ne l'avons vu qu'en photo.

— Ils étaient tout le temps ensemble, ça me revient maintenant. Oui, agression sexuelle pour Geoffroy. Vous savez ce qu'on fait aux violeurs d'enfants en prison. Delicourt le protégeait. Un vrai lion, il avait peur de rien. Il a été libéré au bout d'un an, alors que Geoffroy a fait toute sa peine. Il a dû sortir l'an dernier.

— Les deux pourraient être impliqués dans un trafic sur Orly. Delicourt est mort, et nous cherchons Geoffroy. Vous avez des infos qui pourraient nous mettre sur la piste ?

— Comme c'est dommage pour Delicourt, tout le monde l'appréciait. Franchement, il avait aucun ennemi à l'intérieur.

— On ne peut plus rien faire pour lui, monsieur Lamarque, dit Clémentine. Par contre, on a encore la possibilité de sauver Geoffroy.

— Geoffroy, oui… Si vous voulez mon avis, celui-là vaut pas la corde pour le pendre. Non, j'ai rien à vous dire sur lui. Il disait rien à personne. À part Delicourt, il avait aucun copain.

— Il recevait des visites ? demanda Alaric.

Lamarque fronça les sourcils.

— On a dû voir sa grand-mère, c'est tout. Elle avait du mérite. Moi, je l'aurais pas fait.

Alaric jugea qu'il perdait son temps. L'ancien maton n'avait pas envie de fouiller dans sa mémoire pour sauver un pédophile.

— Bon, on vous laisse. Merci pour les infos. Ça vous manque pas, la prison ?

Larmarque ferma les yeux et hocha lentement la tête. Aussi étonnant que cela pouvait paraître, il était nostalgique de cet enfer.

43

Elle est retournée à sa place et a pris Maurine par l'épaule. Le monde tournait autour de moi et j'avais la nausée. Ma propre mère m'avait humiliée en public, le jour de ton enterrement. J'aurais voulu crier, la frapper, lui arracher les yeux, mais j'étais paralysée. J'ai senti les premiers signes de la chute de tension : les sueurs froides, l'extrême faiblesse, la sensation de tomber. J'ai pris de grandes respirations pour éviter la syncope. Louise s'en est aperçue. Tenant Fabien d'un bras, elle m'a entraînée vers un endroit que je n'ai pas identifié tout de suite. Elle a poussé une porte, et j'ai compris qu'on était passées par une issue de secours. Elle a arraché mon masque. Peu à peu, l'air du dehors a rempli mes poumons.

Quand nous sommes rentrées, ma famille avait disparu. Les gens m'ont dévisagée comme si j'étais un monstre. J'ai remis mon masque et je me suis assise. Monsieur Poulin est venu vers moi.

— Ça va ?

J'ai secoué la tête. Non, ça n'allait pas du tout. Il a continué :

— Vous voulez vous allonger ?

— Non, je vais remonter la pente.

Je le disais autant pour moi que pour lui. Je luttais de toutes mes forces pour être en mesure d'aller jusqu'au bout. Monsieur Poulin est remonté sur l'estrade.

— Nous allons maintenant écouter quelques musiques que Julien aimait. Pendant qu'elles passeront, vous pourrez venir devant son cercueil pour lui dire un dernier au revoir.

La musique a commencé. Quelques personnes se sont alignées dans l'allée. Au moment où je me levais pour les imiter, une femme inconnue est entrée dans la salle. Elle a glissé quelques mots dans l'oreille de Poulin, qui est venu me voir.

— On me dit qu'une petite Fiat 500 noire appartenant à une personne de l'assistance a les phares allumés. Ce serait pas votre voiture, par hasard ?

J'ai regardé Louise. Sur ses genoux, Fabien s'était endormi.

— Tu veux que je t'accompagne ? a-t-elle dit.

— Non, j'irai toute seule. Marcher me fera du bien. Tu t'occupes de Fabien ?

Son mari a soupiré, mais elle n'en a pas tenu compte.

— Il n'a pas l'air de vouloir bouger.

Je savais que je pouvais lui faire confiance. Elle m'avait souvent dépannée en le gardant quand je n'avais pas réussi à trouver une baby-sitter. J'ai pris mon sac et je suis sortie de la maison funéraire. La voiture se trouvait à trois minutes de là. Je me suis demandé comment cette femme avait pu deviner où se trouvait la propriétaire. C'était probablement le genre de personne qui surveillait les allées et venues de son quartier.

Je suis arrivée rue Marcel Paul, une voie déserte entre des immeubles récents. De loin, j'ai constaté qu'en effet, mes feux de croisement brillaient. Je ne me rappelais pas les avoir allumés. Dans l'état où je me trouvais ce matin, j'avais pu le faire sans m'en apercevoir. J'ai avancé d'un bon pas, parce que je voulais assister à la fin de tes funérailles. Je n'ai pas vu tout de suite les deux hommes masqués.

L'un venait à ma rencontre, sur le trottoir d'en face, l'autre sortait du parking d'un hôtel. J'ai immédiatement reconnu le premier : le conducteur du van. Je n'avais pas besoin de me retourner pour deviner que le second était l'homme au couteau. Quant à leur véhicule, je l'ai aperçu au bout de la rue, à cheval sur le trottoir. Ils venaient pour m'enlever encore une fois. Leur chef m'avait pourtant laissé jusqu'au soir.

J'étais arrivée à ma voiture, dont une portière avait été forcée. Je n'avais aucune idée de ce que je pouvais faire pour leur échapper. Ils ne m'en ont pas laissé le temps : une main d'acier a saisi mon bras et l'a tordu dans mon dos, comme la première fois. J'ai poussé un cri de douleur, et l'homme a plaqué son autre main sur ma bouche. Plus je me débattais, plus sa prise se resserrait. Comme je n'avais pas la force de lui résister, j'ai abandonné la lutte. L'autre homme, celui qui ressemblait à un videur, a traversé la rue.

Derrière moi, j'ai entendu un cri de femme.

— Hé, vous, laissez-la !

Je me suis retournée. Du bout de la rue, plusieurs personnes couraient vers nous : en tête Marie-Pierre, derrière elle Nicolas, Erwan et Mehdi. J'ai retrouvé espoir. Prenant mon agresseur par surprise, je me suis laissée tomber et j'ai croisé mes jambes autour d'un lampadaire. Il a tenté de me délier, mais j'ai tenu bon. J'ai cru qu'il allait m'arracher le bras. Il m'a lâchée quand il a compris qu'il n'échapperait pas aux patrouilleurs, et les deux hommes du Ratel ont détalé vers leur van.

Marie-Pierre m'a aidée à me relever. Ma robe était déchirée à plusieurs endroits, et je ne sentais plus mon bras.

— Ça va, tu n'es pas blessée ?

Les patrouilleurs avaient renoncé à rattraper le van. Ils se sont regroupés autour de nous.

— Je crois que non. Comment tu as su ?

— En arrivant, j'ai pas mal tourné pour trouver une place, dit Marie-Pierre. J'ai remarqué ta voiture, que j'avais vue à Garches. Elle avait les phares éteints. Je m'en suis souvenu après ton départ du funérarium. J'ai compris qu'on essayait de t'attirer dehors, alors j'ai convaincu ces trois hommes de sortir avec moi pour te chercher.

— Merci. Sans toi, j'étais fichue.

— Ils voulaient quoi, ces mecs ? Te voler ?

Je n'avais pas envie de tout lui raconter. Pas devant tes collègues.

— Je n'en sais rien. J'ai l'impression qu'ils voulaient m'enlever.

Nicolas ne manqua pas cette occasion de dire une connerie :

— Ils font la traite des blanches canon en robe noire ?

Il aurait pu dire n'importe quoi, je ne lui en aurais pas voulu. J'ai éteint les phares de ma voiture, les mains tremblantes et les jambes flageolantes. On est tous retournés à la maison funéraire. L'enterrement avait pris du retard ; monsieur Poulin commençait à perdre patience. Il a expédié les instructions pour se rendre au cimetière et nous a fait sortir du salon. J'ai récupéré Fabien, qui commençait à pleurer. Quand Louise m'a demandé ce qui s'était passé, je lui ai répondu évasivement. Je craignais surtout que son mari entende mes explications et s'en nourrisse, comme tous les amateurs de ragots.

Les funérailles ont repris leur cours. Marie-Pierre m'a proposé de me véhiculer jusqu'au cimetière. J'ai accepté. Je ne me sentais pas en état de conduire. J'avais reçu trop de coups depuis le matin. Je me sentais assommée, engourdie, déboussolée. La présence de cette jeune femme qui avait perdu son copain me réconfortait. Elle roulait dans une Peugeot électrique récente. Je me suis installée à l'arrière avec Fabien sur les genoux, et nous sommes parties pour le cimetière. Elle m'a tout de suite posé la question sensible :

— Alors, ces deux types, pourquoi ils essayaient de t'enlever ?

J'ai hésité. J'avais envie de lui faire confiance, et le secret était tellement lourd que j'avais besoin de m'en décharger.

— Ce sont les hommes de main d'un truand. Ils m'ont déjà enlevée une fois.

Je lui ai raconté l'incroyable enchaînement d'événements qui s'était déroulé depuis ta mort, en terminant par l'ultimatum du Ratel.

— Mais pourquoi ils ont pas attendu jusqu'à ce soir ? a dit Marie-Pierre.

— Je n'en sais rien. C'est peut-être lié à la mort de Loran.

— Sûrement qu'ils voulaient pas courir le risque de laisser s'échapper une autre cible.

Elle voyait juste, j'en avais la conviction. Quand Loran m'avait contactée, il devait être en fuite. Le Ratel avait réussi à le retrouver, et l'avait fait torturer pour qu'il leur révèle où la caisse était cachée.

— J'ai l'impression qu'ils sont pressés, qu'ils ont un délai pour retrouver leur marchandise. Ils ont peut-être un client qui a payé et qui leur met la pression.

— Oui, et ils commencent à faire des erreurs.

Je me suis demandé ce qu'elle voulait dire.

— En tout cas, sans toi, je serais peut-être un autre cadavre sur l'autoroute. Je ne sais pas comment te remercier...

— T'es pas encore sortie d'affaire, Marion.

Elle se tut. Son silence me faisait encore plus peur que ses mots.

— Tu crois que je devrais aller voir la police ?

Je détestais cette suggestion. Je voyais les policiers comme des ennemis, jamais comme des alliés. Tu m'as assez raconté ce qu'ils t'ont fait subir.

— Ce serait une bonne idée, mais ils ne te protégeront pas. C'est à toi de te débrouiller.

Le vertige est revenu. Il ne s'agissait pas seulement de ma vie, mais aussi de celle de Fabien. Je n'avais pas le droit de courir des risques.

— Qu'est-ce que tu veux dire ? Si Mlik n'y est pas arrivé, comment tu veux que je le fasse ?

— Mes parents ont une maison dans la forêt de Fontainebleau. Si tu es d'accord, je t'héberge quelques jours là-bas. C'est pas bien grand, mais il y a le nécessaire. Tu dormiras dans la chambre d'amis avec ton fils.

Je n'ai pas répondu tout de suite. J'étais reconnaissante, mais l'avenir me semblait plus sombre que jamais : après les « quelques jours », où irai-je me cacher ? Mais avais-je vraiment une alternative ?

— D'accord. Tu es vraiment adorable. J'aurais juste besoin de passer chez moi pour prendre quelques affaires.

— Mauvaise idée. Ces gens savent où te trouver. Je suis sûre qu'ils surveillent ta maison. Si tu te présentes là-bas, ils te sauteront dessus. J'ai quelques vieilles fringues que je ne mets plus. Tu es un peu plus grande que moi, mais ça devrait aller. Pour ton gamin, on fera quelques courses.

J'étais trop fatiguée pour émettre des objections.

— Bon, on fera comme tu as dit, alors. Je ne sais pas comment te remer…

— Chut. D'abord la sécurité, ensuite les remerciements.

Avant ton enterrement, je n'avais visité qu'une seule fois le cimetière de Villabé. J'étais au collège, et la bande de copines dont je faisais partie avait décidé de se faire peur à la tombée de la nuit. Hélas, ce cimetière bien rangé ressemblait plus à un parking qu'à un lieu hanté. La peur n'avait pas été au rendez-vous, et nous étions sagement rentrées chez nous.

Et voilà que je passais à nouveau entre ces deux épaisses haies d'ifs, en compagnie de ceux pour qui tu comptais. Les explications de monsieur Poulin étaient simples : « Marchez jusqu'à ce que vous me trouviez. » En réalité, nous avons vu les croque-morts dès que nous avons dépassé les ifs, seuls vivants au milieu de ces alignements de tombes, à une centaine de mètres de nous. Nous avons tous accéléré le pas.

Ton cercueil reposait sur des tréteaux, prêt à descendre dans la petite fosse en béton qui allait le recevoir. Le soleil brillait en face de nous, dans un ciel parfaitement bleu. La scène était triste et belle, et je me suis retrouvée à pleurer sans même m'en rendre compte. Dans sa poussette, Fabien poussait des petits cris. Il n'avait aucune idée de ce qui se passait, et ton enterrement ne lui laisserait pas de souvenirs.

Monsieur Poulin a annoncé qu'il allait procéder à la descente du cercueil. Ses employés ont fait reculer les patrouilleurs, et les quatre hommes en costumes noirs ont soulevé le coffre de bois en se servant de deux sangles noires passées dessous. Restant dignes et cérémonieux malgré le poids, ils l'ont installé dans son logement. Près de moi, j'ai remarqué que Mehdi pleurait. Louise a posé sa main dans mon dos.

Le maître de cérémonie a proposé aux personnes qui le souhaitaient de jeter une rose sur le cercueil – blanche pour les amis et collègues, rouge pour les proches. Dans le vase, il n'y avait qu'une seule rose rouge. Celles de ma famille avaient été retirées au dernier moment. Voilà comment tu es parti, Julien : avec ta femme pour seul lien de chair. Le croque-mort m'a tendu la fleur, et j'ai été la première à te rendre hommage. Tous les autres ont suivi, et je peux t'assurer qu'ils étaient émus. Quand ils ont terminé, je n'ai eu qu'une pensée : « C'est fini. » Je savais pourtant que c'était faux. Tout était à sa place, les morts avec les morts et les vivants entre eux, mais ma vie était détruite, et mes agresseurs n'avaient pas abandonné la partie.

Marie-Pierre m'attendait. Elle ne se trouvait là que pour me soutenir. Je lui ai adressé un petit geste de la main. Trahie par ma mère, sauvée par une inconnue : ma vie venait de prendre un tournant que je n'aurais pu imaginer.

44

Alaric et Clémentine rentrèrent au district un peu avant midi. Près de deux heures avaient passé, sans que leur démarche fasse avancer l'enquête d'un centimètre. Les tueurs de Mlik et de Delicourt possédaient toujours une longueur d'avance, et leur identité restait un mystère. Clémentine n'avait pas levé les yeux de ses sudokus pendant tout le trajet de retour. Elle affirmait généralement que ces grilles l'aidaient à se concentrer, mais Alaric avait plutôt l'impression qu'elles lui permettaient de s'évader d'une réalité qui la contrariait.

Poussant la porte de la salle de réunion, il trouva Victoria, Patrick et Joseph debout près de la machine à café. Ils avaient manifestement décidé de s'accorder une pause. En les voyant arriver, ils se raidirent un peu.

— Repos, soldats, dit-il. Quelqu'un offrirait un café à un chef de groupe et son adjointe qui reviennent bredouilles ?

Victoria s'empressa de le satisfaire :

— Ristretto, expresso, macchiato ?

— Juste un jus de chaussetto ordinairo, merci.

— Un allongé pour moi, dit Clémentine.

Bien qu'elle ait déclaré ne pas apprécier le breuvage fabriqué par la machine hautement technologique équipant la salle, Alaric avait perdu le compte de sa consommation depuis le matin.

— C'est plutôt le repos du combattant triomphal, ou le petit moment de découragement de l'enquêteur ? demanda Alaric.

— Deuxième réponse, dit Victoria. On est comme vous : bredouilles. Les gendarmes ont une vague description de van noir, et c'est à peu près tout. Ils n'ont retrouvé ni la planque ni la voiture de Mlik.

— Rien non plus du côté de la famille de Geoffroy, dit Patrick. Apparemment, sa mère serait morte, et on a pas les coordonnées du père. Il est fils unique.

— D'après le témoin qu'on est allés voir, il serait portugais, et il aurait reçu la visite de sa grand-mère en prison, dit Alaric.

— Je vérifierai.

— Osmane a obtenu les données des opérateurs, dit Victoria. Le téléphone de Mlik a borné pour la dernière fois hier à 23 h au relais de la Chapelle-la-Reine. Celui de Geoffroy est muet depuis mercredi.

— On a les infos bancaires ? demanda Alaric.

— Mlik a fait des courses à Malesherbes hier à 17 h 50, pour Geoffroy aucun achat depuis mercredi.

— Autrement dit, il est peut-être mort en premier.

— C'est un ancien taulard, dit Clémentine. Il doit savoir qu'on peut le retrouver avec son téléphone ou sa carte bleue.

Tout le monde regarda le sol en PVC gris bleu de la salle. Un ange noir passa.

— C'est la dèche, quoi, dit Alaric.

— La dèche, répétèrent Joseph et Victoria.

— J'ai faim, pas vous ?

Patrick exhiba son téléphone.

— J'ai trouvé un grill sur Nemours, dit-il. Spécialité : poulet grillé !

— Ça convient à tout le monde ? dit Alaric.

Le oui fut unanime. L'image juteuse d'un bon poulet accompagné de sa sauce remplaça les déboires de la matinée. Rien de tel qu'un bon repas pour remotiver les troupes.

Quand les plats et les boissons furent livrés, le groupe s'organisa pour déjeuner dehors. Joseph dénicha une planche et des tréteaux dans un entrepôt, Victoria y posa une grande banderole publicitaire et les chaises furent transportées jusqu'à l'endroit choisi par une chaîne humaine. Regardez-les, ces flics de Versailles envahissant la pelouse d'une entreprise privée. Un hiérarchique aurait sûrement émis une objection, mais les deux opérateurs qui géraient seuls le poste de commandement local avaient plutôt envie de se joindre à la fête.

Le poulet grillé nemourien ne méritait pas de figurer au guide Michelin, mais il atteignit largement son objectif, satisfaisant les appétits des Versaillais et convoquant les rires dans un lieu marqué par le deuil. Alaric repensa au bistrot clandestin des patrouilleurs, cet endroit qui figurait au cœur de l'enquête, mais qui semblait finalement jouer un rôle secondaire dans le drame. Delicourt connaissait Geoffroy, Mlik avait travaillé à Orly comme eux ; le recrutement du Ratel aurait pu avoir lieu n'importe où, et le petit bar du bunker semblait n'avoir suscité aucun délit particulier. Après tout, si cinq policiers pouvaient spontanément installer une terrasse de restaurant sur la pelouse d'un site autoroutier, pourquoi fallait-il forcément soupçonner le bistrot de favoriser le crime ?

Assis dans l'herbe après le repas, Alaric n'entendit pas la voiture se garer sur le parking. Ce fut Victoria qui attira son attention sur les cris sortant des fenêtres ouvertes de la salle de réunion. Il se leva d'un bond et courut vers Lagroue, dans l'espoir illusoire de lui cacher ce qui se passait derrière le bâtiment.

— Je vous ai cherché partout, dit le chef de district. Vous êtes disponible ?

Alaric décida de ne pas chercher à se justifier.

— On a fini. Je vous rejoins dans votre bureau ?

— Je vous attends.

Il avait le visage triste et sérieux d'un homme qui revient d'un enterrement. Alaric informa Clémentine de l'arrivée de Lagroue. Ensuite, il fit le tour du bâtiment, évitant de passer par la fenêtre comme il l'avait fait plus tôt. Lagroue referma la porte de son bureau derrière le policier.

— Il s'est passé quelque chose. Je pense que ça va vous intéresser.

— Je vous écoute.

— Marion Delicourt a failli être enlevée.

— Quoi ?

— J'étais pas présent, mais les agents m'ont raconté. Ils sont à votre disposition pour vous apporter leur témoignage. Une femme est arrivée dans la maison funéraire pour annoncer que les phares de la voiture de Marion étaient restés allumés. Marion est partie les éteindre. Heureusement, une de ses amies a trouvé cette histoire de phares suspecte. Elle a demandé à plusieurs de mes agents de l'accompagner et ils ont réussi à empêcher deux hommes d'enlever Marion.

Alaric serra la mâchoire et s'efforça de calmer son agitation intérieure. Un enlèvement, peut-être un meurtre, venait d'être évité, et ce n'était pas grâce à lui. Il n'avait pas anticipé que la veuve de Julien serait la cible des malfrats. Une fois de plus, le Ratel et ses hommes avaient une longueur d'avance.

— Elle est où maintenant ?

— Après l'enterrement, elle est partie avec son amie, une femme de moins de trente ans, mais qui a la tête sur les épaules.

— Vous connaissez l'identité de cette amie ?

— Je sais qu'elle s'appelle Marie-Pierre, mais je ne connais pas son nom de famille. Je suppose que les témoins vous diront qui elle est.

— Et vous n'avez pas pensé à m'appeler ? Je veux dire, deux patrouilleurs sont morts, il y a une enquête en cours, et vous avez laissé partir une femme menacée par des meurtriers ?

Lagroue détourna le regard. Son front se couvrit d'une fine couche de sueur. Alaric se dit qu'il était injuste de l'accuser ainsi. Si quelqu'un méritait des reproches, c'était bien le chef de groupe qui avait négligé de protéger Marion.

— Je… n'y ai pas pensé. Mais vous avez raison, c'est ce que j'aurais dû faire.

Alaric évalua les conséquences de cette information. Le Ratel savait probablement qu'une enquête était en cours. S'il s'en prenait ainsi à Mlik et à Marion, cela voulait dire qu'il cherchait de l'argent, de la drogue ou un objet volé à Orly, et qu'il voulait à tout prix le récupérer avant que la police mette la main dessus. L'affaire devenait dangereuse. Il fallait lancer des avis de recherche et obtenir du renfort. Deux personnes disparues, des criminels dans la nature, et pas un début de piste pour les retrouver : les événements prenaient une tournure qui ne lui plaisait pas du tout.

— On va tout de suite entendre les témoins. Avec un peu de chance, ils pourront nous donner l'identité de cette femme et on retrouvera Marion à temps.

— Ils vous attendent dans la salle de repos.

— Vous avez le numéro de Marion ?

Lagroue consulta son téléphone et lui dicta les dix chiffres. Alaric les composa sur son propre appareil. Il tomba immédiatement sur la messagerie.

— Vous pouvez lui envoyer un texto ? Dites-lui qu'elle doit vous rappeler d'urgence.

Lagroue faillit laisser tomber son smartphone. Il tapa le message avec des doigts tremblants et appuya sur la flèche.

— C'est fait.

— À partir de maintenant, je veux que vous m'informiez immédiatement de tout événement lié à cette affaire. C'est compris ?

— Oui.

Quelqu'un frappa à la porte. Le chef de district ouvrit. Trois personnes bien habillées se présentèrent dans l'encadrement : un homme en costume, au crâne rasé de près, et deux femmes très maquillées, une blonde et une brune, vêtues de tailleurs sombres. Les femmes portaient chacune une valise noire, dont Alaric devina immédiatement le contenu. Les trois portaient des masques marqués du logo de leur entreprise.

— Merci d'être venus si vite, dit Lagroue. Je vous présente le capitaine Autier, de la brigade criminelle de Versailles. Monsieur Autier, voici monsieur Kevin Perran, de Perfect Match.

Perfect Match. Alaric avait complètement oublié leur visite. Ils arrivaient au pire moment. Il tendit la main par réflexe, mais Perran leva les siennes comme s'il se rendait.

— Désolé, dit-il, pas de poignées de mains.

Les deux femmes rirent sous cape, comme s'il venait de prononcer la blague du siècle.

— Si monsieur Autier le veut bien, je vous propose de vous installer dans la salle de réunion, où nous avons toutes les connexions et le meilleur signal WiFi, dit Lagroue.

Tout le monde se mit en mouvement. Alaric espéra que la salle avait été débarrassée de ses déchets.

— Excusez-moi, mais j'ai besoin de transmettre des instructions à mon groupe avant que vous entriez, dit-il.

Il se faufila dans la pièce, et leur ferma la porte au nez. À l'intérieur, le groupe achevait de tout remettre en place. Il s'adressa à Clémentine, assez fort pour que les autres entendent :

— On a un gros problème. Marion Delicourt a failli être enlevée à l'enterrement de son mari.

— Merde. On l'a récupérée ?

— Non, elle est partie avec une amie identifiée seulement par son prénom. On a des témoins à interroger, peut-être qu'on la retrouvera vite, mais il faut s'en occuper immédiatement.

— Maintenant, si tu veux.

— Maintenant, c'est pas possible. J'ai accepté la proposition de Lagroue, et on a les gens de Perfect Match dans le couloir. Victoria et Joseph, laissez tomber ce que vous faites et auditionnez nos témoins. Ils vous attendent dans la salle de repos. Récit détaillé des faits, description des agresseurs, description éventuelle de leur véhicule et surtout identité de l'amie.

— C'est parti, dit Victoria.

Elle ne perdit pas une seconde et sortit de la salle, suivie à distance par Joseph, qui mâchait sa dernière bouchée de dessert.

— Toi, Patrick, tu restes avec nous pour la démonstration de leur système. Tu comprendras mieux que moi leur jargon.

Il sourit de toutes ses dents. L'idée lui plaisait, forcément. Alaric ouvrit la porte et laissa entrer les visiteurs. Perran donna quelques consignes à ses deux employées, qui entamèrent un ballet compliqué visant à connecter le matériel informatique contenu par les valises au secteur et au vidéoprojecteur de la salle. Lagroue s'assit, Clémentine et Patrick mirent des masques et le technicien commença son exposé :

— Perfect Match a développé une technologie innovante, qui exploite des données achetées aux géants de la tech pour délivrer des contenus adaptés. Notre mission est de collecter des informations sur les utilisateurs et de les localiser avec précision, afin d'alimenter nos panneaux numériques avec des offres taillées sur mesure.

Alaric traduisit : « espionner les gens pour leur mettre de la pub devant le nez ». Perran continua :

— Depuis plusieurs mois, le groupe auquel nous appartenons étudie le projet de développer une version de nos solutions destinée aux forces de l'ordre. Nous étions présents en 2019 au salon Milipol, pour exposer la version alpha de ce nouveau système, qui a suscité un grand intérêt parmi les décideurs.

Alaric s'impatienta.

— C'est très intéressant, mais nous disposons de peu de temps. Est-ce que vous pourriez passer directement à votre démonstration ?

— Euh… oui, bien sûr. Pour commencer, j'aurais besoin du numéro de téléphone d'une personne présente.

Clémentine donna le sien. La femme blonde le tapa sur son ordinateur portable. Au milieu de l'écran du vidéoprojecteur, le numéro s'inscrivit dans un cercle rouge, et d'autres cercles colorés apparurent autour du premier, reliés à lui et entre eux par des alignements de flèches animées. Peu à peu, les cercles se remplirent d'autres informations, nombres et sigles, et aussi quelques noms compréhensibles : des marques et modèles de téléphones et des noms propres. Bientôt, chaque cercle renferma celui d'une personne présente dans la salle, à l'exception d'un seul. Patrick sourit. Le système n'avait pas réussi à l'identifier.

— J'ai un VPN, dit-il.

Perran et les deux femmes parurent le comprendre.

— Nous n'avons pas les moyens de la NSA, dit ce dernier, mais il n'est pas exclu qu'un jour…

— Bon, vous pouvez nous expliquer tout ça ? dit Alaric.

— La solution Perfect Match récupère en temps réel les données de connexion des opérateurs et des grands fournisseurs de services en ligne. En partant d'un numéro de téléphone, nous pouvons connaître l'identité de la personne, sa situation précise, les identifiants de son téléphone et de sa carte SIM, les réseaux WiFi qui l'entourent et bien d'autres détails fournis par les réseaux sociaux et les moteurs de recherche. Virtuellement, nous avons sa carte d'identité complète, avec ses centres d'intérêt, les noms de ses amis Facebook, ses recherches sur les plateformes d'achat en ligne, ses problèmes de santé, etc. Je ne ferai pas la démonstration sur l'un d'entre vous, mais si vous me donnez le numéro de téléphone d'un suspect, par exemple, je vous montrerai jusqu'où nous pouvons aller.

Alaric lui communiqua le numéro de Marion. L'écran du vidéoprojecteur se vida, et un nouveau cercle rouge apparut au centre. Après plusieurs secondes, un deuxième cercle se matérialisa, mais il disparut presque aussitôt.

— La personne a éteint son téléphone, dit Perran. Désolé, on n'a pas encore accès aux historiques. Il y a aussi des choses à faire avec des appareils désactivés, mais les fonctions ne sont pas encore implémentées. Vous avez un autre identifiant ?

On n'avait jamais retrouvé le téléphone de Mlik. Alaric alla chercher le numéro parmi les documents qu'il conservait dans le dossier de l'affaire et le transmit au technicien. Le système traça au centre de l'écran le premier cercle, qui fut bientôt entouré de trois autres. Chaque cercle reçut une identification : Loran Mlik, puis trois noms qui ressemblaient à ceux de réseaux WiFi.

— Il a désactivé sa carte SIM, mais il s'est connecté automatiquement à un point d'accès Free, dit Patrick.

— Vous êtes très perspicace. Effectivement, il n'y a ni données ni bornage à une antenne-relais. Le propriétaire du téléphone a laissé ouverte sa connexion WiFi. L'appareil s'est connecté, mais il n'a pas fourni les identifiants qui lui donneraient accès à internet.

Alaric essaya d'émettre une remarque intelligente, exercice périlleux quand on ne comprend absolument rien aux propos échangés.

— Je lis le nom de notre client. Comment votre système l'a trouvé ? Chaque fois qu'on se connecte à un réseau WiFi, le téléphone révèle notre nom, c'est ça ?

Perran le regarda avec pitié. Patrick n'avait pas intérêt à l'imiter, sinon Alaric lui mettrait une raclée dès qu'ils seraient seuls.

— Bien sûr que non ! La plupart des informations sur la personne viennent de ses identifiants Google et des réseaux sociaux. Ce sont des données publiques, accessibles à tout le monde. Dès qu'il rencontre un nouvel appareil, notre système le relie à son propriétaire, en recoupant les données du téléphone avec celles trouvées en ligne.

— D'accord, maintenant vous avez trouvé ce téléphone dans votre système, mais ça ne nous dit toujours pas où il est.

Perran eut un sourire moqueur où perçait une pointe de mépris. La femme blonde manipula sa souris sans fil, et l'écran se couvrit d'une carte qui zoomait rapidement. Quand elle fut arrivée à l'échelle qui convenait, elle se couvrit peu à peu de détails : une rue, celle du 22 août 1944, des allées perpendiculaires, un bassin. La femme dézooma pour montrer l'environnement de la rue. Il s'agissait de Butteaux, l'un des hameaux de Chapelle-la-Reine.

— La localisation est approximative, dit la femme brune. Pour trianguler correctement le téléphone, nous aurions besoin de trois connexions, mais d'après nos mesures d'intensité du signal, l'appareil devrait se trouver dans la rue, par exemple dans la végétation ou derrière une clôture.

— On vérifiera, dit Alaric.

— Je crois que vous mesurez l'utilité de ce système dans vos enquêtes, dit Perran. Et ce n'est qu'une infime partie des fonctionnalités de la version définitive.

Patrick était manifestement fasciné. Il s'était levé, et se tenait aussi près que possible du portable utilisé par les deux femmes. Alaric n'était pas convaincu. Il savait que les malfrats utilisaient désormais des téléphones jetables, achetés avec de faux papiers. La technologie ne remplacerait jamais l'enquête de police.

— Je vais vous donner un troisième numéro, dit-il.

Il écrivit les chiffres sur une note repositionnable et la tendit directement à la blonde, qui en nourrit sa machine. Autour du cercle rouge, une dizaine de connexions envahirent l'écran, complétées d'inscriptions en idéogrammes asiatiques. Les deux femmes échangèrent des regards de panique. La brune recommença la procédure, avec le même résultat.

— Ça ne nous était jamais arrivé, dit-elle. Le numéro est bien celui d'un téléphone français, mais le système le situe au Japon. Vous êtes sûr que vous ne vous êtes pas trompé ?

— C'est bien le numéro que j'ai reçu.

Perran avait perdu son air supérieur. Les deux femmes avaient beau modifier les réglages de leur application, les idéogrammes subsistaient. Elles tentèrent un redémarrage de leur ordinateur, mais tout revint comme avant. Clémentine regarda sa montre, pour rappeler à Alaric que le temps était précieux.

— Laissez tomber, dit le chef de groupe, c'est pas très important. De toute façon, je crois pas que la brigade criminelle nous paiera un billet pour le Japon. Merci pour le téléphone à Butteaux, ça nous sera utile.

D'un geste mécanique, Perran sortit de sa veste une carte de visite et l'offrit au policier.

— Nous sommes désolés pour ce dysfonctionnement. Comme je vous l'ai dit, le système est encore en phase de test. Les utilisateurs payants disposeront d'une version totalement fonctionnelle.

— J'en suis persuadé.

Les deux femmes remballèrent leur matériel, enroulant à la hâte les câbles d'alimentation et les jetant dans leurs valises sans les ranger. Même si ces trois-là n'avaient rien à vendre, la vente était perdue. En quelques minutes, ils furent prêts à partir.

— Merci de nous avoir donné l'opportunité de vous faire la démonstration de nos produits, dit Perran.

Toujours pas de poignée de main. Alaric se promit de demander à Patrick comment sécuriser son téléphone.

45

Pierre Alzon se sentait au bord de l'explosion. Ou plutôt : l'explosion s'était déjà produite, et il s'efforçait de la contenir, d'éviter qu'elle déborde et souffle tout ce qui l'entourait. Il avait essayé tous les protocoles appris au cours de son entraînement militaire, mais la colère n'avait pas diminué. Un jour, alors qu'il se trouvait dans un état similaire, il avait tué de ses mains un homme dont le seul tort avait été de l'avoir contredit. Si François ou Hakim se présentaient devant lui, il se sentait capable de les casser en morceaux.

Ces deux-là connaissaient pourtant la situation mieux que personne. Il ne pouvait leur attribuer la mort de Delicourt ni la disparition de la caisse, mais ils avaient laissé à Mlik et à Geoffroy la possibilité de fuir, en les enfermant dans un coin de la cave disposant d'une bouche d'aération. Et maintenant, ils envoyaient un SMS pour annoncer qu'ils n'avaient pu venir à bout d'une nana pesant au plus soixante kilos toute mouillée. En Libye, des mecs comme ça, il les aurait envoyés en mission commando dans les rues de Tripoli pour leur apprendre la vie.

Mais l'incompétence de ces deux idiots n'était pas la cause principale de sa fureur. S'il bouillonnait comme un volcan, c'était à cause du coup de fil, le troisième depuis la disparition de la caisse. Rien, dans le discours de son contact, n'avait ressemblé à un avertissement explicite, mais l'intuition de Pierre hurlait que son client avait l'intention de le doubler.

Il avait pourtant respecté à la lettre sa part du contrat, les tenant au courant en temps réel de tous les développements de l'opération. Quand Delicourt était mort, il n'avait pas hésité à exposer ses hommes, en leur demandant de récupérer la caisse par tous les moyens légaux et illégaux. Il avait même maintenu sa présence sur des positions dont la sécurité n'était pas assurée, dans le seul but de préserver sa couverture. Le budget de fonctionnement du projet était presque épuisé, et son seul espoir d'obtenir un profit dépendait désormais de la caisse.

À moins que le client la trouve avant lui.

Il se leva d'un bond et rejoignit l'ouverture sans fenêtre qui faisait face à son installation. Même si l'air n'était pas aussi pur qu'il l'aurait voulu, cela valait mieux que les odeurs de béton et de plâtre de l'immeuble en reconstruction. Il espérait que les chants des oiseaux lui apportent un peu de paix, mais il entendit surtout le grondement incessant de la nationale 12. Au-delà des arbres, une voiturette de golf partait à l'assaut d'une colline artificielle. Pour brûler son adrénaline, il aurait eu besoin de courir autour de l'étang, mais il ne pouvait se permettre de perdre une heure.

Ce fut la golfette qui lui donna l'idée. Pour être honnête, le procédé sortait de la déontologie qu'il vendait à ses clients, mais il n'avait pas les moyens de faire le difficile. Puisque les flics semblaient avancer dans leur enquête, il devenait intéressant de pomper leurs informations. Pierre ramassa son téléphone jetable posé sur le bureau et tapa le numéro de François.

46

Victoria aurait voulu se trouver ailleurs que dans cette pièce sans fenêtre, illuminée par une seule ampoule, dont l'air vicié piquait les narines. Elle aurait voulu rester dehors après le déjeuner, à travailler sur la table précaire installée derrière le bâtiment. Avec Joseph, elle avait déjà interrogé deux des hommes qui avaient porté secours à Marion pendant les funérailles de son mari, et le troisième, Mehdi Lahoussine, venait de s'asseoir devant eux. La mâchoire serrée, il attendait les questions en tapant du pied sur le sol de béton. C'était la deuxième fois qu'il entrait dans cette pièce, et la première avait dû lui laisser un mauvais souvenir. Joseph commença l'audition.

— Monsieur Lahoussine, nous avons déjà entendu vos deux collègues. Je voudrais d'abord vous féliciter pour ce que vous avez fait. C'était très courageux, et nous sommes sûrs que votre action a empêché Marion Delicourt de tomber entre les mains de ces truands.

Lahoussine se détendit. Le rythme de ses battements de pieds ralentit et son front perdit ses rides d'expression. Joseph se montrait toujours fin psychologue, et son style très doux venait à bout de nombreuses résistances.

— Merci.

— Quelles sont vos relations avec Marion Delicourt ?

— C'est une amie. Je veux dire, l'ami, c'était plutôt Julien, mais je l'aime bien aussi. On faisait des barbecues ensemble.

— Et cette Marie-Pierre, vous la connaissiez avant ce matin ?

— J'avais jamais entendu parler d'elle et je l'avais jamais vue.

— Est-ce que vous avez eu l'impression qu'elle et Marion étaient amies ? demanda Victoria.

— Je crois bien, ouais. J'ai vu cette fille toucher l'épaule de Marion et lui parler. Elles avaient l'air de bien s'entendre.

Les deux autres patrouilleurs avaient déjà fourni des descriptions détaillées de Marie-Pierre, de sa voiture, des hommes qui s'en étaient pris à Marion et de leur van. Le témoignage de Lahoussine n'apporterait pas grand-chose de plus. Victoria décida de lui poser une question qui risquait de le braquer.

— Mehdi, vous avez dit que Marion était plus ou moins votre amie. Je voudrais savoir si elle connaissait l'existence du bistrot.

Lahoussine hésita, comme si la réponse n'allait pas de soi.

— Non.

— Vous pouvez expliquer ? Je veux dire : pourquoi Julien lui cachait ça ?

Son front se contracta, et le battement repartit de plus belle.

— J'en sais rien, moi. Je m'occupe pas des affaires des gens.

Joseph calma le jeu :

— On ne vous accuse de rien, Mehdi. On veut juste comprendre comment les choses se sont passées. Vous étiez là quand on a installé le bistrot ?

— Ouais, depuis le début, quand il était dans les bois. On était quelques copains, et on voulait juste se retrouver de temps en temps et s'enfiler des bières. On faisait de mal à personne.

— C'était quand, ça ? demanda Victoria.

— Je sais pas, vers début avril, par là. Tout le monde était enfermé, c'était pas drôle.

— Et il y a eu l'incendie, dit Joseph.

— Ouais, tout a brûlé. Du coup, des gens ont trouvé que c'était une bonne idée. Après la mort de Jules, tout le monde avait besoin de se changer les idées, alors on s'est installés dans le bunker.

— Ces deux mecs qui ont essayé d'enlever Marion pensaient certainement qu'elle avait une information qui les intéressait, dit Victoria. À votre avis, c'est possible qu'elle sache quelque chose ?

Lahoussine secoua la tête.

— Non, pas elle. Julien, il lui a rien dit. Je lui ai parlé une fois après l'accident, et elle était sur le cul. Elle en revenait pas qu'il lui ait fait ça.

— Autrement dit, si elle était tombée entre leurs mains, elle aurait fini comme Mlik.

C'était plus une réflexion à haute voix qu'une question. Lahoussine ne chercha pas à répondre. Assis au bout de sa chaise, il n'aspirait qu'à sortir de la pièce.

— On va vous laisser partir, dit Joseph. Merci pour votre collaboration.

* *

*

14 h 30, et toujours rien. Autour de la table, le silence n'était brisé que par les bruits des touches d'ordinateur et des feuilles de papier. Parfois, quelqu'un se levait pour se préparer un café, dont le parfum remplissait la salle. Alaric avait en main les procès-verbaux des auditions des trois témoins, mais ils ne contenaient aucune information susceptible de relancer l'enquête. Il avait du mal à se débarrasser de la pensée qu'un homme et une femme risquaient de passer de l'état de témoins à celui de victimes.

Les gendarmes avaient récupéré le téléphone de Mlik au pied d'un arbuste de haie, rue du 22 août 1944. Après de courtes recherches, ils avaient également trouvé la probable cachette du patrouilleur : une serre-tunnel abandonnée au fond du jardin d'un particulier. Quant à sa voiture, elle était garée dans une rue adjacente. À part de frugales réserves de nourriture et quelques vêtements dans un sac à dos, la serre et la voiture ne contenaient aucun objet personnel. Plus tard, le groupe se rendrait probablement sur place avec une équipe de l'Identité judiciaire, mais les priorités du jour rendaient le temps précieux.

De temps à autre, quelqu'un lançait une idée : « et si… », « peut-être que… », « il faudrait vérifier… ». Cela se terminait généralement quelques minutes après par un aveu d'échec. Cette fois, ce fut Patrick qui se lança :

— Le maton vous a bien dit que Geoffroy était portugais ?

— Oui.

— Avec un nom comme ça ? C'est bizarre. Il y a peut-être une communauté portugaise à Corbeil-Essonnes. Ça vaudrait le coup de demander aux gens s'ils connaissent un certain Geoffroy.

— Si tu peux trouver quelqu'un qui réponde au téléphone, pourquoi pas.

Patrick se mit au travail. Il venait de passer une heure à vérifier en vain des numéros dans une fadette. Passer des coups de téléphone lui changerait les idées. Alaric oublia sa demande pour se concentrer sur d'autres actes d'enquête, dans la pile toujours croissante des documents produits par le groupe. Patrick trouva une boutique de produits portugais, une Association des Originaires du Portugal et plusieurs restaurants, et parvint difficilement à joindre un vieux monsieur qui organisait des fêtes. Le nom de Geoffroy n'éveilla chez lui aucun souvenir particulier. Au moment où Alaric allait demander à Patrick de reprendre ses fadettes, une nouvelle idée lui vint :

— J'ai envie de fouiller l'identité de ce type, pour savoir pourquoi un Portugais s'appelle Geoffroy. Avec un peu de chance, il a de la famille qu'on ne connaît pas.

Alaric se rappela qu'il n'avait vu aucun parent de ce nom dans les fiches du patrouilleur.

— Un quart d'heure. Joseph, si tu as rien à faire, tu peux l'aider.

— Ça marche, dit Joseph.

Alaric se replongea dans sa montagne de papiers, et oublia de regarder l'heure. Il ne prêta pas l'oreille aux coups de téléphone passés par les deux hommes, et les laissa suivre l'inspiration de Patrick jusqu'au bout. Et le bout, ce fut un cri :

— On a trouvé !

L'attention de tous se reporta sur le *geek* du groupe.

— La mère de notre client est divorcée d'un monsieur Geoffroy. Elle s'est remariée avec un monsieur Ramos. Monsieur Ramos est mort, et cette dame a gardé son nom de femme mariée. On la connaît sous ce nom dans les dossiers, alors qu'il aurait fallu utiliser son patronyme de naissance : Figueiredo.

— Le deuxième nom sur la boîte aux lettres, dit Victoria.

— La grand-mère qui venait le voir en prison, c'était elle.

— Très bien, vous avez relié les points, dit Alaric. On sait pourquoi Geoffroy vit là-bas depuis sa sortie de cabane. Reste à voir si ça peut nous être utile. On fera un tour à Corbeil pour interroger ces gens, mais je veux que vous trouviez le maximum d'infos sur eux avant qu'on dépense une heure et demie pour ça. Rappelez Osmane et bossez avec lui. On se donne, disons, une vingtaine de minutes.

On avait dépassé 15 h, et Alaric craignait que les tueurs passent à l'action pendant la nuit. Il n'avait pas envie de ramasser un autre cadavre sur l'A6 le lendemain matin. Patrick et Joseph poursuivirent les recherches avec une frénésie palpable. Sur eux reposait le seul espoir actuel de retrouver le disparu, et ils en avaient parfaitement conscience. Alaric essaya de se concentrer sur son travail, mais il s'aperçut rapidement qu'il était à l'affût de toutes les paroles échangées par les deux enquêteurs. Un instant, il fut tenté d'interrompre les tâches de ceux qui ne s'occupaient pas de Geoffroy, mais il y renonça pour ne pas tout miser sur une piste qui pouvait s'avérer décevante.

Tout le monde sursauta quand, un quart d'heure plus tard, Patrick poussa un cri retentissant :

— Yessss, putain, viens voir, je l'ai !

Joseph et lui étaient debout, à s'esclaffer devant l'écran, montrant du doigt des données qu'eux seuls pouvaient voir. Il leur fallut quelques secondes pour s'apercevoir que les autres les dévisageaient, attendant avec impatience une explication. Ahuris, ils levèrent les yeux, provoquant chez Victoria un rire incontrôlable.

— Je crois… qu'on a trouvé quelque chose, dit Patrick. D'après le Ficoba[19], la grand-mère, cette madame Figueiredo, a un bien qui lui appartient personnellement. J'ai envoyé un mail au syndic de l'immeuble, et il vient de me répondre : l'appartement n'est pas occupé pour l'instant. Imagine que ton gamin, que tu allais voir en prison, a encore des ennuis, et que tu possèdes un appart vide. Qu'est-ce que tu fais ?

— Elle commence à sentir bon, ta piste, dit Alaric, on a envie d'y croire.

— On y va tout de suite, cette fois ? demanda Clémentine.

Une telle hâte n'était pas dans ses habitudes. Voulait-elle éviter de revivre ce qui s'était passé ce matin ?

— Le type est un ancien prévenu, en fuite après un trafic inconnu à Orly. On a besoin de renfort.

— En fait, le trafic n'est pas tout à fait inconnu, dit Victoria. Lundi, il y a eu un vol dans une entreprise de fret. Un gros colis a disparu. J'ai déniché ça dans *Le Parisien*.

---

19. Fichier des comptes bancaires.

— Très bien. Si on trouve notre client, on aura un sujet de conversation. J'appelle la BSU[20].

L'action allait enfin permettre de relâcher la tension qui s'était accumulée dans la salle. Alaric appela sans avoir préparé ce qu'il dirait. Il avait conscience que le groupe entier écoutait la conversation.

— Allô, je voudrais parler au commissaire Costa, s'il vous plaît. De la part du capitaine Autier.

Le commissaire Philippe Costa était un copain de l'école de police. Alaric espéra que l'âge et la dignité de sa fonction l'avaient rendu plus raisonnable.

— Hitman !

Hélas, c'était bien le même homme. Sa voix avait vieilli, mais restait reconnaissable. Alaric aurait pu l'appeler Nini, son surnom de l'époque, mais les circonstances ne se prêtaient pas à ce genre de familiarités.

— J'ai besoin de toi. Un mec à appréhender avenue Léon Blum.

— C'est gentil de venir nous voir, Hitman, mais pour visiter notre belle ville, je t'aurais conseillé un autre quartier que les Tarterêts.

— Pour être honnête, ce serait plutôt grâce aux Tarterêts que je suis dans le coin. Tu as toujours un minibar bien rempli dans un coin de ton bureau ?

— Chut, voyons ! Ici, ils croient que je suis sobre.

— On boira de la limonade, alors.

— Hitman me rend visite, et je lui offrirais de la limonade ? Jamais de la vie !

S'ils trouvaient Geoffroy, la garde à vue aurait lieu au ciat[21] de Corbeil-Essonnes. Il valait mieux que leur visite soit bien accueillie,

20. Brigade de sûreté urbaine.

21. Commissariat.

même si cela impliquait de supporter l'humour éléphantesque de Costa.

16 h 30. Une tour solitaire de douze étages, monstre couleur de béton entre le ciel bleu et un parc souillé de déchets. Un terrain de basket au grillage déformé, des poubelles collectives qu'une vieille femme toute ronde rentrait dans un petit local rouge brique. Des grappes de « jeunes » traînant dans les allées et dans les cages d'escalier. Un vrai cauchemar de flic.

Les deux hommes et la femme envoyés par le commissariat connaissaient bien les lieux. Souvent, ils regardaient en l'air, à l'affût d'un guetteur ou d'un projectile lancé depuis le toit. Leur équipement témoignait de la difficulté du terrain : gilets tactiques, casques et vérin hydraulique récent. L'immeuble abritait divers trafics, et chaque étage avait reçu au moins une fois la visite d'une équipe de police.

Seul point positif : il n'y avait que deux entrées, et il était presque impossible aux locataires de l'escalier A de passer par l'escalier B. D'emblée, Alaric choisit de ne pas faire surveiller le deuxième. De toute façon, les photos de Geoffroy qu'il possédait n'auraient pas permis de le reconnaître formellement. Joseph resta en bas, pour contrôler l'identité de tous les individus de plus de trente ans qui passeraient par là.

Dans le hall, un mot manuscrit placardé sur la vitre de l'ascenseur annonçait :

ACENSSEURE EN PAN

La bonne nouvelle, c'était que l'escalier représentait la seule façon de quitter l'immeuble. La mauvaise, c'était qu'il fallait monter rapidement dix étages à pied. Les trois policiers en tenue prirent la tête, l'un portant le vérin du commissariat, le deuxième la bouteille d'air comprimé dans son sac. Alaric, Clémentine, Patrick et Victoria suivaient. Par deux fois, des individus ouvrirent leur porte, puis la refermèrent après avoir vu la cohorte partie à l'ascension de la tour. Les bruits de pas résonnaient entre les murs de béton. Chacun s'efforçait de les limiter au maximum, et Alaric espérait que Geoffroy n'aurait pas le temps de s'en inquiéter.

On arriva au dixième étage. L'appartement de madame Figueiredo se situait à l'extrémité du couloir de gauche. Les policiers organisèrent rapidement l'opération : Victoria et Patrick en renfort en haut de l'escalier, les quatre autres en colonne. Le policier de Corbeil-Essonnes qui portait le vérin partit en tête. Alaric le suivit, son Sig Sauer à portée de main, attentif au moindre bruit. Ils arrivèrent à destination sans incident, dans un silence total, et se postèrent de part et d'autre de la porte, hors de portée d'un éventuel projectile tiré à travers le battant.

L'ouverture de la porte ne prit que quelques secondes, le temps d'installer le vérin entre le sol et le haut de la porte et d'envoyer l'air comprimé. Il n'y avait personne dans le couloir d'entrée. Hurlant « Police ! », les quatre policiers envahirent le petit appartement, se dispersant pour atteindre simultanément toutes les pièces. Alaric choisit une porte sur sa droite, qui menait à une salle de bain inoccupée. Avant qu'il ait eu le temps d'en sortir, un nouveau cri retentit : « Je l'ai ! ». Tout le monde convergea dans la pièce d'où il provenait, découvrant un homme barbu allongé sur un matelas à même le sol, que le policier au vérin menottait. L'opération était terminée.

Alaric ne pouvait reconnaître formellement le suspect. Il demanda :

— Yves Geoffroy ?

— Oui.

L'homme semblait résigné. La garde à vue devait moins l'effrayer que le sort promis par les hommes du Ratel.

47

Nous venions de quitter l'aire d'autoroute où nous avions déjeuné. Dans la petite voiture électrique de Marie-Pierre, pendant que Fabien dormait à l'arrière, je passais ma vie en revue, depuis mes premiers ennuis jusqu'à ce que je venais de subir. Tu en connais la plus grande partie, et ce que tu ignores n'a pas réellement d'importance. J'ai toujours cherché à être honnête et à ne rien cacher de cette longue chaîne d'événements qui a fait de moi celle que je suis. Je pensais naïvement qu'en te racontant tout, tu serais en mesure d'y trouver le sens qui me manquait. Tu vois combien je me trompais.

Au centre de ce gâchis, il y a ma famille, mon père toujours malade avant d'agoniser pendant une année entière, ma mère qui gérait nos existences d'une poigne d'acier, ma sœur Maurine qui souffrait autrement que moi, restant enfermée dans la maison et manquant de finir vieille fille pendant que je m'enfuyais aussi loin que je le pouvais. Tu sais comment tout ça s'est terminé : mauvaise relation, fausse couche, dépression, Marion qui loupe son suicide et dont maman récupère les morceaux avec une épuisette.

Je me suis longtemps attribué la responsabilité de ce qui m'est arrivé. Ma famille avait ses torts, mais je devais assumer ce que j'avais fait si je voulais grandir. Après ma TS[22], j'ai ravalé ma fierté et je me suis réconciliée avec eux. J'avais plus à gagner qu'à perdre en reprenant mon existence là où tout avait déraillé. J'appelais ça devenir adulte : les déjeuners du dimanche avec tout le monde, le petit boulot dans une cafétéria, les fêtes de famille et les balades en forêt, complètes avec le barbecue, les mauvaises vannes du beau-frère et les chiens. Quand on s'est planté, on ne la ramène pas, disait mon père. J'estimais qu'il avait parfaitement raison.

Puis, je t'ai rencontré. J'avais accepté la proposition d'une collègue qui voulait depuis deux ans me montrer la montagne. Je savais à peine skier, mais cela ne m'a pas empêchée de m'amuser comme une folle pendant une semaine avec son groupe de copains, dont tu faisais partie. Pourtant, je ne t'ai quasiment pas adressé la parole pendant tout le séjour. Nous sommes rentrés dans l'Essonne, entassés dans deux voitures. Nous avons fini par nous arrêter au petit matin dans une aire d'autoroute près de Beaune. Après des heures de bouchons de la Savoie à la sortie de Lyon, il nous restait encore un tiers du chemin à parcourir. Les quatre conducteurs, dont tu faisais partie, avaient besoin d'un café pour être en mesure de nous ramener à la maison. Tu venais de conduire pendant trois heures, et tu étais visiblement crevé. Tu as renversé deux cafés de suite sur tes après-ski, et j'ai éclaté de rire. Nous nous sommes parlé pour la première fois. Malgré le froid, la fatigue et la présence des autres, il y avait des étincelles joyeuses autour de nous. Quand nous sommes repartis, j'avais changé de place avec une fille de ta voiture, et nous étions assis tous les deux à l'arrière. Nous ne nous sommes plus quittés à partir de ce moment.

Marie-Pierre m'a demandé si j'allais bien. Je me suis aperçue que je pleurais. Elle a dû penser que je me rappelais ta mort, l'en-

22. Tentative de suicide.

terrement et tout ce qui s'était passé au funérarium. Je l'ai rassurée et je suis repartie dans mes souvenirs.

J'ai vite compris que ton arrivée dans la famille représentait pour ma mère une menace vitale. Je ne lui en voulais pas : maman a toujours réparé ce qui n'allait pas, même s'il fallait pour cela limiter notre liberté. Son mari est tombé malade deux ans à peine après leur mariage, et elle a dû porter toute seule un foyer de quatre personnes, avec son petit salaire et la pension d'invalidité de papa. Quand je t'ai emmené pour la première fois à la maison de mes parents, où je vivais encore, l'accueil a été glacial. Par la suite, tout le monde a appris à faire semblant, mais vos relations ne se sont jamais réchauffées.

Maintenant, voici ce que j'ai compris dans la voiture de Marie-Pierre. J'ai compris que le passé nous accompagne partout et ne nous laisse jamais en paix. Nous pensons que nos erreurs et nos accidents sont derrière nous, mais ils écrivent la suite de notre vie sans que nous en soyons conscients. J'ai cru qu'avec toi, tout changerait et que tu effacerais mes années de douleur. Tu as cru que ton séjour en prison ne serait plus qu'un mauvais souvenir. Nous avions tous les deux tort. Il aurait peut-être fallu qu'on parte très loin, là où personne ne nous connaissait. À Villabé, en tout cas, à quelques kilomètres de Fleury-Mérogis, notre avenir était tracé.

Je t'ai entravé. J'ai accepté de te domestiquer pour faire plaisir à ma mère. Toi qui rêvais de liberté, tu t'es laissé enfermer pour me garder. Nous ne le savions pas encore, mais nous étions condamnés.

Juste avant d'arriver, j'ai entendu la sonnerie de notification de mon téléphone. Marie-Pierre a réagi tout de suite :

— Je t'avais dit de le couper.

— Tu as raison. Excuse-moi, je le fais tout de suite.

Je ne savais pas si le Ratel avait la possibilité de me localiser avec mon téléphone, mais il valait mieux être prudente. Je l'ai éteint sans regarder le message.

48

Même selon les standards de l'architecture policière, le commissariat de Corbeil-Essonnes ne pouvait être considéré comme une réussite. Si son concepteur s'était contenté de dessiner un cube de béton, il aurait suscité un rejet moins universel, mais il avait cru bon de hérisser les deux façades du bâtiment d'une série d'excroissances aux angles saillants, sur lesquelles des fenêtres grillagées se regardaient en chiens de faïence. Comme si sa propre laideur ne suffisait pas, ce monstre vétuste se complétait de constructions modulaires empilées « provisoirement » dans sa cour. On parlait à la fois de lui offrir un bâtiment tout neuf et de transférer une partie de ses services à Évry, décisions dont la contradiction ne semblait gêner personne.

Costa accueillit Clémentine et Alaric dans le hall d'entrée. Il ne portait pas de masque, et il n'hésita pas à faire la bise à la première et à serrer la main du second. En prime, Alaric eut droit à une grande claque assénée sur l'omoplate.

— Alors comme ça, tu viens nous piquer des clients, dit-il. Ça manque de crimes de sang à Versailles ?

— Je dirais plutôt qu'on essaie de retrouver les cadavres tant qu'ils sont encore vivants.

Costa éclata de rire. La blague était lourde à souhait, exactement comme il les aimait.

— Sacré Hitman ! Moi, je dirais plutôt que tu les fumes toi-même.

Alaric évita de le relancer.

— En tout cas, celui-ci est bien vivant. On lui a notifié sa garde à vue, et on est là pour l'auditionner.

— Oh, mais sérieux, le Hitman. J'allais te proposer un petit verre de jus d'orange, mais si tu préfères avoiner ton mis en cause, c'est toi qui vois.

— Ce serait avec plaisir, Nini, mais là, on est un peu à la bourre.

Costa se figea. Le surnom avait fait son effet.

— Ça fait longtemps qu'on m'a pas appelé comme ça. Le temps passe. Bon, je te fais visiter.

Il fit passer tout le monde par le bureau des plaintes, qui permettait d'accéder aux locaux du rez-de-chaussée, puis monta au premier étage. Les lieux étaient sales et exigus, avec des casiers personnels qui encombraient les couloirs et de minuscules bureaux occupés par trois ou quatre personnes. Costa frappa à la porte de celui du fond, avant d'entrer dans une pièce surchargée de meubles, de dossiers et d'équipement informatique, que se partageaient trois hommes dans leur trentaine.

— On a des invités, leur dit-il. Méfiez-vous d'eux, ils viennent de Versailles pour nous chouraver nos dossiers.

On échangea les saluts, et le commissaire demanda aux trois OPJ de laisser leur bureau pour le temps de l'audition. Clémentine s'empressa de préciser qu'elle allait filmer elle-même l'événement, ce qui n'empêcha pas Costa de plaisanter sur les webcams du commissariat. Quand il jugea que la situation ne se prêtait pas à plus de rigolade, il quitta le bureau pour demander à ses hommes d'amener le mis en cause. Ce furent deux des policiers ayant participé à l'arrestation de Geoffroy qui l'escortèrent jusqu'au bureau. Pour le faire asseoir, Alaric dut déposer à terre un tas de cartons d'archives. Pour poser son portable, Clémentine fut obligée d'écarter des tas de feuilles d'où dépassait une forêt de marque-pages fluo. Geoffroy fut menotté d'un bras au montant de son siège et l'audition put commencer.

Alaric commença par observer le patrouilleur de la DIRIF. L'individu portait une barbe irrégulière et ses cheveux n'avaient pas vu de peigne depuis longtemps. Il avait les yeux injectés de sang et les pupilles un peu dilatées. Il consommait peut-être de la drogue. Il se tenait immobile, mais ses membres étaient pris de temps à autre de mouvements nerveux. Alaric choisit de le bousculer sans attendre :

— Ce matin, on a ramassé ton complice Loran Mlik sur l'autoroute. Deux mecs l'avaient lâché d'un pont au moment où un camion arrivait. Je peux te dire qu'il était pas beau à voir.

Geoffroy ne bougea pas et resta silencieux. Il toisa le policier d'un regard animal. Alaric poursuivit :

— On sait que vous avez été recrutés par un certain Ratel pour voler un objet au fret d'Orly. Julien Delicourt faisait aussi partie de votre bande, et maintenant, il reste plus que toi. Si on a réussi à te trouver, le Ratel aurait fini par y arriver.

L'homme ne répondit pas. Clémentine entra dans le jeu :

— Nous, on est de la crim'. Les vols, même en bande organisée, ça ne nous intéresse pas. On est après un plus gros poisson. Si vous nous parlez de ce Ratel, le juge le verra d'un bon œil.

Toujours pas de réponse. Alaric reprit le monologue, essaya une autre approche, Clémentine le relaya, mais rien de ce qu'ils purent dire n'arracha la moindre parole à Geoffroy. Ils étaient à court d'idées quand quelqu'un frappa à la porte, puis entra sans y être invité. Costa, bien sûr.

— Tout se passe bien ? Vous voulez des boissons fraîches, des nanas en petite tenue ?

Alaric chercha un moyen de le faire sortir sans conflit.

— Si tu connaissais un moyen non violent de faire parler un gars qui veut rien dire, ce serait le plus beau des cadeaux.

Le commissaire agrippa une chaise et s'assit à côté des deux enquêteurs. Court-circuitant l'audition, il s'adressa directement à Geoffroy :

— *De que parte da cidade és tu*[23] ?

À la grande surprise d'Alaric, le suspect changea totalement d'attitude.

— *Mercado antigo*[24].

— *A tua mãe era do Porto, certo*[25]?

— *Sim*[26].

— *Os meus pais são de Évora*[27].

— *É bonito lá*[28].

— *Yves, tem de falar com estas pessoas*[29].

Geoffroy avait perdu toute hostilité. Il ressemblait à un adolescent pris en faute.

— *Vão pôr-me novamente na cadeia, tal como quando aquela puta suja mentiu*[30].

— *Tem de falar com eles. Vai para a prisão, mas salvará a sua vida*[31].

Le mis en cause était au bord des larmes. Il ne dit rien, mais Alaric sentait qu'il allait coopérer.

— Yves va vous répondre maintenant, dit Costa.

— Tu le connaissais, non ? dit Alaric.

---

23. De quel quartier es-tu ?
24. Vieux marché.
25. Ta mère est de Porto, non ?
26. Oui.
27. Mes parents sont d'Évora.
28. C'est beau là-bas.
29. Yves, tu dois parler à ces gens.
30. Ils vont encore me mettre en prison, comme quand cette sale pute a parlé.
31. Tu dois leur parler. Tu iras en prison, mais tu sauveras ta vie.

— Il est passé par ici quand sa femme a porté plainte contre lui. J'ai fait ce que j'ai pu pour l'aider. Il fait pas mal de conneries, mais c'est un brave type.

Comment Alaric avait-il pu oublier que Costa était portugais ? Il racontait tout le temps ses vacances là-bas.

— Merci, tu as débloqué l'affaire.

— *De nada*[32].

Il quitta le bureau, et l'audition reprit.

— Raconte-nous comment le Ratel t'a contacté, dit Alaric.

Geoffroy renifla.

— Les collègues, ils m'ont parlé de cet endroit, le bistrot. C'était sur mon site, alors j'y suis allé. Je prenais un café de temps en temps. Et puis un jour, il était là, le Ratel, avec ses deux hommes. Il était sympa, il m'a payé une bière, et il m'a demandé si je connaissais Orly. Je lui ai dit que oui je connaissais Orly, vu que j'avais travaillé au fret. Il m'a dit qu'il avait un colis au fret, et que le colis, il était coincé à cause du confinement, tout ça. Il voulait le récupérer, vu que la marchandise, elle était pas régulière et qu'au fret, ils allaient tout contrôler avant le déconfinement. Moi, je me suis dit que le Ratel, il faisait que reprendre son colis à lui, alors j'ai dit oui.

— Tu étais tout seul à ce moment-là ? Julien était pas avec toi ?

— C'est ça que j'ai trouvé bizarre. J'étais seul, oui, mais plus tard, quand on a fait la réunion, Julien, il était là. On s'est connus en prison, et on avait travaillé ensemble à Orly. Le Ratel, il l'avait embauché après moi.

C'était étrange, en effet. Delicourt faisait partie des patrouilleurs à l'origine du bistrot. Logiquement, le Ratel aurait dû le contacter en premier, ou bien recruter Geoffroy et lui demander s'il connaissait d'autres personnes susceptibles de participer à l'opération d'Orly. Clémentine dut suivre le même chemin de pensée.

---

32. De rien.

— Vous êtes sûr de ne pas avoir parlé au Ratel de Julien ou à Julien du Ratel ? demanda-t-elle.

— Julien, il voulait plus me voir. Je savais pas qu'il était au bistrot. Je suis du soir, alors qu'il était du matin.

— On continue, dit Alaric. Tu rencontres Julien à la réunion. Ça s'est passé comment ?

— Le Ratel, il voulait pas qu'on sache. Il m'a donné rendez-vous au parking du Métro. Je suis monté dans le van, et on m'a mis un foulard sur les yeux. On est arrivés à un endroit, les bâtiments, ils étaient en ruine. Les locaux du Ratel, ils étaient dans la cave. Il y avait déjà Mlik, et Julien, il est arrivé après.

Une ruine et une cave. On savait déjà que le Ratel avait le sens de la mise en scène.

— Elle était où, cette cave ? T'as vraiment rien vu ?

Un éclair de malice passa dans les yeux de Geoffroy.

— Au début, je savais pas, mais quand on s'est enfuis, j'ai vu qu'on était à Évry, près de l'autoroute.

— Je ne comprends pas, dit Clémentine. Pourquoi vous vous êtes échappés ?

— Non ! Ça, c'est pas tout de suite, c'est après.

— OK. Raconte-nous les choses dans l'ordre.

Geoffroy s'assit plus profondément dans le siège. Il était en confiance.

— D'abord, il y a eu la réunion. Le Ratel, il nous a expliqué comment on allait faire. Il avait une fourgonnette de l'aéroport cachée dans un hangar. Julien et moi, on avait le permis pistes. On devait se retrouver au parking du Métro avec nos fourgons, comme si on allait au bistrot. Après, il fallait monter dans celui de Julien et se garer sur une route tout près du hangar. Les hommes du Ratel, ils nous faisaient passer à l'intérieur, et on partait à trois dans la fourgonnette. On allait récupérer la caisse, et puis on revenait au hangar. On chargeait la caisse dans le fourgon de Julien, il nous déposait au Métro et on reprenait le boulot.

Alaric prit le temps d'absorber ces informations. Il se représentait facilement la réunion, les explications devant un plan de l'aéroport, puis les étapes de l'opération. L'objectif du Ratel était manifestement d'attirer le moins possible l'attention. Des hommes avec le permis pistes dans une fourgonnette de l'aéroport avaient toutes les chances de passer à travers les éventuels contrôles. De même, un fourgon d'Aliser pouvait circuler sur l'autoroute sans que cela paraisse anormal.

— Mais les choses ne se sont pas tout à fait passées comme ça, n'est-ce pas Yves ?

— Si, au début, c'était pareil. On s'est retrouvés au Métro, on a garé le fourgon de Julien au bon endroit, on est entrés dans l'aéroport, on est montés dans la fourgonnette et on a récupéré la caisse. Tout pareil.

— Tu peux nous décrire cette caisse ? demanda Alaric.

— Oh, c'était une caisse normale, en bois, avec des coins en acier. Il y avait « Jakarta » écrit dessus, je me rappelle.

— Et après ? dit Clémentine.

— On est retournés au hangar. Le Ratel était là. Il nous a montré par où on devait sortir la caisse pour pas que les caméras, elles nous voient. Il a aussi parlé à Julien seul. Je crois qu'il lui a expliqué où il devait livrer la caisse. On est montés dans le fourgon de Julien, et il nous a déposés à Métro. C'est tout.

— C'est tout, ça veut dire que vous vous êtes quittés et que l'opération était terminée ?

— Oui. On a joué réglo, pas de lézard. On est remontés dans nos fourgons et on a repris le boulot. Nous, on savait pas ce qui s'était passé après.

— Mais le Ratel pensait autrement, non ? dit Alaric.

— Ses hommes, ils sont venus me chercher après ma journée et ils m'ont emmené à la cave. Il y avait déjà Mlik. Ils nous ont tabassés. Ils nous ont posé plein de questions. Nous, on croyait qu'on allait mourir. Mais Loran, il a vu un trou d'aération au-dessus de nous. Il m'a fait la courte échelle, et on a réussi à monter. On est partis en courant.

— Tu lui as reparlé après ça ?

— Non.

— Ils vous ont posé quel genre de questions ? demanda Clémentine.

— Ils croyaient que Loran et moi, on avait tué Julien pour lui voler la caisse.

Alaric se demanda à quel point on pouvait se fier à cette partie du témoignage.

— Est-ce que Loran est resté avec Julien après que tu es parti ? demanda-t-il.

— Non ! Julien, il s'est juste arrêté sur le parking et il nous a laissés descendre tous les deux.

Le Ratel avait forcément des raisons de soupçonner les deux hommes du meurtre de Julien, et la caisse avait bien disparu. Clémentine exprima la question qu'il se préparait à poser :

— Est-ce que Loran aurait pu appeler Julien un peu plus tard ?

Yves Geoffroy eut une grimace sceptique.

— Je sais pas, moi. C'est possible. Je le connaissais pas, ce gars.

Julien avait été envoyé en intervention suite à l'appel d'un automobiliste inconnu. Loran Mlik connaissait les procédures d'Aliser. Il aurait pu utiliser ce stratagème pour attirer Delicourt dans un piège. D'un autre côté, après s'en être pris à lui, les hommes du Ratel ne semblaient pas avoir obtenu ce qu'ils voulaient, puisqu'ils avaient essayé d'enlever Marion.

Les policiers interrompirent l'audition, et Geoffroy fut conduit en cage de garde à vue. Les indications qu'il avait fournies serviraient peut-être à retrouver le Ratel. Vu le calibre des malfrats, il fallait recourir à la BRI. Plus tôt on les sollicitait, plus vite ils pourraient intervenir. Alaric téléphona directement à son vieux complice Michel Osso, qui répondit immédiatement présent. Il lui indiqua une direction approximative, en espérant qu'il obtiendrait des coordonnées plus précises avant que le groupe de l'Antigang arrive sur place. Il enchaîna sur un appel à la patronne et un autre à Cazenave, pour les informer des progrès de l'enquête. Ce dernier lui répondit qu'un juge d'instruction venait enfin de prendre le dossier en charge.

Quand les occupants réguliers du bureau se présentèrent à la porte, il venait de raccrocher, et Clémentine vérifiait la qualité de l'enregistrement vidéo. Il était temps de leur rendre le local. Les deux enquêteurs reprirent leurs affaires et descendirent au rez-de-chaussée. Costa les appela d'un geste depuis le local du chef de poste. Il n'allait pas les laisser partir sans un mot.

— Alors, il a pas trop chiqué[33] ? demanda-t-il.

— Un peu sur la fin, dit Alaric. On reviendra demain pour éclaircir certains détails. Il nous a parlé de bâtiments en ruine à Évry près de l'autoroute. Ça te parle ?

Costa se tourna vers le chef de poste assis derrière lui.

— L'abattoir ? dit ce dernier.

— Je vois rien d'autre dans le secteur de l'A6. Par contre, c'est à Courcouronnes, pas à Évry même.

— Il y a des caves ? demanda Alaric.

— Oui, mais aux dernières nouvelles, elles étaient murées. Le proprio actuel est une entreprise de défense, et il y avait eu des blessés dans une *rave* il y a deux ans.

— Donnez-moi toujours l'adresse, j'envoie du monde pour visiter l'endroit.

---

33. Menti lors d'une audition, en jargon policier.

— BRI ? demanda Costa.

— Oui.

— Donc, du gros gibier.

— Un ou deux macchabées, des enlèvements, des tortures, un vol de marchandise. Nom de code : le Ratel. Blond, costaud, tatoué, voix de basse russe.

Le commissaire et le chef de poste se consultèrent du regard.

— Jamais entendu parler, dit le second.

C'était bien ça le problème. Quand un trafiquant actif et violent opère quelque part, le commissariat du secteur a généralement une idée de son identité. L'absence d'informations sur le Ratel consistait une information en soi, mais Alaric ignorait encore comment l'interpréter.

Il était près de 18 h quand il quitta Corbeil-Essonnes avec Clémentine. Un instant, il eut l'impression qu'un van noir les suivait, mais le véhicule disparut à un carrefour.

49

Clémentine détestait plus que tout cette sensation de ne plus maîtriser son esprit. Le matin, elle avait été réveillée trop tôt, après trois jours épuisants. Le mauvais air de l'autoroute avait probablement joué un rôle dans la fatigue accumulée, comme le fait de travailler dans un lieu inhabituel. Avec l'arrestation de Geoffroy, l'enquête n'imposait plus de rester dans les locaux d'Aliser, et les choses s'apprêtaient à rentrer dans l'ordre.

Quand elle rentra à Saint-Pierre-lès-Nemours avec Alaric, la journée de travail se terminait. Geoffroy n'était plus en danger, Marion Delicourt semblait en sécurité, et Clémentine jugeait peu probable qu'Osso et son groupe mettent la main sur le Ratel. Victoria, Joseph et Patrick avaient continué à travailler pendant l'audition d'Yves Geoffroy, rédigeant des procès-verbaux et poursuivant les recherches. Osmane n'avait pas été en reste, puisque certaines pièces ajoutées au dossier en fin d'après-midi résultaient des réquisitions du jour.

Alaric s'affala sur le siège qui lui était réservé dans la salle de réunion. Lui aussi paraissait fatigué. Il ferma les yeux et resta longtemps immobile.

— On va lever le camp, dit-il. Vous pouvez commencer à remballer. Pour l'intervention d'Osso, on devrait être fixés très vite, mais personne a besoin de rester pour ça. On verra si on a besoin de revenir bosser demain, mais ce sera pas ici. Je vous enverrai des textos.

Personne ne répondit, mais tout le monde se mit à ranger ses affaires. Clémentine fut très tentée d'imiter les autres, mais elle n'avait pas envie de partir avant d'avoir terminé son travail de la journée. À voix basse, elle en fit part au chef de groupe.

— Je vais rester un peu pour commencer à taper l'audition de Geoffroy et à relire les derniers PV.

— Comme tu veux. Moi, j'ai eu mon compte de paperasse pour aujourd'hui, mais je suis obligé de rester dans le coin pour le cas où Osso aurait quelque chose à nous montrer. Je vais demander à Lagroue si un de ses patrouilleurs pourrait refaire avec moi le parcours de Delicourt quand il est rentré d'Orly avec la caisse dans son fourgon. Je devrais en avoir pour une heure.

— Si Osso t'appelle, je te rejoins avec la Golf et on y va.

— Je lui ai donné ton numéro. Je préfère que tu prennes l'appel, au cas où il faudrait prévenir du monde.

Il dit au revoir au groupe et sortit. Il n'avait pas enlevé son blouson en entrant. L'idée de rouler sur les traces de Delicourt ne venait pas de lui passer par la tête. Clémentine appréciait la perspective de passer une heure toute seule dans la salle. Elle prit conscience que la présence permanente du groupe l'avait gênée pendant ces trois journées dans les locaux d'Aliser. La solitude l'aidait à focaliser son esprit et à aiguiser ses capacités d'analyse. À Versailles, elle alternait entre des moments d'échange avec Alaric et d'autres où elle pouvait puiser dans ses ressources personnelles quand il était absent. Ce rythme lui convenait, et elle n'aspirait qu'à le retrouver.

Le départ d'Alaric fut le signal que les autres attendaient pour se lever. Ils quittèrent la salle en saluant à peine Clémentine, tant ils étaient impatients de rentrer chez eux. En quelques secondes, le silence reprit possession des lieux, à tel point qu'on pouvait entendre le bourdonnement de l'autoroute à travers les orifices d'aération des fenêtres.

La policière sortit de ses affaires un magazine de sudokus, mais elle ne put se résoudre à commencer une nouvelle grille. L'extérieur l'attirait, pour une raison qu'elle ne pouvait s'expliquer. N'emportant que son sac et son téléphone, elle sortit à son tour du bâtiment. Deux voitures seulement étaient garées sur le parking. Elle traversa la vaste étendue bitumée pour se diriger vers une haie d'arbustes qui marquait la limite des installations d'Aliser. De là, elle put accéder au trottoir qui suivait la route jusqu'au pont de l'autoroute. La nuit précédente, Loran Mlik était tombé d'un pont de ce genre. Elle s'appuya sur le garde-corps et regarda quelques instants passer les véhicules. Souvent, elle s'était demandé, en roulant sur ces voies rapides, qui étaient ces gens qui marchaient sur les ponts. Ce soir-là, elle en faisait partie, piéton ordinaire au-dessus de ce fleuve mécanique. Elle fit demi-tour.

Quand elle fut de nouveau dans la salle, elle eut la joie de constater que sa petite excursion avait dissipé les brumes. Elle se remémora les étapes de la journée, depuis les constates du petit matin à l'audition de Geoffroy. Tout était allé trop vite. Les événements s'étaient succédé sans pause, obligeant le groupe à s'adapter constamment à des situations nouvelles. Un épisode, en particulier, lui apparaissait à présent comme improbable : la visite de Perfect Match. Elle relut les notes qu'elle avait prises après la démonstration, afin de s'assurer qu'elle n'avait pas manqué une information importante.

Des trois numéros de téléphone, un seul avait fourni des données utiles. Si celui de Geoffroy s'était probablement mélangé avec un *alter ego* japonais, celui de Marion Delicourt avait donné lieu à l'apparition éphémère d'un cercle coloré, comme si le téléphone s'était éteint précisément au moment où le système de Perfect Match se connectait à lui. En suivant cette idée, Marion avait probablement borné quelque part avant cela, à une position qui pouvait donner une indication de sa planque.

Clémentine se plongea dans le tas de feuillets constituant le dossier de l'enquête. La plupart des procès-verbaux étaient encore des brouillons et ne respectaient pas le formalisme habituel, mais le groupe avait réussi à se tenir à jour, transcrivant les auditions en un temps record. Il y avait aussi les documents résultant de réquisitions, fadettes, listings et relevés bancaires envoyés par Osmane. Elle feuilleta le tout dans l'ordre chronologique inverse, s'attardant surtout sur ce qu'elle n'avait jamais lu auparavant. Les fadettes[34] de Marion manquaient. Elle prit son téléphone, espérant ne pas appeler trop tard.

— Osmane, tu es encore au bureau ?

— Clém, comment ça va ? Oui, je suis au bureau. J'ai installé un lit et une kitchenette. Je crois que je vais emménager ici.

— Tu as fait la réquisition sur la ligne de Marion Delicourt pour aujourd'hui ?

— Je crois que oui. Attends, je vais voir.

Clémentine entendit de la musique. Après tout, peut-être qu'Osmane prenait effectivement ses aises dans le bureau. Il reprit le téléphone.

— Ça y est, j'ai trouvé : oui, je l'ai faite, et j'ai reçu la réponse il y a dix minutes. Faut croire qu'il y a encore des gens qui bossent chez les opérateurs.

— Tu me l'envoies ? C'est urgent.

— Une urgence du samedi soir ? Ça sent la nuit blanche, ça.

— J'espère que non.

Le fichier arriva dans sa boîte électronique une minute plus tard. Depuis qu'il avait abandonné la boisson, Osmane avait retrouvé toute sa vivacité. Le document tenait en une page. Clémentine

34. Factures détaillées.

consulta la dernière ligne. À 13 h 50, le téléphone avait borné à l'antenne 535133, à l'est de Milly-la-Forêt. Les entrées précédentes retraçaient son parcours à partir de Villabé : trois antennes sur l'autoroute, Dannemois, Moigny-sur-École et Milly-la-Forêt Nord. L'heure de sa dernière connexion était un peu postérieure à celle où les gens de Perfect Match avaient introduit son numéro dans leur système, mais une erreur était possible.

Clémentine repéra l'adresse de la dernière antenne sur Géoportail. La rue traversait une petite zone commerciale en lisière de forêt, à côté d'une carrière de sable. La seule zone habitée dans le périmètre du relais était le village de Maisse, et éventuellement son voisin Courty. Marion et son amie pouvaient encore se trouver là-bas, dans un secteur comptant peu de maisons. Il ne restait plus qu'à trouver laquelle. Clémentine envisagea d'abord d'envoyer une réquisition au Ficoba, pour obtenir la liste des propriétaires de ces villages. Avec un peu de chance, le prénom de Marie-Pierre y figurait. Mais cette idée fut tout de suite remplacée par une autre.

La voiture.

Elle venait de lire le verbatim des auditions des patrouilleurs qui avaient porté secours à Marion. L'un d'entre eux mentionnait la marque, le modèle et la couleur du véhicule de Marie-Pierre : une Peugeot e-208 d'un rouge nacré. Elle connaissait bien ce modèle, sorti l'année précédente, et elle s'était même renseignée sur le prix, découvrant qu'il dépassait largement son budget. Ce n'était pas une voiture courante, et sa couleur la rendait encore plus facile à repérer. Un court détour par Maisse et Courty aurait suffi pour vérifier sa présence dans les rues ou devant une des maisons.

Son téléphone se mit à vibrer, glissant dangereusement vers le bord de la table. Elle décrocha juste avant la sonnerie – des sons de carillons choisis par sa compagne Cassandre.

— Clémentine Forbin.

— Salut Clémentine, c'est Osso. Alaric m'a demandé de t'appeler quand on aurait fini.

— J'attendais ton coup de fil. Alors, la pêche a été bonne ?

— Pas terrible. Des caisses en bois vides et quelques meubles. La cave a été nettoyée à fond. J'ai envoyé une équipe de l'IJ, mais ça m'étonnerait qu'ils trouvent quelque chose.

— Merci pour l'info. On ira voir dès que possible.

— On garde tout ça au chaud pour vous.

Comme toujours avec lui, l'appel s'interrompit brusquement. Il n'aimait pas s'épancher au téléphone, mais son travail était toujours irréprochable. Comme elle l'avait prévu, le Ratel avait quitté les lieux. Elle se demanda un instant ce qui l'en avait convaincue, mais ne se rappela que de vagues intuitions, relevant du fameux « instinct de flic ». Elle avait le sentiment que les tueurs avaient appris l'arrestation de Geoffroy et se savaient trahis. Cela ne reposait sur aucun fait particulier, et elle préféra ne pas en tenir compte.

Elle ne reposa pas son smartphone, et contacta tout de suite Alaric. Il était plus de 19 h 30, soit une heure et demie avant la limite horaire pour le début d'une perquisition. Tout restait possible, mais il ne fallait pas traîner. Alaric ne répondit qu'au bout de huit sonneries.

— Oui, Clém.

— Osso vient d'appeler…

— Et il a rien trouvé.

— Des meubles et des caisses vides.

— Je le savais. Le Ratel est au courant pour Geoffroy.

Et voilà : aucun doute, aucun fait, une affirmation totalement gratuite. Le pire, c'est qu'elle était d'accord avec lui.

— Tu es où, là ? Tu as terminé ? demanda-t-elle.

— Oui… en un sens. Il faudra que je te parle d'un truc.

— Quand tu voudras, mais pour l'instant, je voudrais qu'on se balade dans un endroit où Marion Delicourt pourrait se cacher.

— Elle a borné quelque part ?

Aucun effet de surprise avec lui. Elle se demanda s'il devinait aussi ses cadeaux d'anniversaire.

— À l'ouest de Milly-la-Forêt.

— Donc au nord de Malesherbes. On vient de dépasser Ury. Repêche-moi sur l'aire de Villiers.

— Je pars tout de suite.

Tout était prêt, elle n'avait plus qu'à ramasser le dossier de l'enquête et à filer de là. En fermant la porte de la salle, elle ressentit un profond soulagement à l'idée de ne pas devoir y revenir le lendemain.

50

Marie-Pierre a été adorable, je ne peux rien lui reprocher. Elle m'a accueillie dans la maison de ses parents et s'est occupée de moi et de Fabien comme d'invités de marque, veillant à ce que nous ne manquions de rien. Je n'avais jamais bu un aussi bon thé de ma vie. Nous avons passé des moments très agréables sous une treille où la vigne partait à la conquête du ciel. C'était une vieille maison de pierres aux poutres apparentes, pavée de vraies tommettes hexagonales. Tout, des meubles aux frises et aux moindres objets du quotidien, portait la marque d'une qualité que ni toi ni moi n'avons jamais connue. Rien ne venait de Chine, excepté la porcelaine ancienne aux charmants dessins bleus. La profusion de plantes rares m'a donné honte de notre haie banale, et les fauteuils en cuir de brocanteur m'ont fait regretter l'achat de notre canapé industriel.

À aucun moment, ma nouvelle amie ne m'a fait sentir que nous faisions partie d'un monde différent. Cela résultait du contexte, comme une évidence qu'il n'était pas nécessaire d'exprimer. Avec mes fringues achetées au centre commercial de Villabé, mon téléphone d'entrée de gamme et mes chaussures en faux cuir, je n'étais pas à ma place entre ces murs. Je me sentais un peu comme une paysanne du XIXe siècle en visite dans une maison bourgeoise. Les préjugés communistes de mon grand-père me regardaient depuis les placards de mon esprit. Une autre voix me soufflait que tout le monde aurait dû vivre ainsi, dans une maison de pierres, entouré de vieux objets.

Après le thé, la température a baissé sous la vigne, et nous sommes rentrées dans le salon. Fabien jouait gentiment sur un superbe tapis multicolore. Marie-Pierre m'a proposé de boire un petit verre. Après tout, c'était ce qu'on faisait autrefois après les enterrements. J'avais envie de me laisser un peu aller, de repousser un peu la douleur et la terreur qui m'avaient accablée. J'ai choisi une marque de vodka que je ne connaissais pas. Marie-Pierre m'en a décrit toutes les qualités, mais je m'en foutais. Elle a pris un verre de vin blanc. Très vite, l'alcool a fait son effet, et nous nous sommes mises à parler comme de vieilles connaissances.

— Il faudra qu'on fasse quelque chose pour ces types qui te cherchent, m'a-t-elle dit.

— Tu ne voulais pas que j'aille voir la police.

— Tu te vois vivant sous la protection de deux bouledogues ? Et ça, c'est seulement s'ils te prennent au sérieux. Non, je pensais à autre chose.

— Je prends toutes les idées.

— Ils en ont pas vraiment après toi, ils cherchent leur marchandise. Je crois que tu dois la trouver avant eux. S'ils sont persuadés que tu sais où elle se trouve, ils se basent forcément sur une info qu'on connaît pas.

— Même en supposant que je trouve cette fichue caisse, j'en ferais quoi ? La leur rendre ?

— À toi de voir. La leur rendre, ou la donner à la police.

— Mais ce ne serait pas dangereux, ça ? Ils pourraient se venger.

Elle réfléchit, un doigt sur la lèvre inférieure.

— Oui, c'est bien possible, tu as raison. Je pense plutôt que tu devrais leur rendre la caisse, mais pas en personne.

— Qu'est-ce que tu veux dire ?

— J'ai un ami qui pourrait servir d'intermédiaire, en laissant la caisse à un endroit et en les informant de sa présence.

— Ce serait bien, oui.

— Reste plus qu'à la trouver. En tout cas, j'espère que tu y arriveras, sinon ils risquent de jamais te laisser tranquille.

C'était une idée horrible, qui me donnait envie de fuir jusqu'au bout du monde.

— Je ferai un effort. Si c'est Julien qui l'a cachée, je devrais y arriver.

Je me suis servi une deuxième vodka. La pièce a commencé à tourner, et mon esprit à s'embrumer pour de bon. Marie-Pierre a ouvert un sachet de pistaches pour retarder l'effet de la boisson, mais il était déjà trop tard.

— Je vais nous préparer un dîner, dit-elle. Rien de très compliqué, juste une salade emballée et quelques crudités du jardin.

Elle s'est activée à la cuisine, pendant que je me débattais avec quelques pensées confuses. Je n'étais même pas en état de m'occuper de Fabien. Ce n'était pas, contrairement à ce que j'espérais, une inconscience agréable, mais un chaos intérieur traversé de menaces. J'ai même eu l'impression de te perdre, de perdre le souvenir de toi, de ce Julien silencieux à qui je m'adresse depuis mardi. J'avais honte de moi.

Je ne sais pas combien de temps a passé avant qu'elle m'appelle à table. Fabien avait reçu le biberon et dormait dans la chambre qu'elle nous avait attribuée à l'étage. Assommée par la fatigue et les émotions de la journée plus encore que par l'alcool, je me disais que je ne tarderais pas à le rejoindre. Je me suis levée avec difficulté du fauteuil confortable où je venais de me rasseoir.

À ce moment, une sonnerie discrète a traversé la maison.

J'ai mis quelques secondes à comprendre qu'il s'agissait de la sonnette de la porte d'entrée. Marie-Pierre est restée immobile. Elle n'attendait aucune visite. J'ai lu la peur sur ses traits.

— Cache-toi, a-t-elle chuchoté.

J'ai regardé autour de moi. Le salon ne comportait aucun recoin où j'aurais pu me dissimuler. Dans l'état où je me trouvais, je ne pouvais imaginer un moyen de lui obéir. J'ai entendu la porte s'ouvrir. Très vite, des voix ont envahi le hall d'entrée. Marie-Pierre s'efforçait de retarder ses visiteurs, mais ils ne cessaient d'avancer. J'ai tout de suite reconnu l'homme qui est entré dans la pièce. C'était le policier de la Brigade criminelle qui était venu me voir mercredi, celui qui avait retiré ses chaussures. Derrière lui est apparue la femme qui l'accompagnait alors, toujours habillée de vêtements blancs et d'un foulard plein de couleurs.

— Madame Delicourt, nous savons ce qui vous est arrivé. Vous pensez peut-être que vous pouvez échapper à ces hommes en restant ici, mais je vous assure que vous vous trompez.

Je ne savais pas quoi lui répondre. Marie-Pierre est arrivée ; elle s'est postée près de moi, prête à me défendre. Je n'avais pas envie qu'elle parle à ma place. Je lui ai touché le bras pour l'en empêcher.

— Loran a été tué, ai-je dit. Qu'est-ce que vous avez fait pour le protéger ?

— Loran a agi exactement comme vous, a dit la femme, il a voulu se débrouiller tout seul.

J'ai entendu un bruit sourd qui venait du hall. J'ai cru qu'un autre policier les accompagnait. Dans un mouvement qui m'a semblé ralenti, l'homme et la femme ont tourné la tête, mais avant qu'ils arrivent au bout, deux formes noires ont fait irruption dans le salon, si vite que je n'ai pas eu le temps de réagir. J'ai facilement reconnu leurs vêtements et leurs visages. Après tout, je les avais déjà rencontrés deux fois, et la dernière remontait à quelques heures. Ils n'étaient pas armés de couteaux, mais de pistolets, qu'ils ont enfoncés dans les côtes des policiers. Derrière eux, un troisième homme est arrivé, jean et cuir sombre, cheveux blonds, barbe courte et tatouages aux deux bras dénudés. Le Ratel en personne les avait accompagnés. J'ai réalisé qu'il allait s'occuper de moi dans cette maison. À cet instant, une seule pensée m'a traversée : « Pourvu qu'ils ne trouvent pas Fabien. »

Bien sûr, ils l'ont trouvé. Ils ont commencé par désarmer les policiers et leur enlever leurs téléphones. Ils ont ensuite attaché leurs mains et celles de Marie-Pierre autour d'une des deux poutres encadrant le bar du séjour. Je suis restée seule avec le chef, dont la présence m'inspirait une terreur absolue. Il ne m'avait pas attachée, mais me menaçait de son arme, jouant avec moi comme avec une souris. Les hommes en noir ont visité toutes les pièces du rez-de-chaussée et la remise du jardin, puis ils sont montés à l'étage par l'escalier de bois qui partait de la salle à manger. Chaque fois qu'ils terminaient un lieu, ils criaient « RAS », comme des soldats en mission. J'ai arrêté de respirer, attendant qu'ils arrivent à la chambre où dormait Fabien. Allaient-ils le tuer dès qu'ils le verraient ? L'emmener avec eux pour m'obliger à parler ? J'avais envie de hurler.

— Un bébé dans la chambre du fond !

C'était la dernière pièce de la maison. Les deux hommes sont redescendus sans Fabien. J'étais morte d'inquiétude. Le Ratel leur a indiqué le salon.

— Là-bas.

Celui qui m'avait enlevée la première fois m'a indiqué la direction avec le canon de son pistolet. Je n'ai pas obéi.

— Avance, salope !

— Vous me parlez pas comme ça !

Il a essayé de m'attraper le bras, mais j'ai esquivé le contact.

— Putain, parle-lui correctement, qu'on en finisse, a dit le Ratel.

L'homme en noir a lancé à son chef un regard contrarié.

— Madame voudra bien aller dans le salon.

J'avais au moins obtenu ça. Comme la chèvre de monsieur Seguin, j'étais décidée à lutter autant que je pouvais. J'ai quitté la pièce sous la garde de la brute. Alors que j'avais le dos tourné, j'ai entendu le policier s'adresser au Ratel.

— Tu crois vraiment que tu vas t'en tirer comme ça ?

— Qu'est-ce qu'il a, le flic, il est pas content ? Franchement, t'as pas été très malin. Tu sais que c'est grâce à toi qu'on l'a trouvée ? C'était pas difficile : une balise GPS sous ta bagnole, et voilà le travail.

— T'es pas un truand, non ? Je parierais que toi et tes hommes, vous êtes d'anciens militaires. Cette histoire de ratel, de cave et de marchandise à récupérer, c'était un écran de fumée.

— Tu t'imagines peut-être que je vais te répondre ?

— Elle sait rien, t'en prends pas à elle.

Je venais de m'asseoir dans le fauteuil. De là, je voyais toute la scène. Le Ratel commençait à s'énerver. Il a approché son pistolet de la jambe du policier.

— Un jour, j'ai tiré sur le genou d'un gars. Sa rotule a explosé en mille morceaux. Ça lui faisait un mal de chien.

Avec le canon de son arme, il a frappé la joue du policier. Visible depuis ma position, le sang s'est mis à couler. Il a laissé ses trois prisonniers sous la garde du conducteur du van et s'est dirigé vers moi. L'autre homme en noir a saisi mes épaules, s'amusant à les broyer. Le Ratel a fermé la porte.

— C'est ton tour, maintenant. Tu nous as fait perdre assez de temps.

Je savais que mes chances d'y échapper étaient inexistantes. C'était donc à ça qu'elle allait ressembler, ma mort. Il valait peut-être mieux que je les oblige à me tuer rapidement.

— La caisse ! a-t-il crié.

Je lui ai répondu sur le même ton :

— Je l'ai pas, votre putain de caisse ! Vous vous êtes mal débrouillé, c'est tout. Vous roulez les mécaniques, mais vous vous êtes planté. Moi, j'y suis pour rien.

Sa colère augmentait. Il ne devait pas avoir l'habitude qu'on lui résiste. Il m'a prise à la gorge et soulevée de cinquante centimètres au moins. Je ne pouvais plus respirer.

— Tu sais ce que tu es ? T'es rien, t'es qu'une fiente de pigeon.

Il m'a jetée dans le fauteuil. J'ai cru que mon dos se brisait en deux. Quand il m'a lâchée, j'ai fait semblant de m'évanouir. J'espérais reprendre assez de forces pour me lever et m'enfuir. Mauvaise idée : l'homme de noir m'a tirée par les cheveux, m'obligeant à m'asseoir au fond du fauteuil.

— Tu résistes, hein ? dit le Ratel. On va être obligés de t'abîmer. Et on a même pas encore touché à ton chiard.

J'ai hurlé :

— Vous êtes qu'un lâche ! C'est facile, hein, de frapper une femme et un bébé.

Il a levé le poing, mais il n'a pu achever son geste. La porte s'est ouverte et le conducteur a parlé dans son oreille. Ils sont sortis tous les deux, me laissant sous la garde de l'autre. J'ai cherché du regard un objet que j'aurais pu lui jeter à la figure, sans rien trouver d'assez pesant. Le Ratel s'est mis à discuter avec le policier. Je n'ai pas tout entendu, mais il était question de caisse. La voix caverneuse du Ratel a répondu :

— Je te préviens : si tu m'entourloupes, on va retrouver deux cadavres de flics sur l'A6 demain matin.

Je ne savais pas ce qu'il avait proposé au Ratel, mais le policier ne paraissait pas impressionné. Cherchait-il seulement à gagner du temps, ou avait-il un plan ? En tout cas, j'avais conscience qu'il se mettait en danger pour me protéger. Les flics font-ils réellement ce genre de choses ? Je ne savais quoi penser.

L'homme qui me gardait m'a tirée par les cheveux pour m'obliger à me lever. Je me suis dégagée.

— Je peux me lever toute seule.

Il m'a plaqué sa main sur la bouche. Saisissant l'occasion, je l'ai mordu aussi fort que j'ai pu. Il a crié, retirant sa main. Depuis le séjour, son chef l'a rappelé à l'ordre :

— François, arrête de jouer !

C'était la première fois que j'entendais un prénom. Jusque-là, ces trois pourritures avaient évité soigneusement de s'appeler par leurs vrais noms. J'ai considéré ça comme une petite victoire et je me suis empressée d'entrer seule dans la salle à manger. Le conducteur a attaché mes mains dans le dos, puis il a remplacé un par un les colliers qui emprisonnaient les mains de Marie-Pierre et des policiers par d'autres, similaires au mien. François ne cessait de me lancer des regards de haine. Si le Ratel lui en laissait l'occasion, je n'avais aucun doute qu'il me démolirait à coups de poing.

Le conducteur est sorti. Le Ratel nous a mis à terre et tenus en joue avec François. Il ne voulait rien laisser au hasard. J'ai entendu un bruit de moteur. On nous a fait lever, puis sortir l'un après l'autre. J'ai pensé à Fabien, qu'ils avaient laissé dans la chambre. Je ne voulais surtout pas qu'il nous accompagne, mais je me suis demandé avec angoisse ce qui lui arriverait si aucun d'entre nous ne sortait vivant de cette nuit.

Quand mon tour est venu, le conducteur m'a fait entrer dans le van garé devant la maison et m'a attachée à l'un des crochets alignés sur la paroi de la cabine, à côté de la policière. François est entré en dernier, son pistolet à la main. Il a promené le canon sur mon corps, l'autre bras serrant la main courante. J'ai lancé mon pied vers sa jambe, mais il est parvenu à l'éviter. Le van a démarré, le forçant à se tenir plus fermement et à me laisser tranquille.

Les irrégularités de la route nous mettaient en déséquilibre. Nous nous sommes accroupis, autant que le permettait notre lien, pendant que François restait debout. À l'intérieur, il faisait moins noir que la dernière fois, mais je distinguais à peine les autres captifs. Nous avons roulé ainsi, sans dire un mot, pendant une demi-heure environ, la moitié du chemin sur l'autoroute. Un virage a signalé la bretelle de sortie. La route est devenue moins régulière, et nous nous sommes engagés sur une voie sans bitume.

Le van s'est arrêté. Le conducteur a ouvert la porte coulissante et François a coupé nos liens. Le soleil était descendu sous l'horizon, mais la lumière de l'extérieur m'a aveuglée. J'ai sauté hors du véhicule, et j'ai découvert autour de moi un paysage de forêt qui m'était vaguement familier, éclairé en partie par les phares du véhicule. Derrière le van, le chemin venait d'une route étroite et peu passante. J'ai pensé qu'on nous conduisait ici pour nous exécuter. J'ai calculé mes chances si je courais droit devant moi, et j'ai conclu qu'elles étaient faibles. J'avais toujours les mains attachées derrière le dos, et les trois hommes possédaient des physiques de sportifs bien entraînés.

Nous avons marché quelques dizaines de mètres. Le policier nous guidait. Nous sommes arrivés dans un lieu où une construction de bois avait brûlé, ne laissant qu'un tas de poutres calcinées et de tôle noircie.

— C'est là, a dit le policier.

Le Ratel et le conducteur se sont dirigés vers l'endroit qu'il désignait, une ouverture dans le sol derrière la cabane, fermée par une plaque d'acier rouillée. Dans l'herbe traînait un cadenas d'aspect neuf, dont l'arceau avait été coupé. Les deux hommes ont soulevé la plaque, faisant apparaître une cavité maçonnée qui semblait peu profonde. J'ai eu le cœur serré en pensant au caveau de béton dans lequel les croque-morts avaient descendu ton cercueil. Car ce trou dans la terre au milieu de la forêt contenait lui aussi un coffre en bois, qui occupait tout l'espace disponible.

La caisse.

Elle se trouvait là depuis le début. Est-ce que c'était bien toi qui l'y avais mise ? Pourquoi ici ? Quelles étaient tes intentions ? Le Ratel affirmait qu'il ne t'avait pas tué. Qui l'avait fait, alors ? Ces questions tournaient sans fin dans ma tête, sans que j'arrive à trouver le moindre sens à ce qui s'était passé. Je restais convaincue que tu devais ta mort à cette caisse, mais j'ignorais pourquoi. Même si le Ratel et ses hommes m'avaient torturée, je n'aurais pu leur indiquer son emplacement. J'étais la parfaite ahurie, qui n'était au courant de rien. Tu avais sans doute tes raisons, mais rien ne justifiait que tu me laisses dans une telle ignorance.

Ils ont sorti la caisse de son logement. Elle devait être assez légère. Le Ratel a vérifié la solidité de son couvercle et des sangles qui l'entouraient. Sans tenir aucun compte de notre présence, ils l'ont transportée dans le van. J'ai pensé qu'ils n'avaient aucune intention de nous ramener à la maison de Marie-Pierre. C'était peut-être le moment, celui de se débarrasser de nous. Étrangement, je n'arrivais plus à y croire. Nous nous trouvions peut-être près de Corbeil-Essonnes ou d'Évry, dans un bois entouré de routes. J'entendais le bruit des voitures à proximité, et ce lieu n'était pas assez éloigné de quartiers d'habitation pour exclure la présence de promeneurs.

Sur un signe du Ratel, François nous a obligés à nous coucher sur le ventre. Nous allions connaître le sort qu'ils nous réservaient. Je lui ai obéi, et il m'a chuchoté à l'oreille : « Dommage qu'on ait pas plus de temps, je t'aurais fait jouir. » Juste après, le moteur du van a démarré. J'ai entendu le bruit d'une marche arrière, et j'ai tourné la tête. Aucun pistolet ne nous menaçait plus. Au bout du chemin, le van est parti en marche avant sur la route. Je me suis assise. Les battements désordonnés de mon cœur menaçaient de faire éclater mon crâne.

— Ça va, vous deux, vous n'avez rien ?

C'était la voix de la policière dans la pénombre. Nous n'étions pas morts. La vie pouvait reprendre. Cette horrible journée allait enfin s'achever. J'ai commencé à frotter mes liens sur une pierre pour les couper.

51

Il fallut arrêter une voiture sur la route. Le conducteur faillit renverser Alaric. Il ne consentit à baisser sa vitre qu'après avoir vu la carte professionnelle des deux policiers. Il leur prêta son téléphone avec beaucoup de réticence, comme s'il craignait de se le faire voler – ou infecter par le virus. Après plusieurs essais, Alaric finit par joindre la brigade de gendarmerie de Mennecy, qui promit d'envoyer des renforts.

Les gendarmes s'occupèrent de tout avec un grand professionnalisme. En une demi-heure à peine, ils gelèrent la scène, auditionnèrent les quatre plaignants, lancèrent les recherches et envoyèrent des techniciens à la maison des parents de Marie-Pierre. Alaric avait choisi de ne pas intégrer tout de suite l'agression qu'il venait de vivre à la procédure criminelle. Il fallait agir rapidement, retrouver le van et la caisse, installer des barrages sur les routes. S'il avait fait appel à la BRI, l'affaire aurait pu tourner au règlement de compte.

Marion ne cessait de demander à rentrer à Maisse. Une patrouille avait pourtant visité la maison, et un jeune père s'était occupé du bébé comme du sien, mais la veuve ne pouvait supporter d'être séparée plus longtemps de son Fabien. Une voiture transporta les deux civiles, et Marion ne cacha pas sa volonté de rentrer chez elle. Quant à Clémentine et Alaric, ils accompagnèrent les gendarmes jusqu'à leur brigade, où on les laissa patienter à l'accueil, en attendant des nouvelles. Le lieutenant poussa l'amabilité jusqu'à faire ramener la Golf à Mennecy par un de ses hommes.

Le silence revint dans le bâtiment déserté, et l'attente commença. Alaric avait l'intention de s'autoriser un petit somme, mais Clémentine l'en empêcha.

— Je suis désolée, dit-elle. Je n'aurais pas dû t'emmener là-bas sans renforts. C'était totalement inconscient.

Alaric ouvrit un œil.

— Quoi ? Chercher un témoin qui se planque chez une amie dans un village tranquille ? C'est ça, ton opération risquée ?

— Tu sais bien ce que je veux dire.

— Non, justement, j'en sais rien. Tu veux vérifier une idée, je suis d'accord, on y va et on tombe dans un piège. Tu la vois où, l'inconscience ?

Elle était assise à l'extrémité de son siège, agitée par des émotions qu'Alaric ne lui avait jamais connues. Où était passée la Clémentine rationnelle, cérébrale, maîtresse de son esprit ? Il n'avait pas envie de singer les psychologues, mais il avait la conviction que cette enquête la touchait pour des raisons personnelles.

— On savait à qui on avait affaire. Le Ratel recherchait activement Marion. On aurait dû se méfier.

— Prédire l'avenir, c'est pour les voyantes et les tireuses de cartes. Nous, on bosse au présent, avec les moyens qu'on a. Parfois on a du bol, parfois on tombe sur un os. Ce soir, c'était le tour de l'os.

Elle se tortilla sur son siège. Cette façon de voir ne lui plaisait pas, mais lui faisait du bien. Peu à peu, l'agitation la quitta.

— En tout cas, j'avoue que tu m'as épatée. On était attachés à une poutre, le Ratel allait torturer la veuve et toi, tu sors la caisse de ton chapeau, comme si tu venais de l'inventer. Sur le coup, je t'en ai voulu. Tu pars pour une reconstitution de trajet, tu reviens avec l'emplacement d'une pièce à conviction, et tu oublies d'en causer à ton adjointe.

Il avait tenu sa langue pendant toute la soirée, espérant qu'elle ne s'apercevrait de rien. Maintenant que tout était fini, il était temps de lui apprendre ce qu'elle ignorait.

— J'avais l'intention de refaire ce trajet, exactement comme je te l'avais dit. J'ai essayé de trouver Lagroue, mais il était pas dans son bureau. Je suis tombé sur Mehdi Lahoussine, un des patrouilleurs qui a empêché Marion Delicourt de se faire enlever. Il revenait de sa ronde. Je lui ai demandé s'il pouvait me rendre service. Il a accepté tout de suite. Il m'a dit que Julien était son meilleur pote, et qu'il regrettait beaucoup sa mort.

« On est partis vers Orly. Il connaissait bien l'endroit. Quand on est passés devant le bunker, il a commencé à me raconter l'histoire du premier bistrot. Tout avait commencé par la mort de Fred, le patrouilleur tué par le virus. Julien avait très mal vécu ce décès. Il arrêtait pas de parler de démission, de partir très loin, de tout laisser. Lahoussine était là quand André, un agent d'entretien, a proposé de créer une buvette clandestine. Sa femme travaillait dans une crêperie, et elle supportait pas le confinement. Julien a tout de suite adopté l'idée. Il connaissait une cabane dans les bois, près de chez lui, qu'on pouvait utiliser sans risque. Le propriétaire vivait à l'étranger, et l'endroit avait servi de squat. Erwan Fagnou, un autre copain, s'est joint à la bande, et ils se sont lancés dans le projet.

« Au départ, c'était un lieu privé, un local discret utilisé par une bande de potes pour boire des canons et griller des merguez pendant les moments creux du service. Petit à petit, des patrouilleurs ont entendu parler du bistrot et ont demandé s'ils pouvaient venir. Comme Julien et les autres étaient plutôt accueillants, la plupart des patrouilleurs du site y ont fait un tour. Évidemment, quand on change d'échelle, les gens finissent par faire des conneries. Quelques incidents ont eu lieu, des fourgons surpris hors secteur et des indiscrétions, mais dans l'ensemble tout s'est bien passé.

« Puis, il y a eu l'incendie, qui est parti d'un barbecue mal éteint. Le feu a démarré en fin de soirée, et les pompiers n'ont été appelés que bien plus tard, quand la cabane avait déjà flambé. Le lendemain, la femme d'André est arrivée sur place et a constaté le sinistre. Elle a prévenu tout le monde, mais il y avait plus rien à faire. Tout le matériel était perdu : groupe électrogène, frigo, barbecue électrique, pompes à bière et j'en passe. Julien et les autres ont décidé de jeter l'éponge.

« Les choses en sont restées là pendant quelques jours, jusqu'au moment où Jojo, qui revenait d'un arrêt maladie, est intervenu pour mettre sur pied un nouveau bistrot. Il a trouvé un lieu, il a lancé une collecte pour racheter du matériel, il a récupéré des palettes, de vieux meubles et des lampions. Le bunker était né. Vu sa situation stratégique, il a attiré du monde d'un peu partout : de Saint-Pierre-lès-Nemours, mais aussi de la DiRIF, et même de la Brie. L'ambiance était plus la même, mais elle restait bon enfant. C'est le Ratel qui a tout changé. Quand il est arrivé, Lahoussine s'est mis à espacer ses visites, pour éviter les problèmes. Il prétend ne pas avoir assisté au recrutement des trois patrouilleurs.

« Pendant qu'il me racontait tout ça, on est arrivés à Orly, sur la route déserte à côté du hangar. On s'est pas arrêtés, mais on a tout de suite fait demi-tour. Le trajet entre Orly et le Coudray-Montceaux a rien apporté de particulièrement intéressant. Je me suis demandé ce que j'avais espéré trouver en roulant comme ça. J'avais pas besoin de perdre une heure de mon temps dans une enquête déjà chargée.

« La destination finale approchait. Au moment où on arrivait sur Villabé, Lahoussine a fait remarquer que l'ancien bistrot se situait à notre droite, le long de l'Essonne. C'est à ce moment-là que j'ai compris pourquoi je me trouvais dans ce fourgon un samedi soir, après une journée interminable. J'ai dit à mon conducteur : "Changement de programme, on va à l'ancien bistrot." Il m'a regardé pour savoir si je blaguais, mais il s'est vite aperçu que j'étais sérieux. Il est sorti à la bretelle suivante.

« Mon raisonnement était simple : on sait que Delicourt devait livrer la caisse quelque part au sud du Coudray-Montceaux. On sait aussi qu'il a reçu un appel du PC alors qu'il était en chemin, et qu'il a répondu présent. Il a donc décidé de laisser la caisse dans un lieu sûr. À ce moment, il se trouvait sans doute près de Villabé. Il s'est forcément rappelé la cabane du premier bistrot. Je pouvais me tromper, mais il fallait au moins que je vérifie mon hypothèse.

« Lahoussine a dû faire un grand détour. Il m'a expliqué que les patrouilleurs prenaient la sortie d'avant. On est arrivés à la cabane, et j'ai d'abord cru que je m'étais trompé. Il ne restait rien du bâtiment, et n'importe qui pouvait y accéder depuis la route. En faisant le tour de la ruine, j'ai entendu un bruit métallique sous mes pas. J'ai écarté la terre, et j'ai trouvé la trappe. Lahoussine a sectionné le cadenas avec une pince coupante, et voilà.

Clémentine opina gravement, ce qui signifiait que les informations données lui semblaient cohérentes.

— Pas mal. C'était culotté, mais tu as gagné ton pari.

— L'enquête est un art, pas une science.

— Mais pourquoi…

— Pourquoi je t'ai rien dit ? Attends la suite. Donc, le cadenas saute, et je trouve la caisse. Quelqu'un l'avait déjà ouverte. Après avoir enfilé des gants, j'ai mis le nez dedans. Au milieu de copeaux de polystyrène, j'ai vu des débris de métal, des morceaux de tôle brûlée, et deux appareils orange, l'un protégé par un boîtier couvert d'inscriptions, l'autre constitué d'un cylindre sur un socle.

— Des enregistreurs de vol.

— Tout ce cirque pour trois bouts d'acier et deux boîtes noires. Et sur la caisse, le nom Jakarta me faisait des signes. Jakarta, Jakarta…

— Le crash du vol GH54 de Garuda Airlines.

— C'était peut-être un hasard : d'un côté deux enregistreurs de vol et quelques débris carbonisés envoyés en Indonésie, de l'autre un vol disparu en mer de Java sans laisser de traces.

— Mais ça n'a aucun sens. Comment ces objets se seraient retrouvés à Orly ? Tu crois qu'on les aurait retrouvés quelque part, puis envoyés ici pour les réexpédier là où ils étaient censés se trouver ?

— J'en sais rien, mais dans ma tête, une alarme s'est mise à sonner : « Attention, secret-défense ! » Je te rappelle que les huiles ont reçu des pressions.

— Si je résume, on a un truand au doux nom de Ratel, qui essaie de récupérer à Orly une caisse contenant les débris d'un crash aérien, en fumant ses complices au passage. Qu'est-ce qu'il comptait en faire, d'après toi ?

— Là aussi, aucune idée. Les vendre au plus offrant. Les rapporter à son employeur, le gouvernement indonésien.

— Tu es en train de me dire qu'on a peut-être laissé partir les preuves d'un crash vers une destination inconnue ?

— Rien à foutre.

Clémentine bondit sur son siège.

— Mais comment tu peux dire ça ? On est mêlés à une histoire d'espionnage, et tu t'en fous ?

— J'ai téléphoné à Gouirand.

— Toi ?

— Moi, oui. Elle dînait à la maison. Comme j'ai pas vraiment l'habitude de l'appeler, elle a tout de suite compris que quelque chose allait pas. Je lui ai exposé la situation, et elle a promis de me rappeler. Elle l'a fait cinq minutes plus tard. Ordres d'en haut : refermez cette caisse et ne vous occupez de rien. Surtout, n'en parlez à personne.

— Même pas à moi.

— Surtout pas à toi.

— Mais au Ratel, ça ne posait aucun problème.

— C'est mon défaut : quand je dois choisir entre une victime innocente et les magouilles des services secrets, je suis prêt à balancer la sécurité de la France.

— Pourquoi tu as attendu avant de lui dire que tu avais la caisse ?

— Je voulais pas donner l'impression que j'étais soulagé de m'en débarrasser. Il se serait méfié. D'un autre côté, je me disais que des hommes de la DGSE étaient peut-être en train de ramasser le machin.

Malgré sa fatigue, elle se leva et se mit à faire les cent pas dans la salle.

— Tu parles d'une affaire. C'est dingue, ce truc.

— Comme je te l'ai dit, je me fous complètement de cette caisse, mais je vais pas lâcher le Ratel.

— Peut-être qu'il sera protégé.

— On verra bien.

— Tu ne sais pas où tu mets les pieds.

— Ce sera pas la première fois.

Elle était à court d'arguments. Comme lui, elle avait besoin de sommeil. Heureusement, l'attente touchait à sa fin. Des pas résonnèrent dans le hall d'accueil. Le lieutenant était de retour, avec quelques informations :

— On a retrouvé le van sur un terrain vague à Évry-Courcouronne. Il a été volontairement incendié. Son immatriculation ne correspond à rien. On continue à chercher les trois hommes sur le secteur, mais je ne vous cache pas qu'on a réduit nos effectifs.

— C'est normal, dit Alaric. Vous avez fait le maximum.

— On vous contactera si on a du neuf. Où peut-on vous joindre demain ?

— Dans mon lit, probablement.

Il se demanda s'il aurait la force de conduire jusqu'à Versailles, puis de reprendre sa propre voiture. En tout cas, l'interminable journée venait de prendre fin.

52

Dimanche 17 mai

Des visages masqués aux yeux pleins de terreur.

Marcher dans la nuit, pieds nus sur la terre d'une forêt, avec le sentiment d'avoir oublié quelque chose.

Des cris de femme.

Traverser un bâtiment vide, en se disant qu'on s'est trompé d'heure.

Un grand fleuve aux rives rectilignes, hanté par des ombres.

Quelle heure est-il ?

L'impression d'avoir dormi cent ans, ou cinq minutes. Fichu somnifère. Cette lourdeur, cette incapacité à se lever, cette sensation d'avoir perdu l'usage de ses membres.

Il choisit de ne pas lutter. Après tout, ce dimanche était réservé au repos. Il resta au lit jusqu'à ce que son envie d'uriner vienne à bout de sa passivité. Le monde tournait autour de lui. L'écran d'accueil de son téléphone indiquait 11 h 27. Au moins, le jour était le bon. Il se leva lentement, se tenant au garde-corps de sa mezzanine, et descendit l'escalier de bois.

Après le passage aux toilettes, le vertige s'effaça peu à peu. Il se prépara un repas hétéroclite, composé d'une cuisse de poulet froide badigeonnée de mayonnaise, de tartines au beurre et de fromage. Cynthia lui manquait. Le corps de Cynthia lui manquait, le contact de ses seins contre sa poitrine, la chaleur tropicale émanant de ses superpositions de vêtements, mais aussi sa présence amicale et les méandres de sa conversation. Il avait été bien trop souvent privé d'elle pendant le confinement. Maintenant que tout rouvrait, il n'aspirait qu'à rattraper le temps perdu.

Mais il fallait d'abord boucler cette affaire.

Ce qui s'était passé la veille lui revenait par bouffées, et l'égratignure à la joue infligée par le Ratel se rappelait à son souvenir. Malgré ce qu'il avait dit à Clémentine, les événements de la soirée lui inspiraient à la fois de la colère et de la frustration. Il s'était laissé berner comme un débutant. Il prenait généralement toutes les dispositions nécessaires pour ne pas se retrouver dans de telles situations. Non seulement il n'avait pas protégé Marion Delicourt, mais il l'avait mise en danger. S'il n'avait pas été en mesure d'indiquer au Ratel l'emplacement de la caisse, la jeune femme aurait pu finir dans le même état que Loran Mlik.

On avait dit un dimanche de repos.

Inutile de gaspiller le seul jour de loisir de la semaine à ressasser tout ça. Dans la plupart des affaires, il n'arrivait à ses fins qu'au terme d'un travail de fourmi, dont la plus grande partie se déroulait entre les quatre murs de son bureau. Dès le lendemain, il reprendrait une par une les pièces du dossier, à la recherche des informations qu'il avait négligées.

Il prit son téléphone pour appeler Cynthia, mais se ravisa tout de suite. Quelques jours plus tôt, elle lui avait appris qu'elle ne serait pas disponible ce jour-là. Il craignait toujours qu'elle se lasse de ses absences, et qu'elle finisse par se passer tout à fait de lui. Il se promit de l'appeler dès le lendemain, au moins pour lui rappeler la date fixée pour la reconstitution de son accident.

Le soleil traversait les hautes fenêtres de l'appartement. Le printemps continuait d'enchaîner les belles journées, et la végétation y répondait par une profusion de verdure et de fleurs. Après cette semaine passée au bord de l'autoroute, Alaric se dit qu'un peu de nature lui ferait du bien. Il se rappela un lieu proche qu'il fréquentait avec son ex-femme : l'étang de Saint-Quentin. Malgré le goût de Cynthia pour les espaces naturels, il ne l'aurait jamais emmenée là-bas, mais il s'en contentait largement pour lui-même. Il s'habilla d'un pantalon de survêtement et d'un tee-shirt et chaussa de vieilles baskets, avec la vague intention de courir sur une partie du périmètre de l'étang.

Il sauta dans sa voiture et prit la direction de Trappes. Avec la faible circulation du dimanche midi, il n'en avait pas pour plus d'un quart d'heure. Il avait atteint le carrefour des Fontaines quand il repéra le véhicule. C'était une Peugeot 508 d'un bleu sombre métallisé, aux vitres fumées, qu'il se rappelait avoir aperçue garée dans sa rue. Elle venait de passer sous le pont de chemin de fer, et roulait aussi lentement que possible, en attendant que le feu passe au vert. Il pouvait se tromper, mais il avait l'impression qu'elle le suivait.

Il n'attendit pas. Plutôt que de poursuivre sa route sur les voies principales de la nationale 10, il appuya sur l'accélérateur, accomplit un tour complet du rond-point et s'engagea sur la voie latérale. Selon le comportement du conducteur de la Peugeot, il serait à même de décider de la stratégie à suivre : tenter de lui échapper, le laisser passer ou au contraire bloquer la voie et l'affronter. Il regarda dans son rétroviseur, mais ne vit personne. Il roula lentement, attendant que la voiture ait le temps de le rattraper, mais aucune 508 bleu nuit ne passa, dans l'allée ni ailleurs. Il finit par s'arrêter tout à fait, sans que la voiture réapparaisse. Peut-être que le piège tendu par le Ratel l'avait rendu sensible à des poursuivants imaginaires. Il fit redémarrer le moteur et s'en alla.

Malgré l'absence de menace, il prit la précaution de suivre un trajet très détourné. Vingt-cinq minutes plus tard, il gara sa voiture sur le parking de l'île de loisirs, confisquant l'une des dernières places disponibles. Autour de lui, des familles marchaient vers les attractions, emportant de grands sacs bourrés de nourriture, de jeux, de draps et de vêtements. Il se glissa parmi elles, espérant laisser rapidement la foule derrière lui, afin de jouir de la tranquillité qu'il recherchait. Dès que ce fut possible, il se dirigea vers l'ouest. Il dépassa les jeux d'eau en longeant la rive. Les cris stridents des enfants l'accompagnèrent longtemps, bientôt supplantés par les chants des oiseaux et le grondement lointain des voitures. Il eut un instant l'illusion d'être seul. Il s'arrêta pour observer la réserve naturelle.

Une silhouette noire apparut sur le sentier sud. Il ne lui prêta d'abord aucune attention. Elle fut bientôt suivie d'un autre promeneur aux vêtements sombres. Alaric pensa spontanément aux hommes du Ratel, mais ces deux-ci possédaient une carrure beaucoup moins imposante. Il se demanda s'il devait les éviter, rebrousser chemin et retrouver le monde. Il n'avait pas emporté son arme de service et l'endroit, sans être désert, se prêtait aux agressions violentes. Il décida pourtant de les attendre, repérant les issues dont il disposait au cas où les choses tourneraient mal.

Les inconnus s'arrêtèrent en même temps, l'un près de lui, le second, une main sous la veste, à une dizaine de mètres. Ils portaient des costumes anthracite et des cravates bleues sur des chemises blanches. Le premier homme tenta péniblement de sourire.

— Vous vous faites désirer, capitaine Autier, dit-il.

Alaric le soupçonnait déjà, mais cette affirmation confirma qu'il avait devant lui les occupants de la Peugeot 508.

— Vous auriez pu sonner chez moi.

— Nous préférions un lieu discret.

— Celui-ci vous convient ?

— Nous nous en contenterons.

Alaric gardait à l'œil le deuxième larron, dont la main pouvait être posée sur une arme.

— Je suppose que vous ne vous présenterez pas.

— Je vous l'ai dit, nous accordons beaucoup d'importance à la discrétion. De toute façon, je ne suis qu'un messager, et je n'ai pas besoin de vous dire mon nom.

— Bien, alors finissons-en, et donnez-moi votre avertissement.

Il prépara son corps à la fuite.

— Ne le prenez pas comme ça, Autier. Nous voulons que tout se règle de la façon la plus pacifique. Pas de nouveau mort, aucune violence, aucun danger. Pour le bien de tous.

— Vous avez fait pression sur mon patron et mon magistrat, mais l'enquête a continué. Vous vous êtes dit que l'enquêteur serait peut-être plus compréhensif.

— Ce sont des choses qui vous dépassent, Autier. Votre sens de la justice n'a pas sa place ici. Il s'agit des intérêts de la nation. Nous ne sommes que des pions dans un jeu plus vaste.

— Épargnez-moi votre baratin et dites-moi ce que vous voulez.

L'homme déglutit. Il n'était pas à l'aise dans ce rôle.

— Oubliez la caisse et l'opération destinée à la récupérer. Ça ne vous concerne pas.

— Il y a eu deux meurtres, et j'en ai évité deux autres. Je crois donc que ça me concerne tout à fait, au contraire.

— Vous avez été utile. Contentez-vous de cette gloire.

— La caisse ne m'intéresse pas, je vous la laisse. Pour le reste, j'ai une enquête à terminer.

— Vous ne savez pas à qui vous vous attaquez.

— Vous voulez parler des trois militaires qui essaient de se faire passer pour des truands ?

— Je vous aurai prévenu. Au nom de l'estime que j'ai pour vous, j'espère que vous prendrez la bonne décision.

Alaric fut désarçonné par cette formulation. L'homme s'en aperçut.

— Vous ne me reconnaissez vraiment pas ?

Son visage lui était familier, mais il n'arrivait pas à mettre un nom dessus. Il tenta de l'associer à tous les contextes professionnels qu'il avait connus, sans obtenir de résultat.

— Allez, un petit effort sergent Autier, dit l'homme.

Un visage plus jeune, dans un uniforme de l'infanterie, émergea de sa mémoire.

— Lieutenant Mariani !

L'homme se mit à reculer.

— Le destin nous éloigne et nous rapproche. Pensez à ce que je vous ai dit. Votre vie est trop précieuse pour être gâchée à servir des causes perdues.

Le Mariani qu'il avait connu n'aurait pas eu besoin d'un garde du corps pour parler à un ancien compagnon d'armes. Alaric le regarda s'en aller comme on se replie en terrain ennemi. Encore une belle figure de son passé qui descendait en flammes. Et cet éloignement-là n'avait, quant à lui, rien à voir avec le destin.

Il poursuivit sa balade autour de l'étang, méditant les paroles de Mariani. Il se demandait surtout pour qui travaillait son ancien chef d'unité. Voiture neuve, garde du corps et costume, les apparences suggéraient qu'il n'appartenait pas aux services de l'État, mais plutôt à une entité privée. Il avait parlé des intérêts de la nation, ce qui renvoyait généralement à une manipulation aux objectifs obscurs, commanditée par la DGSE, mais les méthodes du Ratel n'avaient aucun rapport avec celles des agents du renseignement. Son lien avec les pressions subies par Gouirand et Cazenave montrait pourtant qu'il appartenait à une organisation proche du pouvoir.

Il arriva le long du golf Bluegreen, qui occupait toute l'extrémité ouest du site. Visibles au-dessus des arbres, les voiturettes sillonnaient sans relâche le paysage artificiel des deux parcours. Il allait entrer dans le petit bois qui longeait la réserve naturelle quand il fut interrompu par la sonnerie de son smartphone. Le numéro lui était inconnu, mais il prit l'appel.

— Autier.

— Lieutenant Freyche, de la brigade autonome de Mennecy. Je vous appelle comme promis. Je ne vous dérange pas ?

Au point où on en était, un coup de fil de plus ne pouvait faire la différence.

— Non, non, pas du tout. Vous avez du neuf ?

— Oui et non. Nous n'avons pas avancé, mais je pensais que vous aimeriez savoir ce qui nous est arrivé. Ce matin, l'un des témoins, Marie-Pierre Jacob, ne s'est pas présentée à notre convocation. J'ai envoyé deux de nos patrouilleurs à la maison de Maisse, pour m'assurer que tout allait bien. Ils ont rencontré là-bas un employé d'une agence de location, qui leur a appris que cette maison était un meublé de prestige, loué à la semaine par des touristes ou des équipes de tournage. Leur dernier client avait réservé cet endroit pour deux jours en payant en espèces.

Alaric s'efforça d'intégrer l'information. La maison était censée appartenir aux parents de Marie-Pierre. La jeune femme avait bien aidé Marion Delicourt, en s'opposant aux hommes du Ratel. Elle avait bien essayé de la mettre en sûreté dans cette maison. Le Ratel ne l'avait retrouvée que grâce à la balise GPS accrochée sous la Golf. Si elle se cachait sous une fausse identité, quel objectif poursuivait-elle ?

— Vous avez le nom des propriétaires ?

— J'y ai pensé comme vous. Il s'agit de monsieur Joseph Zielinski, qui a une adresse en Espagne. L'agence gère plusieurs de ses biens, dans les Yvelines et à Paris.

Au cours de la soirée, Marion avait raconté l'histoire de sa rencontre avec Marie-Pierre à Garches. Ce détail aussi faisait-il partie de la mascarade ?

— Merci de m'avoir appelé. Mon groupe essaiera de clarifier l'identité de cette personne. Je vous tiens au courant.

— J'allais oublier : les techniciens ont trouvé une petite tache de sang récente dans le salon.

— Enfin une bonne nouvelle.

Quand l'appel eut pris fin, Alaric avait perdu toute envie de poursuivre sa randonnée. La soirée à Maisse lui apparaissait désormais comme un bal masqué, une mise en scène destinée à tromper deux policiers et une veuve. L'avertissement de Mariani ne faisait que piquer un peu plus sa curiosité. La clé de tout cela se trouvait peut-être dans les transcriptions d'auditions, les rapports d'analyse ou les fadettes composant le dossier déjà bien fourni de l'enquête. S'il voulait conserver un espoir d'appréhender « le Ratel », il devait s'y atteler dès que possible.

Ce fut en tee-shirt et pantalon de survêtement qu'il passa la porte cochère du SRPJ de Versailles. Le planton ne le reconnut qu'à la dernière seconde, alors qu'il s'apprêtait à lui barrer le passage. À l'intérieur du bâtiment, tout le monde portait le masque, mais Alaric avait oublié le sien. Il évita les regards réprobateurs en se couvrant la bouche d'une main et se faufila jusqu'à son local, où il commença par déposer l'écran de plexiglas sur le sol. La procédure de son enquête se trouvait toujours là où il l'avait déposée la veille : au milieu de son bureau. Sans attendre, il entama la lecture intégrale de toutes les pièces.

Il prit des notes sur un carnet qu'il réservait à cet usage. Des dates, des extraits d'auditions, des détails chiffrés, des numéros de téléphone, des listes de pièces à conviction. Il mobilisa toutes les fournitures disponibles pour reconstituer le carambolage, et dessina sur une feuille A3 des cercles de couleur entourant des noms de patrouilleurs, reliés entre eux par des flèches de formes variées. Il couvrit un mur de feuillets repositionnables, portant chacun le nom d'un personnage de cette affaire. Il choisit quelques feuilles au hasard dans la pile, dont il lut la phrase située au centre. Il tritura le matériau de son enquête à la manière d'un chercheur inventif, jusqu'à ce qu'une réponse émerge du magma.

Jojo.

Les deux documents se faisaient face, chacun occupant une extrémité du bureau : le procès-verbal de l'audition de Jean-Jacques Malbert, dit Jojo, et les notes qu'Alaric avait prises en écoutant Mehdi Lahoussine.

Quelque chose ne collait pas.

Dans son propre témoignage, Jojo se présentait comme l'un des fondateurs de l'ancien bistrot, et racontait la belle histoire d'une bande de copains unissant leurs forces et leurs ressources pour créer ce lieu. Le hic, c'était que Lahoussine n'avait parlé que de trois hommes et une femme à l'origine du projet, et Jojo n'en faisait pas partie. Ensuite, leurs descriptions du troquet semblaient concerner deux établissements différents. Mais l'élément le plus troublant était l'arrêt maladie que Lahoussine attribuait à Malbert, dont le diabète justifiait effectivement les absences répétées. Si cet arrêt se confirmait, Jojo aurait difficilement pu participer à la création ou au fonctionnement du bistrot d'origine.

Alaric appela Lagroue sur son mobile. Le chef de district ne répondit pas, mais rappela une minute plus tard.

— Monsieur Lagroue ? Écoutez, je sais pas quelle heure il est, mais j'ai une question à vous poser.

— Ça va, il est seulement 8 h. Ma femme sert sa première ratatouille de l'année.

— Désolé, je suis complètement décalé. Je voulais juste savoir si Jean-Jacques Malbert a été absent au cours des derniers mois.

— Jojo ? Si je me souviens bien, il a eu son pépin de santé en février et il est revenu à la mi-avril. Pourquoi ?

— C'est juste pour compléter ma chronologie. Merci de l'info et bon appétit.

— Je vous revois demain ?

— C'est bien possible.

Malbert avait donc menti. Il n'avait jamais connu le premier bistrot, mais s'était investi dans l'installation du second. Était-ce vraiment important ? Après tout, il pouvait faire partie de ces gens qui s'attribuent le mérite des autres. Mais pourquoi mentir en audition, tout en prétendant révéler la vérité ? Alaric ne trouvait qu'une seule explication : Jojo avait cherché à dissimuler à quel point l'aménagement du bunker était son projet personnel, et non celui d'un groupe. Ce qui signifiait que ce projet n'allait pas de soi et pouvait éveiller des soupçons. En tant que créateur de ce lieu, Jojo devait forcément savoir ce qui s'y passait. Le recrutement des trois patrouilleurs prenait alors une autre dimension. Était-il possible que Jojo n'ait ressuscité le bistrot que pour offrir au Ratel le décor dont il avait besoin pour embaucher du personnel ?

Alaric estima que son travail avait porté ses fruits. Sans son groupe, il ne pouvait guère aller plus loin. Le lendemain, tout le monde serait présent, dans un décor familier. Tant que le parquet ne reprendrait pas l'affaire, l'enquête pouvait se poursuivre.

53

Lundi 18 mai

Vers 8 h 45, un individu vêtu d'un *sweat shirt* gris poussa la porte de la brigade criminelle. Capuche sur la tête, masque tiré jusqu'aux yeux, il espérait traverser les couloirs sans qu'on le reconnaisse, parmi d'autres policiers masqués de même, jusqu'à son bureau situé au fond d'une aile du bâtiment, où nul ne passait par hasard. Il parvint à dépasser d'un seul élan l'accueil, le bureau de la patronne et la salle de réunion, même si quelques collègues le couvrirent d'un regard insistant. Encore quelques mètres, et il allait atteindre la bifurcation menant à ses quartiers. Le plus dur était fait. Il résista à son envie d'accélérer. S'il arrivait à sa destination sans que Gouirand l'arrête au passage, elle oublierait peut-être sa présence. Avec le travail qui attendait le groupe, il n'avait pas de temps à consacrer aux absurdités administratives. Il se retourna une dernière fois, pour s'assurer que personne ne le surveillait.

Et il heurta sans retenue une femme que son masque rendait méconnaissable. Protégée par son embonpoint et sa stabilité, elle ne fut pas ébranlée, malgré la violence du choc. Alaric, dont la capuche avait glissé, reconnut Marlotte, la secrétaire de la brigade criminelle, à ses yeux rieurs.

— C'est un peu brutal comme câlin, mais j'apprécie quand même, dit-elle.

Pris de court, il bafouilla :

— Excuse-moi, je… enfin j'aurais dû regarder devant moi.

— Arrête de t'excuser, j'avais prévu le coup. Tu te retournes toujours avant de prendre par ici. En fait, c'est la patronne qui m'envoie.

Le fait que Gouirand utilise Marlotte plutôt que Lostanlen, le chef de section, était de bon augure.

— Tu m'as piégé, alors.

— J'ai pris des photos d'Alaric Autier avec masque et capuche. J'ai de quoi te faire chanter.

— Je sens que ce sera sur Facebook dans la journée. Heureusement, on me reconnaîtra pas.

— Allez, tu viens, ou je dois te ramener avec un lasso et un fouet ?

— Ah, j'avoue, le fouet…

— Pervers !

Il la suivit docilement. Elle l'emmena, non dans le bureau de la patronne, mais dans la salle d'état-major, où Gouirand l'attendait en faisant les cent pas. Marlotte s'en alla en refermant doucement la porte.

— Alors vous êtes de retour.

Ce n'était pas une question. Elle continua :

— Mon téléphone n'a pas arrêté de sonner. Je ne sais pas ce que vous avez déclenché, mais ça ne laisse pas indifférent.

Elle poussa dans sa direction un document plié en deux sur la table. Alaric l'ouvrit et obtint la confirmation de ce qu'il soupçonnait : la commission rogatoire venait enfin d'arriver.

— Tous les procès-verbaux sont tapés. Le temps de les recopier dans la machine, vous aurez tous les détails.

— La caisse…

— À vous de voir. Je peux faire comme si je n'avais rien vu.

— Vous étiez seul. Personne ne pourra prouver le contraire.

— J'ai l'impression qu'elle a fini par arriver à son destinataire.

— Pourquoi vous dites ça ?

— Sinon, on aurait eu des réactions plus fortes. Mais ce ne sont pas mes affaires.

— Exactement, ce ne sont pas nos affaires.

— Moi, je m'occupe des homicides.

Elle prit une grande inspiration et bloqua son souffle.

— Vous ne trouverez pas ces hommes.

Il s'efforça de se rappeler ce qu'il lui avait déjà dit sur ce sujet. Une autre source possible était le lieutenant de gendarmerie.

— Peut-être.

— Certains l'espèrent.

— Je fais mon travail, *madame*. Parfois je réussis, parfois je me plante.

— Je n'aime pas qu'on me dicte ce que je dois faire.

— Moi non plus. Si le parquet me retire le dossier, je m'incline. Autrement, je continue.

— On verra ce qu'il en résultera.

— Quelqu'un m'a parlé des intérêts de la nation.

— Elle a bon dos, la nation.

Il considéra cette réponse comme un indice utile. Comme il l'avait déduit lui-même, des intérêts privés étaient aussi en jeu.

— Mon groupe m'attend. Vous avez encore quelque chose à me dire ?

— Non, non, allez-y.

Il marcha vers la porte, mais elle ajouta le détail qu'il redoutait :

— De toute façon, on se voit tout à l'heure, à la réunion sur le protocole sanitaire.

Il se figea. Il ne pouvait pas se débiner.

— Ça ne m'arrange pas vraiment.

— C'est important. La sécurité des personnels est une priorité.

Il soupira et sortit. On ne gagne pas à tous les coups.

La salle de repos accueillait tous les membres du groupe, dans une joyeuse animation dont le bruit débordait largement de la pièce. Alaric découvrit, baignant dans une atmosphère aux relents du café local, Osmane perché sur le dos du canapé, en concours de vannes avec Joseph et Patrick, Victoria et Clémentine assises sur la table, échangeant leurs expériences des armes à feu et Daniel, seul à porter un masque, nettoyant le plan de travail avec des lingettes désinfectantes en sifflotant un tube des années 70. La journée de repos et les retrouvailles avaient suffi à raviver l'énergie générale, et Alaric espérait que l'enquête en cours bénéficierait de cet élan. Il ne chercha pas à attirer l'attention, mais se servit un café dans l'un de ces mugs ébréchés, dépareillés et à la propreté douteuse qui traînaient là depuis une époque oubliée de tous. Il s'assit ensuite sur son siège personnel, que personne à ce jour n'avait jamais osé lui emprunter.

Ce fut Osmane, et non Clémentine, qui s'aperçut le premier que la journée de travail venait de commencer. Délaissant les coussins de cuir fatigués, il rejoignit le chef de groupe et se posa sur une chaise d'école.

— Salut, chef.

— Salut, Osmane. Tu le prendrais mal si je te disais que tu m'as manqué ?

— Tu sais, je suis libre maintenant, je suis ouvert à toutes les aventures.

— Pour ça, on va attendre un peu, si tu veux bien.

Osmane était content de sa blague.

— J'ai un ami qui m'a dit qu'un certain chef de groupe a passé la soirée de dimanche ici. Tu t'es fait chasser de chez toi ?

— On essaie de me faire abandonner l'affaire.

— Ils te connaissent pas. Ils devraient savoir que c'est le meilleur moyen de te faire lâcher ton dimanche pour miner le dossier.

— Du coup, j'ai trouvé quelque chose.

Il exposa ses nouveaux soupçons sur Jojo. Très vite, il s'aperçut que Clémentine, qui se trouvait derrière lui, avait interrompu sa propre conversation pour l'écouter.

— Ton tueur a l'air d'être entouré de branquignols, dit Osmane. Ses mecs sont pas fichus de fumer un type sans se faire repérer, et son complice chez Aliser arrive même pas à lui dire où se trouvait l'ancien bistrot.

Il venait de mettre le doigt sur une idée qu'Alaric ne s'était pas encore formulée : si le Ratel n'avait pas réussi à trouver seul un objet caché dans un tel lieu, cela signifiait que ses informateurs ignoraient la véritable histoire du premier bistrot.

— Je suis sûr qu'il y a un lien entre Jean-Jacques Malbert et ce Ratel.

Cette fois, tout le monde l'écoutait.

— Je peux chercher, si tu veux, dit Osmane.

— Non, pour toi, j'ai autre chose en tête. Mais si Daniel, Victoria et Joseph pouvaient s'en occuper, je suis sûr qu'on apprendrait des choses.

Daniel opina.

— Je place ça en haut de la pile, dit Victoria.

— Osmane, j'aimerais que tu travailles sur cette Marie-Pierre avec Clémentine et Patrick. Elle se cache probablement sous une fausse identité, mais on pourrait trouver quelques éléments dans ce qu'on a déjà. Le point de départ, c'est Marion Delicourt. Les gendarmes l'ont interrogée, et je crois qu'ils conservent son téléphone. Il faudra récupérer tout ça et voir si on peut en tirer quelque chose.

— Pourquoi on n'auditionnerait pas Marion directement ? demanda Clémentine.

Alaric prit conscience qu'il n'avait pas été pressé de le faire depuis sa première rencontre avec la jeune femme.

— J'ai pas particulièrement confiance en elle, et je veux éviter de lui donner des indications sur ce qu'on cherche. Son rôle dans cette histoire est pas clair.

La moue de Clémentine montrait qu'elle ne partageait pas son opinion, mais elle s'abstint de l'exprimer. Alaric vida son mug et se leva, signalant la fin de la pause. La salle se vida rapidement. Le groupe était scindé en deux, sans que son chef s'attribue une tâche particulière. Alaric avait l'intention de reprendre les fadettes, listings, rapports d'analyse et relevés bancaires qu'il n'avait pas encore eu le temps de consulter. Il savait d'expérience que les enquêtes bousculées par les événements négligeaient souvent certaines données factuelles qui pouvaient se révéler cruciales.

Dans le couloir, il vit arriver de loin son camarade Laurent Castel, souriant comme s'il venait de gagner à l'EuroMillions.

— Laurent sans son chaperon ! T'as réussi à semer Antoinette ?

Castel s'esclaffa.

— Elle est de récup' pour deux jours.

— Du coup, tu t'es dit que tu voulais respirer l'air pur de la brigade criminelle.

— Pour être honnête, c'est pas ici que je passerais mes vacances. Je viens juste te dire qu'on a serré le dealer, celui du carambolage.

— Félicitations, encore une bonne nouvelle ! Il a des choses à nous dire ?

— Il négocie. Il a toujours pas balancé son réseau, mais je le sens prêt à faire un geste pour ton affaire.

— Très bonne idée. On le voit quand ?

— Il est hospitalisé à Marseille. Il sort des soins intensifs. Je peux te proposer une visioconférence avec lui demain matin.

— Une visioconférence ? Si on m'avait dit qu'on auditionnerait un jour les clients à distance, je l'aurais pas cru.

— Tant que c'est encore nous qui posons les questions, et pas une entreprise de surveillance privée située à Casablanca.

— Pour l'instant, ça me va comme ça. On aurait eu du mal à envoyer quelqu'un là-bas en ce moment.

— Comme ça, tu auras l'impression de jouer à GTA[35].

Alaric ne voulait pas lui avouer qu'il ne savait pas du tout de quoi il s'agissait.

— Je touche pas à ces choses-là.

— Faudra y passer, pas le choix.

Il disait cela en reculant dans le couloir. Une fois de plus, Alaric remarqua qu'il ne portait que des vêtements de marques neufs.

9 h 23. Clémentine était absente, et Alaric en avait profité pour envahir son bureau. Comme cela ne suffisait pas, il avait aussi rapproché une petite table, ainsi que le tableau blanc utilisé par Panossian. De cette manière, il arrivait à peine à étaler les documents qu'il avait choisi d'étudier, et la dernière fadette de Marion, qu'Osmane venait de lui apporter, n'avait pas encore trouvé sa place. Il en étala donc les feuillets devant lui, renonçant à poser les coudes sur son plan de travail, et se mit à éplucher les appels émis et reçus par la veuve au cours des derniers jours. C'était un travail lent et fastidieux, qu'il confiait généralement à quelqu'un d'autre, mais ce qu'il avait vécu samedi soir à Maisse l'incitait à s'en charger lui-même.

Il élimina facilement la plupart des numéros, qui correspondaient à la famille de Marion, à la société qui l'employait, à une voisine, à une société de pompes funèbres et au funérarium. Le reste, au nombre inférieur à la dizaine, demanda plus de recherches, et le résultat demeura équivoque. Parfois, il suffisait de consulter la liste des appels déjà identifiés ayant eu lieu avant ou après pour comprendre de quoi il s'agissait. Un des derniers numéros sortants,

35. Le jeu vidéo Grand Theft Auto.

qui apparaissait une seule fois dans la fadette, était attribué à une entreprise dont Alaric avait déjà rencontré le nom.

Antara Technologies.

Il n'eut pas trop de mal à se rappeler sa visite au siège de cette société, dont le régulateur de vitesse équipait l'ancienne Mercedes de Cynthia et le véhicule des *dealers*. Pour quelle raison Marion aurait-elle appelé un téléphone mobile appartenant à Antara ? S'agissait-il d'une simple coïncidence, une de ses amies travaillant là-bas ? L'appel datait de vendredi, la veille de l'enterrement de Julien Delicourt. Par ailleurs, aucun contact de la veuve n'avait pour prénom Marie-Pierre ou pour nom de famille Jacob. En l'absence d'une autre piste, cet appel méritait d'être examiné de près.

Un argument emporta la décision d'Alaric : il connaissait au siège d'Antara une certaine secrétaire qui s'était déjà montrée très coopérante. De plus, le site ne se trouvait qu'à quinze minutes du SRPJ, et la durée de toute l'excursion pouvait se limiter à une heure. Il rangea donc sommairement sa montagne de papiers, débarrassant en priorité le bureau de Clémentine, et décrocha son blouson. Son adjointe avait pris ses quartiers dans le local d'Osmane. Quand il l'informa de son départ, elle ne lui posa aucune question.

Les ouvriers avaient bien travaillé. Un sas en panneaux de plastique prolongeait désormais les portes automatiques, divisant la circulation en deux sens distincts. La cage en plexiglas autour du guichet d'accueil était achevée, et elle semblait si étanche qu'Alaric se demanda d'où l'hôtesse d'accueil emprisonnée dedans tirait son oxygène. Une forêt d'affiches sanitaires complétait ce dispositif, donnant la leçon sur les masques et les nouveaux devoirs liés à la maladie. Le tout évoquait une sorte de prison molle, ou un établissement pour personnes dépourvues d'immunité. Alaric récupéra le masque qu'il portait depuis la semaine précédente et entra.

— Bonjour, monsieur. Bienvenue chez Antara Technologie !

Étouffée par son masque et les parois de plastique, la voix de l'hôtesse blonde aux vêtements impeccables peinait à se faire entendre.

— Bonjour.

Il n'avait imaginé aucune stratégie particulière. Son statut de policier de la crim' lui donnait de larges prérogatives, mais il préférait agir avec légèreté.

— Que pouvons-nous faire pour vous ?

Il présenta sa carte professionnelle, et la fit disparaître avant qu'elle ait eu le temps de la consulter.

— Est-ce que vous pouvez dire à Carole que le capitaine Alaric Autier aimerait lui parler, s'il vous plaît ?

Malgré l'épais maquillage qui le couvrait, le front lisse de la jeune femme se troubla de traits d'inquiétude.

— Carole ? Madame Dulin ?

— La secrétaire du quatrième étage.

Elle appuya sur l'écran très fin qui émergeait de son comptoir, et elle échangea quelques mots avec une personne dont il n'entendit pas les réponses. Il s'aperçut qu'elle portait des écouteurs sans fil.

— Attendez ici, dit l'hôtesse, elle va descendre.

— Ne la dérangez pas, je peux monter.

— Les étages sont interdits aux visiteurs, monsieur.

Comment pouvait-il en être autrement ? Il fut donc invité à patienter à l'écart, en respectant bien les distances recommandées. La porte de l'ascenseur s'ouvrit au bout de cinq minutes, et Alaric reconnut la femme qui l'avait aidé. Elle paraissait anxieuse, et il comprit que sa visite risquait de la compromettre, en révélant qu'elle lui avait déjà parlé auparavant. Il improvisa donc un mensonge plausible :

— Bonjour madame Dulin, dit-il d'une voix forte. J'aimerais vous poser quelques questions sur cet incident dont vous avez été le témoin. Est-ce qu'il y aurait un lieu où nous pourrions discuter tranquillement ?

Elle comprit tout de suite où il voulait en venir.

— Nous avons une salle pour les clients.

— Ça conviendra très bien.

L'hôtesse opina discrètement. Alaric suivit la secrétaire jusqu'à une pièce aux cloisons translucides couvertes d'écrans et d'affiches vantant les mérites de l'entreprise.

— Gonflée, votre salade, dit-elle.

— Je l'ai préparée pour vous.

— Pour un policier, vous êtes plutôt délicat.

— Je grille pas mes informatrices. J'ai encore besoin de vous.

— Le régulateur de vitesse ?

— Non ! Je cherche quelqu'un d'ici. Marie-Pierre Jacob, ça vous dit quelque chose ?

Carole Dulin secoua la tête.

— Rien. Elle n'est pas d'ici.

— Elle utiliserait un numéro de portable d'Antara.

— Vous avez une photo ?

Alaric avait pris quelques clichés de l'ancien bistrot samedi soir. Marie-Pierre figurait peut-être sur l'une d'elles. Il passa en revue les images récentes de sa galerie, et la trouva dans un coin, à demi visible. Il agrandit l'image et la présenta à la secrétaire.

— C'est Émilie Castro, dit-elle. Le nez, la bouche, on ne peut pas se tromper.

Bingo. C'était presque trop facile. Il nota le nom dans son carnet.

— Elle a quelle fonction ?

— Elle est *Operational Executive Manager.*

— Traduit en clair, ça donne quoi ?

Carole Dulin sourit de son ignorance.

— En gros, elle est attachée à la direction, et elle reçoit des missions limitées dans le temps. Accueillir un gros client, récupérer un chargement bloqué en Chine, remplacer un conférencier dans un congrès, trouver un logement pour un directeur qu'on fait venir d'une filiale étrangère…

Un cadre à tout faire, en somme. Restait à confirmer qu'Antara l'avait bien chargée de se lier d'amitié avec Marion Delicourt. La réponse la plus probable était que, comme le Ratel, l'entreprise s'intéressait à la caisse.

— Une dernière question : est-ce qu'Antara Technologies fabrique des pièces d'avions ?

— Vous plaisantez ?

— Non, pourquoi ?

— C'est notre secteur le plus important. Nous fournissons entre autres des systèmes d'enregistrement pour les principaux constructeurs d'avions de ligne.

Alaric fut frappé de vertige. Si Antara était bien le fabricant des deux boîtes noires qu'il avait vues, cela signifiait que l'entreprise agissait pour le compte d'un acteur institutionnel, probablement un gouvernement. Cherchant à récupérer la caisse, Émilie Castro faisait peut-être partie d'un dispositif plus important. Le Ratel était-il également employé par Antara ? En tout cas, il avait dû suivre les policiers pour trouver Marion, contre qui il s'apprêtait à utiliser des méthodes bien plus violentes que celles de Castro.

— Je vous remercie pour votre témoignage, Carole. Je suis sûr que grâce à vous, nous retrouverons le chauffard qui a provoqué cet accident.

— De rien. Je suis toujours ravie d'aider la police à neutraliser des criminels.

Elle appuya cette phrase d'une volée de clins d'œil. Alaric se leva, s'apprêtant à sortir, mais son regard fut attiré par une des affiches de la salle, titrée « Les entités du groupe Antara ». Chaque filiale était représentée par son logo, autour de celui d'Antara Technologies. Dans le coin supérieur droit figuraient deux cercles rouge et orange entremêlés. Alaric connaissait ce symbole. Au fond, sa présence dans ce contexte n'avait rien de surprenant. Ce n'était qu'un détail supplémentaire, l'explication de quelques improbables coïncidences. L'information était intéressante, mais n'aurait aucune place dans le dossier d'instruction. En regardant l'affiche de près, il lut le nom de l'entreprise à l'intérieur du premier cercle.

Perfect Match.

54

De retour à Versailles, Alaric commença par informer Clémentine, Osmane et Patrick de ce qu'il venait de découvrir. Évidemment, Patrick en profita pour chercher le nom d'Émilie Castro sur son téléphone.

— Elle habite au Chesnay, dit-il. En voiture, c'est l'affaire de cinq minutes.

— On la laisse pour le moment.

Clémentine réagit.

— On laisse Marion Delicourt, on laisse Émilie Castro… Un moment, il faudra qu'on les convoque et qu'on tire les choses au clair, ou alors j'ai rien compris.

Alaric choisit ses mots.

— On enquête sur deux meurtres et une tentative d'enlèvement, pas sur une caisse et son contenu. Émilie Castro, c'est Antara, et derrière Antara, qu'est-ce qu'il y a ? La DGSE ? Un État étranger ? Si on arrive déjà à serrer le Ratel, on pourra s'estimer heureux.

Osmane osa donner son avis :

— Cette fille et le Ratel, ils avaient l'air de chercher la même chose. Antara a fabriqué les boîtes noires, les patrouilleurs les ont ramassées à Orly. On sait toujours pas qui a tué Delicourt, mais si le Ratel était payé pour ramener la caisse, moi je pense que son client aurait pu la chercher par ses propres moyens.

— Tu suggères que le Ratel était payé par Antara ? dit Alaric. D'accord, ça se tient. Delicourt est tué, alors le Ratel soupçonne les deux autres patrouilleurs d'avoir fait le coup pour négocier la vente de la caisse et empocher le fric. Pendant ce temps-là, Antara s'impatiente et se met à douter du gars qu'ils ont mandaté. Ils envoient Castro, qui sauve Marion et en profite pour lui poser des questions.

— C'est à ce moment qu'on arrive, dit Clémentine. Grâce à nous, le Ratel met la main sur la caisse, la livre à Antara et touche sa prime. Fin de l'histoire.

— Pas tout à fait, dit Alaric. La fin, c'est quand on l'aura en garde à vue.

Tout le monde opina. On était là pour ça. Les magouilles, la politique, les mensonges d'État ne les concernaient pas, mais ils n'auraient pas laissé un tueur en liberté.

Lostanlen arriva cinq minutes avant la réunion. Gouirand ne voulait rien laisser au hasard. Alaric obéit, pour ne pas projeter d'ombre sur ses bonnes relations avec la patronne. Masqué comme les autres, il toléra – sans protester ni perturber les échanges – une heure entière de considérations techniques sur la meilleure façon de protéger le personnel contre les postillons périlleux et la terrible contamination des surfaces. Il s'amusa (sans le montrer) d'entendre désigner comme un tueur un virus qui ne ferait jamais l'objet d'une procédure judiciaire. Il prit les documents qu'on lui tendait, répondit aux questions posées, n'émit aucune objection, mais s'enfuit dès que cela fut possible.

Quand il revint dans sa partie de l'étage, il découvrit une effervescence inhabituelle. Plusieurs fois, il vit passer des gens d'un bureau à l'autre, Joseph et Victoria vers celui d'Osmane, Clémentine vers le sien, puis retour, Joseph vers le local qu'il partageait avec Patrick, d'où il revint chargé de documents. L'atmosphère était électrique, et l'excitation qui animait le groupe annonçait de grandes découvertes.

Alaric regretta de ne pas avoir été présent au moment où elles s'étaient manifestées, mais il n'était pas opposé à une heureuse surprise. Il allongea le pas, et finit par se poster sur le seuil de la pièce où tout se passait. À l'intérieur, Victoria écrivait des noms sur un tableau blanc, Osmane consultait son écran d'ordinateur, Patrick son téléphone et Clémentine surlignait une feuille que le chef de groupe reconnut comme un listing d'opérateur téléphonique. Pendant quelques instants, personne ne remarqua que quelqu'un observait la scène. Ce fut Joseph qui finit par s'apercevoir de sa présence.

— On les tient, dit-il.

Comme si ça suffisait à expliquer ce qui se passait.

Alaric entra, et Clémentine lui sourit. Elle avait les joues rouges et les cheveux défaits.

— Tu avais raison, dit-elle. Malbert a servi dans les forces spéciales. C'est Victoria qui l'a trouvé, et je viens d'en obtenir la confirmation de l'état-major de l'Armée de terre. Son supérieur direct était le lieutenant Pierre Alzon, qui a quitté l'armée en 2017. On m'a chuchoté à l'oreille qu'il aurait été viré suite à un incident. Et tiens-toi bien : la mascotte de son groupe était...

— Un ratel.

— Exactement.

— Joseph a trouvé une photo d'Alzon dans le fichier.

Osmane lui montra l'image. L'homme avait les cheveux bruns, mais il ressemblait effectivement au salaud qui les avait séquestrés.

— Et ça nous mène où ? On a une adresse, des parents ?

Ce fut Osmane qui répondit :

— Là, ça devient un peu compliqué. Dans les fadettes de Malbert, j'ai trouvé un certain Peter Alizée, qui l'a appelé une fois le 12 avril. À partir de cette date apparaît un nouveau numéro, qui correspond à un téléphone jetable. J'ai aussi la fadette de ce téléphone, qui a cessé de fonctionner le jeudi 14 mai. À part Malbert, j'ai relevé dessus deux autres numéros de jetables. Rebelote, je fais une réquisition sur ces numéros, et je vois qu'ils se sont arrêtés à la même date. Mais un des deux a servi à envoyer un texto à un correspondant enregistré sous le nom de Francesco Fanculo. Nouvelle réquisition, et devine.

— Le numéro est encore actif.

— Mieux que ça, dit Patrick : il est allumé. Il a borné du côté de Plaisir. La zone est très dense, mais on a réussi à trianguler le téléphone avec un SMS furtif.

— Un *quoi* ?

— On envoie au téléphone un SMS modifié, que le correspondant ne voit pas, l'appareil se réactive et communique avec les relais proches et on calcule sa position à partir de la force des signaux. Le géopositionnement donne des résultats beaucoup plus précis que ceux qu'on obtient d'habitude.

En expliquant cette technique, il avait le visage d'un gamin gourmand.

— C'est ce qu'on est en train de regarder, dit Clémentine. On a une adresse dans la zone industrielle des Gâtines, juste à côté de la nationale 12.

Osmane fit apparaître sur son écran la photo satellite du quartier, avec au centre un immeuble entouré de matériaux de construction et flanqué d'un élévateur articulé. Il cliqua sur une icône pour obtenir une vision en trois dimensions et fit tourner l'image, de manière à montrer l'endroit sous tous les angles. Deux étages, un bâtiment en forme de C, des fenêtres au rez-de-chaussée seulement. Côté nord, un chantier pour agrandir l'immeuble. Côté sud, la nationale 12. Facile à encercler, facile à défendre. Osso, son copain de la BRI, allait avoir du mal : la construction était assez en retrait par rapport à la rue pour supprimer l'effet de surprise.

— C'est le futur siège de la société Agaos, dit Patrick. Travaux de reconstruction à l'arrêt depuis quinze jours.

— Reste à espérer qu'ils ont pas laissé le téléphone derrière eux, dit Alaric.

— C'est le risque. Pour l'instant, on n'a pas de piste plus chaude. L'autre numéro de jetable a borné plusieurs fois dans la zone entre le 12 avril et le 14 mai.

— Je vais voir Osso. Tu peux prévenir Gouirand ?

Clémentine feignit la surprise.

— Vous êtes potes, maintenant ?

— Y'a des hauts et des bas. Pour l'instant, on est plutôt dans un haut. Elle a l'air de vouloir soutenir l'enquête, alors j'en profite.

— Je vais lui parler, mais elle risque de m'écouter moins que toi.

— Ça ira très bien.

Il nota l'adresse du bâtiment – sur un morceau de papier, ce qui fit rire Patrick – et fila à l'étage de la BRI. L'excitation et le sentiment d'urgence augmentaient à mesure qu'il descendait les marches. Quand il entra sans frapper dans le bureau d'Osso, sa décision était prise. Son copain Michel se retourna à peine. Il fumait à la fenêtre, assis sur une chaise de bar. Deux Glock 17 démontés gisaient sur une table de réunion.

— Laisse-moi au moins finir ma clope avant de m'envoyer dans une autre cave, dit Osso.

— Cette fois-ci, c'est pas une cave, c'est un immeuble en travaux.

— Bon, ça nous changera. Mêmes clients ?

— Un ancien des forces spéciales et deux costauds sortis du même moule.

— Du gros gibier, quoi. Je sais pas si on nous laissera intervenir seuls. Tu me briefes ?

Alaric lui expliqua la situation. Osso n'avait pas besoin de précisions. Une adresse, une cible, un délai, et il était déjà sur le pied de guerre. Il possédait à son actif des centaines d'interventions risquées, sans aucune perte humaine. Il appela immédiatement son groupe, et remonta les deux pistolets en l'attendant. Alaric en profita pour exprimer sa demande.

— Tu me laisserais vous accompagner ?

Michel Osso le regarda de travers.

— Tu veux dire en intervention ?

Alaric déglutit. Il savait parfaitement qu'il n'avait rien à faire dans une opération comme celle-là.

— Je me ferai tout petit.

Osso écarquilla les yeux.

— Tu te rends compte de ce que tu me demandes ?

Les hommes du groupe affluaient vers le bureau, et les premiers, parmi lesquels Alaric reconnut Pascal, enfilaient déjà les gilets tactiques.

— Je veux être sur place. Je serai sous ton commandement. Si tu le décides, je resterai dehors en appui.

— C'est pas possible, et tu le sais parfaitement.

— J'ai confiance en toi, Michel. C'est juste que je me méfie de ces gars. C'est mon enquête, je les connais bien.

— Tout ce que je peux te proposer, c'est de rester en contact radio avec nous.

Il n'avait pas le choix, il devait laisser tomber. Au moins, il avait essayé.

— Allons-y pour la radio, alors.

Il prit soudain conscience de ce qui motivait sa demande. Avec les pressions qu'il avait subies, il craignait que quelqu'un intercède en faveur d'Alzon, empêchant son interpellation à la dernière seconde. En étant présent, il espérait empêcher ce genre d'interférence.

— T'as qu'à venir avec nous. Ton groupe suivra.

Alaric appela Clémentine. Les hommes d'Osso étaient déjà sur le départ, et il n'était pas question de les retarder.

— Clém, je pars avec Osso. Vous nous rejoignez là-bas ?

— Je dois te prévenir que la patronne a appelé le Raid.

— Pourquoi elle a fait ça ?

— Trois tueurs bien armés qui ont fait partie des forces spéciales, planqués dans un immeuble en reconstruction, ça te suffit pas ?

Le Raid, ça voulait dire un autre commandement, avec des possibilités de fuites et d'influences. On était loin d'une petite affaire résolue entre copains.

— Écoute, j'ai pas le temps d'en parler, on s'en va. Rendez-vous sur place ?

— On y sera.

Le groupe Osso se dirigeait déjà vers la sortie. Le rythme était rapide et l'ambiance rigolarde. Alaric avait l'impression de se déplacer avec un club de rugby – les armes et l'équipement de protection en bonus. Il évita de se faire remarquer et les accompagna jusqu'à leurs véhicules.

55

Les policiers de Versailles eurent au moins la satisfaction d'arriver les premiers, juste avant les patrouilles de la BSU de Plaisir chargées d'établir des barrages sur les voies entourant l'immeuble. Osso décida d'installer le PC dans une tente hâtivement montée sur le parking d'une agence de location de matériel. Le commandement du Raid – un commissaire totalement rasé qui ne parlait qu'à ses troupes – renonça *in extremis* à choisir un autre emplacement pour le sien. En un temps très court, la tente fut saturée d'équipement radio, d'écrans reliés à des caméras qui équipaient les équipes d'intervention et de la panoplie du commandement nomade – tableaux blancs, chaises et tables pliantes, caisses de matériel divers.

Osso n'eut pas le choix. Face au Raid, la BRI ne faisait pas le poids. Un négociateur allait arriver de Bièvres, spécialisé dans les terroristes, et si la négociation échouait, le Raid interviendrait en tête.

— On pourrait au moins se partager les escaliers, dit Osso.

Le commissaire trancha :

— On leur aura passé les menottes avant que vous ayez le temps de monter. Vous resterez là en renfort, mais je doute qu'on ait besoin de vous.

Un homme entra dans la tente pour annoncer l'arrivée du négociateur. Tout le monde sortit pour accueillir ce dernier. Un van noir, qui ressemblait un peu à celui du Ratel et de ses complices, venait de se garer sur le parking. Alaric remarqua également la présence parfaitement reconnaissable de plusieurs journalistes à l'extérieur des bandes de rubalise. Ils étaient plus nombreux que d'habitude, et certains commençaient déjà à filmer ou à photographier.

Un des policiers du Raid s'adressa à Alaric :

— Vous êtes l'enquêteur ? Le négociateur veut vous parler.

Il n'y avait pas de temps pour les politesses et les ronds de jambe. Alaric le suivit et tomba sur un homme de grande taille possédant un rayonnement naturel que la situation rendait particulièrement sensible. Les deux policiers échangèrent une courte poignée de main.

— J'ai besoin d'en connaître le maximum sur ces gens, dit le négociateur.

Alaric s'efforça de lui transmettre ce qu'il savait en peu de mots, en marchant avec lui vers un véhicule blindé prêt à partir.

— Bonne chance.

— Ma radio sera ouverte. Vous pourrez suivre notre échange.

— J'espère sincèrement que vous y arriverez.

D'une grimace, le négociateur exprima ses doutes. Il monta dans le blindé, dont un policier cagoulé ferma la porte coulissante. Le véhicule quitta aussitôt le parking. Alaric retourna dans la tente, que tout le monde avait désertée. Deux des quatre écrans diffusaient des images de l'extérieur du bâtiment. Le véhicule blindé apparut sur l'un d'eux, pour s'arrêter à l'entrée du portail. Retransmise par la radio du PC, la sonnerie d'un appel téléphonique annonça le début de la négociation.

— Vous êtes qui ?

Même assourdie par la radio, la voix grave d'Alzon était facilement reconnaissable.

— Je suis Adam, je suis en route pour venir discuter avec vous.

Bruits de conversation en arrière-fond, sans doute du côté d'Alzon.

— Bac ? BRI ?

— Raid.

— Tu peux rentrer chez toi, garçon. Tu sais pas à qui tu as affaire.

— Vous êtes le lieutenant Pierre Alzon, des forces spéciales. Vous avez fait la Lybie.

— C'est pas tes oignons. Essaie pas de m'amadouer, je connais vos méthodes. De toute façon, on restera pas ici. Je sais même pas pourquoi ils vous ont envoyés.

Il semblait sûr de lui. Alaric se rappela les paroles de Mariani : « Vous ne savez pas à qui vous vous attaquez. » Alzon était persuadé que ses appuis le sortiraient rapidement de cette situation.

— Écoutez, peut-être que je me trompe et que vous avez raison. Vous avez l'air de penser que cette situation est un malentendu. Si vous voulez, on peut en parler.

— J'ai pas de temps à perdre avec ces conneries.

— En tout cas, si c'est un malentendu, nous faisons tous la même erreur : mes collègues, les gens de la BRI, les journalistes… Je suis prêt à tout entendre, si vous acceptez de me l'expliquer.

Alzon ne répondit pas tout de suite.

— Des journalistes ?

Alaric s'approcha du haut-parleur. Il se passait quelque chose.

— Quelques-uns, oui.

Nouveau silence. Pourquoi réagissait-il sur les journalistes ? Ils étaient arrivés très vite, et en grand nombre. Alzon ne s'y attendait pas. Leur présence changeait la situation à ses yeux. Alaric comprit enfin ce que cela signifiait.

Gouirand s'était arrangée pour que les médias soient informés.

Grâce à elle, l'intervention prenait une telle ampleur qu'il devenait difficile d'extraire Alzon et ses hommes sans que tout le monde en soit témoin.

— Arrachez-vous de là. Évacuez le terrain, ou on va faire un carnage.

— Personne n'a envie de cette violence, lieutenant. Ni vous ni nous. Ne fermez pas la porte au dia...

On entendit des bruits de détonations à l'extérieur. Sur un des écrans, la poussière signala des impacts devant l'immeuble. D'après l'angle, cela semblait venir du deuxième étage. Le véhicule du Raid recula précipitamment et quitta le champ de la caméra. La négociation avait échoué. Alaric savait ce qui allait suivre. Il sortit de la tente pour se joindre à Osso et au commissaire, qui observaient le bâtiment avec des jumelles, à l'abri de la haie qui séparait le parking du terrain voisin. L'intervention allait commencer, dans les pires conditions.

L'une des deux colonnes d'assaut qu'Alaric avait vues se préparer sur le parking, six policiers cagoulés et vêtus de noir, apparut à l'arrière de l'immeuble en travaux, là où la façade ne laissait que très peu d'ouvertures pour observer l'extérieur. Deux hommes s'en dégagèrent, se faufilant entre les arbres. Alaric devina ce qu'ils allaient tenter. Épaulant de gros cylindres annelés qui ressemblaient à des armes factices, ils tirèrent plusieurs projectiles à travers une ouverture du deuxième étage. Les spectateurs eurent à peine le temps de se boucher les oreilles. Quelques secondes plus tard, une puissante déflagration résonna dans les salles vides du bâtiment, accompagnée d'une lumière intense. Lancées dans des lieux clos, les grenades assourdissantes provoquaient toujours un bel effet. Alors que les grondements ne s'étaient pas encore tus, les artificiers envoyèrent deux autres grenades, lacrymogènes cette fois. Le vent dissipa la fumée, qui remplit l'air ambiant de senteurs irritantes.

L'assaut débuta dès que les deux policiers eurent rejoint leur colonne. Tout le monde s'équipa de masques à gaz. Protégés par le bouclier balistique que poussait l'homme de tête, le groupe entra par une issue à l'arrière du bâtiment. Alaric interrogea immédiatement le commissaire du Raid, sans trop espérer de réponse :

— Vous avez le plan de l'immeuble ?

À sa grande surprise, le commissaire ne l'ignora pas.

— Nous avons contacté le maître d'ouvrage. Il a réagi très vite, en nous envoyant le plan de l'architecte et un descriptif de l'état actuel de la construction.

La radio du PC se réveilla. Le commissaire ne réagit pas, car il recevait les communications dans son casque. Alaric retourna dans la tente. Sur les deux écrans du bas défilaient des images instables correspondant à ce que voyaient les têtes de colonnes.

— On a personne au rez-de-chaussée, dit une voix. On monte au premier.

Les assaillants ne pouvaient plus compter sur l'effet de surprise. Tout au plus, les trois cibles souffraient-elles de la désorientation provoquée par les grenades. Les deux écrans s'assombrirent, tandis que la colonne se reformait derrière les boucliers.

— Premier étage, personne en vue.

Comme un immeuble de bureaux moderne comptait surtout des *open spaces*, trois hommes et leur matériel pouvaient difficilement se cacher dans un coin. Les caméras montrèrent des vues de béton brut, avec des percées vers le ciel. La progression des policiers continua :

— On entend du bruit en haut.

Le commissaire répondit :

— Vous avez l'autre équipe en visuel ?

— Affirmatif. Ils sont sur la deuxième cage d'escalier. Ils vont monter en même temps que nous.

Une voix nouvelle entra dans l'échange :

— Le bruit est de notre côté. On a peu de visibilité.

La radio se tut, ne laissant entendre que des bruits parasites. Alaric aperçut des jumelles glissées entre les écrans. Il s'en saisit et sortit pour observer lui-même les événements. Il remarqua la fumée qui continuait de s'échapper des ouvertures du deuxième étage. Tandis que son regard balayait l'immeuble, il découvrit un grand panneau orienté vers la nationale 12, qui présentait le projet immobilier en cours :

Ici, GDTP réalise le siège d'Agaos

Sous le logo d'Agaos, l'acronyme était développé :

Antara Ground and Air On-Board Systems[36]

Alzon avait donc choisi comme base un immeuble appartenant à une filiale de son client. Alaric en était à se demander si cette information avait un sens particulier, mais il fut interrompu par de nouveaux bruits, provenant à la fois du bâtiment et de la radio. La deuxième voix d'assaillant cria :

— Nous sommes attaqués. Feu nourri d'origine inconnue. Un homme est blessé. Nous tentons de reculer.

— Équipe 1, vous êtes en mesure d'apporter un renfort à l'équipe 2 ? demanda le commissaire.

— Négatif. Nous subissons aussi des tirs. Nous nous replions dans l'escalier.

La situation virait au cauchemar. Les images étaient trop chaotiques pour révéler ce qui se passait réellement. Venus de l'extérieur et de la radio, les coups de feu ne s'arrêtaient pas. On pouvait craindre des pertes humaines importantes, et Alaric ne comprenait pas comment l'unité la plus performante de la Police nationale, qui avait combattu des terroristes autrement plus redoutables, pouvait être tombée dans ce piège.

Michel Osso entra dans la tente, le visage défait. Il vivait certainement cette débâcle comme un drame personnel. Il regarda les écrans, tentant lui aussi de comprendre ce qui se passait à l'intérieur, puis ressortit. Les deux colonnes avaient cessé de communiquer. Sur

---

36. Antara systèmes embarqués terrestres et aériens.

le parking, on entendait l'agitation des policiers et des ambulanciers qui se préparaient à porter secours aux victimes de la fusillade.

Alaric tenta de se représenter l'arrivée des hommes du Raid au deuxième étage. D'après les images qu'il avait saisies au vol, ils avaient subi le feu alors qu'ils se trouvaient encore dans la cage d'escalier. Comme l'avant de chaque colonne était protégé par un bouclier, les tirs venaient forcément de leur flanc. S'il existait une possibilité d'attaquer les policiers de cette façon, le plan fourni par Agaos aurait dû informer le Raid du danger.

Alaric ne dut pas chercher longtemps. Une seule des caisses de matériel contenait des documents, et parmi eux le plan se trouvait en haut de la pile : six feuillets de format A3, pleins d'annotations au crayon. Traversant les deux planchers des étages, les escaliers se situaient aux deux angles principaux de l'immeuble. Rien ne permettait d'imaginer qu'ils constituent autre chose que des cages de béton. Même si ces cages avaient été construites dans un matériau plus léger, les tireurs n'auraient pu atteindre les colonnes que depuis le premier étage. Alaric appela Clémentine.

— Enfin ! dit-elle.

— Quoi ?

— Tu n'as pas entendu ? J'essaie de t'appeler depuis une demi-heure. On est coincés à l'extérieur du périmètre. Les barrages sont hermétiques.

— Mon téléphone était sur vibreur, et je peux te dire qu'il est pas la seule chose à vibrer.

— Oui, j'ai cru comprendre que ça secouait.

— Je t'en parle plus tard. J'ai besoin que tu obtiennes d'urgence les plans de l'immeuble de GDTP, l'entreprise qui réalise les travaux. Envoie-moi tout ça sur mon téléphone, je me débrouillerai.

— Compte sur moi.

Il avait en elle une confiance absolue. Il espérait seulement qu'elle arrive à joindre quelqu'un assez vite.

Les écrans du bas demeuraient noirs, et la radio ne recevait plus rien. Alaric sortit de la tente, et découvrit les conséquences de l'assaut raté. Deux ambulanciers passèrent devant lui, portant une civière chargée d'une victime. Du côté de la haie, trois autres s'affairaient autour des blessés plus légers. Osso et ses hommes s'efforçaient de se rendre utiles, et le commissaire marchait vers la tente. Alaric l'arrêta au passage.

— Pas maintenant !

— J'ai regardé les plans. Ça n'aurait jamais dû avoir lieu.

— Écoutez, je suis occupé.

— J'ai découvert que le maître d'ouvrage était lié à l'affaire dont je m'occupe. Mon groupe essaie en ce moment de récupérer les plans de l'entrepreneur.

Pour la première fois, le commissaire le regarda.

— Vous les avez ?

— Pas encore.

Dans sa poche, le vibreur se mit en marche. Alaric consulta le texto : « on t'envoie l'image ».

— Je les reçois dans une minute.

— Venez, on va regarder ça ensemble.

Il rentra dans la tente avec Alaric, à qui il tendit un petit câble avant de repartir. De nouveau, le vibreur signala un message, qui tarda à se télécharger. Quand il put cliquer dessus, il découvrit un plan bien plus détaillé que celui qu'il avait eu en main. Alors qu'il l'examinait, une deuxième image arriva. Le commissaire revint, accompagné d'un homme et d'une femme.

— Alors ?

Alaric essaya de se rappeler les leçons de Patrick, mais il ne trouva rien sur la connexion d'un téléphone à un écran.

— J'ai reçu les images, mais je ne sais pas comment les afficher.

La femme lui arracha son mobile des mains et brancha le câble sur le port USB d'un petit appareil qu'Alaric identifia comme un mini-ordinateur. En quelques secondes, le premier plan apparut, et le commissaire accrocha à un tableau blanc ceux qu'Agaos lui avait transmis, afin de faciliter la comparaison. La femme zooma sur l'un des deux escaliers du bâtiment, et le commissaire entoura la même zone sur l'impression papier. Entre celle-ci et la version de l'entreprise de construction, une différence sautait immédiatement aux yeux : la cage d'escalier, représentée par un carré sur les deux plans, avait perdu la moitié de son volume, et des pointillés gris représentaient l'espace ajouté aux différents paliers.

— Dans le bâtiment terminé, ces escaliers deviennent secondaires, dit Alaric. Regardez, il y aura un grand escalier sous la verrière de la partie à construire.

— Le descriptif des travaux achevés ne parle pas des escaliers, dit la femme.

Le commissaire s'emporta.

— Ils ont pourtant été modifiés, et le plan d'Agaos ne le dit pas. Si je rencontre la pourriture qui nous a caché cette information, je le pends à un arbre par la peau des couilles.

Alaric apprécia l'expression imagée. Il comprenait parfaitement ce que ressentait cet homme. On ne pouvait affirmer pour le moment qu'il y avait eu une intention délibérée d'induire le Raid en erreur, mais le fait qu'Agaos appartienne au groupe Antara autorisait toutes les spéculations.

La femme manipula une souris pour faire apparaître sur l'écran le plan du deuxième étage, qui comportait les mêmes indications que celui du premier. Elle commençait à zoomer quand Alaric l'arrêta, désignant un emplacement qui allait disparaître de l'image.

— Il y a une petite pièce condamnée dans l'angle ouest.

Le zoom se déplaça vers l'endroit qu'il indiquait. Le plan comportait les abréviations : « Anc. loc. tech. »

— Ils ont peut-être utilisé cet endroit pour échapper à l'effet des grenades, dit l'homme qui ne s'était pas encore exprimé.

— Si c'est le cas, ce sera leur cercueil, dit le commissaire.

Il fallut un quart d'heure seulement aux gens du Raid et de la BRI pour définir une nouvelle stratégie. On abandonna l'idée d'utiliser les escaliers intérieurs, mais il fut décidé qu'une équipe serait déposée sur le toit par hélicoptère, pendant que le groupe Osso et les hommes du Raid les couvriraient depuis le sol et qu'une autre équipe du Raid accéderait au premier étage par une échelle.

Tout le monde déserta le PC pour suivre les événements à l'œil nu ou avec des jumelles. Les policiers de la crim' furent enfin admis sur le site, et Clémentine rejoignit Alaric à l'extrémité du parking. La volonté de revanche galvanisait les policiers qui s'apprêtaient à lancer le deuxième assaut. Le signal du départ fut donné ; plusieurs grenades explosèrent, couvrant le bruit de l'hélicoptère. Six hommes accédèrent sans dommage au toit de l'immeuble, et quelques coups de feu furent échangés à l'intérieur. L'opération entière ne dura pas plus de cinq minutes. Dans la tente, la radio en annonça la fin :

— Ça y est, on les a niqués.

Sur le parking, la nouvelle se répandit en un éclair, provoquant des cris de joie.

— Il y a des rescapés ? demanda Alaric.

— Seulement le chef, apparemment, dit le commissaire, mais il est blessé. On vous le confiera pas tout de suite.

Maintenant, tout le monde affluait vers le bâtiment, y compris deux équipes de pompiers. Alaric se demanda ce qu'il ressentait. Les événements qu'il venait de vivre lui paraissaient extérieurs, comme une histoire qui ne le concernait pas. L'ordre était rétabli, Alzon n'avait pas obtenu ce qu'il voulait, et le groupe Autier serait occupé par les retombées de cette affaire pendant plusieurs semaines.

Mais Alaric savait que le Ratel n'avait pas tué Delicourt. Le boulot n'était pas achevé. Le meurtre par lequel toute cette histoire avait commencé demeurait inexpliqué.

L'appel de Cazenave arriva sur le chemin du retour, alors que Clémentine conduisait. Alaric n'éprouva aucun étonnement. Depuis que Gouirand avait fait appel au Raid, il savait que le risque existait.

— Autier.

— Cazenave. Vous savez que tous les médias ne parlent que de la petite opération que vous avez organisée ? On en oublierait presque le virus.

— Je ne suis pas pour grand-chose dans son organisation.

— Quand même. Votre groupe a réussi à localiser ces dangereux terroristes, et je me suis même laissé dire que vous aviez fourni au Raid le plan qui a permis la réussite de l'assaut.

Le mot « terroristes » n'annonçait rien de bon. Alaric y vit la confirmation de ses craintes.

— C'est notre travail en tant que groupe d'enquête.

— Et ce travail a été remarquable sur cette affaire. Quand je pense que tout a commencé par les idées farfelues d'un légiste, et que vous avez déniché une organisation criminelle.

Il le voyait tellement venir, ce magistrat aux manières polies. Il avait envie de lui montrer qu'il n'était pas dupe, mais il savait que cela ne ferait aucune différence.

— Vous allez nous retirer l'affaire, c'est ça ?

Cazenave s'éclaircit la voix.

— Oui, non, enfin… les dimensions de cette affaire dépassent maintenant les compétences de la brigade criminelle. Vos moyens d'investigation risquent fort de ne pas être à la hauteur des enjeux. Si nous voulons poursuivre cette enquête, je crois qu'il est temps que vous clôturiez le dossier pour le renvoyer au parquet. La SDAT[37] sera en mesure d'achever votre travail avec toute l'efficacité nécessaire.

37. Sous-direction antiterroriste.

Et enterrer l'affaire pour ne pas gêner les commanditaires de l'opération d'Orly. Alaric savait qu'il était inutile de s'opposer à cette décision, mais il lui restait encore une carte à jouer.

— Je crois que je n'ai pas le choix, monsieur Cazenave, même si mon enquête a quand même mené à la neutralisation de ce « groupe de dangereux terroristes ». Je savais depuis le début que l'affaire intéressait beaucoup certaines personnes influentes.

— Ce… cela n'a rien à voir, capitaine Autier. Nous agissons en toute indépendance.

— Je suis donc obligé de m'incliner, mais je voudrais quand même vous faire une demande.

Il s'arrêta pour ménager son effet.

— Je vous écoute.

— Tout a commencé par l'assassinat de Julien Delicourt, qui n'est pas encore élucidé. Je voudrais conserver cette partie du dossier.

À l'autre bout du fil, Cazenave faillit s'étouffer.

— Mais… mais… cet homicide a bien été commis dans le cadre des activités criminelles d'Alzon. Je ne comprends pas ce que vous voulez.

— Justement, nous pensons qu'il s'agit de faits totalement distincts. Le meurtre de Delicourt ne faisait pas partie des projets d'Alzon, il les a même fait dérailler. C'est donc bien une affaire différente.

Cazenave grogna.

— Je ne sais pas quoi vous dire. La SDAT demandera sans doute à contrôler toute la procédure. Vous avez pensé à ce qui adviendrait si vous découvriez que ce meurtre a été commis par… disons, une agence de renseignements étrangère ?

— Ce n'est pas ce que nous disent les éléments en notre possession. Je vous demande juste de nous laisser aller au bout des pistes que nous suivons.

Le magistrat prit une profonde inspiration et soupira.

— Vous êtes obstiné, capitaine Autier. Dans votre métier, je suppose que c'est une qualité.

— Ça veut dire que vous êtes d'accord ?

— J'imagine que je peux vous laisser cette saisine pendant quelques jours. Mais je ne vous garantis pas que je vous protégerai contre les demandes pressantes venant d'en haut.

— Ça me va.

— J'avoue que je ne comprends pas votre entêtement.

— Enquêteur de la crim', c'est plus une obsession qu'un métier.

— Je ferme les yeux jusqu'à vendredi.

— C'est plus qu'il nous en faut.

56

Vision grise d'une chambre d'hôpital, avec un homme couché dans un lit. Le tuyau transparent des lunettes d'assistance respiratoire dépassait de ses narines. Un oxymètre était fixé à un doigt de sa main droite, et l'autre main portait un bracelet de menottes attachées au cadre d'acier.

Une main géante traversa l'écran. Quand elle disparut, le champ de la webcam englobait un gros type intégralement chauve à la bedaine imposante, assis sur une chaise à côté du lit. Il offrit à son interlocuteur distant un sourire plein de malice et un geste de la main, puis se tourna vers le patient alité.

— Lamine, dit-il, c'est lui, le flic dont je t'ai parlé, le capitaine Autier.

— Je m'en bats les couilles.

— C'est pas gentil ça, Lamine. Le capitaine, il vient uniquement pour toi.

— Il peut se tirer, je parle pas aux condés.

Franck Verduzier, le policier de Marseille, adressa un clin d'œil à la caméra.

— Depuis combien de temps on se connaît, Lamine ? Dix ans ? Douze ? T'en as fait du chemin depuis ce temps-là : simple chouf, le charbon, et maintenant chef de réseau. Est-ce que je t'ai une seule fois manqué de respect ?

Lamine baissa les yeux.

— Non, mais vous, c'est pas pareil.

— Regarde-toi, Lamine. Tes lieutenants sont morts, ta came est perdue et toi, tu vas pas remarcher avant des mois. Tout ça à cause de quoi ?

— Moussa, ce fils de pute.

— Le capitaine, il enquête sur l'accident. Il est à la crim', il en a rien à foutre de tes *deals*. Par contre, il sait ce qui s'est passé sur l'A6.

Lamine jeta un très bref coup d'œil en direction de la webcam et de l'écran du portable dont elle faisait partie.

— De toute façon, je sais que c'est la faute à cet enculé de Moussa.

— Ça t'intéresse pas de savoir ce que le capitaine a trouvé ?

Clémentine entra dans le bureau et s'assit en silence à côté de son chef de groupe. Alaric espérait que cela ne changerait pas les dispositions de Lamine.

— Il peut me dire ce qu'il veut, moi je lui dis rien.

D'un signe discret du menton, Verduzier encouragea son collègue de Versailles à prendre la parole. Alaric démarra prudemment.

— Bonjour Lamine. Pour moi, vous êtes juste un témoin dans une affaire qui a rien à voir avec vous. Mais j'ai aussi fait analyser la voiture que Moussa conduisait.

Il marqua une pause. Lamine ne lui répondit pas d'un juron, ce qu'il considéra comme un signe positif.

— C'était une Mercedes ML, poursuivit le policier. Elle avait un régulateur de vitesse construit par Antara Technologies. On a retiré le mécanisme du régulateur pour l'envoyer au labo.

Il chercha le rapport d'analyse dans le dossier posé sur son bureau et le montra à la caméra.

— Tu vois ce document ? C'est la réponse du labo. Le régulateur avait un défaut. Il arrivait plus à mesurer les vitesses et il se mettait à accélérer sans raison sur l'autoroute. C'est un problème courant sur ce modèle.

— Wallah, c'est ça qui s'est passé : la caisse, elle s'est mise à bomber, et Moussa, il a dit qu'elle faisait ça toute seule.

— Dans certains cas, c'est plus possible d'arrêter le régulateur, et la voiture fonce à la vitesse maximum, jusqu'à ce qu'elle ait un accident ou que le réservoir soit vide.

— On peut freiner, quand même ?

Comme il ne connaissait pas la réponse, Alaric l'inventa.

— Tu sais ce qui se passe quand on freine et qu'on accélère en même temps ? Tes freins, ils finissent par sauter, et c'est fichu pour toi.

— Mais c'est du délire ! Moussa s'est fait fumer par sa caisse, c'est ça ?

— Ça y ressemble, oui.

Lamine regarda le mur. Il avait du mal à intégrer l'information. Verduzier mit son grain de sel :

— T'as failli le fumer toi-même, vrai ?

Lamine hocha la tête.

— Il a pas trahi.

Ce constat le rendait triste.

— On aurait rien pu faire, dit Alaric. Des cas comme ça, y'en a des dizaines, et ils ont tous fini par un accident.

Lamine s'agitait dans son lit. Alaric espérait qu'il ne rejetterait pas l'information.

— Je croyais qu'il nous la faisait à l'envers...

— Tu pouvais pas savoir. Cette histoire de régulateur, c'est du délire, tu l'as dit. Moi-même, j'y aurais pas cru sans le rapport du labo.

Lamine resta un long moment silencieux. Éprouvait-il des remords, des regrets ? Pensait-il à cet homme tué par un dispositif défectueux ? Les trois policiers attendirent qu'il sorte de son mutisme. Sans préavis, il s'assit sur le lit et s'adressa à la caméra :

— Tu veux savoir quoi ?

Clémentine leva un pouce en signe d'approbation.

— Je veux savoir ce qui est arrivé au fourgon qui a coupé la route à Moussa.

C'était la bonne façon de le dire, et cela correspondait à la réalité.

— J'en sais rien, moi. Il a juste traversé l'autoroute.

— Tu l'avais vu avant l'accident ?

— Non.

Tous ces efforts pour obtenir le témoignage de Lamine n'avaient donc servi à rien. Alaric s'en voulait d'y avoir cru. Alors qu'il ne pensait qu'à écourter l'audition, Clémentine intervint :

— Il y avait des gens au bord de l'autoroute ?

Lamine scruta l'écran, sans doute pour savoir qui lui posait cette question.

— Ouais, y'avait du monde. Une meuf et un type en noir. Ils étaient juste avant le pont. Je me suis demandé ce qu'ils foutaient là.

— Ils ressemblaient à quoi, tu peux nous les décrire ? demanda Alaric.

— Je sais pas, moi. Le type, je l'ai vu de dos. La meuf, c'était une face de craie comme toi.

Sur un geste de Clémentine, Alaric sortit du champ de la webcam. Elle murmura dans son oreille :

— J'aurais une photo à lui montrer.

Alaric se demanda de qui elle voulait parler. Il ne se rappelait pas qu'elle ait pris quelqu'un en photo depuis le début de l'affaire. Mais comment montrer l'image au dealer ? Elle pouvait montrer son téléphone à la webcam, mais il savait que l'identification serait très imparfaite. En l'absence de Patrick, la meilleure solution restait un MMS.

— Je te donne le numéro de Franck.

Il lui donna les coordonnées de Verduzier, et elle se mit immédiatement à l'œuvre.

— Franck, tu vas recevoir une photo. Tu peux la montrer à Lamine ?

Dans les haut-parleurs du portable, on entendit le son caractéristique d'une notification. Le policier de Marseille ouvrit l'image et la tendit au dealer. Il ne fallut pas à Lamine plus de trois secondes pour répondre.

— Ouais, c'est elle, c'est la meuf.

— Tu es sûr ? dit Alaric.

— Reconnaître les gens, c'est mon job. Je te dis que c'est elle.

Clémentine sourit à Alaric, mais il ignorait pourquoi. Elle lui montra sur l'écran de son propre téléphone la photo qu'elle venait d'envoyer.

— Elle ? demanda-t-il.

— J'y pensais depuis quelque temps. On n'a pas beaucoup de femmes dans cette histoire.

— Mais pourquoi ?

— J'en sais rien. Tu appellerais ça l'instinct.

— Je sais bien que tu y crois pas.

Du côté du portable, Lamine essayait d'attirer l'attention.

— Eh, capitaine.

— Oui Lamine.

— Ton rapport du labo, tu me l'envoies ? C'est pour la daronne à Moussa. Faudra que je lui explique.

— Tu as ma parole.

L'échange vidéo s'acheva sur ces mots. Alaric reprit le téléphone de Clémentine. Comme il l'avait espéré, la photo était encore affichée, celle de Marion Delicourt, prise à son insu dans le petit bois, près de l'ancien bistrot. Il ne doutait pas de la sincérité de Lamine, mais il ne pouvait imaginer cette femme assassinant son mari et le père de son bébé. Son comportement ne correspondait pas à celui d'une meurtrière, et le meurtre avait été organisé avec trop de soin pour résulter d'un coup de tête. Restait aussi la question du mobile, qui devait être assez puissant pour inciter Marion à détruire sa propre vie en même temps qu'elle tuait son époux.

Alaric s'aperçut que Clémentine lui tendait une main. Elle avait ramassé ses affaires et attendait qu'il lui rende son smartphone. Il le lui rendit, et s'empressa d'éteindre l'ordinateur pour descendre avec elle. Quand il serait de retour à son appartement, il espérait passer une soirée sans penser à l'affaire, peut-être en compagnie de Cynthia.

57

Quand ils ont annoncé que le Ratel avait été arrêté, j'ai ressenti de la tristesse, pas du soulagement. Tu dois savoir pourquoi. La réponse se trouve dans tout ce que nous ne nous sommes pas dit, dans les secrets qui ont conduit à ta mort. J'ai conscience de m'être trompée, avec une insistance qui ressemble à de la stupidité. Il est trop tard aujourd'hui pour réparer tout ça. Mes erreurs m'accompagneront pendant tous les moments qui me restent à vivre. Il n'y aura pas de rédemption, pas de pardon ni de justice.

Je suis déjà en prison. Personne ne me sauvera. Je pourrais dire que je me sacrifie, pour mettre fin à la souffrance de mes proches, mais ma motivation est beaucoup moins noble. La vérité, c'est que je n'ai plus la force de me battre. Je me laisse glisser dans la solution la plus facile, en espérant que j'en sortirai morte ou changée dans une version plus résistante de moi-même. Qui sait, j'y trouverai peut-être même une forme de tranquillité.

J'ai aussi renoncé à l'illusion de me battre pour Fabien. J'ai compris que je n'agissais ainsi que pour te convaincre que j'étais une bonne mère. Après ce que tu as fait, je ne pense plus que tu sois en mesure de me reprocher quoi que ce soit. Arrêtons donc cette mascarade, et acceptons de voir la vérité : ni toi ni moi n'avions la vocation de devenir parents.

J'ai donc contacté l'Aide à l'enfance de l'Essonne, et j'ai longuement discuté avec une femme à la voix très douce. Elle m'a demandé plusieurs fois si ma décision était définitive, mais je n'ai pas faibli un seul instant. Elle m'a envoyé tous les documents nécessaires, et j'ai pris un rendez-vous que je ne suis pas sûre de pouvoir honorer. J'ai réussi à retenir mes pleurs jusqu'à la fin de la communication.

Après ça, tout a été plus facile : en un trait, j'ai rédigé ma lettre de démission. Avec les temps qui se préparent, Polachowski n'aura aucun mal à trouver quelqu'un pour me remplacer. Ce boulot m'a remise en selle quand j'en avais besoin, mais il ne me manquera pas. S'il faut partir, autant le faire proprement, sans laisser trop de traces. À choisir, je préférerais qu'on ne se souvienne pas de moi, en bien comme en mal.

J'ai fini la soirée en sirotant tranquillement la bouteille de whisky japonais que tu avais reçue d'un client secouru au bord de l'autoroute. Fabien dormait, inconscient qu'il n'allait peut-être plus jamais me voir. Je me suis endormie dans le canapé, ivre comme je ne l'avais plus été depuis la fin de ma dépression.

58

Mardi 19 mai

L'idée, c'était de lui tendre un piège.

Clémentine l'avait souvent remarqué : Alaric hésitait à soupçonner d'homicide les jeunes femmes, surtout quand elles étaient mères. Cela tenait en partie aux statistiques : comme tout le monde, il savait que les tueurs étaient en écrasante majorité des hommes. Une autre explication tenait aux années qu'il avait passées à la protection des mineurs. Il restait un dernier motif moins avouable : comme beaucoup d'hommes, il ne pouvait échapper à la séduction des jeunes femmes, au point d'avoir failli sortir un jour avec la sœur d'un criminel sur lequel il enquêtait[38].

Depuis le début de l'affaire Delicourt, Marion se comportait d'une manière suspecte, et il avait refusé de le voir. Si Clémentine n'avait pas eu la présence d'esprit de présenter sa photo à Lamine, l'information n'aurait peut-être jamais émergé. Auréolée de son statut de victime d'un groupe criminel, une meurtrière aurait pu s'en tirer sans être poursuivie, sans qu'Alaric songe seulement à la soumettre à un véritable interrogatoire. Même après que le trafiquant de drogue l'eut formellement reconnue, elle avait bien senti

---

38. Voir *Embrasements*.

qu'il n'acceptait pas cette hypothèse.

C'est pendant l'opération du Raid, alors qu'elle se trouvait à l'extérieur du périmètre contrôlé par la BSU avec Osmane, Victoria, Patrick et Joseph, qu'elle avait eu l'idée. Victoria s'était étonnée que Marion Delicourt n'ait pas été convoquée pour une audition en bonne et due forme, et Clémentine avait accueilli cette réflexion en feignant de le découvrir. Étonnamment, Patrick s'était joint à la conversation, ajoutant ses propres arguments à ceux des deux femmes. Le tout avait eu lieu loin des oreilles d'Osmane, et sous le regard neutre de Joseph. Les trois conjurés avaient décidé d'aborder le sujet le lendemain, et Clémentine espérait placer adroitement les arguments pour convaincre le chef.

Elle arriva au bureau bien avant son heure habituelle. Cela faisait partie du plan : le prendre au dépourvu, ne pas lui laisser le temps d'organiser sa matinée. En attendant les autres, elle prépara le café dans la salle de repos, bloquant la porte pour que le parfum se répande dans les couloirs. Joseph fut le premier à se présenter, immédiatement suivi de Victoria. Clémentine ne leur laissa pas le temps de prendre leurs aises, mais se mit à discuter avec eux de l'affaire Delicourt. Quand Alaric arriva, la perplexité se lisait sur ses traits. Il se servit un mug, et observa ce qui se passait sans y participer. Osmane et Patrick arrivèrent en même temps.

— Moi, ça m'étonne pas qu'elle ait fait le coup, disait Victoria. Le type avec elle, c'était certainement son amant. Ils ont juste voulu se débarrasser du mari.

— J'ai un *scoop*, dit Patrick. Vous voulez l'entendre ?

La question ne se posait pas, évidemment. Il sourit comme un gamin, jetant un coup d'œil à papa pour s'assurer qu'il écoutait.

— Marion a reçu des messages d'un corbeau.

Il regarda en l'air, espérant se faire prier. Victoria se prêta au jeu :

— Accouche, tu en as trop dit.

— J'ai trouvé ses messages sur le téléphone de Marion. Il se cache sous plusieurs pseudos, et communique sur Messenger. C'est probablement un malade, mais il est bien renseigné. Il était au courant pour le bistrot, et il savait que Marion était surveillée. Mais le plus intéressant, ce sont ses derniers messages. Dans le premier des deux, il dit que Julien a trahi Marion et dans le second, que vu ce qu'il lui a fait, elle aurait dû cracher sur sa tombe.

Alaric parla pour la première fois. Osmane se tenait à côté de lui, sans prendre part à la discussion.

— Il parlait de l'opération d'Orly.

Victoria dispensa Clémentine de trouver une réponse :

— Pour moi, Orly, c'était pas une trahison. Julien essayait seulement de ramasser un paquet de fric pour payer ses dettes.

— Non, c'est le coup classique : le mec est un frustré qui essaie de profiter de la situation en salissant le souvenir du mari. Le but, c'est que Marion morde à l'hameçon et accepte de le rencontrer.

— On pourrait le lui demander, dit Patrick.

Tout le monde lui prêta l'oreille.

— Toi, tu vas encore nous sortir un tour numérique de ton chapeau, dit Alaric.

— N'importe qui pourrait le faire. À la base, les réseaux sociaux sont conçus pour diffuser et collecter les infos, pas pour les cacher. Quand on gère plein de comptes bidon, on finit toujours par se planter. Là, notre corbeau s'est accepté comme ami Facebook d'une de ses identités secondaires. Trop facile.

— Comment tu peux être sûr que c'est bien lui ? demanda Clémentine.

— Plusieurs indices : il habite à Villabé, tout près de chez Marion, il a posté des messages sur son compte principal aux heures où il a envoyé les messages à Marion, et j'ai trouvé les derniers chiffres de son numéro de téléphone en demandant un changement de mot de passe sur le compte « Michelle coiffure ».

— Et pour toi, c'est facile ? dit Osmane.

— Niveau 1.

— Bon, arrête de nous faire lanterner, dit Alaric, crache le morceau.

— Olivier Flery, le mari de Louise Flery. Il était à l'enterrement de Julien. Je crois que sa femme est une amie de Marion.

Clémentine sentit que les choses lui échappaient. Il fallait absolument trouver un moyen de revenir au sujet principal.

— Je ne sais pas ce que ce type peut nous apprendre, mais on a un plus gros poisson à attraper.

Alaric se tourna vers elle. Il avait le sourire.

— Marion, hein ? Je sais que tu y tiens, et c'est pas la peine de nier.

— On ne peut plus attendre. On a assez d'éléments pour la mettre en garde à vue.

— J'y ai beaucoup réfléchi. J'ai mal dormi la nuit dernière, alors j'ai eu tout mon temps. Je suis toujours pas convaincu, mais maintenant on a un témoin. Va l'appréhender avec Victoria, si tu veux, je m'y opposerai pas. Moi, j'irai rendre visite à ce Flery avec Osmane.

Comment avait-il deviné ? Clémentine se sentait un peu honteuse d'avoir été ainsi démasquée.

— Je crois que c'est la bonne chose à faire.

— De toute façon, on a pas d'autre piste. On verra bien ce qu'elle va nous dire.

Elle savait qu'il ne la déférerait pas sans preuves solides. Un aveu en GAV, des éléments matériels et surtout le complice. Le combat ne faisait que commencer.

*   *

*

Alaric venait de quitter l'autoroute quand Osmane aborda le sujet.

— En fait, t'as aucune idée de qui a fait le coup.

Alaric se gratta le menton. Il s'était levé trop tard pour se raser. Il savait qu'il ne tiendrait pas longtemps ce rythme, alternant les nuits trop courtes et les insomnies.

— Clémentine est persuadée que c'est la veuve.

— Mais pas toi.

— T'as raison, mais j'ai pas d'autre suspect en vue.

— Donc on repart de zéro.

— Sauf si Marion passe à table. Je peux pas exclure l'hypothèse que je me blouse depuis le début. T'as peut-être un avis sur la question.

Au point où il en était, il était prêt à entendre tous les sons de cloche. Sa crainte était surtout que l'enquête s'enlise et que les indices s'évaporent.

— Si j'ai bien compris, Julien, c'était le mec sans histoire que tout le monde kiffait, ancien détenu quand même. D'une, je saisis pas pourquoi il a écouté un copain du ballon et s'est laissé embringuer dans cette histoire. Il avait peut-être des problèmes perso. De deux, sa nana, elle a l'air d'être en guerre contre tout le monde. Pour moi, elle sait forcément quelque chose, mais elle veut pas nous donner l'info.

— C'est un peu ce que je pense. En lui mettant la pression, elle lâchera peut-être le morceau.

— Et c'est Clémentine qui s'en occupera.

Alaric connaissait Osmane depuis trop longtemps pour ne pas percevoir l'ironie.

— En tout cas, j'ai compris la leçon : la souffrance justifie pas tout. Si Marion voulait pas finir en GAV, elle avait qu'à vider son sac.

L'application GPS annonça qu'ils étaient arrivés à destination. La voiture passa devant un petit centre commercial à ciel ouvert, dont faisait partie une minuscule agence de la Société Générale. Patrick avait trouvé une référence à ce lieu de travail dans le profil de Flery, et un simple coup de fil avait suffi pour confirmer qu'il faisait bien partie de ses conseillers clientèle en activité. En cherchant une place, Alaric élabora sa stratégie pour rendre le corbeau coopératif. Rien de très élégant, mais il n'avait guère envie de finasser pour un individu de ce genre. Il commença par téléphoner à l'agence et demander Flery, prétextant une requête urgente dans le cadre d'une succession. Comme prévu, on le mit rapidement en contact avec le banquier.

— Olivier Flery, en quoi puis-je vous être utile ?

La voix était nasale et traînante.

— Bonjour Michelle coiffure, ou dois-je vous appeler Paul Ette, Apocalypse_le_film ou belles images du monde naturel ?

Ces profils faisaient partie de ceux que Patrick avait dénichés, mais la liste n'était pas close.

— Qu'est-ce que vous voulez ?

Il parlait bas, ce qu'Alaric considéra comme un indice favorable.

— Je suis le capitaine Alaric Autier, de la brigade criminelle de Versailles. J'ai pensé que vous ne souhaiteriez pas que vos collègues soient au courant de vos activités en ligne.

— Je ne fais rien d'illégal.

— Le cyberharcèlement est un délit, monsieur Flery. Vous savez, envoyer des messages anonymes à des personnes que vous connaissez pour leur filer la trouille. Article 222-33-2-2 du Code pénal : jusqu'à 2 ans d'emprisonnement et 30 000 euros d'amende. Maintenant, on va pas en parler au téléphone. Je me trouve devant votre agence, sur le trottoir d'en face. Venez me rejoindre – à moins que vous préfériez que *je* vous rejoigne.

— Non, non, j'arrive.

L'individu qui poussa la porte de l'agence quelques secondes plus tard avait un physique mou et des cheveux gras. Il portait un costume en polyester, une cravate nouée de travers, un masque noir et des lunettes trop grandes pour son visage étroit. Il traversa la rue, et Alaric lui présenta sa carte Police avant qu'il la demande, pour ne lui laisser aucun doute sur le sérieux de la démarche. Il s'arrangea une expression aussi renfrognée que possible, et il vit qu'Osmane l'imitait.

— Nous agissons dans le cadre d'une commission rogatoire pour le meurtre de Julien Delicourt. Nous connaissons les messages que vous avez envoyés à sa veuve Marion.

Flery hocha tristement la tête. Il avait compris qu'il ne servait à rien de tergiverser.

— Est-ce qu'on peut aller ailleurs ? Beaucoup de gens me connaissent par ici.

— Nous ne jouons pas à ce genre de jeu, monsieur Flery. Croyez-moi : si vous refusez de nous parler, vous risquez bien plus que de perdre votre réputation.

— Allez-y.

D'un léger contact sur le bras, Alaric encouragea Osmane à commencer.

— Dans un de vos messages, vous dites que Julien a trahi sa femme. Vous pouvez expliquer ?

— Ben, c'est évident, non ?

— Répondez à la question, dit Alaric.

— Il l'a trompée, quoi.

Osmane haussa le ton.

— Monsieur Flery, vous avez le choix : soit vous êtes un témoin dans une affaire criminelle, soit vous êtes un cyberharceleur. Il faut tout nous dire, et maintenant.

Le banquier croisa les bras. Son regard s'en alla vers les voitures garées derrière les policiers.

— Je l'ai vu. C'était un soir il y a deux mois. Je rentrais à la maison. J'ai vu la voiture de Delicourt garée dans une rue parallèle à la mienne. À l'intérieur, il y avait lui et une fille. Ils étaient en train de s'embrasser. Dans mon rétroviseur, j'ai vu la fille sortir de la voiture, mais comme elle était de dos, je n'ai pas pu la reconnaître. Tout ce que j'ai vu, c'est qu'elle était habillée en noir.

Ce type devait surveiller les allées et venues de tout le monde autour de lui. Alaric n'était même pas sûr que son témoignage aurait le moindre poids aux assises.

— Ça aurait pu être sa femme, dit-il.

Flery secoua vigoureusement la tête.

— Non, non, non, non, non. Marion, elle était plus grosse à ce moment-là, et elle ne sortait jamais de chez elle après 17 h.

Hypothèse confirmée : on était tombé sur la commère du quartier.

— Pourquoi vous avez dit que Marion aurait dû cracher sur sa tombe ? demanda Osmane.

Flery eut une hésitation. C'était peut-être anodin, mais Alaric en prit note.

— Ben, à cause de ce qu'il lui avait fait.

— Vous étiez à l'enterrement, non ? dit Alaric.

Le banquier dodelinait de la tête comme un chien en plastique.

— Ouiiii.

Toujours ce ton languissant.

— Pourquoi cracher sur sa tombe ?

— C'est par rapport à ce qu'a dit la famille de Marion.

Alaric se rappela que Lagroue avait fait mention d'un discours de la mère de Marion qu'il avait trouvé déplacé.

— La famille de Marion a parlé des tromperies de Julien ?

Cela n'avait pas de sens. Le venin craché par la mère, l'infidélité du mari et la suggestion de cracher sur sa tombe : ces trois éléments semblaient tirer dans trois directions différentes.

— Nonnn, maisssss… je veux dire, c'est injuste pour Marion. Sa famille a… fermé les yeux… sur ce qu'il faisait.

Le comportement parfait de l'auditionné qui chique. Même acculé, il refusait de révéler certaines informations, sans doute compromettantes pour lui. Alaric fut tenté de l'entendre en garde à vue, mais les charges contre lui étaient insignifiantes. Il décida plutôt de le convoquer à Versailles.

— Bon, il va falloir qu'on approfondisse tout ça dans nos locaux.

— Main… maintenant ?

À présent, son visage était parcouru de tics, dont certains soulevaient le masque.

— Demain matin, dix heures. Vous recevrez une convocation formelle.

— Je ne sais pas si je pourrai…

— C'est une convocation, pas une demande, dit Osmane. Si vous préférez, on peut contacter directement vos supérieurs hiérarchiques.

— Non, non, ce ne sera pas nécessaire.

Il partit à reculons. Une voiture qu'il n'avait pas vue freina brutalement. Alaric se réjouit que la poignée de main soit devenue obsolète. Un type aussi répugnant devait forcément laisser des traînées gluantes.

Avant de quitter les lieux, il envoya un texto à Clémentine pour lui raconter ce qu'il venait d'apprendre. Il y avait peu de chance pour que cela serve à quelque chose, mais il préférait qu'elle soit au courant.

* *

*

Quelque chose avait changé. La tristesse et la pauvreté n'avaient pas quitté l'endroit, mais l'atmosphère était différente. Cela tenait à quelques détails : les stores du premier étage fermés, la disparition du paillasson et surtout l'éradication de la maigre végétation extérieure. Tout avait été arraché : herbe, arbustes et vivaces, et le gros sac à déchets verts posé à côté de l'entrée devait en contenir les restes. Ces signes indiquaient peut-être que Marion Delicourt avait l'intention de vendre cette maison dont elle ne pouvait plus rembourser l'emprunt.

La porte s'ouvrit avant que Clémentine ait eu le temps de sonner. Victoria, qui observait le jardin en désordre, la rejoignit précipitamment. La veuve les regarda sans aucune expression. Elle portait un maquillage discret, et des vêtements noirs qui soulignaient sa taille fine, mais ses joues creuses contredisaient ce lustre superficiel. Alaric aurait dit qu'elle avait morflé, ce qui n'avait rien d'étonnant compte tenu de ce qu'elle vivait. En tant que meurtrière, elle ne méritait pourtant aucune compassion, et il était douteux qu'elle cherche à en inspirer. Elle s'écarta du seuil et tendit le bras pour inviter ses visiteuses à entrer.

Dans le salon, la table basse avait disparu. Marion s'assit sur le même fauteuil que la dernière fois, mais ses pieds restèrent au sol. Les deux enquêtrices se posèrent sur le canapé, la première du bout des fesses, la deuxième si franchement qu'elle manqua de basculer contre l'assise. Clémentine remarqua immédiatement une absence.

— Fabien n'est pas avec vous ?

— Il est chez une amie.

Cette réponse fut accompagnée d'un sanglot que la veuve tenta de dissimuler.

— On dirait que vous allez déménager ou partir en voyage.

Marion se prit la tête à deux mains.

— C'est vous qui me dites ça ? Vous êtes venues me chercher, non ?

C'était donc cela que cachaient les transformations que Clémentine avait observées. Elle se demanda comment la veuve avait pu deviner qu'elle allait être interpellée. S'y attendait-elle depuis le début ? Quelqu'un l'avait-il informée de ce qu'elle risquait ?

— Vous avez l'air bien renseignée.

— C'est pas ce que vous faites, vous les flics ? Arrêter les gens, puis trouver des raisons de les mettre en prison. Vous ne savez pas qui a tué mon mari, alors vous vous êtes dit que ça pourrait bien être moi.

— Vous pensez ça depuis le début. Je ne vois pas comment je pourrais vous convaincre du contraire. Alors je vous confirme que nous allons effectivement vous placer en garde à vue pour le meurtre de Julien Delicourt. Vous avez des droits, comme celui d'être examinée par un médecin, de prévenir un proche et de vous faire représenter par un avocat. La durée de la garde à vue est de 24 heures, qui peuvent être prolongées d'une durée égale.

Cette annonce n'eut sur Marion aucun effet visible. Elle resta immobile, regard figé, corps tendu. Clémentine sentit le vibreur de son téléphone. Elle consulta rapidement l'écran, puis le texto dès qu'elle sut qu'il venait d'Alaric. L'information qu'elle y trouva conforta ce qu'elle pensait : la tromperie de Julien constituait un mobile d'homicide suffisant.

— Je peux aller chercher mes affaires ? J'ai préparé un sac.

Clémentine envoya Victoria pour l'accompagner et se leva elle-même. Elle ne voyait aucune raison de s'attarder davantage. Elle avait prévu d'envoyer Victoria et Joseph en perquisition le lendemain. Elle avait surtout envie de s'en aller au plus vite, car cette maison la déprimait. En attendant le retour des deux femmes, elle fit les cent pas dans le séjour, observant d'un œil inattentif l'environnement bon marché dans lequel le couple avait vécu.

Par hasard, son regard s'attarda sur le cadre près de l'entrée.

Il contenait une de ces photos à la pose figée qu'on exhibe pour prouver que tout va bien dans la famille. Elle avait été prise plusieurs années auparavant, dans la salle à manger surchargée d'un appartement. Cinq personnes y apparaissaient : les parents, les deux filles et un gendre. On reconnaissait Marion à ses yeux tristes et à sa solitude. Par contraste, sa sœur exprimait le calme et la tranquillité. Son mari la tenait un peu rudement par l'épaule. Il souriait comme un abruti. Mais si Clémentine demeurait immobile devant ce cliché, c'était pour une tout autre raison.

Les sœurs étaient jumelles. Deux variations sur un même thème, identiques jusqu'à la coiffure et les vêtements noirs.

Quant à la mère, une grande femme sèche aux cheveux courts, Clémentine la prit d'abord pour un homme.

L'homme décrit par Lamine, accompagné d'une de ses filles.

Quand Marion revint avec Victoria, Clémentine se trouvait encore devant la photo.

— Comment s'appelle votre sœur ?

— Maurine. Vous vous intéressez à ma famille, maintenant ?

— Donnez-moi son numéro de téléphone et celui de votre mère, s'il vous plaît.

Clémentine tapa les chiffres au fur et à mesure que Marion les lui dictait. Quand elle eut fini, elle envoya le texto à Joseph, qui était resté à Versailles.

59

Marion ne fut jamais mise en garde à vue. Au moment où Clémentine et Victoria rentrèrent au SRPJ, les éléments à charge pointaient déjà vers Maurine plus que vers la veuve. Joseph n'avait eu aucun mal à trouver son numéro dans les listings des antennes-relais, depuis une première apparition le 5 mai près du bunker jusqu'à son dernier bornage, le 11 sur le lieu de l'accident. Celui de la mère s'était manifesté ce même jour à 16 h du côté de l'antenne correspondant au bistrot, et avait accompagné l'autre le long de l'autoroute.

Le scénario n'était pas difficile à deviner : Maurine avait donné rendez-vous à Julien sur le site du bunker, et de leur rencontre avait résulté la mort du patrouilleur. Appelée par sa fille, la mère était arrivée plus tard, et les deux femmes avaient organisé le maquillage du meurtre en accident. D'autres informations arriveraient dans les heures et les jours à venir : relevés bancaires, fadettes, auditions des proches, vidéos…

Après le déjeuner, le chef de groupe et son adjointe repartirent pour l'Essonne, accompagnés de Michel Osso et d'un de ses hommes. Ils interpellèrent Maurine Jouglet au laboratoire d'analyses médicales où elle travaillait et Martine Govin, sa génitrice, à son appartement. Pas une fois sur le chemin, Alaric ne fit allusion à l'innocence de Marion. Il respectait trop le travail de Clémentine pour songer à lui reprocher son acharnement à mettre la veuve en cause. Maurine resta silencieuse pendant qu'on lui énumérait ses droits. La mère hurla, refusa d'écouter, traita les policiers de fascistes et sortit de son immeuble les menottes aux poignets.

On revint à Versailles chargé de deux suspectes, qui furent auditionnées en présence de deux avocats commis d'office. Maurine avoua au bout de dix minutes : elle avait bien assassiné son beau-frère, préalablement étourdi à l'aide d'un appareil à impulsions électriques. Trois semaines plus tôt, il avait mis fin à leur brève relation, commencée lors d'une soirée arrosée où Marion avait dû rentrer plus tôt pour s'occuper de Fabien. Après avoir fracassé le crâne de son ancien amant, elle n'avait pas eu le courage d'assumer son acte. Qui, sinon maman, avait le pouvoir d'effacer le mal ? Sans poser de question, madame Govin était accourue pour secourir sa fille. C'était elle qui avait eu l'idée de l'accident. En nombre de victimes, elle battait Maurine à plate couture.

Interrogée, elle nia d'abord avec fermeté, alternant les insultes et les sanglots. Elle alla même jusqu'à traiter son avocat de « collaborateur du grand capital » et de « laquais d'une justice corrompue ». Quand sa réserve d'invectives fut épuisée, elle changea complètement d'attitude, déballant ses secrets en y mêlant de nombreuses anecdotes sans rapport avec l'affaire, et s'accusant d'avoir raté sa vie ainsi que l'éducation de ses filles. Sur ce dernier point, on ne pouvait lui donner totalement tort.

Pendant que sa famille subissait le sort qui aurait dû être le sien, Marion attendait dans le bureau du chef de groupe et de son adjointe. Entre deux auditions, Alaric lui rendit visite, sans aucune arrière-pensée procédurale. Ce qu'elle subissait depuis la semaine précédente méritait bien un peu de compassion et d'humanité. Il enleva ses chaussures et s'assit sur le bureau à côté d'elle. Elle comprit l'allusion et s'en amusa.

— Alors, vous tenez le coup ? lui demanda-t-il.

Effondrée sur le siège que le groupe réservait aux mis en cause, elle lui faisait penser à une de ces gamines qu'il avait connues à la protection des mineurs, tantôt victimes, tantôt criminelles, usées par une vie rêche et de mauvais traitements, mais incapables de quitter l'adolescence. Elle avait la force et la faiblesse des survivantes, et personne n'aurait voulu de son destin.

— Je ne sais pas.

— Vous pensez toujours que les flics arrêtent les gens, puis trouvent des raisons de les mettre en prison ?

— Ne vous attendez pas à ce que je vous remercie.

— Je vous demande rien. Vous auriez peut-être préféré qu'on soit moins efficaces.

— Vous faites votre boulot, c'est tout. Franchement, je n'aurais pas aimé être à votre place.

Il s'abstint de répondre que la réciproque était vraie.

— Je peux vous poser une question ? Hors procédure, vous avez ma parole.

— Allez-y toujours.

— Vous saviez, pour Julien et Maurine ?

— Il me l'avait dit. De toute façon, ce n'était pas la première fois que ça m'arrivait. Maurine m'a toujours piqué mes mecs. Facile, quand tu es la photocopie de ta sœur.

— Ils avaient rompu, mais elle continuait de le harceler. Il lui avait dit qu'il comptait quitter Villabé.

Il s'arrêta. Il avait conscience de divulguer un secret de l'instruction. Elle hocha la tête.

— C'est peut-être pour ça qu'il s'est lancé là-dedans. Il voulait qu'on fiche le camp, qu'on s'éloigne de ma famille.

— Je crois qu'il faisait ce qu'il pouvait.

— Oui.

Quand il remarqua ses larmes, il en eut le cœur serré. Tant de souffrance dans une vie si brève. Avait-il vraiment contribué à rendre cette vie moins épouvantable ? Marion savait qu'on allait l'arrêter. Elle était prête à se laisser accuser à la place de sa sœur. Elle ne réclamait pas la justice, seulement la paix.

— Vous croyez que vous allez rebondir ?

Elle réfléchit un long moment avant de lui répondre.

— J'ai Fabien. Il faut bien que quelqu'un coupe la chaîne.

Il savait ce qu'elle voulait dire. La chaîne du malheur. Ne pas transmettre sa douleur à la génération suivante.

— Vous êtes courageuse.

— Je croyais que non.

Alaric se leva et remit ses chaussures. Une montagne de travail l'attendait. Elle l'arrêta juste avant qu'il sorte.

— Vous savez que je lui parle ?

— À qui, à Fabien ?

— Non, à Julien. Depuis le début. Je lui raconte ce que je vis. J'ai l'impression que ça me fait du bien.

— Où qu'il soit maintenant, il doit être fier de vous.

Il partit sans la regarder. Il ne voulait pas savoir s'il l'avait encore fait pleurer.

60

Samedi 23 mai, 7 h 40

Tout était prêt. La BSU de Saint-Germain-en-Laye avait neutralisé une voie de l'autoroute A14 sur 500 mètres. Les voitures s'étaient réparties le long de la bande d'arrêt d'urgence : celles de la police, banalisées ou sérigraphiées, celles de la SAPN, gestionnaire de l'autoroute, celles des personnes convoquées à l'événement, ainsi qu'une Mercedes et une Peugeot 205, prêtées par un dépanneur afin de jouer les rôles des véhicules impliqués dans l'accident. Sur le bitume, on avait matérialisé l'emplacement de ces derniers par des dessins à la craie, inspirés des photos et des rapports de pompiers.

Côté humain, il y avait la famille Garaud, père, mère et fille, regroupés autour du fauteuil roulant du fils, Cynthia, assise sur la glissière, Alaric, qui s'efforçait de cacher ses liens particuliers avec elle, les policiers et les techniciens.

— On va commencer.

La voix d'Alaric fut étouffée par le bruit des voitures empruntant la voie de gauche. Un policier en uniforme invita Cynthia à monter dans la Mercedes. Alaric accompagna Bastien Garaud, un jeune barbu au bras gauche totalement tatoué, pour qu'il monte dans la petite Peugeot côté passager. Son père, un type au visage anguleux et aux yeux injectés de sang, l'aida à sortir de son fauteuil et en profita pour lui glisser quelques consignes à l'oreille. Alaric dut lui demander avec insistance de fermer la portière.

— Bonjour monsieur Garaud, dit-il au fils. Je suis ici avec vous pour tenter d'éclairer les circonstances de votre accident. Vous allez d'abord m'expliquer comment vous avez été amené à vous trouver ici, à contresens sur cette autoroute.

L'accidenté s'éclaircit la voix.

— D'accord. Eh bien en fait, je roulais à Orgeval et je me suis trompé de route. Quand je m'en suis aperçu, c'était trop tard. J'ai roulé prudemment sur la bande d'arrêt d'urgence. Je voulais sortir à l'échangeur suivant. J'avais mes feux de détresse et je ne devais pas faire plus que du 50 km/h. C'est là que j'ai vu foncer vers moi cette grosse Mercedes. J'ai pris peur. Elle changeait sans arrêt de file. J'ai essayé de l'éviter, mais c'était impossible.

Alaric avait déjà lu cette version, plus ou moins dans les mêmes mots. Bastien Garaud l'avait débitée à toute vitesse. Il la connaissait par cœur.

— Étant donné votre… état physique, c'est moi qui vais conduire. Je suivrai précisément vos instructions.

Il recula de cent mètres environ, et repartit lentement en avant sur la bande d'arrêt d'urgence, feux de détresse allumés.

— C'est bien ça ? demanda-t-il.

— Oui, oui, je me rappelle bien.

— Il y avait des voitures sur les voies principales ?

Bastien Garaud cligna plusieurs fois quand Alaric tourna la tête vers lui.

— Quoi ?

— Vous rouliez en sens inverse. Est-ce que vous avez croisé des voitures ?

Papa n'avait pas fourni de réponse à cette question.

— Oui ! Euh… non ! Enfin, une ou deux, je me souviens plus.

Ils approchaient du lieu de l'accident. En face, la Mercedes n'avait pas bougé. Cynthia était assise sur le siège conducteur, à côté d'un OPJ qui avait accepté de jouer ce rôle.

— Et là, qu'est-ce qui s'est passé ?

— J'ai vu foncer vers moi la grosse Mercedes. J'ai eu peur. Elle changeait de file sans arrêt. J'ai essayé de l'éviter, mais c'était pas possible.

L'enregistrement repassait, avec quelques variantes. Il fallait trouver une question qui le fasse dérailler.

— Vous étiez seul dans la voiture ?

— Quoi ? Ben oui, évidemment !

— Vous avez freiné ?

— C'était pas possible de l'éviter.

— Vous avez freiné ?

— Oui, un peu.

— Réfléchissez, c'est important.

— Alors non, pas vraiment, je crois.

Il chiquait comme un amateur. Alaric arrêta la voiture à l'endroit d'où elle était partie. La Mercedes n'avait toujours pas bougé.

— Restez là.

Il sortit de la 205. Le père s'apprêtait déjà à ouvrir la portière. Alaric l'interrompit.

— Il va bien. Restez sur le côté, s'il vous plaît.

Éric Garaud lui lança un regard hostile, mais obéit. Alaric rejoignit la Mercedes. Cynthia en sortit, blanche comme un mur.

— Ça va ?

— Pas trop. Je n'y arrive pas.

— Tu te rappelles des choses ?

— Non, rien du tout. C'est juste que ça me fout la trouille.

— Écoute, on arrête un moment. Va prendre l'air, dégourdis-toi les jambes et reviens quand tu seras prête.

Il regrettait de ne pouvoir la prendre dans ses bras. Il savait comment la réconforter.

— Je n'irai pas bien loin.

Elle enjamba la glissière et fit quelques pas sur le talus. Il ne la quitta pas des yeux. Malgré ce qu'elle lui avait dit, il se sentait encore responsable de son état. Il se rappela ses démarches, avant que l'affaire Delicourt éclate. Une image, en particulier, était restée tatouée dans son esprit : celle de l'épave conservée à Maulette, dont l'état donnait une idée de la violence du sinistre. Par association d'idées, il se rappela qu'il avait oublié de poser une question à Cynthia. Il attendit qu'elle revienne pour lui parler :

— Est-ce que tu te rappelles comment tu étais habillée le jour où c'est arrivé ?

Elle réfléchit un long moment.

— Je crois que je portais un pantalon blanc et un pull en mohair bleu.

La Cynthia qu'il connaissait n'avait quasiment que du noir dans sa garde-robe. Il chercha une photo sur son téléphone et la lui montra.

— Ça te dit quelque chose, ce morceau de tissu ?

Elle prit le smartphone et agrandit l'image en fronçant les sourcils.

— Ça ressemble à de la laine.

— Le labo dit que c'est un mélange d'acrylique et de polyester.

— Je ne portais que des matières naturelles. Tu l'as trouvé où ?

— C'était accroché au capot de ta voiture.

L'information parut l'embarrasser. Elle déglutit plusieurs fois, comme si elle avait la nausée.

— Il faut qu'on en finisse.

— D'accord, on reprend.

Elle se dirigea lentement vers la Mercedes. Alaric marcha vers la 205. Sans adresser la parole au passager, il repartit en arrière. Il commençait à douter que la reconstitution apporte des révélations inédites au dossier. En face, la voiture conduite par Cynthia reculait également. Cette fois, au moins, on arriverait peut-être au bout de l'exercice. Comme il n'avait plus rien à perdre, il décida de tenter quelque chose.

— Vous aviez quel âge quand c'est arrivé ?

— 28 ans.

Alaric se mit à rouler sur la voie de droite.

— J'ai lu que vous conduisiez une 205 trafiquée, c'est vrai ?

— J'avais fait quelques travaux dessus.

À petites embardées, le policier passait de la bande d'arrêt d'urgence à la voie de droite, accélérant peu à peu.

— Un jeune gars dans une voiture modifiée, qui trace à contresens sur l'autoroute, c'est ça ?

— Je me suis trompé de route.

Le lieu de l'impact arrivait rapidement. La Mercedes grandissait, et les personnes présentes sur le site commençaient à s'écarter. Alaric ralentit un peu, se risqua sur la voie de gauche, revint sur celle de droite.

— J'ai visité le carrefour où vous avez emprunté la A14. Vous ne ferez croire à personne que vous vous êtes engagé en sens inverse sans vous en apercevoir. Vous aviez fumé ?

Bastien Garaud cria.

— J'étais négatif aux tests. Je vois très bien ce que vous essayez de faire. Je vais porter plainte !

Il devenait urgent d'appuyer sur le frein. La manœuvre n'avait rien donné. Le père avait fait du bon travail. La 205 s'arrêta juste avant les traits de craie sur le sol. Cynthia fit de même, et quitta précipitamment la voiture. Elle était en larmes. Alaric abandonna la Peugeot, pendant que la famille portait secours à son rejeton.

— Je me souviens, Alaric, j'ai revu la scène !

Elle se tourna vers les Garaud. La sœur de Bastien lui rendit brièvement son regard.

— Qu'est-ce que tu as vu ?

Cynthia désigna la jeune femme.

— C'est elle !

Le père tenta d'écarter sa fille, mais elle refusa son contact.

— Qu'est-ce qu'elle t'a fait ?

— Elle m'a sauvée ! Elle était dans la Peugeot. Quand ma voiture a pris feu, elle a couru vers moi. Elle est montée sur le capot et elle a réussi à me tirer de là.

Elle ne cessait de pleurer, attirant l'attention de tous. Alaric se sentait démuni. Il finit par ouvrir ses bras, et Cynthia s'y blottit comme une enfant. Levant la tête, il s'aperçut que quelqu'un s'approchait d'eux.

La sœur de Bastien Garaud, à qui Cynthia devait la vie.

— J'en ai rien à foutre de ce qu'ils pensent de moi, dit-elle. Bastien, il a fait exprès de prendre l'autoroute à l'envers. On était trois, avec sa copine et moi. Il arrêtait pas d'accélérer pour nous faire crier.

Cynthia repoussa doucement Alaric et passa sur ses yeux une manche de sa tunique noire. Une larme coula le long de la joue de la jeune femme.

— Merci, dit Cynthia.

Alaric ressentait exactement la même chose.

61

Jeudi 11 juin

Alors, pas encore crevée ?

Je m'étire dans mon grand lit. Un rayon de soleil éclaire le mur derrière moi. C'est lui qui m'a réveillée. Il manque vingt centimètres aux rideaux. Une fois sur deux, ils ne sont pas totalement fermés. Je t'ai tanné mille fois pour que tu les remplaces, mais j'imagine que je vais devoir m'y coller moi-même. On ne peut jamais compter sur les hommes, comme disait maman.

Le souvenir de cette femme ne déclenche en moi aucune émotion. Est-ce que je suis un monstre ? À moins que ce soit elle. Curieusement, je lui en veux bien plus qu'à ma sœur. Maurine, c'est une autre version de moi-même. Je me dis toujours que j'aurais pu agir comme elle dans d'autres conditions. Et dire que je pensais qu'elle avait réussi sa vie.

Ce matin, je ne m'attarderai pas au lit. Pour une fois, j'ai d'autres projets. De toute façon, j'entends Fabien dans la pièce voisine. Lui aussi est réveillé. Je saute sur mes pieds, je sors de la chambre et je ramasse dans le couloir un de ses gros doudous qui traîne. Je me cache derrière et j'ouvre doucement la porte de sa chambre. Je lui dis bonjour d'une grosse voix. Il rit comme rient les bébés. Comme il m'encourage, je continue le spectacle. Je manipule les pattes de l'animal et j'improvise une petite histoire. Quand elle est terminée, je saute sur Fabien et je le soulève. Il n'arrête pas de rire.

— Aujourd'hui, on part en balade.

Je ne sais pas s'il me comprend, mais il devient sérieux et me fixe avec ses grands yeux bleus. Une semaine que je prépare les bagages et la voiture. Mehdi m'a aidée à terminer les travaux urgents. Il dit que je ne risque rien. Je crois que tu vas être jaloux, parce que je serai la première à l'utiliser. J'ai décidé de rouler jusqu'en Croatie. Quelques photos sur le site d'une agence de voyages m'ont donné envie d'y aller. Je ne sais pas si je pourrai passer les frontières. On m'obligera peut-être à passer quelques jours dans un hôtel pour prouver que je ne suis pas contagieuse. J'ai tout mon temps. Pour l'argent, j'ai réussi à rendre les billets d'avion, et j'ai vendu ma Fiat. Je reviendrai quand je serai rincée.

Je change Fabien et je lui donne un petit pot de carottes. Il l'avale en deux secondes et me réclame la suite. J'espère que mes réserves de voyage seront suffisantes. Quand j'ai moi-même fini de déjeuner, je fais la vaisselle et je glisse dans mon sac les dernières affaires dont j'aurai besoin. Je n'emporte que le minimum ; pas question de trimballer tout l'attirail du parent moderne en balade. Je fais le tour de la maison pour m'assurer que je n'ai rien oublié. Depuis que mon banquier m'a expliqué le fonctionnement de l'assurance décès qu'on a souscrite avec le prêt, je sais que je vais pouvoir la garder. Je ferme les volets, puis la porte d'entrée. J'installe Fabien sur le siège bébé de ton Alpina Z4 Roadster. Je recule doucement. Je suis impatiente de partir. Je referme le hangar, puis le portail. Je recule jusqu'à la rue. Je repars en marche avant. Ça y est, le voyage commence.

En cinq minutes, je suis sur l'autoroute. Ton autoroute. J'ai des frissons en passant sous le pont de la D948, et j'évite de regarder l'endroit où le fourgon a terminé sa course. J'appuie sur le gaz, je dépasse facilement les 150 à l'heure. Je me sens forte, même si je sais que c'est idiot. Je suis une femme brûlée qui a perdu son avenir, mais une femme libre. Fabien gazouille gentiment à côté de moi. Tu seras un aventurier, mon fils. Il grandira sans toi, mais il aura sa mère. Il devra bien s'en contenter.

Cent kilomètres plus loin, je me demande quelle est cette bosse que je touche avec mon genou gauche chaque fois que je change de vitesse. Je m'arrête à la première aire que je rencontre pour uriner. De retour dans la voiture, je me penche sous le tableau de bord. J'espère qu'aucun lourdaud n'en profitera pour me proposer son aide. Ça y est, j'ai trouvé la bosse. C'est un objet rond de couleur bleue en métal plein. Il est fixé à l'aide d'un adhésif double face. J'arrive facilement à le retirer.

C'est un dôme céleste peint à la main. Sur le dessous, la colle de l'adhésif a arraché une partie de la peinture. Le métal est jaune et brillant. On dirait de l'or. Je me demande pourquoi tu as bien pu accrocher ce machin à cet endroit. Je monte dans la voiture et je repars.

Un peu avant Lyon, je finis par comprendre. Je n'y connais rien, mais je suppose que des malfrats comme le Ratel rémunèrent en partie leurs complices à l'avance. Et si cet objet faisait partie de ton salaire ? Je sais que l'or a beaucoup augmenté ces derniers mois. Même un petit objet comme celui-ci doit valoir un paquet d'argent. Je le ferai estimer dès que possible. Après tout, cet argent, tu l'as gagné.

Remerciements

L'expression « se documenter » recouvre parfois des réalités insoupçonnées. On imagine l'auteur enfoui sous une pile de livres, de dossiers, de pages internet et de vidéos plus ou moins austères, et on ne peut nier que cela fasse partie de son travail. Mais la documentation peut aussi prendre une apparence bien plus concrète et sensible : celle d'une visite sur le terrain, et de la rencontre de ceux qui deviendront, *volens nolens*, les personnages de ses romans.

Limitations se déroule sur l'autoroute A6, entre Évry et Nemours, domaine exclusif de L'APRR (Autoroutes Paris-Rhin-Rhône). C'est donc en direction d'un site de cette société que je roulais en ce lundi de février arrosé d'une bruine agaçante. Je devais cette visite à madame Nadège Sparhubert, responsable de la communication presse de l'entreprise. Par la vertu de sa rare disponibilité, j'avais pu entrer en contact avec des informateurs de premier plan, qui avaient accepté de m'initier au quotidien des professionnels de l'autoroute.

Monsieur Charles-Henri Rodier, chef du district de la Brie, et son adjoint monsieur Benjamin Granger, m'ont accueilli avec chaleur, et n'ont pas hésité à me consacrer deux pleines heures de leur temps pour répondre à mes questions et me fournir des éclaircissements et des détails infiniment précieux. J'ignore si j'ai été fidèle aux informations qu'ils m'ont transmises ; en tout cas, je garde de cette visite un souvenir reconnaissant, et je suis persuadé que je dois à ces deux hommes une grande partie du réalisme et du contenu humain de ce roman. Même si, pour éviter de médire, j'ai substitué au nom d'APRR celui d'Aliser, c'est bien à la première et à ses professionnels que je rends hommage et que j'adresse mes premiers remerciements. Grâce à eux, je ne verrai plus jamais l'autoroute de la même façon.

Un autre de mes experts littéraires, habitué de ces colonnes, est l'honorable Frank Martin. Cet homme qui paraît paisible, infatigable arpenteur de la plaine beauceronne, est capable de vous restituer sur demande les moindres péripéties d'une attaque du Raid ou d'une enquête sur autoroute. Une fois de plus, ce roman m'a amené à user de son expérience, et je peux vous assurer qu'il m'a tiré plus d'une fois de scènes délicates où je me trouvais enlisé jusqu'au cou. Je tremble à l'idée qu'il puisse un jour se lasser de mes demandes, surtout quand elles se manifestent par des textos envoyés au seuil de la nuit !

Pour ne pas lasser les lecteurs, je renonce cette fois à mentionner mes proches, mais ils savent que j'apprécie infiniment leurs apports, ni ma judicieuse correctrice, qui n'hésite pas à m'alerter sur mes insuffisances. Sans leur aide, Limitations serait resté un simple manuscrit, dont les défauts auraient rendu la publication impossible.

A special thanks to Frances W. for lending me her car. Now that the novel is finished, she can have it back!

Enfin, je voudrais signaler deux sources qui ont contribué à ce roman à leur insu. La première est le légiste Michel Sapanet, auteur de livres pleins de vie et d'humour sur le sujet le plus sinistre qui soit : la mort, souvent violente, des humains (et parfois des animaux). La seconde est l'auteur-compositrice-interprète Sarah Jarosz, dont l'album *World On The Ground* m'a inspiré les personnages de Julien et Marion.

Du même auteur :

PRIX DES LECTEURS – PLUMES FRANCOPHONES 2020

Suite à la mort de son mentor, une journaliste de webtélé devient lanceuse d'alerte. Pour elle, c'est le début d'une descente aux enfers, dans un monde où elle ne peut plus compter sur personne.

Deux semaines plus tard, un député et sa femme sont assassinés à Chevreuse. Des éléments relient cette affaire au capitaine Alaric Autier, de la crim' de Versailles. Son groupe se lance alors dans une course contre la montre pour retrouver les enfants du couple, entre un suspect aux propos énigmatiques et des gendarmes peu coopératifs.

Une femme en fuite, des enfants disparus : deux drames apparemment sans rapport. Et pourtant…

Disponible sur Amazon.fr

Incandescent, comme l'incendie d'un entrepôt entre Argenteuil et Cergy. Incandescent, comme le cadavre d'un pendu que les flammes vont anéantir. Incandescent, comme la haine d'un chef envers son meilleur enquêteur. Incandescent, comme la jalousie, comme le désir, comme la brûlure d'un viol. Incandescent, comme la passion du policier poursuivant inlassablement la vérité.

Le capitaine Alaric Autier, chef de groupe à la crim' de Ver sailles, tente de résoudre deux affaires, alors que sa vie s'embrase, et que son patron cherche à le réduire en cendres. Entre les trahisons et les solidarités inattendues, il marche sur un fil au-dessus du brasier. Au risque de tout perdre : son couple, son travail et sa santé mentale.

Disponible sur Amazon.fr

Deux pêcheurs autour d'un cadavre, la forêt de Rambouillet pour seul témoin. La victime n'est pas une jeune femme ordinaire, mais la fille d'un politicien sulfureux. Son corps a été littéralement broyé. Par quoi ? Par qui ? Pourquoi ? C'est ce que le groupe de la crim' mené par Alaric Autier va tenter de comprendre, en huit journées d'une enquête sous haute pression. Entre mensonges et coups bas, on dirait que tout le monde a quelque chose à cacher, dans cette affaire où les existences et les destins menacent de s'effondrer.

Disponible sur Amazon.fr

GUY MORANT
LE SACHET DE BONBONS
Nocturnal

Lucie n'a pas envie d'apprendre à manipuler l'ousia. Les vieilles histoires d'héritage et de magie ne l'intéressent pas. Mais quand son père disparaît et qu'on l'accuse de trahison, elle n'hésite pas à partir à sa recherche dans les Cantons de Feu, utilisant ses pouvoirs ancestraux pour échapper à la mort.

Quand, enfin, elle entre à l'école ousiale, sa ville est emprisonnée derrière un mur de feu et occupée par une armée ennemie. Seule et sans appui, elle doit retrouver ses parents, avant que Gaïus le tyran arrive à ses fins.

Après la libération de la ville, elle accompagne une expédition miliaire qui poursuit les monstrueux pyrieghs dans le pays des Renonçants.

Le cycle de Lucie Acamas se déroule dans un univers dominé par une forme d'énergie appelée l'ousia. Il raconte les aventures d'une jeune fille, héritière des pouvoirs de ses ancêtres, qui combat des ennemis qui cherchent à utiliser les secrets de l'ousia pour conquérir le pouvoir.

Disponible sur Amazon.fr

Pour finir

Vous avez aimé Limitations ?

Faites-le savoir en écrivant un commentaire. Utilisez sur cette adresse, qui vous mènera directement à la page concernée :

http://www.guymorant.com/lmttns

Soyez parmi les premiers à être informés de mes futures parutions

Inscrivez-vous sur ma liste de diffusion (garantie sans spam) :

http://eepurl.com/3eC9v

Des questions ? Des opinions ? Des erreurs ?

Aidez-moi à rendre ce livre encore meilleur en me signalant les erreurs qui ont pu échapper à ma vigilance et à celle de ma relectrice. Vous pouvez aussi m'envoyer un petit courriel pour me poser des questions ou me dire ce que vous pensez. Je me ferai un plaisir de vous répondre :

courrier@guymorant.com

Merci et à bientôt.

Guy Morant
www.guymorant.com

Printed by Amazon Italia Logistica S.r.l.
Torrazza Piemonte (TO), Italy

37046521R00281